W0266915

TONY ET SUSAN

Austin Wright

TONY ET SUSAN

roman

TRADUIT DE L'AMÉRICAIN
PAR PHILIPPE ROUARD

LE GRAND LIVRE DU MOIS

COLLECTION DIRIGÉE
PAR ROBERT PÉPIN

Titre original : *Tony and Susan*
Éditeur original : Baskerville Publishers Inc.
ISBN original : 1-880909-01-4
© original : Austin Wright, 1993

ISBN 2-02-021011-8

© Éditions du Seuil, septembre 1995, pour la traduction française

Le Code de la propriété intellectuelle interdit les copies ou reproductions destinées à une utilisation collective. Toute représentation ou reproduction intégrale ou partielle faite par quelque procédé que ce soit, sans le consentement de l'auteur ou de ses ayants cause, est illicite et constitue une contrefaçon sanctionnée par les articles L. 335-2 et suivants du Code de la propriété intellectuelle.

à Sally

22.10.004

Avant

Tout commença par la lettre que Susan Morrow reçut de son premier mari, Edward, en septembre dernier. Il avait écrit un livre – un roman – et lui demandait si elle voulait bien le lire. Susan en fut abasourdie ; hormis quelques cartes de Noël de la seconde épouse d'Edward, elle n'avait pas eu de ses nouvelles depuis vingt ans.

Restait le souvenir qu'elle avait de lui. Elle se rappelait qu'il avait voulu écrire, des nouvelles, des poèmes, des contes, enfin tout ce que l'on pouvait faire avec des mots. Elle ne risquait pas de l'avoir oublié. Ç'avait été leur source principale de mésentente. Mais elle pensait qu'il avait fini par abandonner l'écriture quand il était entré dans les assurances. Apparemment, il n'en était rien.

Aux jours déraisonnables de leur mariage, il y avait eu débat sur la question de savoir s'il était bon qu'elle lût ce qu'il écrivait. Il débutait et elle avait la critique plus féroce qu'elle ne le désirait. Une situation délicate, embarras d'un côté, ressentiment de l'autre. Mais voilà qu'il disait, dans sa lettre : *Au diable ! ce livre est bon.* Et qu'il avait appris la vie et le métier. Il voulait lui montrer, lui faire lire et qu'elle juge par elle-même. Elle était la meilleure critique qu'il avait jamais eue, disait-il encore. Elle pouvait l'aider aussi car, en dépit de ses qualités, le livre avait peut-être quelque faiblesse, quelque part. Elle saurait, elle lui dirait. *Prends ton temps et, s'il te vient une observation, griffonne dans la marge.*

Signé *Ton vieil Edward qui ne t'oublie pas.*

La signature l'irritait. Elle ravivait trop de souvenirs et menaçait la paix conclue avec le passé. Il y avait des mémoires qu'elle était en droit de ne pas entretenir. Elle lui répondit toutefois de lui envoyer le manuscrit. Elle avait honte de ses soupçons et de ses objections. Pourquoi était-ce à elle qu'il s'était adressé et non à une connaissance plus récente ? C'était abuser – et s'abuser – que de compter sur elle et les quelques remarques qui pourraient lui venir à l'esprit au lieu de revoir lui-même son texte dans le détail.

Mais elle ne pouvait refuser sans lui donner à penser qu'elle vivait encore dans le passé. Le colis arriva une semaine plus tard. Sa fille Dorothy l'apporta dans la cuisine où ils déjeunaient de sandwiches au beurre de cacahuète, elle, Dorothy, Henry et Rosie. Le colis était lourdement enrubanné d'adhésif. Elle en délivra le manuscrit et lut la page de titre :

Edward Sheffield

BÊTES DE NUIT

roman

Bien tapé, des pages propres. Elle se demanda ce que le titre signifiait. Elle appréciait le geste d'Edward, réconciliant, flatteur. Mais un obscur sentiment la mettait en garde et, quand son mari, Arnold, arriva ce soir-là, elle lui annonça tout de go :

– J'ai reçu des nouvelles d'Edward, aujourd'hui.

– Edward qui ?

– Oh, Arnold !

– Ah, Edward. Et qu'est-ce qu'il raconte, ce vieux corniaud ?

C'était il y a trois mois. Il y a dans l'esprit de Susan une inquiétude qui va et vient, difficile à épingler. Quand elle ne s'inquiète pas, elle s'inquiète d'avoir oublié ce qui l'inquiétait. Et quand elle sait ce qui l'inquiète, par exemple si Arnold a compris ce qu'elle voulait dire ou bien ce qu'il entendait par ce qu'il a dit ce matin, même alors elle a le sentiment qu'il s'agit vraiment de quelque chose d'autre, de plus important. En attendant, elle tient la maison, règle les factures, nettoie, cuisine, prend soin des enfants, enseigne trois fois par semaine à la fac du coin, pendant que son mari répare des cœurs à l'hôpital. Le soir, elle préfère la lecture à la télévision ; elle lit pour ne plus penser à tout ça.

Il lui tarde de lire le roman d'Edward parce qu'elle aime la lecture et qu'elle veut bien croire à l'éclosion de son talent, mais trois mois passent et elle n'a toujours pas ouvert le manuscrit. Ce retard n'est pas intentionnel. Elle a rangé le colis dans un placard et l'a oublié chaque fois qu'elle était libre de son temps, pour ne s'en souvenir ensuite qu'à de mauvais moments – lorsqu'elle fait des courses ou qu'elle accompagne Dorothy à sa leçon d'équitation ou encore lorsqu'elle corrige des copies.

Si l'occasion s'était présentée, elle se serait efforcée d'éclaircir ses pensées, afin de lire le roman d'Edward avec toute l'attention nécessaire. Le problème, c'étaient les souvenirs, ils ne cessaient de remonter, comme la lave d'un ancien volcan. Toute cette intimité révolue, cette connaissance aujourd'hui périmée qu'ils avaient l'un de l'autre. Le souvenir de la haute estime qu'Edward avait de lui-même, de sa vanité, de ses craintes aussi, de sa petitesse, toutes ces choses sues qu'elle doit taire au nom d'une lecture impartiale. Et impartiale, elle veut l'être. Pour cela, il lui faut renier sa mémoire, se faire étrangère.

Elle ne pouvait croire non plus qu'il avait simplement voulu qu'elle lût son bouquin. Il devait y avoir là une intention plus personnelle, un nouveau tournant dans leurs amours mortes. Que manquait-il à ce livre qu'il la crût capable de déceler ? Sa lettre suggérait qu'il l'ignorait, mais n'y avait-il pas là un message secret : Susan et Edward, un subtil chant d'amour ? Comme s'il lui disait : Lis et, quand tu chercheras ce qui manque, tu trouveras Susan.

Ou la haine, plus vraisemblable que l'amour, bien qu'elle aussi fût morte il y avait des lunes. Si c'était elle, la sorcière, et ce qui manque, un poison à lécher comme dans la belle pomme rouge de Blanche Neige ? Ce serait intéressant de voir à quel point la lettre d'Edward était ironique.

Mais elle avait beau se préparer, elle continuait d'oublier et à la longue, n'ayant toujours pas lu une seule page, elle finit par croire que son échec tenait d'une volonté délibérée. Elle en eut honte jusqu'à ce qu'elle reçoive une carte de Stephanie, quelques jours avant Noël, accompagnée d'un petit mot d'Edward. *Je serai le 30 décembre à Chicago*, disait la missive, *ne resterai qu'une journée, séjournerai au Marriott, espère te voir*. Elle en fut d'abord alarmée, parce qu'il s'attendait certainement à ce qu'elle lui parle de son roman, puis soulagée en s'apercevant qu'elle avait encore le temps. Le lendemain de Noël, Arnold doit partir pour trois jours à un congrès de cardiologues. Elle en profitera pour lire. Cela lui occupera l'esprit, la distraira du voyage d'Arnold et la débarrassera de son sentiment de culpabilité.

Dans l'attente, elle se demande à quoi ressemble Edward, maintenant. Il est blond dans son souvenir, le nez aquilin, incroyablement maigre, les côtes saillantes et les coudes pointus, le sexe étonnamment charnu parmi tant d'os. La voix posée mais les mots concis, jetés avec impatience comme s'il les jugeait trop idiots pour mériter d'être dits.

Lui paraîtra-t-il plus digne ou plus pompeux ? Il a dû prendre du poids, et des cheveux gris, s'il lui en reste. Elle se demande ce qu'il va penser d'elle. Elle aimerait qu'il remarque combien elle est devenue plus tolérante, facile à vivre, généreuse, et combien son expérience de la vie est plus grande. Elle craint qu'il ne soit choqué par la différence entre vingt-quatre et quarante-neuf ans. Elle a changé de lunettes, mais du temps d'Edward elle n'en portait pas. Elle a pris de l'embonpoint, elle a la poitrine plus forte, des joues roses quand elles étaient pâles, rondes quand elles étaient creuses. Ses cheveux, longs et soyeux autrefois, sont courts et grisonnent. Elle a un air florissant ; Arnold dit qu'elle ressemble à une skieuse scandinave.

Maintenant qu'elle est vraiment décidée à lire le roman, elle se demande à quel genre il appartient. Impression de partir en voyage dans un pays inconnu. Le pire serait qu'il soit inepte, ce qui justifierait sa conduite dans le passé, mais l'embarrasserait dans le présent. Et s'il n'est pas inepte, il y a des risques : une excursion intime à travers un esprit devenu étranger, forcée de contempler des icônes plus signifiantes pour d'autres que pour elle-même, confinée en compagnie d'inconnus qu'elle n'a pas choisis, invitée à s'imprégner de coutumes étrangères. Avec Edward pour guide, Edward dont elle a jadis cherché à fuir la domination.

Enfin, cette lecture comporte d'autres aléas : se retrouver assommée d'ennui, choquée, inondée de sentimentalité, percluse de tristesse. Quels peuvent bien être les centres d'intérêt d'Edward, à quarante-neuf ans ? Elle est sûre au moins de ce que le roman ne sera pas. Sauf changement radical d'Edward, elle ne s'attend pas plus à une enquête policière qu'aux aventures d'un joueur de base-ball ou d'un cow-boy solitaire. Ce ne sera pas non plus une histoire de sang et de vengeance.

Que reste-il ? Qui lira, verra. Elle commencera lundi soir, après le départ d'Arnold. Elle aura trois soirées pour arriver au bout.

PREMIÈRE SOIRÉE
DE LECTURE

1

Ce soir-là, comme Susan Morrow s'apprête à lire le manuscrit d'Edward, une peur la frappe telle une balle. Ça commence par un moment de concentration intense qui se dissipe trop vite pour qu'elle s'en souvienne, laissant un résidu de terreur imprécise. Danger, menace, désastre, elle ne sait quoi. A quoi a-t-elle pensé ? Elle essaie de se rappeler… elle a rangé la cuisine, mis la vaisselle sale dans la machine, elle est allée faire une pause sur le canapé ; c'est là qu'elle a eu cette pensée dangereuse. Dorothy, Henry et Mike, le copain d'Henry, jouent au Monopoly dans la pièce voisine. Elle décline leur invitation à se joindre à eux.

Il y a l'arbre de Noël, les cartes de vœux sur le manteau de la cheminée, des jouets et des papiers-cadeau sur le canapé. La pagaille. Le trafic aérien d'O'Hare[1] vient mourir dans la maison ; à cette heure, Arnold est à New York. Incapable de se souvenir de ce qui l'a effrayée, elle s'efforce d'ignorer son malaise, pose ses jambes sur la table basse, souffle sur ses lunettes, les essuie.

L'inquiétude l'assiège toujours, inexplicable. Elle redoute le voyage d'Arnold, voilà ce que c'est, comme si c'était la fin du monde, mais ne trouve aucune raison à cette peur. Accident d'avion, mais les avions ne s'écrasent pas comme ça. Le congrès lui paraît sans danger. Les gens le reconnaîtront ou verront son

1. Aéroport de Chicago.

nom sur son badge. Il sera comme toujours flatté de mesurer sa renommée, et cela le mettra d'excellente humeur. Son entretien avec les responsables de Chickwash ne lui nuira d'aucune façon, même s'il n'en sort rien. Et si, par miracle, il s'avérait positif, ce serait pour elle – si elle le veut – une vie nouvelle et l'occasion de vivre à Washington. Il est avec ses confrères, de vieilles connaissances, des gens en qui elle devrait avoir confiance. Elle doit être fatiguée, rien de plus.

Néanmoins, elle diffère Edward. Elle lit un tas de choses : le journal, des éditoriaux, fait des mots croisés. Le manuscrit résiste, à moins que ce ne soit elle ; elle redoute qu'en entrant dans le roman elle n'oublie le danger, quel qu'il soit. Et le manuscrit est si lourd, si épais ! Les livres lui résistent toujours au début, parce qu'ils exigent beaucoup de temps. Ils peuvent enterrer ce qu'elle pensait, à jamais parfois. Elle pourrait être devenue quelqu'un de différent, le temps d'arriver à la fin. Cette fois, c'est pire que d'habitude : le retour en scène d'Edward la détourne du cours de ses pensées. Prêt à larguer sa bombe bourrée de mots. Il représente un danger, lui aussi. Peu importe. Si elle ne peut se rappeler l'objet de son angoisse, le livre la masquera comme sous une couche de peinture. Alors elle ne voudra plus s'arrêter de lire. Elle ouvre la boîte, s'attarde un instant sur le titre. *Bêtes de nuit.* Elle pense à cette salle obscure, au zoo, où dans leurs cages de verre d'étranges créatures nocturnes aux grandes oreilles et aux yeux saillants se meuvent avec des airs de somnambules sous une lumière violette. Allons, commençons.

Bêtes de nuit 1

Tony Hastings, sa femme Laura et sa fille Helen se trouvaient en pleine nuit sur l'autoroute, au nord de la Pennsylvanie. Ils allaient passer leurs vacances d'été dans leur petite maison du Maine et roulaient de nuit parce qu'ils avaient mis du temps à partir et avaient dû s'arrêter pour changer un pneu. L'idée était venue d'Helen, alors qu'ils regagnaient leur voiture après dîner, quelque part dans l'Ohio :

– Ne cherchons pas de motel, proposa-t-elle. Roulons toute la nuit.

– Tu es sérieuse ? demanda Tony Hastings.

– Bien sûr, pourquoi pas ?

La proposition violait son sens de l'ordre et dérangeait ses habitudes. Professeur de mathématiques, il tenait en haute estime l'esprit de sérieux et le bon sens. Il avait arrêté de fumer six mois plus tôt, mais serrait parfois une pipe entre ses dents, pour la sensation de fermeté que cela lui procurait. Sur le coup, il fut tenté de répliquer, « Ne dis pas de bêtises », mais il s'abstint, décidé à être un bon père. Bon père, bon époux, bon professeur, c'était ainsi qu'il se considérait. Un type bien, qui n'en éprouvait pas moins une certaine communion d'esprit avec les cow-boys et les joueurs de base-ball. Il n'était jamais monté sur un cheval et n'avait pas joué au base-ball depuis son enfance ; il n'était ni très fort ni très grand, mais portait une moustache noire et se considérait comme un homme facile à vivre. A l'attrait des vacances et la perspective d'une route dégagée la nuit s'ajouta le soulagement de ne pas avoir à s'arrêter dans quelque motel, sonner à la réception et demander une chambre. Il roulerait libre dans la nuit, laissant ses habitudes derrière lui.

– Tu voudrais bien me relayer à trois heures du matin ?

– Quand tu voudras, Papa, quand tu voudras.

– Qu'en penses-tu, Laura ?

– Tu ne seras pas trop fatigué, demain matin ?

Il savait qu'à l'ivresse de la chevauchée nocturne succéderait une gueule de bois matinale et qu'il aurait toutes les peines du monde à ne pas tomber de sommeil dans l'après-midi et à retrouver un horaire normal, mais il était un cow-boy en vacances et c'était le moment ou jamais d'être irresponsable.

– Alors, c'est parti, dit-il.

Ainsi s'en furent-ils par l'autoroute, sous le long crépuscule de juin, croisant au large des cités industrieuses, cisaillant lentement les courbes et avalant patiemment les longues montées et les descentes parmi les terres agraires, pendant que le soleil, derrière eux, incendiait de ses derniers feux les fenêtres des fermes à flanc de collines. Tous trois s'extasiaient de l'aventure et s'émerveillaient de la beauté de la terre au couchant, avec cette lumière rase jetée sur le jaune des champs, le vert des bois et le noir du goudron devant eux, qui virait étrangement à l'argent dans le rétroviseur.

Plus tard, ils s'arrêtèrent pour prendre de l'essence et, en repartant, Tony vit un auto-stoppeur dépenaillé en bordure de la bretelle menant à l'autoroute. Il tenait une petite pancarte devant lui : BANGOR[1].

– Prends-le, P'pa. Il va à Bangor.

Tony Hastings accéléra. L'auto-stoppeur portait une salopette ; il avait les épaules nues, une longue barbe blonde et un bandeau autour de la tête. Il regarda Tony quand la voiture passa devant lui.

– Oh, P'pa !

Tony jeta un coup d'œil dans le rétroviseur avant de s'engager sur la route.

– Il allait à Bangor, dit Helen.

– Tu veux qu'il nous tienne compagnie pendant près de douze heures ?

– Tu ne prends jamais d'auto-stoppeurs.

– Jamais d'inconnus.

Son intention de mettre en garde Helen contre les dangers de la vie se muait malgré lui en réplique de pharisien.

– Tout le monde n'est pas aussi privilégié que nous, dit Helen. Tu ne te sens pas coupable de passer comme ça sans t'arrêter ?

– Coupable ? Non.

– On a une voiture, de la place, on va dans la même direction.

– Oh, Helen, dit Laura. Tu parles comme une collégienne.

– J'ai un tas de copains qui font du stop pour rentrer chez eux. Qu'est-ce qu'ils deviendraient si tout le monde était comme toi ?

Silence.

– Ce garçon était très bien. Ça se voyait.

1. Ville du Maine.

Tony se souvint, amusé, de la silhouette déguenillée.

– Quoi, ce clodo ?

– Papa !

Il se sentait ivre dans la nuit qui tombait, l'inconnu.

– Il avait un écriteau, reprit Helen. C'était une politesse de sa part. Et il avait aussi une guitare. Tu n'as pas remarqué sa guitare ?

– Ce n'était pas une guitare, mais une mitraillette. Les bandits trimbalent toujours leurs armes dans des étuis de guitare afin qu'on les prenne pour des musiciens.

Il sentit la main de Laura se poser doucement sur sa nuque.

– Il ressemblait à Jésus-Christ, Papa. Tu n'as pas vu la noblesse de son visage ?

Rire de Laura.

– Avec une longue barbe, tout le monde ressemble à Jésus.

– C'est bien ce que je dis, reprit Helen. S'il a une longue barbe, c'est qu'il doit être bien.

La main de Laura sur la nuque de Tony et Helen qui se penche en avant, la tête sur le dossier, entre eux deux.

– Papa ?

– Oui ?

– Ce n'était pas un peu obscène, ce que tu viens de dire ?

– De quoi parles-tu ?

Ils roulèrent en silence dans le crépuscule. Plus tard, Helen chanta des chansons populaires et Laura se joignit à elle et même Tony, qui jamais ne chantait, mêla sa voix de basse au chœur, et tous ils emportèrent leur chant le long de l'autoroute pennsylvanienne tandis que les couleurs viraient lentement au noir.

Puis il fit nuit et Tony Hastings conduisait en solitaire, plus de voix à présent, seul le sifflement du vent dominant le vrombissement du moteur et le chuintement des pneus sur l'asphalte, avec sa femme Laura assise silencieuse à côté de lui et sa fille Helen hors de sa vue sur la banquette arrière. Il y avait peu de circulation. Les phares des véhicules venant en sens inverse clignotaient à travers la végétation séparant des voies qui parfois s'écartaient selon la topographie du terrain. De temps à autre, il rattrapait les feux arrière de quelqu'un, ou bien son rétroviseur lui renvoyait les phares d'une voiture ou d'un camion qui bientôt le dépasserait mais, pendant de longues lignes droites, il roulait seul. Pas davantage il n'y avait de lumière dans la campagne, qu'il ne pouvait voir mais s'imaginait couverte de bois. Il était content d'avoir sa voiture entre lui et ces vastes étendues sauvages, et chantonnait doucement en pensant à la pause-café dans une heure, jouissant du sentiment d'être éveillé et de tenir fermement les commandes dans la cabine de pilotage du vaisseau où dormaient ses passagers. Content il l'était également, de ne pas s'être encombré de cet auto-stoppeur et d'avoir l'amour de sa femme et l'humour étrange de sa fille.

Tony Hastings conduisait dans la stricte observance du code, veillant scrupuleusement à ce que l'aiguille ne dépasse pas le chiffre des cent kilomètres à l'heure. La route s'élevait lentement devant lui quand il les aperçut : les feux arrière de deux conduites intérieures roulant côte à côte, lui bloquant la route. Il pensa d'abord que l'une des voitures essayait – sans y parvenir – de doubler l'autre, puis, comme il passait sur la voie de gauche en maugréant, « Allez, double-le ! », car il pouvait se montrer impatient, il vit que le véhicule devant lui n'essayait pas de passer l'autre, mais que les deux chauffeurs conversaient entre eux et, de fait, ralentissaient encore.

– Le diable vous emporte, laissez le passage !

Bafouant un principe auquel il se pliait toujours, il donna un bref coup de klaxon. La voiture devant lui donna des gaz et fila comme une flèche. Il accéléra, doubla l'autre véhicule, se rabattit un peu plus loin et réduisit sa vitesse, se sentant un peu gêné. La voiture qu'il avait doublée perdait du terrain. Devant lui, le chauffeur qui avait prestement dégagé ralentissait de nouveau. Il supposa que ce dernier attendait l'autre pour reprendre leur petit jeu. Il mit son clignotant, se décala pour doubler, mais la voiture déboîta soudain sur la gauche, lui bloquant le passage et l'obligeant à freiner. Qu'on s'amusât à un tel jeu avec lui le choqua. La voiture qui le précédait ralentit encore. Il jeta un coup d'œil dans le rétroviseur : la voiture qu'il avait doublée était loin derrière. Il s'abstint de klaxonner de nouveau. Ils roulaient à moins de cinquante à l'heure et il décida de doubler par la droite. L'autre lui bloqua aussitôt le passage.

– Hum… hum. (Laura rouvrit les yeux.) On a un problème, dit-il.

La voiture devant lui avait repris de la vitesse, mais elle roulait encore trop lentement. La troisième était toujours loin derrière. Il klaxonna.

– Ne fais pas ça, dit Laura. C'est ce qu'il cherche.

Il donna du poing contre le volant. Il réfléchit un instant, respira un grand coup.

– Accroche-toi, dit-il.

Ecrasant l'accélérateur, il déboîta à gauche. Cette fois, il passa. L'autre voiture lui décocha un long coup de klaxon. Il continua d'accélérer.

– Des gosses, dit Laura.

– Des cons.

C'était Helen. Il ne s'était pas aperçu qu'elle était réveillée.

– On les a semés ? demanda Tony en regardant dans le rétroviseur.

La voiture était à une courte distance derrière eux.

– Helen ! cria Laura. Non !

– Qu'est-ce qu'il y a ? demanda Tony.

– Elle leur a fait un bras d'honneur.

L'autre voiture était une vieille Buick bleue ou noire au pare-chocs cabossé. Il n'avait pas regardé en doublant à qui il avait affaire. Déjà, ils se rapprochaient. Il accéléra encore, monta jusqu'à cent trente, mais les autres lui collaient au train, à le toucher.

– Tony, dit doucement Laura.

– Nom de Dieu ! s'écria Helen.

Il essaya de rouler plus vite.

– Tony, répéta Laura.

Ils étaient toujours là.

– Si tu roulais normalement… reprit-elle. Ils finiront par se fatiguer.

La troisième voiture était fortement distancée ; le faisceau de ses phares réapparaissait de temps à autre au sortir d'une courbe.

Il redescendit à cent, tandis que la Buick continuait de rester si proche qu'il ne pouvait voir ses phares dans le rétroviseur, seulement le vif éclat inondant la lunette arrière. La voiture se mit à klaxonner et déboîta pour doubler.

– Laisse-le passer, dit Laura.

La Buick se porta à sa hauteur, ralentissant quand il ralentissait, accélérant quand il accélérait. Ils étaient trois, qu'il ne distinguait pas très bien, hormis le passager de devant qui avait une barbe et lui souriait.

Il décida donc de rouler régulièrement à cent. Sans leur prêter attention, si possible. Finalement, la Buick le dépassa, se rabattit devant lui et l'obligea à ralentir. Il essaya de les doubler, ils se déportèrent à gauche pour l'en empêcher. Il se remit à droite, ils le laissèrent les rattraper. Ils passèrent alors d'une voie à l'autre, puis se rabattirent à droite, comme pour l'inviter à passer, mais, quand il le fit, ils le bloquèrent de nouveau. Dans un accès de rage, il refusa de céder et il y eut un grand fracas métallique suivi d'une secousse : il les avait heurtés.

– Merde !

Comme blessée, l'autre voiture s'écarta et le laissa passer. Bien fait pour eux, ils l'ont bien cherché, mais, en même temps qu'il pensait cela, il jura, « Merde ! », et ralentit, se demandant quoi faire, tandis que derrière eux la Buick ralentissait aussi.

– Qu'est-ce que tu fais ? demanda Laura.

– Il faut s'arrêter.

– Papa ! On ne peut pas ! lui cria Helen.

– On les a touchés. Il faut s'arrêter.

– Ils vont nous tuer !

– Est-ce qu'ils s'arrêtent ?

Il songeait au délit de fuite, se demanda si l'accrochage les avait refroidis, s'il était prudent de compter là-dessus.

Puis il entendit Laura. Malgré la confiance qu'il avait dans son propre jugement, il se fiait d'ordinaire à celui de Laura pour les points les plus litigieux, et voilà qu'elle lui disait :

– Tony, je t'en prie, ne t'arrête pas.

Sa voix était basse et calme ; il s'en souviendrait pendant longtemps.

Il continua de rouler.

– Tu peux prendre la prochaine sortie et avertir la police, dit-elle.

– J'ai relevé leur numéro, dit Helen.

Mais la Buick était de nouveau après lui.

Ils surgirent sur sa gauche, le type à la barbe avait baissé sa vitre et agitait le poing en hurlant ; et la voiture le doubla et le serra pour le pousser vers le bas-côté.

– Mon Dieu ! dit Laura.

– Rentre-leur dedans ! cria Helen.

Il ne put éviter le choc. Il y eut un bruit de métal froissé à l'avant gauche. Il éprouva une violente secousse dans la direction, tandis que la Buick le forçait à ralentir. La voiture frissonna comme si elle était mortellement atteinte et il céda, prit la bande d'arrêt d'urgence et s'arrêta. Devant lui, la Buick en fit autant. La troisième voiture, celle qu'ils avaient laissée derrière, apparut et passa à pleine vitesse.

Tony Hastings avait la main sur la poignée de la portière, mais Laura lui toucha le bras.

– Non, dit-elle, reste dans la voiture.

2

C'est la fin du chapitre et Susan Morrow interrompt sa lecture pour réfléchir. Le bouquin semble plus sérieux qu'elle ne le pensait, et elle est soulagée de constater la fermeté de l'écriture, de voir qu'Edward a bien appris le métier. Elle se surprend à s'inquiéter pour Tony et sa famille ainsi menacés sur cette route déserte. Est-il en sûreté s'il garde les portières fermées ? La question, elle le comprend, n'est pas de se demander ce qu'il peut faire pour protéger les siens mais quel destin lui réserve le récit. C'est Edward qui a le pouvoir, en l'occurrence : son intention est seule maîtresse du jeu.

Elle apprécie l'ironie avec laquelle Edward traite Tony, une ironie qui implique de la maturité, une capacité à se moquer de lui-même. D'illégitimes questions lui passent par la tête. Est-ce Stephanie qui pose tendrement la main sur la nuque de Tony ? Le personnage d'Helen est-il inspiré de la vie familiale d'Edward ? Allons, ne pas confondre Edward avec Tony, la réalité avec la fiction, mais Edward n'a-t-il pas intentionnellement donné le nom d'Hastings à Tony, en souvenir de la ville où elle et lui ont grandi ?

Elle se demande quel jugement Stephanie porte sur Edward écrivain. Elle se souvient combien elle s'est sentie trahie, tout en ayant honte de le reconnaître, quand Edward lui a annoncé son intention d'arrêter ses études pour écrire. Après le divorce, ce fut par la mère d'Edward qu'elle suivit l'abandon de ce rêve et la transformation d'Edward le poète en Edward le capitaliste.

Elle en avait conclu qu'elle ne s'était pas trompée. Passer de la poésie au journalisme sportif. Du journalisme sportif à l'enseignement du journalisme. De l'enseignement du journalisme à la profession d'assureur. Il était ce qu'il était et n'était pas ce qu'il n'était pas. L'argent compenserait les rêves perdus. Avec probablement Stephanie en soutien pendant tout ce temps. C'était du moins ce que Susan avait pensé et, apparemment, elle s'était trompée.

Elle fait le point avant de poursuivre sa lecture. Elle pose le manuscrit à côté d'elle, regarde les deux tableaux au mur en face d'elle, essaie d'avoir un regard neuf sur eux, la plage abstraite, la géométrie dans les bruns. A côté, la partie de Monopoly bat son plein, Mike, le copain d'Henry, a un rire méchant. Sur le tapis gris du living, Jeffrey s'agite dans son sommeil. Martha s'approche de lui, le renifle, saute sur la table basse, menace l'appareil photo de Dorothy.

Ce monstre, non identifié avant qu'elle commence à lire, le manuscrit l'a-t-il chassé ? Continue ta lecture. Paragraphes et chapitres sur une route déserte la nuit. Elle pense à Tony, visage étroit et nez aquilin, lunettes et yeux tristes et fatigués. Non, ça, c'est Edward. Tony a une moustache noire. Ne pas oublier ce détail.

Bêtes de nuit 2

La portière du conducteur de la vieille Buick s'ouvrit et un homme en sortit. Tony Hastings sentit la main de sa femme sur son bras, pour le retenir ou lui donner du courage. Il attendit. Les autres hommes, restés dans la voiture, les regardaient par les vitres baissées. Tony ne pouvait distinguer leurs traits.

L'homme vint d'un pas lent, les mains dans les poches de son blouson sport, la fermeture Eclair aux trois quarts ouverte. Il avait le front haut et les tempes largement dégarnies. Il jeta un coup d'œil à l'avant de la voiture de Tony Hastings et s'approcha de la portière.

– 'soir.

A la pensée de ce qu'il venait de subir, Tony Hastings fut pris de colère, mais il était plus effrayé que furieux.

– Bonsoir, répondit-il.

– Vous savez pas qu'on s'arrête quand on a un accident ?

– Je sais.

– Pourquoi vous vous êtes pas arrêté ?

Tony Hastings ne sut que répondre. S'il ne s'était pas arrêté, c'était parce qu'il avait peur, mais il ne voulait pas l'avouer.

L'homme se pencha pour regarder à l'intérieur de la voiture, dévisageant Laura puis Helen à l'arrière.

– Alors ?

– Quoi ?

– Pourquoi vous vous êtes pas arrêté ?

De près, l'homme avait de grandes dents, dans une petite bouche, un menton fuyant, des yeux proéminents et des cheveux dressés en crête au-dessus de ses tempes lisses. Son blouson portait, brodé sur le côté gauche, un grand *Y* stylisé. Tony Hastings était mince, sans muscles, avec juste une moustache noire et un visage doux et fin. Il gardait la main sur la clé de contact. La vitre était à moitié baissée, la portière verrouillée.

– Nous allions le signaler à la police, dit Laura d'une voix forte.

– La police ? C'est interdit de quitter le lieu d'un accident. La loi le dit. C'est un délit.

– Nous avons des raisons de nous méfier, sur cette route déserte, répliqua Laura.

Elle avait une voix légèrement haut perchée que Tony lui connaissait quand elle se voulait sévère ou qu'elle avait peur.

– Qu'est-ce que ça veut dire ?

– Votre comportement sur la route…

L'homme appela :

– Hé, Turk !

Les portières droites de la Buick s'ouvrirent et deux hommes en descendirent. Sans se presser.

– Je vous avertis… dit Laura. Prépare-toi, murmura-t-elle à Tony.

L'homme se pencha de nouveau, les deux mains sur la vitre à moitié baissée, et sourit à Laura.

– Vous disiez ? Vous m'avertissez de quoi ?

– Laissez-nous tranquilles.

– Ma p'tite dame, on a un constat à faire.

Les deux autres avaient une torche électrique et ils inspectaient l'avant de la voiture de Tony.

– Très bien, dit Tony, pensant que s'ils voulaient faire un constat, eh bien ils feraient un constat. Echangeons nos noms, adresses, compagnies d'assurances.

Il reçut un coup de coude de Laura, qui devait trouver que donner leurs nom et adresse à ces brutes n'était pas une bonne idée. Mais quoi, un constat n'était qu'un constat, et il ne connaissait pas d'autre façon de procéder.

– Compagnie d'assurances, hein ? fit l'homme en riant.

– Vous n'avez pas d'assurance ?

– Ha-ha !

– Je vais le signaler à la police, dit Tony, conscient du ton craintif de sa voix.

– Ouais, on va signaler ça aux flics, d'accord, dit l'homme.

– C'est ça, allons voir les flics, dit Tony.

– Bonne idée, mec. Qu'est-ce qu'on fait, on y va ensemble ? Qu'est-ce qui vous empêche de vous enfuir ? Mais bordel ! C'était votre faute, non ?

– C'est ce qu'on verra ! dit Laura.

– Hé, Ray, dit l'un des hommes devant la voiture. Ce type a un pneu crevé.

– Ça m'étonnerait, dit Tony.

Ray alla voir. Les hommes se mirent à rire.

– Un peu qu'il est crevé, dit l'un d'eux.

Quelqu'un donna un coup de pied dans la roue, ils sentirent la secousse dans la voiture.

– C'est sûrement faux, dit Helen.

Les trois hommes s'approchèrent de la portière de Tony. L'un avait une barbe noire et ressemblait à un bandit de cinéma. L'autre, une face ronde et des lunettes à monture d'argent.

– Oui, m'sieur, dit Ray. Rien de plus vrai, le pneu droit est naze.

– Plat comme une crêpe, dit le bandit de cinéma.

– Ouais, vous avez dû l'éclater quand vous nous avez poussés sur le bas-côté, dit Ray.

Ricanement d'un des hommes.

– Ce n'est pas moi, c'est vous qui…

– Tais-toi, l'interrompit Laura.

– Ne les crois pas, Papa, ne les crois pas, c'est un mensonge, c'est un piège.

– Qu'est-ce qu'il y a ? dit Ray, plus sèchement. Vous me croyez pas ? Vous me prenez pour un menteur ? Merde, mec… (Il fit signe aux deux autres de se reculer.) Vous n'avez pas de pneu crevé, hein ? Eh bien, allez-y, démarrez. Démarrez, personne vous en empêche.

Tony hésitait. Cela expliquait la violente vibration ressentie dans la direction quelques instants plus tôt, quand il avait été forcé de s'arrêter après la seconde collision. Il s'adossa à son siège et murmura :

– Bon Dieu de merde !

– Vous savez quoi ? dit Ray. On va vous la changer, votre roue. (Il regarda les autres.) Hein, les gars ?

– Ouais, pas de problème, dit l'un.

– Juste pour vous montrer qu'on est des types bien, on va vous arranger ça, vous aurez rien à faire. Après, on ira voir les flics ensemble, vous et moi, pour signaler l'accident.

Dans son dos, Helen dit à voix basse :

– Ne les crois pas.

– Vous avez un cric, m'sieur ? demanda l'homme à la barbe.

– Ne sors pas de la voiture, dit Laura.

– Pas besoin de son cric, on prendra le nôtre, dit Ray. Allez, on y va.

Les trois hommes allèrent au coffre arrière de la Buick pendant que Tony, sa femme et sa fille, enfermés dans leur voiture, les regardaient sortir leurs outils, cric, démonte-pneu et manivelle.

– Vous avez une roue de secours ? demanda l'homme aux lunettes.

Ils se mirent à rire, sauf Ray.

– Vous pouvez pas changer la roue si vous en avez pas une de secours.

Ray ne riait pas. Il ne souriait pas. Il regardait Tony sans rien dire. Puis il se pencha légèrement et dit :

– Vous me donnez les clés de votre coffre ?

– Ne la lui donne pas ! cria Helen.

L'homme la regarda longuement.

– Putain ! Mais pour qui vous vous prenez ? fit-il enfin.

Tony Hastings soupira et ouvrit la portière.

– J'y vais, dit-il.

Il entendit Helen gémir à l'arrière :

– Papa.

Et la voix de Laura :

– Ça va bien. Reste calme.

Il sortit, ouvrit le coffre, souleva et écarta les valises et les cartons à la lumière de la torche tenue par le barbu, jusqu'à ce qu'ils dégagent la roue de secours. Il regarda les deux hommes la sortir et la faire rouler jusqu'à l'avant, sous le regard impénétrable de Ray. Ils installèrent le cric.

– Faites sortir les femmes de la voiture, dit le barbu.

– Ce n'est pas nécessaire, n'est-ce pas ? demanda Tony Hastings.

– On change la roue, faut qu'elles sortent.

Tony passa la tête dans la voiture.

– Ça va, ils veulent juste que vous sortiez pendant qu'ils changent la roue.

Elles sortirent et se tinrent près de lui devant la portière. Il pensait que si ces hommes étaient dangereux, il serait plus sûr de rester près de la voiture. Les hommes soulevèrent la voiture à la manivelle.

– Hé, vous, dit Ray. Venez ici.

Comme Tony ne bougeait pas, Ray s'approcha.

– Vous vous prenez pas pour de la merde, hein ?

– De quoi parlez-vous ?

– De quoi je parle ? Je dis qu'elles se prennent pas pour de la merde.

– Qui ?

– Elles, vos femmes, vos salopes. Et vous aussi. Vous vous croyez pas comme les autres. Vous croyez que vous pouvez rentrer dans la voiture d'un type et courir chez les flics au mépris de la loi.

– Ecoutez, vous faisiez je ne sais trop quoi…

– Ouais.

De temps à autre, une voiture ou un camion passait à vive allure. Tony Hastings espérait que l'un d'entre eux s'arrêterait ; il souhaitait ardemment la présence de quelqu'un de civilisé entre lui et ces brutes dont il ignorait les intentions. A un moment donné, une voiture ralentit, il pensa qu'elle allait s'arrêter, il fit un pas un avant, mais une main lui agrippa le bras et le tira en arrière. Et Ray fut devant lui, lui bloquant la vue. La voiture poursuivit son chemin. Un peu plus tard, il aperçut le gyrophare d'une voiture de police qui se rapprochait rapidement. Ils viennent à notre secours, pensa-t-il, et il courut vers elle. Mais elle ne ralentit pas et il sut qu'elle ne s'arrêterait pas. Il fit des signes et essaya de crier tandis qu'elle passait en trombe. Il entendit les femmes crier aussi, mais la voiture était déjà loin, lumière clignotante disparaissant dans la nuit.

– Eh bien, vous les avez vus, vos flics, fit Ray. Fallait les arrêter.

– J'ai essayé, dit Tony.

Il se sentit vaincu, se demandant quelle autre urgence avait appelé les policiers, alors que lui-même et sa famille couraient probablement un danger.

Les hommes semblaient prendre plaisir à leur tâche. Ils riaient et il comprit que l'un d'eux avait travaillé dans un garage. Seul Ray ne riait pas. Tony Hastings n'aimait pas l'expression d'attente qu'il lisait sur son visage sans menton. Cet homme est en colère, se dit-il, sa propre colère cédant devant l'étrangeté de la situation. Ils essayent de me montrer qu'ils ne sont pas ce qu'ils paraissent. Ils essayent de me montrer qu'ils sont d'honnêtes gens. Il espéra que ce soit le cas.

3

Susan Morrow interrompt sa lecture. Elle revient doucement à son présent ; bourdonnement du frigo, rires et murmures des enfants qui jouent au Monopoly dans la pièce voisine. Ici, dans cette enclave douillette d'un quartier résidentiel, tout est calme, tranquille, rassurant. Elle s'étire, résiste à la tentation d'aller à la cuisine se verser une tasse de café. Opte pour un chocolat à la menthe ; la boîte est sur la table, sous la queue de Martha.

Elle aussi a roulé de nuit une fois. Arnold, elle et les enfants se rendaient à Cape Cod[1]. Arnold est plus intelligent que Tony Hastings. Aurait-il évité la mésaventure de Tony ? C'est un homme reconnu de ses pairs, capable de proposer à ces hommes un examen gratuit, voire un pontage, pour les remercier de lui changer sa roue, mais cela aurait-il été suffisant pour le protéger ? C'est un homme affable, aux cheveux cendrés, un grand gamin adorant raconter des blagues scabreuses. Ce soir, Arnold est dans un hôtel, elle a presque oublié l'inquiétude que lui inspire le sort de Tony Hastings, Arnold est dans un bar au décor tropical, en train de boire avec ses amis médecins.

Martha, la chatte, l'observe avec une tranquille perplexité. Tous les soirs, Susan s'assoit ainsi, scrutant les pages sur ses genoux sous l'éclat de la lampe, comme s'il y avait là quelque chose, alors que Martha sait qu'il n'y a rien. Martha comprend

1. Sur la côte nord-ouest du Massachusetts.

la traque, mais qu'est-ce que Susan peut bien guetter ainsi avec un visage si détendu ? Martha traque pendant des heures, elle aussi, sans bouger, hormis sa queue qui parfois s'anime d'un frémissement, mais il y a toujours quelque chose, un mulot ou un oiseau, ou l'illusion qu'il y en a un.

Bêtes de nuit 3

L'homme au visage triangulaire, à la bouche trop petite pour son menton, au grand front surmonté d'une crête, l'homme qui s'appelait Ray regardait, les mains dans les poches, les autres s'activer. Il tapait des pieds comme s'il dansait. Je ne dois pas oublier que c'est lui qui nous a forcés à nous arrêter, se disait Tony Hastings. L'homme murmurait sans cesse « Allez vous faire foutre », comme un refrain. Il tapait des pieds et scandait « Allez vous faire foutre », le regard braqué sur la femme et la fille de Tony, serrées l'une contre l'autre près de la portière arrière de la voiture, comme si c'était à elles qu'il le disait, puis portant les yeux sur Tony, avec tout l'air de s'adresser à lui, il marmonnait, juste assez fort pour être entendu, « Allez vous faire foutre, foutre, foutre ».

Puis, fixant toujours Tony, il demanda :

– Vous regardez quoi ?

– Qu'est-ce que vous cherchiez à faire, sur la route ? répliqua Tony.

Un camion arrivait. Il passa, dans un grondement. Si l'homme répondit, Tony ne l'entendit pas. Une conduite intérieure ou un poids lourd passait toutes les trois, quatre minutes, peut-être plus. Tant qu'il y a de la circulation, nous sommes en sécurité, pensa Tony, en se demandant quel danger pouvait le menacer.

– On se croit fortiche, dit l'homme.

– Quoi ?

– Un gentil automobiliste qui respecte le code.

– Quoi ?

– C'est tout ce que vous savez dire ? « Quoi ? »

– Ecoutez…

– J'écoute.

Il fut incapable de parler ; il n'avait pas les mots pour traduire ses émotions.

– Qu'est-ce que vous foutiez sur la route ? demanda l'homme au bout d'un moment.

– On essayait seulement d'arriver là où on va.

– Et vous allez où ?

Tony ne répondit pas.

– Alors, vous allez où ?

– Dans le Maine. On essayait d'aller dans le Maine.

– Y a quoi, dans le Maine ?

Tony ne voulait pas répondre.

– Y a quoi, dans le Maine ?

Tony se sentait comme un gosse tyrannisé par des brutes.

L'homme fit un pas vers lui.

– Y a quoi, dans le Maine ?

L'homme se rapprocha suffisament pour que Tony sente son haleine aux relents d'oignon et d'alcool ; le visage à hauteur de celui de Tony, il faisait la même taille que lui et n'était guère plus épais, mais Tony savait que ce type pourrait le détruire. Il recula d'un pas, mais l'autre réduisit l'écart. C'est la différence d'âge, se dit-il, essayant d'oublier qu'il ne s'était pas battu depuis qu'il était gamin et qu'il avait toujours eu le dessous. Je vis dans un monde différent, pensa-t-il.

Il n'avait aucune envie de dire qu'il possédait une maison de vacances dans le Maine.

L'homme se pencha en avant, obligeant Tony à se pencher en arrière. Il ferait bien de ne pas me toucher. L'homme prit Tony par le col et le poussa un peu.

– Alors, y a quoi dans le Maine, tu vas me le dire ?

Lâche-moi, aurait dû gronder Tony.

– Lâchez-moi, dit-il d'une petite voix, frêle comme celle d'un enfant qu'on terrorise.

La voix d'Helen claqua dans la nuit :

– Laissez mon père tranquille !

– Va te faire mettre, bébé.

L'homme lâcha Tony et s'approcha en riant des deux femmes. Terrifié, tremblant, espérant, contre toute vraisemblance, que son sang de couard glacé de peur reviendrait à la bonne température, Tony s'obligea à lui emboîter le pas.

– Y a quoi, dans le Maine ? Ton papa veut pas me le dire. Alors, tu vas me le dire, toi, d'accord ? Où tu vas, dans le Maine ?

– Qu'est-ce que ça peut vous faire ? répondit-elle.

– Allez, petite, on est des types bien. On répare votre roue. Alors, dis-moi, y a quoi, dans le Maine ?

– Notre maison de vacances. Vous êtes satisfait ?

– Ton papa pense qu'il est mieux que moi. Qu'est-ce que t'en penses ?

– Il est mieux que vous.

– Ton papa a peur de moi. Il a peur que je lui casse la tête.

– Vous n'êtes qu'un bon à rien, dit Helen. Un voyou, une ordure !

Sa voix était haute, frénétique comme un cri.

L'homme fit un pas vers elle, repoussa Laura qui voulait s'interposer. Il prit Helen par les épaules et la plaqua contre la voiture. Laura se jeta sur lui, frappant, griffant, le tirant vers l'arrière, jusqu'à ce qu'il se retourne et la repousse si violemment qu'elle en tomba à la renverse.

– Salope ! murmura-t-il.

Tony, dans un sursaut de dignité, se décida à intervenir, mais l'homme le stoppa d'un crochet au visage. Tony eut l'impression d'avoir reçu un coup de barre à mine sur le nez.

– Faites gaffe, gronda l'homme, faisant face aux trois. Faites gaffe, salauds, vous avez pas le droit de me parler comme ça !

Les deux qui changeaient la roue s'étaient redressés pour regarder.

Quand Tony Hastings avait vu sa femme Laura tomber, quand il avait entendu son petit cri de stupeur et de douleur, de cette voix qu'il connaissait si bien, quand il l'avait vue à terre, dans son pantalon et son pull-over gris spécialement choisis pour le voyage, il avait pensé qu'il se passait quelque chose de moche, de très moche, comme lorsqu'on vous apprend que la guerre est déclarée. Ce fut comme si, dans toute sa vie jusque-là préservée, il n'avait jamais reniflé l'odeur d'une seule chose moche. Il se souvint d'avoir pensé, quand son sang glacé par la peur avait explosé dans sa tête et qu'il avait sauté sur l'homme et encaissé ce méchant coup de poing sur le nez, il se souvint d'avoir pensé : Ce n'est pas une dispute d'écoliers. Des grandes personnes se font assommer.

L'homme le regarda d'un air chagriné.

– Merde, on répare votre putain de roue ! dit-il.

Il alla vers les autres. Ils avaient presque fini et resserraient les boulons.

– Et quand on aura terminé, on ira signaler aux flics cet accident que vous avez causé.

– Il faudra trouver un téléphone, dit Tony.

– Ah ouais ? Vous en voyez, des téléphones, par ici ?

– Quelle est l'agglomération la plus proche ?

Les autres replaçaient l'enjoliveur. Ils roulèrent le pneu crevé jusqu'à la voiture de Tony et le mirent dans le coffre.

– Pourquoi cette question ?

– Mais pour signaler l'accrochage à la police !

– Juste, dit l'homme. Et comment vous comptez faire ?

– Je vais aller au poste de police.

– On quitte le lieu de l'accident, alors ?

– Qu'est-ce que vous voulez faire d'autre ? Attendre qu'une autre voiture de police arrive ?

Il se souvenait que Ray n'avait rien fait pour arrêter celle qui était passée.

– Papa, dit Helen, il y a des téléphones le long de la route. Je les ai vus.

Oui, il se rappelait.

– Ils sont en panne, dit Ray.

– Ils sont bons qu'à appeler les dépanneurs, dit l'homme aux lunettes.

L'homme à la barbe eut un grand sourire.

– Il faut aller à Bailey, c'est la seule façon, dit Ray. On peut pas appeler les flics avec ces téléphones sur la route.

– Très bien, dit Tony, l'air décidé. Allons à Bailey.

– Et comment vous comptez y aller ?

– En voiture.

– Ouais ? Laquelle ?

– Les deux.

– Non, m'sieur. Faut pas essayer de me jouer un tour de con.

– Comment cela ?

– Comment je saurai que vous allez pas filer et nous laisser en plan ?

– Vous croyez que nous ne voulons pas aller à la police ?

– Disons que j'en suis pas si sûr que ça.

– Ne vous inquiétez pas. J'ai bien l'intention de faire ma déclaration.

– Vous savez même pas où est Bailey.

– Vous n'aurez qu'à passer devant et nous suivrons.

L'homme se mit à rire, puis porta un regard songeur en direction de la barrière sombre des bois, comme si une idée lui venait. Pendant un instant, l'air rêveur, il parut avoir oublié tout le monde. Il est fou, pensa soudain Tony, comme s'il faisait une découverte. Puis l'homme sortit de sa rêverie.

– Qu'est-ce qui vous empêchera de tourner au premier croisement et de disparaître ?

– Vous avez l'air de savoir y faire pour ne pas perdre de vue les autres voitures, dit Tony.

L'homme rit de nouveau.

– Nous irons devant et vous nous suivrez, reprit Tony. Comme ça, vous ne risquerez pas de nous perdre.

Ils souriaient tous à présent comme s'il s'agissait d'une bonne plaisanterie, et même Tony esquissa un sourire.

– Allez vous faire foutre ! dit l'homme. Vous irez dans ma voiture.

– Quoi ?

– Vous venez avec nous.

– Pas question.

– Lou peut conduire votre voiture. C'est un citoyen respectueux de la loi. Il vous l'abîmera pas.

– Non, gémit Helen.

– Nous ne pouvons pas faire ça, dit Tony.

– Pourquoi pas ?

– D'abord, je ne vous laisserai pas ma voiture.

Ray feignit la stupeur.

– Quoi, vous pensez qu'on va vous la voler ? D'accord, vous allez avec votre voiture et les femmes montent avec nous.

Helen poussa un petit cri et voulut aller à la voiture, mais Ray lui bloqua le passage.

– Ne faites pas ça, dit Tony.

– Tu vas venir avec nous, hein, ma belle ?

Ray posa sa main sur sa chemise à carreaux, à l'endroit où le sein pointait, et elle tenta de le repousser.

– Tony, dit Laura.

Elle le regarda et l'homme les regarda, Tony et elle. Puis Laura ajouta :

– Laissez-la tranquille.

– Arrêtez ! implora Tony, luttant contre le tremblement de sa voix.

– Elle aime ça, dit Ray.

– Non ! hurla Helen.

– Mais si, t'aimes ça, mais tu le sais pas.

– Tony, répéta Laura d'une voix calme.

Il banda ses muscles, serra les poings et fit un pas vers Ray, mais le barbu le retint par le bras. Il essaya de se dégager. Ray se tourna vers Tony et lâcha Helen, qui s'enfuit en courant le long de la route.

– Helen ! cria Tony.

– Qui c'est le patron, dans cette famille ? fit Ray.

Ça ne vous regarde pas, pensa Tony, mais il ne dit rien. Il suivait des yeux sa fille qui courait le long du talus bordant l'autoroute. L'homme appelé Ray souriait de toutes ses dents.

Helen parcourut une cinquantaine de mètres et s'assit sur un rocher qui affleurait sur le bas-côté. Il vit qu'elle pleurait. Il y eut un moment de silence.

Ray fit signe aux deux autres de le suivre et ils s'en furent conférer près de la Buick. Tony était conscient de la nuit, de sa fraîcheur et de la clarté des étoiles. Derrière lui, le terrain descendait vers les bois, dont il devinait l'étendue sombre. Les voies dans l'autre sens étaient dissimulées par un écran d'arbres, et les véhicules qui passaient jetaient un éclat blanc, fantomatique, à travers les branches. Les hommes près de la Buick discutaient avec animation et riaient, et Helen là-bas sur le bas-côté était toujours assise sur son rocher, la tête dans les mains.

Une voiture apparut. Comme elle approchait, Helen s'avança sur le bord de la route et fit de grands signes. La voiture accéléra.

Puis Laura parla à Tony.

– Viens, dit-elle, on va la prendre au passage.

Elle monta dans leur voiture mais, comme Tony faisait le tour pour gagner le côté conducteur, il vit Helen qui revenait. Les trois hommes se tenaient entre elle et la voiture.

Elle avait un bâton à la main.

Une autre voiture approchait. Helen courut sur la route en agitant les deux bras et le bâton au-dessus d'elle.

Le véhicule ralentit. C'était un pick-up et il stoppa juste devant elle. Le chauffeur se pencha du côté droit et la regarda avec de grands yeux.

– Vous voulez vous faire tuer ? cria-t-il.

C'était un vieil homme, coiffé d'une casquette de base-ball.

Ils allèrent tous vers lui, sauf Laura, qui resta dans la voiture.

– Ces types… commença Helen.

– C'est rien, dit Ray. Elle est un peu secouée.

– Non, demandez à mon père.

– Alors ? demanda le vieil homme.

– On a besoin d'aide, dit Tony.

– Hein ?

– Ils ont crevé, mais on leur a changé la roue, expliqua Ray. (Il hochait la tête en souriant de ses dents de rongeur.) Tout va bien, ajouta-t-il.

– Hein ? Pourquoi elle veut se faire écraser, alors ? demanda le vieil homme.

– Tout est arrangé, on vous dit ! cria Ray.

Tony s'avança.

– Excusez-moi…

Il entendit Helen dire dans un sanglot :

– Je vous en supplie, aidez-nous.

Le vieil homme regarda Ray, qui riait en faisant tournoyer la manivelle, apparue comme par magie dans sa main.

– Qu'est-ce que vous dites ? demanda le vieil homme, portant la main en cornet à son oreille.

– Y a pas de problème, dit Ray, gonflant la voix.

– Non, non, essaya de crier Tony.

Quelqu'un le tirait en arrière par le bras. Le vieil homme considéra le petit groupe avec un mélange de stupeur et de tristesse, mais peut-être était-ce là son expression habituelle.

Il regarda la manivelle dans la main de Ray. Il hésitait.

– Pas de problème, alors ?

Le ton était grincheux. Son visage disparut de la fenêtre ; il passa une vitesse et démarra.

Derrière lui, Tony entendit Helen qui criait :

– Pour l'amour du Ciel, monsieur !

– Alors, bébé ? dit Ray. Tu voulais quand même pas fricoter avec ce vieux sourdingue ?

Helen courut à la voiture, s'engouffra à l'arrière, ferma la portière.

Le silence se fit à nouveau. Ray tenait Tony par le coude, sans serrer. Laura et Helen attendaient dans la voiture.

– D'accord, dit enfin Ray. On y va avec les deux voitures.

Le cauchemar allait prendre fin, ils se fatiguaient de leur jeu, qu'ils avaient poussé aussi loin que possible, jusqu'à ce qu'ils comprennent qu'ils ne pouvaient rien faire de plus. Il savait qu'ils n'iraient pas à la police, mais il s'en fichait, trop content d'être débarrassé d'eux.

Mais Ray le tenait toujours par le coude. Tony s'avança vers la voiture et sentit l'étreinte sur son coude se resserrer.

– Pas vous, dit Ray.

– Quoi ?

La peur, maintenant, la vraie.

– On se divise, dit Ray. Vous venez dans ma voiture.

– Pas question !

Il vit l'homme aux lunettes courir à la portière du conducteur, l'ouvrir avant que Laura, sur le siège du passager, ne comprenne ce qui se passait et puisse se pencher pour relever le loquet de fermeture. L'homme tenait maintenant la portière ouverte, un pied à l'intérieur, et Ray disait :

– Vous avez pas le choix.

– Je ne vais pas laisser ma famille.

– Je vous le dis, m'sieur, vous avez pas le choix.

Les deux complices de Ray, dont l'un était à moitié dans la voiture de Tony, regardaient Ray, dans l'attente d'un signal ou d'un ordre. Celui-ci réfléchit un instant. Il lâcha Tony et dit :

– Tu pars avec Lou.

Et il se dirigea vers la voiture. Tony voulut le suivre, mais le barbu le saisit par le bras.

– Vaut mieux pas.

Le barbu tenait quelque chose à la main, quoi, Tony n'aurait su le dire. Il dégagea son bras et courut après Ray. Il vit l'homme qui coinçait la portière du pied se pencher à l'intérieur pour déverrouiller le loquet arrière. Il vit Helen tenter de l'en empêcher, il la vit lutter, essayer de mordre la main de l'homme aux lunettes, mais celui-ci réussit à ouvrir la portière et à monter. Tony courut après Ray. Je vais le frapper par-derrière, pensa-t-il, je vais l'assommer et monter dans la voiture, mais quelque chose de lourd lui faucha les chevilles et il tomba lourdement sur le ventre, donnant du menton sur le gravier. Il releva la tête et vit Ray s'installer au volant.

La voiture démarra dans un rugissement, les pneus crissèrent sur la chaussée. Il vit les visages horrifiés de sa femme et de sa fille qui le regardaient quand la voiture passa à côté de lui, il entendit diminuer le bruit du moteur, vit les feux arrière se fondre lentement en un seul éclat rouge que la nuit eut tôt fait d'avaler.

Pendant quelques instants, il n'y eut que le silence des bois et le lointain grondement d'un camion, et Tony regarda la route déserte par où celles qu'il aimait avaient disparu, essayant de trouver un moyen de nier ce que les mots dans sa tête lui criaient.

Le barbu prénommé Lou le regardait de haut. Il tenait le démonte-pneu dans sa main droite.

– Venez, dit-il. Vous feriez mieux de monter dans la voiture.

4

Susan est sous le choc. Ils ont kidnappé la famille de Tony alors même qu'elle prévoyait, impuissante, tout ce qui allait arriver. Tony et Laura auraient dû monter dans leur voiture quand Helen s'était enfuie, démarrer sans laisser aux autres le temps de réagir et récupérer Helen au passage. Mais ils ont neutralisé Tony tout comme Edward la retient captive avec son roman. Elle regarde la voiture de Tony disparaître avec son précieux chargement et partage sa honte et sa terreur.

Elle se réveille dans la douce atmosphère du living, la partie de Monopoly atteint des sommets dans la pièce à côté, bien loin de la sauvagerie de cette route déserte. Elle ressent un manque, quelqu'un manque à l'appel. Pas Arnold, elle sait où il est. C'est Rosie, ma petite Rosie, où est-elle ? La nuit froide étreint soudain son cœur d'une main de glace, pourquoi n'est-elle pas là ? Mais Susan Morrow sait où est Rosie : elle passe la nuit chez Carol. Et donc, ce n'est pas ça. Quant à Arnold, il est dans son bar décoré de bambous, à se détendre, pas avec Marilyn Linwood, mais avec ses confrères, les docteurs Vieillebranche, Renommé, Nouveauvenu et Coronaire, au terme d'une journée de discussions et de tables rondes.

Elle aimerait savoir, est-ce qu'il se passe vraiment des choses aussi horribles ? Elle entend la réponse d'Edward : on lit ça tous les jours dans le journal. Son cher ex-mari semble avoir des projets la concernant. Elle redoute les projets d'Edward, mais elle n'a pas peur.

Bêtes de nuit 4

– Prenez le volant, dit celui qu'ils appellent Lou.

– Moi ?

– Ouais, vous.

La singularité d'une voiture qui n'est pas la sienne, la portière cabossée qui grince, le siège du conducteur avec son dossier déchiré, les pédales qui sont trop près. L'homme lui tendit la clé. Tony Hastings tâtonna sous le tableau de bord d'une main tremblante, cherchant le démarreur.

– A droite du volant, dit l'homme.

Le moteur mit du temps à démarrer et, quand Tony passa en première et débraya, il cala ; cela faisait longtemps qu'il n'avait pas conduit avec une boîte manuelle.

Assis à côté de lui, Lou, l'homme à la barbe noire, se taisait. Tony démarra enfin et conduisit aussi vite qu'il le pouvait. Grinçant et vibrant de toute sa tôle, la Buick avait de la puissance, mais Tony savait que la vitesse ne suffirait pas à combler son handicap sur l'autre voiture.

La lueur verte d'un panneau annonçant une sortie. Il leva le pied. Le deuxième panneau spécifiait Bear Valley et Grant Center.

– Cette sortie-ci ? demanda-t-il.

– Je sais pas, je suppose.

– C'est la route qui mène à Bailey ? Pourquoi le panneau ne mentionne-t-il pas Bailey ?

– Pourquoi vous voulez aller à Bailey ?

– Mais n'est-ce pas là que nous allons ? Pour signaler l'accrochage ?

– C'est vrai, j'oubliais.

– Alors, c'est par là ?

Ils étaient arrivés au début de la bretelle de sortie et roulaient au pas.

– Je crois.

Un stop.

– A droite ou à gauche ?

Une route de campagne. Une station-service dans l'obscurité et les taches noires des champs se fondant dans les bois.

L'homme mit du temps à se décider.

– Essayez à droite.

– J'ai cru comprendre que Bailey était l'agglomération la plus proche. Comment se fait-il que le panneau indique Bear Valley et Grant Center, et non Bailey ?

– Ouais, c'est bizarre, hein ?

La route, étroite, serpentait à travers champs et bois, montait, descendait, bornée de temps à autre par la silhouette ténébreuse d'une ferme. Tony conduisait aussi vite qu'il le pouvait, freinait sec quand surgissait un tournant et continuait de poursuivre une voiture invisible sur une distance qui ne cessait de s'allonger, sans jamais croiser un seul véhicule. Ils passèrent un panneau de vitesse limitée, puis un autre indiquant CASPAR. L'entrée d'un hameau sans lumière. Et rien d'ouvert.

– Il y a une cabine téléphonique.

– Ouais, dit Lou.

Tony ralentit.

– Ecoutez, j'aimerais bien que vous me disiez où est Bailey…

– Continuez.

Un croisement, une route plus large, un panneau indiquant WHITE CREEK, une brochette de garages, de petits restaurants, de boutiques, tous fermés.

– A gauche, dit Lou.

Ils laissèrent les bâtisses derrière eux. Une ligne droite, puis une bifurcation, une route qui descendait, ils prirent celle qui montait parmi les collines et les bois.

– Voilà l'église, murmura Lou.

– Quoi ?

Il y avait une petite église avec un clocher blanc dans une clairière. Les bois flanquaient la route de chaque côté. Une conduite intérieure de couleur claire était garée sur le bas-côté dans un tournant. Elle ressemblait à sa voiture. Puis il en fut certain, Dieu !

– C'est ma voiture ! s'écria-t-il.

Il s'arrêta quelques mètres plus loin.

– Vous arrêtez pas en plein tournant !

– Mais c'est ma voiture !

Elle était vide. Il y avait un chemin de terre qui montait à travers bois jusqu'à une caravane dont l'une des fenêtres était faiblement éclairée.

– C'est pas votre bagnole, dit l'homme.

Tony Hastings essaya de reculer pour lire la plaque d'immatriculation, mais il n'arrivait pas à passer la marche arrière.

– Ça va pas, de reculer comme ça dans un tournant ! grogna Lou. (On n'a pas croisé une seule voiture depuis qu'on a quitté l'autoroute, pensa Tony.) Et puis je vous dis que c'est pas la vôtre ! Celle-ci, c'est une deux-portes.

Tony regarda par la lunette arrière.

– Vous êtes sûr que ce n'est pas une quatre-portes ?

– Qu'est-ce que vous avez, vous êtes aveugle ?

Tendant le cou, essayant de voir la voiture avec cet homme à côté de lui qui lui disait que ce n'était pas une quatre-portes, cet homme à qui il demandait de vérifier à sa place, il finit par admettre que la panique lui déformait le jugement et peut-être la vue. Ils repartirent.

La route montait lentement à travers les bois, puis descendait jusqu'à un nouvel embranchement dépourvu de panneau de signalisation. Ils prirent à droite pour grimper encore.

– Pourquoi vous avez cru que c'était votre caisse ? demanda Lou.

– Elle y ressemblait.

– Y avait personne dedans. Qu'est-ce vous avez pensé ? qu'ils étaient en train de partouzer dans la caravane ?

– Je ne sais plus que penser.

– Vous avez peur, m'sieur ?

– J'aimerais savoir où nous allons.

– Vous avez peur que mes copains jouent pas franc-jeu ?

– J'aimerais savoir où se trouve Bailey.

– Vous savez, mon pote Ray, vaut mieux le ménager.

– Que voulez-vous dire ?

– Là, ralentissez.

La route était droite, bordée d'un profond fossé et de bois de chaque côté.

– Attention, vous allez tourner un peu plus haut.

– Comment ça, tourner, il n'y a rien…

– Ici, tournez ici.

Un chemin de terre s'enfonçait dans les bois à droite. Tony Hastings arrêta la voiture.

– Tournez, comme j'vous l'dis.

– Le diable vous emporte, je ne vais pas prendre ce chemin.

– Ecoutez, m'sieur. Personne déteste la violence plus que moi. (Le barbu, un bras nonchalamment passé par-dessus le dossier du siège de Tony, le regardait.) Vous voulez revoir votre femme et votre fille ?

Le chemin se rétrécissait en une piste étroite et parcourue au milieu d'une crête herbeuse. Elle contournait de grands arbres et des rochers. La Buick avançait en cahotant sur les cailloux et les ornières. Jamais je ne me suis trouvé dans une situation pareille, se dit Tony, jamais. Il se rappelait vaguement avoir été fait prisonnier par des gosses du quartier bien plus grands que lui lorsqu'il était enfant, mais ce souvenir lui prouvait combien le présent était différent, et à quel point rien dans toute sa vie civilisée n'avait jamais ressemblé à ça.

– Qu'est-ce que vous allez nous faire ?

Les phares éclairaient les uns après les autres les troncs des arbres. L'homme ne lui répondit pas.

Tony reposa sa question :

– Qu'est-ce que vous allez nous faire ?

– Merde, m'sieur, j'en sais rien. Faut demander à Ray.

– Ray n'est pas là.

– C'est sûr qu'il est pas là, dit l'homme en riant. Bon, j'vais vous le dire. J'en sais foutre rien, de ce qu'on va faire. Je vous le répète, ça dépend de Ray.

– Est-ce lui qui vous a chargé de m'emmener sur ce chemin ?

L'homme garda le silence.

– Ray est un drôle de mec, dit-il finalement. On peut pas ne pas l'admirer.

– L'admirer ? Et pourquoi ?

– Il a du cran. Il fait toujours ce qu'il a à faire.

– Que je vous dise, lui renvoya Tony, je ne l'admire pas du tout.

Il se demanda si le barbu l'admirait d'avoir ainsi le cran de lui dire le fond de sa pensée.

– Vous en faites pas, il s'en tape, que vous l'admiriez ou pas.

– Tant mieux pour lui.

Il vit un renard parmi les feuilles, les yeux comme des joyaux, immobile un instant dans le feu des phares et, la seconde suivante, disparu.

– Vous avez pas besoin de vous inquiéter pour votre femme et votre fille.

– Que voulez-vous dire ? De quoi devrais-je m'inquiéter ?

– Vous avez pas peur ?

– Bien sûr que j'ai peur. Je suis mort de peur.

– Ouais, on peut l'être, j'comprends.

– Qu'est-ce qu'il fait avec elles ? Qu'est-ce qu'il leur veut ?

– Diable, j'en sais rien. Ray aime voir jusqu'où il peut aller. Mais je vous l'ai dit, vous tracassez pas.

– Dois-je comprendre que tout cela n'est qu'un jeu ? Une grande farce ?

– C'est pas exactement un jeu. Non, j'appellerais pas ça un jeu.

– Alors c'est quoi ?

– Hé m'sieur ! Me demandez pas ce que Ray a dans sa manche. C'est toujours quelque chose de nouveau.

– Alors, pourquoi me conseiller de ne pas m'inquiéter ?

– Tout ce que je veux dire, c'est qu'il a encore jamais tué personne, du moins à ce que j'en sais.

– Tué ? Vous parlez de meurtre ?

– J'ai dit qu'il avait encore jamais tué personne, répéta Lou sans se départir de son calme. Si vous m'écoutiez, vous entendriez ce que j'vous dis.

Ils parvinrent dans une clairière où la piste disparaissait dans les hautes herbes.

– Tiens, tiens, dit Lou. On dirait que le chemin s'arrête là.

Tony arrêta la voiture.

– Ils sont pas là, dit Lou. J'me demande si j'me suis pas trompé de route. J'crois que vous feriez mieux de descendre.

– Descendre ? Et pourquoi donc ?

– Parce que c'est l'heure de descendre. D'accord ?

– J'aimerais que vous me disiez pourquoi.

– Nous avons assez d'ennuis comme ça. Alors, faites ce que je dis, compris ?

En cas d'agression, la sagesse consiste à ne pas résister, à donner son portefeuille, à ne pas crâner devant une arme. Tony Hastings se demandait à quel moment la non-résistance cessait d'être de la sagesse pour devenir du suicide. Y avait-il eu au cours des événements précédents un moment où il aurait pu prendre l'avantage et un tel moment était-il encore possible ?

Deux hommes assis à l'avant d'une voiture : celui de droite dit à celui derrière le volant de sortir, et ce dernier refuse. Il a une quarantaine d'années, il est sédentaire, enseignant de son métier, son esprit remarque beaucoup de choses, mais il ne s'est pas battu depuis qu'il est gamin et ne se souvient pas d'avoir eu ne serait-ce qu'une fois le dessus dans une bagarre. L'autre homme a une barbe noire, porte un jean et paraît sûr de lui. L'homme sédentaire n'a pas d'armes, excepté son stylo-plume et ses lunettes de lecture. L'homme à la barbe n'a pas exhibé d'arme, mais semble être de taille à mettre ses menaces à exécution. Question : comment le sédentaire peut-il éviter d'être jeté hors de la voiture ?

– Je vous demande de descendre et vous descendez, comme ça, y a pas de violence.

– De quelle violence parlez-vous ?

L'homme à la barbe sortit de la voiture et en fit le tour. Tony Hastings s'émerveilla que le dénommé Lou fût apparemment certain qu'il ne tenterait pas de lui passer dessus. C'était pourtant facile : le moteur tournait et il avait la main sur le levier de vitesses. Bien sûr, il lui faudrait tourner dans la clairière. Grincement de gond rouillé, la portière s'ouvre à la volée, et Lou, à côté de lui :

– Dehors !

Tony le regarda.

– Je ne veux pas être abandonné ici.

Il n'était pas encore trop tard pour agir – à condition de faire vite. L'homme lui agrippa le bras, Tony embraya et essaya de passer en première, mais l'homme l'arracha brutalement à son siège et Tony tomba à la renverse dans l'herbe.

– Vous allez vous faire tuer, si vous faites pas gaffe, dit l'homme.

Il s'installa au volant, claqua la portière et, après quelques manœuvres rapides, regagna en brinquebalant le chemin par lequel ils étaient venus.

Debout dans la clairière, Tony suivit longtemps le jeu des phares à travers l'entrelacs des arbres jusqu'à ce que se referment sur lui la nuit et le silence.

Elle repose le manuscrit. Quelle histoire, ça empire sans cesse. Agacée par ce Tony Hastings, mais qu'aurait-elle fait à sa place ? Ne pas se trouver dans une situation pareille, pour commencer.

Elle a envie de se lever. Faire quelque chose avant le chapitre suivant, certainement éprouvant. Mais elle ferait mieux de ne pas bouger. Continue, pour savoir ce qui va se passer.

Que peut-il arriver à un homme qui vient de se faire larguer dans les bois, pendant que des voyous se sont barrés avec sa voiture, sa femme et sa fille ? Impossible de répondre quand on ne connaît pas les voyous en question, quand on ignore leurs intentions. Mais c'est de la fiction, ce qui change le point de vue. C'est un chemin tracé par Edward, et lui seul sait où il mène. Susan peut seulement se demander si elle désire le suivre. Mais comment faire autrement ? Elle est prisonnière, tout comme Tony.

Dans la pièce du Monopoly, quelqu'un pète. Mike, le copain d'Henri, rit comme un âne. Susan se penche et voit par la porte ouverte son fils Henry, de dos, son gros derrière débordant de la chaise, bien trop gras, le pauvre enfant. Sa sœur, Dorothy, casque d'or, d'un an plus âgée, lui donne une tape sur le bras.

Rien ne va plus, tout est de travers. Je ferais mieux d'aller aux toilettes, se dit Susan. Quelque critique qu'elle puisse faire plus tard de son roman, elle pourra toujours dire à Edward qu'il l'aura tenue en haleine.

5

C'est une interruption délibérée de sa lecture, car elle n'éprouvait pas un réel besoin d'aller aux toilettes. Elle redescend l'escalier dans l'obscurité. L'ampoule du palier a grillé, il lui faudrait prendre l'escabeau dans la cave. Pas ce soir. Dans le bureau, Henry, vautré par terre sur le dos, le pull relevé, se gratte le ventre ; il perd et Mike ricane méchamment en pointillant le pourtour du tableau de jeu de son feutre. Henry chantonne :

– Je m'en tape, je m'en tape-tape-tape.

– Fais pas le bébé, dit Dorothy.

Martha s'est posée sur le manuscrit, elle se fait lourde quand Susan essaie de la repousser. Susan se rappelle une jolie route en été, descendant vers une vallée piquetée de fermes entre des collines boisées. Elle aime la nature sauvage, les crêtes coiffées de pins, les vallons profonds et les arrêts dans les petits restaurants accueillants à l'écart de l'autoroute, surtout après de longues heures passées à traverser le pays plat de l'Indiana et l'Ohio. Cela lui repose l'âme. Elle se souvient des chansons dans la voiture, Dorothy, Henry et Rosie à l'arrière, Jeffrey passant d'un giron à l'autre, et Martha cachée sous un siège.

Elle vire Martha du canapé, Martha qui s'ébroue, offensée, puis se précipite à la cuisine. Susan revoit le lac, la lumière du matin perçant de rayons fins comme des fils d'araignée les frondaisons de l'arbre penché sur l'eau, et Arnold et Henry qui s'aventurent dans les flots, Arnold de l'eau jusqu'aux clavicules, ses épaules rondes et piquées de taches de rousseur, soutenant Henry qui s'initie à la brasse, tandis que Dorothy joue les ondines à quelques mètres d'eux.

Elle se souvient de la cabane d'Edward dans les bois, quand il voulait être écrivain. Molles impressions, brefs aveux poétiques qui n'avouaient rien. Saynètes nostalgiques, dégoulinantes de chagrin et de douleur. Morts des pères. Havres hantés. Mélancolies de la chair parmi les pâtures et les bois. Il n'était pas facile de lire Edward en ce temps-là.

Quelle différence, aujourd'hui, elle doit le reconnaître. Edward a le pouvoir de la captiver et de la maintenir ainsi, qu'elle le veuille ou non. Elle suit Tony Hastings dans son calvaire, voit ce qu'Edward veut lui faire voir, ressent ce qu'il ressent, sans pour autant en éprouver un malaise, comme c'était souvent le cas avant. L'Edward raide et prétentieux, pointilleux et grincheux, n'a pas encore pointé le bout de son nez dans ce paysage désolé de Pennsylvanie, où elle et Tony affrontent la malignité de ces hommes. Non, il n'est pas encore apparu d'objet de querelle avec Edward, et elle lui en est reconnaissante.

Bêtes de nuit 5

Tony Hastings resta longtemps à contempler l'obscurité où la voiture avait disparu. La nuit était noire et il essayait d'y voir, aveugle vaguement conscient de variations dans la profondeur des ténèbres. Mon Dieu, ils sont partis et m'ont laissé. C'est quoi, cette plaisanterie ?

Les bois étaient silencieux, il n'entendait rien. Au bout d'un moment, l'obscurité commença de s'éclaircir, oh, très peu, mais assez pour qu'il distingue une petite clairière cernée d'arbres et le vide du ciel au-dessus de lui. Il y avait quelques étoiles, pas beaucoup et moins brillantes qu'elles auraient dû l'être à cette altitude. Les cimes des arbres se découpaient à contre-ciel mais, en dessous, tout restait d'un noir impénétrable, rideau d'ombre dense tendu autour de la clairière.

Ils ne s'attendent quand même pas à ce que je puisse me

sortir de là sans lampe électrique, pensa-t-il. Parlez d'une blague !

Le silence commença de se dissiper. Il perçut non pas un bruit, mais des sons qui se répercutaient et qu'il parvint à identifier : les camions passant sur l'autoroute, là-bas, à des kilomètres. Il n'aurait su dire si le faible bourdonnement qu'il entendait provenait d'insectes dans l'herbe ou bien de son oreille. Autour de la clairière, le rideau produisait des ombres. Il voyait des troncs d'arbres et des espaces entre les arbres. Il pouvait voir le trou noir dans lequel la voiture avait disparu. Il pouvait voir l'entrée du chemin.

Qu'attends-tu ? Il était idiot de penser qu'ils reviendraient. A la vérité, l'idée ne l'avait même pas effleuré. La situation était claire : ils l'avaient largué dans la nature, le genre de plaisanterie qui pourrait venir à l'esprit d'un collégien, et il ne lui restait plus qu'à retrouver son chemin. Il n'était pas prêt d'arriver dans le Maine.

Toute la question était de savoir s'il parviendrait à s'orienter en pleine nuit. Non, ce n'était pas toute la question. Maintenant que sa vue était accoutumée à l'obscurité, il s'avança sur le chemin qui s'enfonçait dans les bois. Résistant à une envie de courir, il se mit en marche.

Un pont de rondins enjambait un petit ruisseau et le chemin serpentait à travers les arbres, montait et descendait entre des murs d'épais buissons et des bosquets de pins. Laura et Helen devaient l'attendre au poste de police de Bailey. Inquiètes pour lui, abandonnées par lui. Cette pensée le rendait fou. Comment les avertir que tout allait bien, qu'il arrivait, qu'il était dans la nature et qu'elles feraient mieux de dormir parce qu'il en aurait pour un moment ? On finirait bien par envoyer quelqu'un à sa recherche, mais ce ne serait pas avant des heures et, de toute façon, qui penserait à le chercher sur une piste forestière comme celle-ci ?

On ne m'enverra personne. Allez, bouge-toi. S'il s'asseyait pour attendre, il ne s'en sortirait jamais. Comme si sa vie elle-même dépendait de cette marche nocturne.

Il s'efforçait d'avancer d'un pas régulier, chose malaisée sur un chemin de terre criblé d'ornières que l'obscurité dissimulait, il trébuchait sur les cailloux, parfois les branches des arbres de chaque côté s'entremêlaient, obstruant presque la piste. Il ne se souvenait pas d'être passé par là en voiture. Il dut avancer les mains devant les yeux pour se protéger des branches, guidant sa marche d'après la bande herbeuse qui courait au centre du chemin. Il serait plus facile de se coucher au pied d'un arbre et d'attendre le jour. Mais il lui faudrait de toute façon sortir de ces bois, et marcher encore, pendant que Laura et Helen attendaient.

Il se sentait insulté et profondément humilié. La rage concentrée dans ses poings, il continua d'avancer, bravant la cécité de ses pieds, de ses talons, de ses orteils. La stupidité de ces voyous qui jouaient à vous faire peur sur la route et enlevaient un professeur de faculté pour l'abandonner dans les bois ! Ils trouvaient ça drôle ? Viril ? Dur ?

Tony Hastings était insulté, mais refusait l'humiliation. Je m'appelle Tony Hastings. J'enseigne les mathématiques à l'université. La semaine dernière, j'ai flanqué un F à trois étudiants, mais quinze autres ont eu le plaisir d'avoir un A. Je suis titulaire d'un doctorat d'Etat. La loi aura certainement quelque chose à dire à Ray, Lou et Turk. Dieu sait si je suis un homme pacifique, je déteste les conflits, mais les types qui jouent les pirates de la route risquent d'apprendre à leurs dépens de quel bois je me chauffe.

L'indignation le protégeait du danger de pleurer. Une indignation remontant à l'enfance, quand les grands lui arrachaient sa casquette, le poussaient dans le ruisseau et s'enfuyaient en courant.

La distance commence à peser dans ses jambes, pas à pas il refait, trébuchant sur les racines, les kilomètres parcourus en voiture. Le temps l'enferme dans une cellule où les minutes comptent pour des heures. Il lui faut sortir de là avant que le jour se lève.

Et si elles décident de ne pas l'attendre plus longtemps ? Si elles pensent qu'il s'est enfui ? Il doit leur faire parvenir un message avant qu'elles ne partent.

Doucement, bonhomme. Se calmer. Il n'y a rien d'autre à faire que ce que tu fais. Elles attendront. Souhaite-leur de dormir paisiblement pendant que tu traces ton chemin vers elles.

Vers elles ? Où ? Au poste de police ? Quel poste de police ? Tu ne penses pas droit. Tu sais très bien qu'ils ne t'attendent pas à un quelconque poste de police. Tu le savais depuis le début, mais ton esprit se détournait de cette évidence. A présent, le temps de réfléchir est venu. Ils n'emmèneront pas Laura et Helen à la police, et ce pour la même raison qu'ils t'ont abandonné dans les bois. Tony Hastings savait tout cela, mais c'était seulement maintenant qu'il en prenait réellement conscience. Sensation de mercure injecté dans les veines, transformant toutes choses en glace, muant la rage en peur panique. S'ils n'avaient pas emmené Laura et Helen chez les policiers, où les avaient-ils emmenées ?

Doucement, bonhomme. Se calmer. Il n'est rien d'autre que tu puisses faire que ce que tu fais.

Quelques instants plus tard, il vit, à travers le rideau des troncs et des branches, un faisceau de lumière blanche aller et venir, comme si quelqu'un avait balayé les ténèbres avec une torche électrique. Puis il entendit le moteur d'une voiture peinant sur les bosses et les irrégularités de la piste. Ils revenaient. La plaisanterie était terminée, ils revenaient – comme il l'avait toujours su, même si son impatience lui avait soufflé le contraire. Sa rage et sa terreur se fondirent en un immense soulagement. Merci, mon Dieu !

La lumière blanche approchait, projetant des ombres terribles parmi les branches. Soudain, il la vit se contracter en un seul œil flamboyant qui illumina arbres, rochers et buissons tout autour de lui et, en même temps qu'il en recevait l'éclat en clignant des yeux, il pensa, en un éclair : Cache-toi !

Il courut vers un grand arbre que le faisceau avait éclairé une seconde et plongea derrière un rocher, alors que les phares incendiaient de nouveau la forêt autour de lui. Puis ce fut de nouveau la nuit, le moteur de la voiture se tut, et Tony Hastings pensa : Ils m'ont vu.

Il resta plaqué contre la roche, la terreur lui battant aux

tempes. Ils m'ont vu quand ils m'ont pris la première fois dans les phares et maintenant, ils attendent que je me montre.

– Hé, m'sieur !

La voix était proche, amplifiée par le silence.

– Votre femme veut vous voir.

Il ne bougea pas. Se demanda : Est-ce possible ? Pourquoi pas, après tout ? Car si elle n'était pas là, où était-elle ?

– M'sieur ? Votre femme veut vous parler.

La voix avait la musique d'un piège.

– M'sieur… Et merde !

Les phares illuminèrent de nouveau le tapis forestier comme le décor d'un film, mais Tony Hastings restait tapi derrière son rocher. La voiture démarra et remonta le chemin par lequel Tony était venu.

Il crut reconnaître sa voiture. Il la regarda cahoter sur la piste, essaya d'en scruter l'intérieur. Etaient-elles à bord ? Il vit les têtes de deux hommes, deux boules se détachant sur la lumière des phares. Juste deux, il en était sûr.

Mais peut-être se trompait-il, il était difficile de dire qui se trouvait dans une voiture quand on essayait de voir sans être vu. Il sortit de sa cachette, écouta le bruit du moteur diminuer tandis que le silence et l'obscurité revenaient. Qu'est-ce qui t'a pris ? Pourquoi n'as-tu pas répondu à leur appel ?

Il pesta contre sa couardise, puis écouta le silence. Paralysé, et se demandant quelle direction prendre.

6

La sonnerie du téléphone envahit brutalement sa lecture, surprend Susan dans les bois. C'est Arnold qui appelle de son hôtel à New York et lui fait battre le cœur. Dit qu'il l'aime, comme s'il trouvait ça nécessaire. Deux minutes d'une conversation étrange entrecoupée de silence nerveux entre deux étrangers mariés depuis vingt-cinq ans. Son entretien a lieu demain. L'enjeu : le poste de directeur du Cedar Hall, Institut de recherche et de pratique cardiologiques à Washington. Plus connu sous l'abréviation Chickwash. Quand elle raccroche, elle tremble autant que s'ils venaient de se quereller. Elle devrait plutôt être soulagée, non ?

Pendant ce temps, Tony Hastings est seul sur ce chemin forestier, ce que le coup de fil a fait oublier à Susan. Elle se rencogne dans le canapé, s'efforce de rejoindre Edward dans les bois, mais elle tremble encore de l'appel d'Arnold. Elle parcourt un paragraphe, l'esprit ailleurs. Recommence.

Bêtes de nuit 5 (suite)

Réfléchis. Tu ne réfléchis pas. Quelle direction ? N'est-ce pas sa voiture qu'il vient de voir ? N'est-ce pas dans sa voiture qu'il a vu pour la dernière fois Laura et Helen ? N'est-ce pas dans sa voiture qu'elles devraient toujours être ? « M'sieur ? Votre femme veut vous parler. »

Réfléchis. Pourquoi ces types viendraient-ils le chercher là où ils l'ont abandonné ? Pour lui ramener sa femme et sa fille. Il aurait dû les attendre. Dans la clairière. Au lieu de cela, il s'était caché comme un lâche derrière un rocher, incapable de sortir à découvert et d'aller à leur rencontre. Laura et Helen attendaient dans la voiture qu'il se montre, et il n'a pas bougé. Elles ont donc poursuivi leur route, s'enfonçant davantage dans les bois avec leurs ravisseurs, trahies, abandonnées. Honte à lui, honte et douleur, comme s'il les avait reniées et perdues à jamais.

Cours après elles. Vite. Il regarda dans la direction où elles avaient disparu, dans la direction d'où il venait. Mais son corps se refusait à bouger. L'instinct lui soufflait de rester caché. Tu es fou.

D'autres pensées suivirent, détaillant les raisons pour lesquelles il ne pouvait bouger. Elles ne sont pas dans la voiture. Tu ne ferais que retomber dans les mains sadiques de Ray et Turk. Tu ne ferais que revenir à la case départ. Ils étaient deux dans la voiture, seulement deux, Ray et Turk.

Aussi se remit-il en route. Le chemin se faisait plus praticable, à présent. Plus large, moins accidenté, moins encombré de branches et de buissons. Mais il tirait derrière lui une lourde chaîne de douleur et de chagrin qui le ralentissait. Il se disait que Laura l'aurait appelé si elle avait été là. Elle aurait crié : « Tony ? »

Il marchait plus vite, parlant à voix basse. Preuve du danger : ils avaient voulu le piéger, comme un gibier. Preuve de leur stupidité : pensaient-ils qu'en coupant phares et moteur ils lui feraient croire qu'ils n'étaient plus là, après tout le bruit qu'ils avaient fait en approchant ?

Il les sentait derrière lui, silencieux dans la nuit. Lancés sur sa piste. Il accéléra le pas. Il se demanda pourquoi ils étaient venus jusqu'ici. Il en conçut de l'étonnement. Oui, qu'y avait-il dans ce petit coin d'herbe pour que le dénommé Lou l'y ait déposé et que les deux autres y viennent, maintenant ?

Etait-ce leur lieu de rendez-vous ? Leur cachette ? Il cherchait une explication mais son esprit refusait l'effort. Revenaient-ils le chercher ? Non, sinon ils n'auraient pas poursuivi leur chemin après l'avoir aperçu dans leurs phares. D'autres questions suivaient, des questions qu'il avait ignorées jusqu'ici. Quel était le vrai but de leur jeu ? Lui voler sa voiture et la cacher dans ces bois pour s'en servir plus tard ? C'était possible, mais, dans ce cas, pourquoi l'avoir amené, lui, ici ?

Pure perversité, jouissance sadique, probablement. Le plaisir malsain de séparer les membres d'une famille, de les perdre dans la nature en pleine nuit. Voir combien de temps il faudrait aux malheureux pour se retrouver. Quelque chose comme ça. Mais il y avait pire, en matière de suppositions.

Oui, pires. Il le savait bien, lui pour qui envisager le pire était presque un mode de pensée. Sa vie n'était qu'un long scénario de catastrophes qui n'arrivaient jamais. Parce que, s'il n'y avait que Ray et Turk dans la voiture, où étaient Laura et Helen ?

Il avait toujours en tête l'image idiote du poste de police, avec sa femme et sa fille assises à une table, devant un gobelet de café, attendant de ses nouvelles, mais cette image laissait maintenant place à celle de la caravane, en haut du tournant dans les bois : il se souvenait de la faible lumière derrière le rideau d'une fenêtre. Il avait du mal à se retenir de pleurer tout en parlant, et le résultat était une espèce de plainte semblable à une prière. Si c'est un viol, priait-il, si ce doit être un viol, oh, Dieu, qu'il en soit ainsi, mais faites que ce ne soit pas pire.

Et ceci en écho, pour Dieu : Qu'ils soient cruels s'il le faut, mais imposez-leur quelque retenue, quelque limite au-delà de laquelle ils ne puissent aller, même eux, ne les abandonnez pas à la folie et au meurtre.

Il remarqua que les arbres se clairsemaient devant lui ; un espace vide, nu et plat apparaissait. Il comprit que c'était la route goudronnée, qu'il était presque sorti des bois. Un instant plus tard, il sentit sous ses pieds la chaussée et regarda autour de lui. La route allait tout droit dans les deux sens, flanquée de chaque côté d'une profonde ravine. Il remarqua, à l'entrée du chemin de terre qu'il venait de quitter, une barrière brisée dont il ne restait plus qu'une planche pendant de guingois à un poteau. Rappelle-toi ce détail, se dit-il, ça peut être utile. Il prit à gauche, par où il était arrivé en voiture avec Lou, sachant qu'il lui faudrait marcher longtemps avant de rencontrer une habitation. Puis il entendit la voiture derrière lui, dans les bois. De nouveau, il vit les phares se rapprocher à travers les arbres. De nouveau, la peur, et l'instinct qui lui dicte : Cache-toi dans le fossé. Il résista. Tu dois leur faire face, tu dois les interroger. Ne sois pas aussi lâche. Il resta au milieu de la route et attendit. La voiture sortit du bois et tourna à droite, s'éloignant dans la direction opposée. Il en fut déçu et soulagé à la fois.

Puis la voiture s'arrêta. Ils m'ont vu. Elle fit demi-tour et vint vers lui. Il attendit, au bord de la route. Je vais leur demander où sont Laura et Helen. Je vais leur demander ce qu'ils ont l'intention de faire. La voiture approchait lentement ; soudain le moteur rugit, les pneus crissèrent ; elle fonçait sur lui, ses phares s'ouvrant comme des mâchoires de lumière. Il sauta à l'aveuglette dans le fossé et atterrit sur des buissons aux épines acérées, sous une pluie de graviers projetés par les roues.

La voiture stoppa dans un crissement de pneus. Autour des phares et des feux arrière, un nuage de poussière s'éleva, et se dissipa. Une portière s'ouvrit. Quelqu'un descendit, resta planté sur le bas-côté, scrutant l'obscurité, ombre indistincte. Tony Hastings ne bougea pas. Couché sur des épines, du barbelé, pris dans des branches, il ne savait même pas s'il le pouvait. L'homme fit quelques pas, regardant dans sa direction, lui sembla-t-il. Puis il repartit vers la voiture. Tony l'entendit clairement dire : « Qu'il aille se faire foutre ! »

La voiture manœuvra pour faire demi-tour et, passant à vive allure au-dessus de lui, disparut dans la nuit.

Il se demanda s'il était gravement blessé. Egratignures au front et sur les joues, coupures aux mains. Quelque chose l'avait blessé au tibia à travers son pantalon et il avait le ventre éraflé par un piquet.

Décrochant les pointes de barbelé de ses vêtements, il dégagea ses jambes, se remit debout. Une minute plus tard, il grimpait le talus. La route, les bois, le ciel nocturne à peine étoilé, tout était silencieux, hormis le bruit lointain, à peine perceptible, des camions passant sur l'autoroute.

Ils ont tenté de me tuer, marmonna-t-il. La pensée lui traversa littéralement l'esprit, atteignit un niveau de conscience dont il ne se serait pas cru capable. Ils ont réellement tenté de me tuer. Et s'ils ont tenté de me tuer… Il n'acheva pas. Jamais il n'avait eu une pensée plus horrible alors qu'autour de lui il voyait dormir le monde, la route, le soir, le ciel, demain.

7

Fin du chapitre, pas de pause pour Susan ; elle lève les yeux pour voir où elle est. Dans la pièce voisine, Dorothy aux cheveux d'or, allongée sur le dos, les bras levés, les coudes noirs de crasse. Les seins en évidence. Mike, le copain d'Henry, la regarde, les yeux plissés. Qu'elle remue. Qu'elle fasse quelque chose. La voix de Mike est aussi râpeuse que celle de Ray dans le livre. Dans trois ans, Dorothy ira à la fac. A New York, Arnold dans son bar exotique, en compagnie de qui ? Docteur Coronaire ?

Bêtes de nuit 6

Il marchait vite, sachant que, s'il n'allongeait pas le pas, il n'en finirait jamais avec cette route. Vide, noire, nue en dépit des sombres frondaisons qui la bordaient. Un virage, une descente, les bois qui remontent. Une fourche dont il n'avait pas gardé le souvenir en venant avec Lou. A tout hasard, il prit la voie de droite, celle qui descendait la colline. Impression d'inconnu. Il entendit une voiture qui montait. Il en vit les phares approcher et se mit à couvert jusqu'à ce qu'elle fût passée. Ce n'était ni celle de Lou ni la sienne, mais ça aurait pu l'être, et il jugeait prudent de ne plus prendre de risques. Mais quel sens pouvait bien avoir la prudence quand on arpentait seul une route inconnue, la nuit, avec au ventre la peur des voitures et des hommes, comme si l'on était en exil de sa propre espèce ?

Regarder devant, malgré tout. Où vas-tu ? A la police. Quelle police ? La police de Bailey. Sais-tu où c'est ? Je téléphonerai, à la première maison. Des gens. N'importe où, pourvu qu'il y ait des gens.

A la pensée qu'il trouverait peut-être une cabine téléphonique, il plongea la main dans sa poche. Il avait de la monnaie. Parfait. S'il vous plaît, passez-moi le poste de police de Bailey. Excusez-moi, je m'appelle Tony Hastings, je viens de l'Ohio, j'ai des ennuis. Aidez-moi ! Qu'est-ce que vous dites ? Aidez-moi !

Une cabine ? Pas besoin d'une cabine, la première ferme fera l'affaire. Pardonnez-moi, mais pourrais-je utiliser votre téléphone ? Juste Ciel, m'sieur, vous m'avez fait une de ces peurs, à me réveiller comme ça au milieu de la nuit ! Je m'appelle Tony Hastings, je suis professeur de mathématiques dans une université dont vous n'avez jamais entendu parler. Fichez le camp ou je lâche les chiens, j'veux pas d'étrangers qui rôdent par chez moi en pleine nuit !

Tout en marchant, Tony Hastings essaya de voir plus loin que ses préoccupations du moment. Il serait peut-être obligé de louer une voiture pour le reste du voyage. Il lui faudrait appeler Roger McAllen pour lui dire d'attendre un jour ou deux avant de rouvrir la maison.

Allô, la police de Bailey, je voudrais savoir si ma femme et ma fille sont chez vous ? Qu'est-ce que vous dites ?

Trois individus, nommés Ray, Turk et Lou. Ray a une sale gueule de fouine, pas de menton et des dents trop grandes pour sa bouche, le front dégarni, celui-là, cognez-le. Ça fait un paquet de crimes et délits. Agression, enlèvement. Vol de voiture. Viol ?

Qu'est-ce que vous dites, commencez par le commencement, nom de Dieu ! Excusez-moi, professeur Tony Hastings, Ohio, me rendant en vacances dans le Maine je roulais de nuit, je suis rentré dans ces types sur l'autoroute, ils ont emmené ma femme et ma fille, non ce n'est pas un simple accrochage sur la route.

Réfléchir au-delà de son problème immédiat ; ce qu'il y aura à faire en arrivant dépendra de l'heure à laquelle on arrivera. Je ne sais pas si je louerai un dériveur à Jake Malcolm, comme prévu. Ah, espoir aveugle, espoir imbécile. Excusez-moi, je ne voudrais pas vous effrayer, mais c'est une urgence, je peux ?

Il n'y a pas de problèmes momentanés tant qu'ils ne sont pas terminés. Tous les problèmes sont potentiellement permanents.

La route descendait en tournant, il n'avait aucun souvenir de l'avoir prise. Il avait dû se tromper à la fourche. Inutile de revenir en arrière, après avoir fait tout ce chemin, et puis à quoi ça l'avancerait de se souvenir ou pas d'être passé par ici ou par là ? N'importe quel village, n'importe quel poste de police ferait l'affaire, s'il n'arrivait pas à trouver Bailey. Excusez-moi, si vous pouviez appeler vos collègues des autres postes avec vos télétypes, téléphones, ordinateurs. Car, à vrai dire, nous n'avions pas de rendez-vous précis, et donc un poste de police serait le lieu idéal où éclaircir les choses. Surtout qu'on devait s'y retrouver.

La route s'aplanissait et les champs, noirs, succédaient aux bois. Il distingua, droit devant, la ligne nébuleuse d'une crête. Les phares d'une voiture apparurent, très loin. Tony Hastings sauta dans le fossé et attendit qu'elle passe. Il ne s'était pas arrêté pour prendre l'auto-stoppeur, cela remontait à des années, c'était hier soir, Helen voulait le prendre. Jamais il n'aurait cru se voir infliger pareille leçon. Un instant plus tard, une autre voiture. Il était las de se cacher. Pour lui, toutes les voitures arrivant pleins phares ne pouvaient être qu'hostiles, mais il se rappelait aussi qu'il était toujours Tony Hastings. Il se tenait à l'entrée d'un champ fermé par une barrière. Il était prêt à s'y réfugier si la voiture ralentissait. Mais elle passa en trombe. C'était un champ de maïs, à en juger par la taille des plantes.

Une grande silhouette en forme de caisse devant lui se mua en une maison, mais son soulagement mourut lorsqu'il découvrit qu'il n'y avait pas une seule lumière aux fenêtres ; il n'osait pas être l'étranger réveillant une famille en pleine nuit. La route donnait sur une autre voie, légèrement plus large. Il vit des lumières à sa gauche. Peut-être que cette fois…

Il marcha plus vite, revigoré par la perspective d'une destination. Une lampe extérieure, entre la grange et le silo, éclairait la cour de la ferme, mais il n'y avait pas la moindre lumière aux fenêtres.

Une marque de bière, néon rouge et bleu, faiblard, de l'autre côté de la route, mais, là aussi, la maison était dans le noir. Il pensa que l'on pourrait pardonner à un homme en détresse de réveiller un dormeur. Mais il savait que dans ces fermes isolées les gens gardaient toujours une carabine à portée de main pour se protéger des maraudeurs (qui pourraient être Ray, Turk ou Lou).

Il y avait d'autres maisons, maintenant. Sitôt qu'il en dépassait une, il en apercevait une autre. Seules les cours étaient éclairées. Il entendit un chien aboyer. Il vit des rochers dans un champ et comprit que c'étaient des vaches. Il remarqua qu'il y voyait mieux. Dans un bosquet, un rouge-gorge fit entendre son chant.

Qu'il fît moins sombre signifiait que l'aube n'était plus loin, que la nuit finissait. Son désespoir grandit d'autant : l'arrivée de la lumière dirait son cauchemar mieux qu'une photographie. Elle le rendrait réel. Mais elle apporterait aussi le soulagement. La pacification du bon sens.

Le bon sens, se dit-il. Rappelle-toi toutes les fois où tu as redouté le pire parce que Helen tardait à rentrer ou que Laura n'avait pas appelé à l'heure convenue. Souviens-toi de l'ouragan. Pourtant, il n'était survenu nul désastre, son père et sa mère avaient survécu, et la famille était toujours entière : Tony, sa femme Laura et sa fille Helen.

Mais… le bon sens ? Ils ont heurté ma voiture et m'ont éjecté de la route. Ils m'ont séparé de ma femme et de ma fille et les ont emmenées. Ils m'ont abandonné dans une clairière perdue dans les bois. Ils ont essayé de m'écraser.

Il écouta la terrible énumération de ses malheurs. Elles sont mortes. Tu sais qu'elles sont mortes. Répète : Laura et Helen sont mortes. Ces hommes les ont tuées. Le bon sens te le dit. Tu le sais, tu l'as toujours su, tu le savais quand tu as vu la voiture les emporter. La seule question est de savoir si elles ont déjà été tuées ou si elles vont l'être. Si tu disposes d'un délai, s'il y a encore une chance de les sauver.

Il s'obligea à revoir toute la scène, Laura, en pantalon et pull-over foncé, debout près de la voiture, et Helen, foulard rouge autour de la tête, assise sur un rocher au bord de la route, puis leurs deux visages terrifiés tendus vers lui alors que la voiture qui les emportait démarrait brutalement.

Le ciel était encore imprégné de noir, mais on pouvait quand même distinguer les champs, les bosquets d'arbres, les crêtes cernant la vallée, les maisons et les granges. Les rouges-gorges chantaient dans les frondaisons. Une voiture s'approcha. Des lumières, des gens réveillés. Plus besoin de se cacher des voitures, ce serait idiot de le faire, à présent. Excusez-moi, monsieur, le village le plus proche, la police. Il y avait un rituel à respecter, un geste adéquat pour faire du stop. Il leva le pouce. La voiture passa sans ralentir.

Une autre voiture dans l'autre sens. Il traversa la chaussée, leva de nouveau le pouce. En vain. D'autres véhicules encore. Des gens levés aux aurores. Echec du geste rituel. Quand une fourgonnette arriva quelques minutes plus tard, il leva les deux bras, fit de grands signes : A l'aide, à l'aide ! Pour toute réponse, un coup de klaxon.

Bourdonnements dans les oreilles, la nuit blanche forait son crâne. La cour de ferme avait la même nudité glacée que les autres, mais il y avait de la lumière dans la maison, une à l'étage et une autre au rez-de-chaussée, à l'arrière. Le cœur battant, il resta là, immobile.

Puis il grimpa les quelques marches du perron. A travers le rideau de la porte-fenêtre, il pouvait voir un bout de cuisine éclairée au fond du couloir. Il pressa la sonnette. Le timbre déchira le silence, un chien aboya à l'intérieur. Une femme maigre en tablier apparut à la porte de la cuisine, cligna des yeux. Et resta où elle était. Un homme aux cheveux blancs, vêtu d'une chemise à carreaux, arriva derrière elle. Il écarta le rideau et jeta un œil. Dit quelque chose, de l'autre côté de la vitre, que Tony Hastings ne put entendre à cause des aboiements du chien.

Tony cria, les mots qu'il s'était répétés :

– Excusez-moi, monsieur…

La femme, qui s'était placée derrière l'homme, se pencha, le chien se tut. L'homme entrebâilla la porte.

– Excusez-moi, monsieur, mais pourrais-je utiliser votre téléphone ?

– Pour quoi faire ?

– J'ai eu un accident.

L'homme scruta le visage de Tony.

– Des blessés ?

– Non. Enfin, je ne sais pas. J'ai besoin d'aide.

– Il y a quelqu'un d'autre avec vous ?

– Non, je suis seul.

– Bon, d'accord, entrez.

Ils firent de la lumière dans le couloir. Le téléphone était sur une table, à l'entrée du vestibule. Le chien, robe blanc et noir, que la femme tenait par le collier, renifla Tony en remuant la queue.

– Vous avez l'air plutôt amoché, dit l'homme. Où s'est passé l'accident ?

– Je ne sais pas.

– Vous ne savez pas ?

– J'ai marché pendant presque toute la nuit.

– Vous vous êtes perdu, hein ?

– Oui, je ne connais pas la région.

– Tenez, asseyez-vous, dit l'homme. Qu'est-ce qui vous est arrivé ? Vous étiez seul au volant et vous vous êtes endormi ?

– Non, non, j'étais avec mon épouse et ma fille.

– Votre épouse et votre fille ? dit la femme. Elles sont blessées ?

– Il les a laissées à la voiture, répondit l'homme. Vous voulez qu'on appelle une ambulance ?

– Non, ce n'est pas ça, répondit Tony Hastings, ce n'est pas ça.

Il cherchait les mots qui sauraient décrire son cauchemar.

– Vous aimeriez peut-être vous débarbouiller un peu ? proposa la femme.

– Peut-être qu'il préfère téléphoner d'abord, dit l'homme. Elles l'attendent dans la voiture.

– Non, c'est plus grave que ça, dit Tony Hastings. C'est difficile à raconter. Ce n'est pas un accident. Pas vraiment. On est tombés sur des types. Ma femme et ma fille... (Allez, le matheux, fais un effort !)... Ils les ont emmenées. Je les ai perdues.

L'homme et la femme le regardèrent.

– Perdu quoi ?

– Ma femme et ma fille.

– Comment ça, vous avez perdu votre femme et votre fille ?

– Il y avait ces voyous sur la route, des bandits. Ils nous ont coincés sur le bas-côté.

– Ah ! les salopards ! Les sales mômes ! s'exclama l'homme.

– Ils ont emmené ma femme et ma fille. Avec ma voiture. Et moi, ils m'ont abandonné dans les bois. J'ai dû marcher la moitié de la nuit. Je ne sais pas où elles sont. Et... et je ne sais pas comment les retrouver, conclut-il, au bord des larmes.

– Bon Dieu ! dit l'homme. Comment avez-vous pu les laisser faire une chose pareille ?

Tony secoua la tête, refoula ses larmes.

L'homme et la femme se consultèrent du regard.

– Qui on peut appeler ? demanda l'homme.

– Hamilton, non ?

– Il est pas encore levé à cette heure.

– On a qu'à le réveiller.

– Qui est Hamilton ? demanda Tony.

– Le shérif.

– Il y aura bien quelqu'un à Grant Center, dit la femme.

– Tu crois ? Ils commencent jamais avant huit heures.

– Et la prison ? suggéra la femme. Elle reste ouverte toute la nuit.

– Il n'y a que le surveillant et il pourra rien faire.

– Alors, réveille Hamilton. A quoi sert un shérif qui dort toute la nuit ?

– La police de l'Etat, dit l'homme. Voilà. Ils ont une permanence de nuit.

– Ma foi, c'est bien vrai, dit la femme.

– A votre place, j'appellerais la police de l'Etat.

– D'accord, dit Tony Hastings. Quel numéro dois-je faire ?

– Regardons dans l'annuaire, dit la femme.

– Oui, la police de l'Etat. Ce sont des types bien, des professionnels. Ils sauront vous aider, eux. C'est les meilleurs.

– Faites votre appel et puis vous ferez un brin de toilette, dit la femme. Je vais vous préparer quelque chose à manger. Vous devez être épuisé.

– Le shérif ne fait jamais rien, de toute façon. La police de l'Etat, elle, elle connaît son affaire. C'est les meilleurs.

Pas vraiment amicaux, mais vigilants et civiques. La femme s'en fut dans sa cuisine, pendant que l'homme considérait Tony d'un air songeur.

– J'aimerais bien savoir ce que vous allez leur dire, aux flics. J'arrive pas à comprendre, vous dites qu'ils ont fichu le camp avec votre voiture, votre femme et votre fille ? Ils vous ont menacé d'un flingue, c'est ça ?

– Non, ils n'avaient pas d'arme.

– Du diable si je comprends comment vous avez pu les laisser s'en tirer comme ça.

– Je ne le comprends pas moi-même.

Il comprenait fort bien, cependant, car c'était à lui que cela était arrivé. Le plus difficile serait de le faire comprendre aux autres.

8

Susan Morrow, qui suit, dans le petit matin assassin, les pas de Tony Hastings sur cette route de campagne, s'interroge : supportera-t-elle la suite ? Comme Tony, elle soupèse les possibilités. Elle sait ce que Tony ne sait pas : il est d'autres contraintes à ces événements et c'est la main d'Edward qui décide. Ce qui arrive à Laura et Helen dépend du « genre » choisi par Edward. Aussi, pendant que Tony s'accroche à l'espoir, Susan la lectrice soupçonne l'auteur de lui réserver quelque surprise intolérable. Pourtant, tout en redoutant ce qui va suivre, elle l'encourage : Beau travail, Edward, tu t'en tires avec brio. Elle s'inquiète autant pour Tony que pour Edward, se demande comment ce dernier trouvera une chute qui ne soit pas un effondrement.

Bêtes de nuit 7

Tony Hastings, intérieur jour. Assis sur une chaise branlante près du téléphone, il regarde le vieux fermier chercher le numéro de la police de l'Etat dans l'annuaire écorné. Que dira-t-il ? Il y a réfléchi une bonne partie de la nuit. Je dois me souvenir de Tony Hastings. Mathématicien. Professeur de fac, donne des conférences, esprit méthodique, s'efforce de tout rendre clair. Essayer d'égaler Tony Hastings. Peur que la police ne l'écoute pas, ne comprenne pas, le traite de crétin, de plaisantin.

Sans nom, abject, un rien qui a survécu à son calvaire dans les bois. Déjà mieux, cependant, ici, sous ce toit, avec la sonnerie du téléphone dans son oreille, sous les regards du vieux fermier et de son épouse.

– Police de l'Etat, Morgan à l'appareil.

Choc de devoir parler, mais Tony Hastings revenait à la vie, s'organisait, où-quand-comment-pourquoi ?

– Excusez-moi, je m'appelle Tony Hastings. Je suis professeur de fac, dans l'Ohio, de passage dans la région, j'essaye de retrouver ma femme et ma fille. Mme Tony Hastings. Est-ce qu'elle vous a appelé ?

Silence à l'autre bout de la ligne, Morgan essayant de comprendre. Mauvais départ.

– Quel est votre problème, professeur ?

Reviens à la civilisation, Tony. Où-quand-comment-pourquoi ? Commence par où.

– Nous avons eu des ennuis sur l'autoroute. Je crois que ma femme et ma fille ont été kidnappées.

Autre silence, puis :

– Vous avez besoin d'une ambulance ?

– Non, j'ai besoin d'aide, d'aide.

Le silence, à nouveau. Recommence, redis plus clairement les choses.

– Nous roulions sur l'autoroute…

– Attendez un instant.

Il se tut. Si on lui demandait d'attendre, c'est qu'on lui accordait une seconde chance de s'exprimer. Il comprit qu'il n'avait pas besoin de dire ce qu'il avait peur de dire. Une autre voix se fit entendre :

– Ici le sergent Miles. Que puis-je faire pour vous ?

– Je m'appelle Tony Hastings.

– D'accord, Tony. Quel est votre problème ?

– Nous avons eu des ennuis sur l'autoroute. Je crois que ma femme et ma fille ont été enlevées.

Nouveau silence, assez long pour que Tony le remarque.

– Très bien, Tony. Détendez-vous. Puis-je avoir vos nom et adresse ?

Puis :

– Le nom de votre épouse ?

Et enfin :

– D'où appelez-vous ?

Il leva les yeux vers le vieux fermier.

– Je me trouve chez… Jack Comb, à Bear Valley.

– D'accord, Tony, calmez-vous et dites-moi précisément ce qui vous est arrivé.

Refusant de prêter attention aux silences sceptiques, aux « Tony » paternalistes, Tony Hastings retrouvait de l'assurance, reprenait pied avec le monde qu'il connaissait, un monde organisé, où des esprits civilisés prendraient soin de lui et le protégeraient de l'horreur. Le vieux fermier et sa femme, qui écoutaient avec curiosité, se faisaient amicaux et compatissants, la maison était chaude et la lumière au-dehors colorait de vert le champ de l'autre côté de la route.

Il était de retour dans le monde, avec une histoire à raconter, un correspondant invisible l'écoutait. Devant lui, les deux autres se tenaient debout car il n'y avait pas d'autre siège.

Il se lança :

– Il était un peu plus de onze heures, la nuit dernière. Nous nous rendions en voiture dans le Maine quand nous avons été attaqués par une autre voiture, qui nous a bloqués sur le bas-côté…

Il raconta tout, cela lui prit plusieurs minutes. Il parla du heurt entre les voitures, dit comment ils avaient dû s'arrêter. Comment ces individus lui avaient changé sa roue et comment ils s'étaient enfuis avec sa voiture, emmenant avec eux Laura et Helen, le laissant aux mains de Lou. Il raconta comment Lou l'avait abandonné dans une clairière perdue dans les bois, après avoir pris un tas de petites routes. Comment il avait erré seul dans les bois, et comment il avait vu l'autre voiture arriver, comment il s'était caché et comment ils avaient essayé de l'écraser lorsqu'ils étaient revenus. Comment, enfin, il avait marché pendant des kilomètres, jusqu'à ce qu'il voie de la lumière dans une maison, la ferme de Jack Comb.

C'était comme si raconter son histoire lui procurait un sentiment de sécurité. En transmettant les événements à la police, il écartait le danger, il sortait des bois et retrouvait cinq mille ans de progrès dans une maison chauffée, reliée par le téléphone aux représentants de la loi et au reste du monde. Il ne pouvait plus rien lui arriver de mal, maintenant. Pas dans cette ferme accueillante, avec son odeur de petit déjeuner, en dépit de cette voix qui s'obstinait à lui répéter : Tu ne les a pas encore retrouvées.

Le sergent Miles posa des questions. Par quelle sortie avez-vous quitté l'autoroute ? Tony ne put le dire. Décrivez-moi ces trois types. Il s'empressa de le faire. Décrivez leur voiture. C'était plus difficile. Plaque minéralogique ? Avez-vous le souvenir de points de répère quand vous étiez sur la route avec Lou ? Il y avait la petite église blanche, la caravane au-dessus du virage, avec de la lumière à la fenêtre. Etes-vous certain qu'ils ont essayé de vous écraser ? Pourriez-vous retrouver votre chemin jusque dans ces bois ? Oh, comme c'était bon de s'entendre poser toutes ces questions, il avait l'impression de revivre après s'être noyé.

Finalement le sergent lui dit :

– Merci, Tony. Je vais voir ce que je peux faire. Je vous rappelle plus tard.

– Attendez !

– Oui ?

– Je ne peux pas rester ici.

– Oh. Une minute.

Plus rien.

Tony regarda ses hôtes, qui détournèrent les yeux. Des gens de la campagne, assez aimables pour le laisser téléphoner, il ne pouvait rester chez eux, mais où pouvait-il aller, avec sa femme et sa fille disparues et sa voiture probablement volée et avec rien d'autre que les vêtements qu'il avait sur lui et son portefeuille ?

On lui parlait de nouveau à l'autre bout de la ligne.

– Tony ? Ecoutez, un de nos gars va passer vous prendre, vous pourrez attendre ici.

– D'accord.

– Notre homme sera là-bas dans une demi-heure environ.

Ainsi ils venaient le chercher, ils s'occuperaient de lui. La police, la bonne et rassurante et paternelle police. Il eut envie de crier sa joie, mais l'homme et la femme le regardaient.

– Je vais vous donner quelque chose à manger, dit Mme Comb.

Elle le nourrit copieusement à la table de la cuisine recouverte d'une toile cirée à carreaux rouges et blancs, dans la lumière crue de l'ampoule nue, pendant que son mari s'en allait vaquer aux occupations matinales qui l'avaient fait se lever de si bonne heure et allumer la lampe qui avait attiré Tony. La femme gardait une expression méfiante, elle ne répondait pas à ses remerciements et il mangea en silence.

– J'ai jamais été partante pour les voyages, dit-elle. Les gens sont différents, ailleurs. On sait pas trop sur quelle engeance on peut tomber.

Il hocha la tête, la bouche pleine. Le reproche sous le masque de la sympathie, oui, m'dame, pensa-t-il, mais il se trouve que c'est chez vous, dans votre région, que je suis tombé on ne sait trop sur quelle engeance. Peu importe, se dit-il, remercie quand même la Providence qu'il y ait dans le coin une bonne police et des fermiers hospitaliers, même s'ils restent méfiants.

Bien que le soleil fût encore caché par les collines, il faisait grand jour quand la voiture de police – blason officiel aux portières et batterie de gyrophares, éteints, sur le toit – s'arrêta dans la cour de la ferme. Le policier était un grand gars avec une petite moustache noire et un large front. Il ressemblait à un jeune étudiant que Tony avait eu l'année précédente, il ne se souvenait plus de son nom ; le garçon, un grand enfant, venait fréquemment le voir à son bureau pour lui demander de l'aide.

– Officier Talbot, dit-il. Le sergent Miles m'a chargé de vous dire que, pour l'instant, nous n'avons aucune nouvelle de votre femme et de votre fille.

Sa déception lui fit mesurer combien il avait espéré un signe de vie de Laura et d'Helen. Il n'est pas encore huit heures, pensa-il, presque tout est encore fermé.

Ils prirent congé des fermiers et montèrent dans la voiture de police. Le grand enfant n'avait pas coupé le moteur et parla dans un micro. De la radio de bord lui parvint un brouhaha de voix mâles. Talbot écoutait, grave et sévère.

– Vous êtes sûr que vous n'aviez pas rendez-vous quelque part avec ces types ? lui demanda-t-il au bout d'un moment.

– Si, on devait se retrouver au poste de police de Bailey. Mais, au lieu de ça, ils m'ont abandonné dans les bois.

– Bailey, vous dites ?

– Ils m'ont dit que c'était l'agglomération la plus proche. C'est là qu'on devait se retrouver.

– Jamais entendu parler de Bailey. Et il n'y a sûrement pas de police à Bailey.

Mauvaise nouvelle, très mauvaise, quoique pas vraiment inattendue.

– C'est bien ce que je redoutais.

Ils démarrèrent, dans la direction opposée à celle que Tony avait prise pour venir. Il éprouva un soudain sentiment de panique, comme s'il laissait quelque chose derrière lui, à jamais. Il perdit aussitôt toute notion de ce nouveau trajet en voiture, traversant carrefours et hameaux sans les voir. Il se souvint de la question de Miles : pourrait-il retrouver son chemin jusque dans ces bois ? Peut-être aurait-il dû demander à Talbot de l'aider à refaire le chemin de son calvaire ? Mais il n'avait rien suggéré de semblable, comme s'il y avait quelque chose d'obscène dans cette demande.

La campagne était vert et jaune et les vallons frais dans la lumière matinale. Les routes noires brillaient au soleil. Ils filèrent sur les crêtes de collines dominant de larges vallées remplies de champs et de bosquets, descendirent dans des forêts et remontèrent des lacets, et de larges lignes droites aussi, ralentissant quand il y avait des villages ou des hameaux disséminés avec leurs granges, leurs champs de maïs, et d'autres encore, avec des vaches, avec leurs porcheries aussi, et leurs prés à moutons en face et, là-bas, des arbres noirs, comme des taches au sommet des collines. Il songea : Comme cette campagne serait belle si je pouvais la partager avec Laura.

Le poste de police était situé en bordure de la ville ; une simple bâtisse en brique, de plain-pied, entourée d'une clôture grillagée. Il y avait des vaches dans le champ voisin et un motel de l'autre côté de la route. Tony Hastings suivit l'officier Talbot ; ils prirent un couloir, passèrent devant un tableau d'affichage, traversèrent un bureau avec un comptoir et entrèrent dans un autre avec deux tables de travail. L'homme assis à la table la plus éloignée se leva.

– Je suis le lieutenant Graves. Le sergent Miles est rentré chez lui.

Le lieutenant Graves était un petit homme avec des pommettes rondes, un menton minuscule, comme celui d'un écureuil de dessin animé, et une moustache noire qui lui descendait de chaque côté de la bouche. Les yeux et le menton lui donnaient un air de ressemblance avec Ray. Il ne faut pas le regarder, pensa Tony. Il avait peur que le visage du lieutenant n'efface le souvenir de celui de Ray. Tony prit place sur une chaise et le lieutenant lui lut le rapport manuscrit que le sergent Miles avait laissé sur son bureau. Il ne lisait pas vite et cela lui prit du temps. Puis il demanda à Tony de répéter son histoire, tandis qu'il prenait des notes sur un calepin de papier jaune, et Tony se demanda comment le lieutenant pouvait tout résumer d'une écriture aussi laborieuse. Quand Tony eut fini, le lieutenant lui reposa les mêmes questions que le sergent Miles. Puis il parut réfléchir, le menton dans sa main.

– Nous avons lancé un appel concernant les deux voitures. Ça devrait donner quelque chose. Je ne vois pas ce qu'on peut faire d'autre pour le moment, si ce n'est attendre. (Il regarda Tony.) Cela dit, vous voilà à pied. Vous avez un endroit où demeurer ?

– Non.

– Il y a un motel en face. (Il écrivit quelque chose sur un bout de papier.) Et voici le numéro du taxi, vous en aurez besoin. De l'argent ?

– J'ai des cartes de crédit. Mon carnet de chèques est dans ma valise, dans ma voiture. Avec toutes mes affaires.

– Il y a une banque dans Hallicot Street. Ils ouvrent à neuf heures.

– Merci.

– Il est encore tôt. Il y a des chances qu'elles soient allées dormir quelque part.

– Où ? demanda Tony.

Le lieutenant hocha la tête, l'air songeur.

– Je dois dire que ça m'inquiète que personne n'ait appelé. Mais vous savez ce que je pense ? Ils les ont peut-être abandonnées dans la nature comme ils l'ont fait avec vous, et le temps de retrouver leur chemin… A mon avis, c'est après votre voiture qu'ils en avaient.

– Oui, c'est également ce que je pense, dit Tony.

C'était ce qu'il espérait, plus exactement. Le lieutenant se tapotait le front de son crayon, comme s'il avait, lui aussi, d'autres idées en tête.

– Vous allez prendre une chambre au motel ?

– Oui, je pense.

– On vous appellera si on a des nouvelles.

Tony Hastings traversa la rue et entra dans le motel.

– Vous n'avez pas de voiture ? demanda la matrone à la réception.

– On me l'a volée.

– Non, sans blague ! Ah, voilà pourquoi vous étiez à la police. Vous avez de quoi payer ?

– J'ai des cartes de crédit.

Le motel sentait le plastique et l'air conditionné, les épaisses tentures marron plongeaient la chambre dans une obscurité irréelle. Il s'allongea tout habillé sur le lit et aussitôt la nuit fut de retour avec le vent et un tourbillon de nuages galactiques. Ray assis sur le radiateur, riant et parlant, « Prends pas ça au sérieux, mec, on faisait que plaisanter ». Mais c'était un rêve, et maintenant il était réveillé et retournait au poste de police devant lequel sa voiture, lavée et lustrée, étincelait au soleil. Le cœur battant, il entrait dans le poste et Laura et Helen étaient là, assises sur un banc dans le vestibule, et elles sautaient de joie en le voyant, couraient vers lui, l'étreignaient, l'embrassaient et lui disaient : « Nous allons bien, ils voulaient seulement nous présenter leurs amis dans la caravane », et Tony Hastings les serrait dans ses bras et leur disait : « Ce n'est pas un rêve, n'est-ce pas ? Ce ne peut être un rêve parce que tout cela me semble tellement réel ! »

La sonnerie stridente du téléphone, sur la table de nuit, à côté de son oreille. Il décrocha pour que ça s'arrête, le cœur affolé.

– Tony Hastings ? Lieutenant Graves. Mauvaises nouvelles.

Il vit un grand filet tendu sous les arbres pour attraper tout ce qui pourrait tomber des hautes branches.

– On a découvert votre voiture dans la rivière, à Topping. Il semblerait qu'ils aient voulu s'en débarrasser.

Les nœuds des mailles formaient des points blancs largement espacés.

– Des nouvelles de ma femme et de ma fille ?

– Non, toujours rien.

Un filet pour attraper des fruits. Des corps ?

– La voiture était vide ?

– La voiture était vide. Ils sont en train de la sortir de l'eau.

Il consulta sa montre. Il n'avait dormi qu'une demi-heure ; il n'était que neuf heures un quart.

– Qu'en pensez-vous ? demanda Tony.

– Pas grand-chose.

Un silence. Ils ramenaient le filet, l'enroulaient déjà.

– Nous passons l'affaire au lieutenant Andes, monsieur. Est-ce qu'il peut passer vous prendre dans quelques minutes ?

– Il peut passer tout de suite, dit Tony Hastings, le corps lourd comme du plomb, je suis prêt.

9

Si Susan veut connaître la suite, elle devra poursuivre sa lecture. Dans la pièce voisine, la partie de Monopoly prend fin. Mike à la voix râpeuse relève Dorothy aux seins tendres, pendant que le gros Henry se redresse péniblement. Ils traversent le salon, direction le couloir. « Bonsoir, m'dame Morrow. » Mike : nez et menton pointus, visage pâle, bouche souriante. Dans le couloir, Dorothy s'appuie du coude sur son épaule et lui sourit d'un air déluré. Susan Morrow a un rien de pruderie en elle ; quoi qu'ils fassent, elle préfère que ce soit hors de sa vue et n'avoir rien à en dire. Quelqu'un frappe quelqu'un d'autre dans les côtes, « Ouche ! connard ! », piétinements et gloussements dans le hall d'entrée, « Hé ! faites un peu attention ! ». Puis, de l'entrée, voix nasale et sonore : « Bonne nuit, m'dame Morrow, j'ai passé une bonne soirée. »

Holà ! Susan ressent le besoin de reprendre sa lecture. Ça va prendre du temps. Penser à féliciter Edward : il sait y faire pour entretenir le suspense.

Bêtes de nuit 8

Une voiture de police devant le motel, un homme en uniforme au volant, un autre sur le siège du passager, celui-ci en civil, costume marron, chapeau sur la tête.

– Tony Hastings ? demanda le passager en passant sa main par la vitre à moitié baissée pour serrer celle de Tony.

Tony monta à l'arrière.

– Content de faire votre connaissance. Je m'appelle Bobby Andes. Je suis chargé de l'enquête.

– Vous avez retrouvé ma voiture ?

– On l'a retrouvée.

– Dans la rivière ?

– Ecoutez, Tony, est-ce que vous pourriez refaire votre chemin de cette nuit ?

– Je peux essayer, mais je me suis beaucoup perdu…

Corpulent, de petite taille, Bobby Andes avait une grosse tête et des joues rondes qu'ombrageait le gris d'une barbe poivre et sel rasée de près. Graves avait dit au téléphone qu'il avait le grade de lieutenant.

– Vous m'arrêterez si je me trompe, dit-il à Tony. Deux de ces types sont partis dans votre voiture avec votre femme et votre fille. Et vous deviez vous retrouver au poste de police d'un bled appelé Bailey, qui n'existe pas.

– C'est ça.

– Et ces deux types s'appelaient Ray et Turk ?

– Oui.

– Et vous, vous êtes allé dans leur voiture avec le troisième… celui qu'ils appelaient Lou.

– Oui.

– Pourquoi vous être séparés de cette façon ?

– C'est ce que j'essaie de comprendre depuis le début.

– Ils sont entrés de force dans votre voiture ?

– De fait, oui.

– De fait ?

– Je veux dire qu'ils sont effectivement entrés de force dans ma voiture.

– Et votre femme et votre fille ont essayé de les en empêcher ?

– Je dirais que oui, elles ont essayé.

– Et vous, vous avez essayé aussi ?

– Je ne pouvais pas faire grand-chose.

– Ils étaient armés ?

– Ils avaient quelque chose. Je ne sais pas ce que c'était.

– Vous n'avez rien vu ?

– Je l'ai senti.

– D'accord, dit Bobby Andes. Je vais vous dire ce qu'on va faire. Si on vous ramenait à la ferme de Jack Comb, pourriez-vous retrouver votre chemin, à partir de là ?

– Comme je vous l'ai dit, je peux essayer.

– Eh bien, c'est ce que nous allons faire. Allons-y.

L'homme en uniforme conduisait vite et Tony Hastings ne pouvait suivre la route. Personne ne parlait. Ils traversèrent Grant Center, passèrent devant des stations-service et un vendeur de voitures d'occasion et de bouteilles de gaz, prirent une rue ombragée d'arbres, de chaque côté de laquelle se dressaient d'imposantes demeures, et débouchèrent sur une route de campagne filant droit à travers une vallée aux riches tons de vert. Le soleil était haut à présent et deux toitures de maisons sur la colline dominant la vallée en réfléchissaient l'éclat comme des miroirs. La radio de bord crachotait un brouhaha de voix policières, et Tony n'avait aucune idée de l'endroit où il se trouvait.

Bobby Andes baissa le volume de la radio.

– Il y a d'autres points que je voudrais éclaircir, dit-il. Ce type, Lou, il vous a emmené dans sa voiture et vous a largué dans les bois ?

– Il m'a forcé à prendre le volant.

– Et il vous a guidé jusqu'à l'endroit où il vous a laissé ?

– Oui.

– Et, alors que vous cherchiez à sortir de ces bois, vous les avez vus revenir ?

– Oui.

– Vous êtes sûr que c'étaient eux ?

– A peu près.

– Ils avaient quelle voiture ?

– Je crois que c'était la mienne.

– Avec Ray et Turk ?

– Je pense.

– Comment le savez-vous ?

– Oh, je ne sais pas, la silhouette, le bruit du moteur…

– Mais les types, vous pouviez les voir dans l'obscurité ?

– Pas très bien. Ils ont éteint les phares et m'ont appelé.

– Qu'est-ce qu'ils vous ont dit ?

– Ils ont dit : « M'sieur ? Votre femme veut vous parler. »

– Pourquoi n'êtes-vous pas sorti de votre cachette ?

Tony avait beau apprécier les efforts du lieutenant pour se faire une idée la plus exacte possible de ce qui s'était passé, il n'en trouvait pas moins ses questions trop carrées et laissant peu de place à la complexité des choses. Comment répondre à la dernière ?

– J'avais peur.

– Pensez-vous qu'elles étaient avec eux ?

– Qui ?

– Votre femme et votre fille.

Le souvenir le fit frissonner. Un panneau publicitaire représentant un cow-boy brillait au soleil en bordure d'un village. Il répondit :

– Je ne sais pas. Sur le moment, j'ai pensé que non.

– Et où étaient-elles, d'après vous ?

– Si ma femme avait été là, elle m'aurait appelé.

– Mais vous n'aviez aucune idée de l'endroit où elles pouvaient être ?

Tony Hastings essaya de se rappeler ce qu'il avait pensé alors. Qu'elles l'attendaient au poste de police de Bailey. Qu'elles étaient dans la caravane au-dessus du virage, derrière le rideau de la fenêtre qui laissait filtrer une lumière pâle. Qu'elles avaient été larguées dans la nature, comme il l'avait été lui-même. Ou pire.

– Je ne me souviens pas de ce que j'ai pensé, répondit-il.

– D'accord. Et un peu plus tard, la voiture est revenue. Que s'est-il passé à ce moment-là ?

– Ils m'ont vu et j'ai décidé de les attendre et ils ont voulu m'écraser.

– C'était où ?

– Sur la route, juste à la sortie du chemin qui mène dans les bois.

Bobby Andes griffonna quelques mots sur son calepin.

– Donc, un des trois types vous a emmené et vous a largué dans les bois, puis les deux autres sont arrivés, ils ont pris le même chemin et sont repartis.

– Oui, c'est ça.

– Qu'en pensez-vous ?

– Je ne sais pas.

– Je crois qu'on ferait bien de retrouver ce chemin forestier, non ?

Que s'attendaient-ils à trouver ? Soudain, non pas soudain, il le savait depuis longtemps et pourtant cela avait un goût de découverte, Tony Hastings prit conscience qu'il n'avait plus d'espoir, que tout était froid, vide, dépouillé, que tout était néant, comme si ces hommes l'aidaient seulement à chercher quelque chose qui n'existait plus. C'était de revenir sur ses pas, des pas inutiles sur une route déserte, qui lui faisait penser cela. Faire semblant de vérifier pour se dire qu'on avait vérifié, refaire ce chemin, pour se dire qu'au moins on avait essayé, parce qu'on ne pouvait rien faire d'autre.

Il se demanda pourquoi ils s'arrêtaient devant cette petite maison de brique aux volets blancs, séparée d'une grange par une cour en terre battue.

– Alors, dit Bobby Andes, est-ce vous pouvez retrouver votre chemin en partant d'ici ?

Comment pourrait-il retrouver un chemin parcouru dans les ténèbres, s'il lui fallait tout ce temps pour reconnaître la ferme des Comb dans la lumière vive du jour ? Alors que tout était lourdement gravé dans un rêve qu'il n'avait pas encore eu le temps de faire jusqu'au bout ?

– C'est par cette route que je suis arrivé.

Revenir sur ces pas. Ecœurante panique – « Doucement, allez doucement » –, rien ne lui était familier, pas même la configuration de la vallée qu'il avait imaginée d'après les ombres de la nuit. Celle qu'ils remontaient maintenant était encaissée ; la route, accidentée, tournait sans cesse, les fermes étaient de plus en plus petites, les virages zigzaguaient à travers la forêt. De temps à autre, cependant, la peur étreignait Tony à la vue d'un détail du terrain qu'il pensait reconnaître, en général pas avant de l'avoir passé et de se retourner pour le regarder et se retrouver ainsi dans le sens où il l'avait vu pour la première fois – boîte aux lettres sur le bas-côté, clôture brisée, véranda de maison ou appentis, pont étroit au-dessus d'un ruisseau.

La route s'élevait, s'enfonçait dans les bois. Il se rappela la sensation qu'il avait éprouvée en la descendant : les pieds qui freinaient. Les arbres, plutôt chétifs, il l'ignorait alors, s'épaississaient et prenaient de la majesté à mesure qu'ils montaient, devenaient forêt qu'elle non plus il n'avait pas reconnue. Ils parvinrent à une autre route plus haut à flanc de colline puis à une intersection, mais il n'avait qu'un souvenir incertain de ce qui aurait dû être pour lui un point de repère. Ils s'arrêtèrent à l'entrée de cette route et il se souvint alors d'avoir pris à droite pour descendre et en déduisit qu'ils devraient donc tourner à gauche.

Apparut un nouveau croisement, et cette route qui arrivait de la droite, une route dont il gardait le souvenir dans ses cauchemars éveillés car ce ne pouvait être que celle qu'il avait prise avec Lou, celle de la petite église abandonnée, avec le virage et la caravane au-dessus. La bifurcation ne ressemblait guère à l'idée qu'il s'en était faite de nuit. La route par laquelle il était venu était plus étroite et tournait sec, pas étonnant qu'il l'ait manquée.

Et pendant tout ce temps, Laura et Helen étaient dans ses pensées, et lui demandaient : Où vas-tu ? Il essaya de les extraire du passé et de l'avenir, où elles occupaient naturellement leurs places habituelles, à bavarder et plaisanter, et de les placer dans le présent, la question étant seulement : où êtes-vous et qu'est-ce que vous faites en ce moment même ? Il écouta, essaya de voir et d'entendre, et dans le silence il entendit leur silence frapper comme la foudre la tranquillité de toutes choses et vit leurs visages figés dans une brisure de marbre. Il essaya de les ramener à la vie – après tout, elles devaient être en vie quelque part, après avoir subi Dieu seul savait quelles épreuves ! – et il les imagina qui apparaissaient au prochain tournant, Ah ! les voilà ! marchant au milieu de la chaussée, la mère et la fille, jean foulard pantalon de voyage foncé. Pourquoi n'étaient-elles pas là ?

On ne trouve jamais ce qu'on cherche quand on le cherche, ou, si on le trouve, on appelle ça un miracle. Autre raison de redouter le pire, comme si le simple fait de rechercher sa femme et sa fille sur ces routes désertes où elles n'étaient pas était le plus sûr moyen de s'assurer qu'elles n'y seraient jamais.

– Là ! s'écria Tony Hastings.

Plus tôt, beaucoup plus tôt qu'il ne s'y attendait : la barrière brisée, le poteau avec sa planche de guingois, mémorisé pour repérer l'entrée de la piste forestière, qui semblait encore plus étroite de jour que de nuit. Des traces de pneus dans la terre meuble.

Ils s'arrêtèrent. Le lieutenant prit des notes sur son calepin.

– C'est là-dedans qu'ils vous ont emmené, hein ?

Tony Hastings vit le fossé, le barbelé et les buissons ; le fossé était moins profond et plus près de la route que celui dans lequel il avait sauté en plein cauchemar.

– On le prend, ce chemin ? demanda le chauffeur.

Le lieutenant regarda Tony.

– Vous voyez un intérêt à y aller ? demanda-t-il.

Tony Hastings se figea, tenaillé par une peur dont il refoulait la cause de toutes ses forces.

– Qu'est-ce qu'on pourrait y trouver ?

Bobby Andes le regarda encore. Il avait des poils dans les narines et une fine sueur perlait à la naissance de ses yeux chassieux.

– D'accord, dit-il. Si on allait voir les autres endroits de votre parcours ?

Ils firent demi-tour et Tony Hastings, s'éloignant pour la deuxième fois du chemin de montagne où on l'avait traîné, eut à nouveau l'impression d'abandonner lâchement celles qu'il aimait, doublée du désir dévorant qu'elles le comprennent.

Ils s'arrêtèrent de nouveau à la fourche.

– Je crois que c'est par cette route que nous sommes arrivés, dit Tony, mais j'avais perdu mon chemin.

– Ça change pas mal de choses, dit Andes. Cette route descend dans l'autre vallée.

– S'ils sont venus par là, ils ont dû prendre la sortie de Bear Valley, dit le chauffeur.

– On verra bien.

La route remonta pendant un moment le long de la crête, puis redescendit en une succession de virages serrés. Et soudain, au-dessus d'un tournant, il vit une vieille caravane de couleur blanche.

– C'est la caravane !

Pas de voiture garée à proximité.

– Continue, dit Andes au chauffeur, ne ralentis pas.

Ils roulaient vite et Tony n'eut pas le temps de se retourner qu'ils étaient déjà sortis du virage.

La caravane semblait être là depuis des années ; des jeunes arbres avaient poussé tout autour, comme pour l'enfermer.

– Vous êtes sûr que c'est bien elle ? demanda Andes.

Et maintenant, c'était la petite église au clocher blanc qui apparaissait.

– Oui, j'en suis sûr. Je ne sais si ça a de l'importance.

– Qu'est-ce qui s'est passé ? Votre type s'est arrêté là ?

– Non, j'ai cru voir ma voiture garée dans le virage. Il m'a dit que ce n'était pas la mienne et, c'est vrai que j'ai pu me tromper.

– On ira vérifier.

Ils arrivèrent dans un petit village avec une serre que Tony se souvenait d'avoir vue.

– Pas de doute, ils sont sortis à Bear Valley, dit le chauffeur.

Des panneaux routiers indiquaient la direction de l'autoroute, puis la bretelle d'accès et le pont qui l'enjambait. Ils s'arrêtèrent de nouveau.

– Pensez-vous que vous pourriez retrouver l'endroit où vous vous êtes arrêté ?

– Sur l'autoroute ? Ce serait difficile.

– De toute façon, il y a peu de chances que ça donne quelque chose.

– Quoi ?

– Les indices qu'ils auraient pu laisser, empreintes de pieds, de pneus, ce genre de choses.

– Ça s'est passé sur la bande d'arrêt d'urgence.

– Ouais.

Ils se trouvaient sur la petite route, près de la bretelle d'accès à l'autoroute. Bobby Andes réfléchissait.

– Ils sont arrivés par la piste dans la forêt et, quand ils vous ont vu, ils ont éteint les phares et vous ont appelé... Pourquoi ont-ils éteint les phares ?

– Du diable si je le sais. Peut-être pensaient-ils se glisser dans l'obscurité pour me sauter dessus.

Andes rit, mais sans joie.

– Donc ils sont venus, ils sont repartis et ils ont essayé de vous écraser ? Allez, on y retourne.

10

Bruit d'eau à l'étage, Dorothy prend une douche. Susan Morrow feuillete les pages, essaye de ne pas lire les mots, découvre qu'elle approche de la deuxième partie. Comme c'est triste, pense-t-elle. Tristesse des nouvelles à venir, dont personne ne parle mais que tout le monde attend. Elle s'accroche à l'espoir qu'Edward a concocté quelque rebondissement heureux, mais n'en trouve d'indice nulle part. En attendant, en dépit de la tristesse, elle ressent une énergie en elle, sans savoir si cela provient de sa propre chimie, du livre ou... d'Edward en état d'excitation, et savourant sa création ? Elle aime imaginer Edward savourant sa création, cela la revigore. Elle attend l'horrible découverte dont son esprit se désole déjà, elle l'attend avidement.

Bêtes de nuit 9

La raison pour laquelle Tony Hastings avait peur de refaire ce chemin de montagne ? Il n'y avait pas de raison, pas de raison d'avoir peur maintenant, il était en sûreté sur le siège arrière de la confortable voiture de police, en compagnie de deux représentants de la loi et de la civilisation qui, en le ramenant en un lieu abhorré, s'efforçaient uniquement de l'aider à retrouver ce qu'il avait perdu.

Une route au revêtement neuf, montant le long d'une crête

boisée. Au sommet, un magasin de souvenirs, fanions et hiboux sculptés dans le bois. La raison pour laquelle il avait si peur ? Pas de raison. Ils ne faisaient que vérifier les possibilités. Raison d'espérer, en vérité. Si Laura et Helen avaient été dans la voiture quand ils étaient revenus, si elles avaient été abandonnées dans la clairière comme il l'avait été lui-même, s'ils avaient voulu qu'ils se retrouvent ainsi tous les trois ? Mais alors, ne devraient-elles pas être de retour ? C'était là le hic. A moins qu'elles aient décidé de dormir sur place et d'attendre qu'il fasse jour pour redescendre. Mais il était presque midi, maintenant, elles auraient dû se trouver hors du bois.

Bobby Andes lui posa, amical, des questions sur sa vie. Son métier. Sa maison dans le Maine. Leur mariage heureux. Sa fille unique. Bobby Andes aussi n'avait qu'un seul enfant.

– Ce n'était pas vraiment notre intention, d'avoir un seul enfant. C'est simplement que nous ne faisions pas tout pour en avoir un autre. Et vous ?

Le chauffeur arrêta la voiture dans une ligne droite au-dessus des bois. Tony mit quelque temps à reconnaître l'endroit parce qu'ils arrivaient par l'autre côté, le côté par où les autres avaient disparu après avoir tenté de l'écraser.

La peur l'étreignit de nouveau quand le chauffeur tourna pour s'engager sur le chemin de terre et passer devant la barrière cassée. Et s'il avait peur, ce n'était pas parce que le soleil était à son zénith, qu'ils avaient roulé sur ces routes pendant toute la matinée et qu'il était beaucoup trop tard pour qu'ils aient une chance de tomber sur Laura et Helen, maintenant.

Puisqu'il était trop tard, il n'y avait aucune raison d'entrer dans ces bois.

– Je veux juste voir ce qu'il peut y avoir là-haut, dit Bobby Andes.

– Je n'ai rien vu, à part des arbres.

Il retrouva la douleur qui lui avait donné envie de pleurer la veille au soir. Elle lui reprochait son échec lorsque les types l'avaient appelé, car il était maintenant sûr qu'ils n'avaient jamais voulu autre chose que de lui faire retrouver sa femme et sa fille. Mortes ou vivantes. Il avait trouvé sage d'éviter la mort, mais quelle sagesse était-ce donc ? Si elles s'étaient fait tuer ? Et s'il n'en était rien, si alors elles s'étaient trouvées dans la voiture, c'était encore pire.

– Il faisait nuit.

– Tu penses qu'ils ont planqué un alambic là-haut ? demanda le chauffeur.

Andes rit.

– Ils ont peut-être une cabane.

– Ils m'ont conduit jusqu'au bout du chemin et je ne crois pas qu'il y ait quoi que ce soit.

Tony Hastings ne pensait pas qu'il y eût une cabane, ni que Bobby Andes s'attendît à en trouver une. La piste tournait et vivait parmi les rochers et les arbres. La voiture bringuebalait dans les ornières. « Nom de Dieu », grognait Bobby Andes. Les bois étaient clairs et jonchés de souches moussues et de branches brisées. Des arbres surgissaient derrière des rochers dispersés à foison. Tony Hastings ne reconnaissait rien de ce qu'il avait vu à la lumière des phares quand il était arrivé ni de ce qu'il avait cru distinguer de ses yeux dilatés quand il en était reparti. Il chercha l'endroit où il s'était caché pendant que Ray et Turk passaient devant lui. Il en repéra plusieurs qui auraient pu faire l'affaire, mais aucun qui ne ressemblait exactement à ce dont il se souvenait.

La raison pour laquelle il avait peur de pénétrer dans ces bois était la crédibilité que cela donnait à ce qu'il imaginait. C'était peut-être pour cela que le lieutenant Bobby Andes tenait à faire le chemin, pour éliminer le doute. Le fait de cahoter sur ce chemin accidenté, la tension doublée à chaque minute par la minute correspondante qu'il faudrait pour refaire le chemin en sens inverse transformait en réalité, en fait, ce qui, sinon, serait resté un horrible cauchemar. De rêve fantomatique, tout devenait réalité.

Il vit le pont de rondins et, comme les arbres s'éclaircissaient devant eux, il comprit qu'ils étaient parvenus à la clairière. Son cœur se serra, puis il éprouva un profond et pur soulagement d'en avoir vu assez pour savoir qu'il n'y avait rien. La clairière s'ouvrait maintenant devant eux, verte étendue d'herbes folles, vide, avec les traces récentes laissées par les manœuvres des voitures.

– Oh-oh, murmura le chauffeur.

– Putain de Dieu ! s'écria Bobby Andes.

Tony Hastings ne comprenait pas tant il était soulagé et déçu à la fois de ne rien remarquer de particulier dans la clairière, rien de ce qu'il avait attendu ou redouté ou espéré. Puis il vit que quelqu'un était passé par là. Le foulard rouge, un pull-over foncé, un jean, accrochés aux buissons bordant la clairière. Et quand Bobby Andes bougea la tête, il vit les amants endormis nus sous un buisson.

– Du calme, dit Bobby Andes.

Qu'est-ce qu'ils avaient à s'inquiéter pour lui, se demanda-t-il, en sortant de la voiture et en se dirigeant à grands pas vers les amants endormis. Mais voilà que Bobby Andes et le chauffeur couraient après lui, on le prenait par le bras comme s'il fallait le retenir. Où était le problème ? Il voulait simplement éliminer une bonne fois pour toutes la grotesque hypothèse que ses compagnons policiers semblaient faire et, nus ou pas, il les réveillerait, ces deux-là, une fille et un garçon, ça se voyait, et il les prierait de dire à ces messieurs qui ils n'étaient pas. Un garçon et une fille, mais qui la fille et qui le garçon, il n'aurait su le dire, la fille sur le dos, l'autre à côté, la tête dans l'herbe. Peut-être étaient-ils morts, et pas seulement endormis, pensa-t-il comme il se rapprochait, peut-être les avait-on tués. Si c'était le cas, cela concernait ses compagnons policiers, pas lui.

Ce ne pouvait être Laura et Helen parce que ces deux-là étaient nus et ressemblaient à des jeunes gens qui dorment profondément, ou qu'on a assommés, dans le coma, ou encore morts. Il marchait vite, s'écartant de Bobby Andes qui cherchait encore à le retenir. Il voulait tellement s'assurer qu'il n'avait pas sous les yeux les corps de sa femme et de sa fille.

Sauf que c'étaient bien elles. C'est pour ça qu'il avait bondi de la voiture avant même qu'elle s'arrête, il l'avait su à l'instant même où il les avait vues, jeunes endormies nues parmi les buissons, c'étaient Laura et Helen, et c'était pour cela que la voiture était revenue dans la nuit, telle était la leçon de Ray et de Turk et de Lou, il l'avait su avant même de les voir, de voir le foulard sur le buisson, avant même d'entendre les exclamations de stupeur des deux hommes devant lui. Oui, il avait su.

Le foulard d'Helen, le pull-over et le jean de Laura. Il se hâtait parce qu'il ne voyait pas encore leurs visages. Elles lui paraissaient trop petites, un garçon, une fille, mais qu'il n'aurait pu identifier.

Elles étaient dans le buisson aux branches brisées, comme si elles s'y étaient abattues, et il ne pouvait toujours pas voir leurs visages, la gracile jeune fille nue gisant sur le dos, la tête détournée, l'autre personne, plus grande, face contre terre et ainsi masquée par ses épaules, il ne pouvait pas voir ses cheveux, et les branches l'empêchaient d'avancer.

– Du calme, du calme.

– Laissez-moi voir, laissez-moi voir.

Le chauffeur le retenant par le bras pendant que Bobby Andes se taillait un passage avec un couteau jusqu'à la jeune fille, à côté de laquelle il s'agenouillait, pour lui soulever doucement la tête dans ses mains, et Tony ne vit que le profil du visage et, malgré lui, un doute persistait. Puis Bobby Andes reposa la tête de la morte et, l'enjambant, passa vite à l'autre, la retourna par l'épaule, elle avait d'épais cheveux noirs comme ceux de Laura, et Bobby lui releva le visage.

Tony vit la bouche de Laura entrouverte comme dans un cri, les joues et les yeux figés dans la souffrance, et il reconnut le cri, les joues et les yeux, il reconnut la douleur, l'intelligence figée par la mort. Et Bobby Andes, le visage tordu, qui le regardait en continuant de tenir entre ses mains la tête de la morte pour que Tony la voie. Bobby Andes, un étranger dans ce monde. Tony se pencha en avant pour voir, s'il y avait encore une chance, s'il n'était pas trop tard, se prit les pieds dans les branches, perdit l'équilibre, s'agrippa aux buissons dans sa chute.

– C'est votre femme ?

– Elle… n'a rien ?

Le visage était blanc, les yeux fixes. Bobby Andes ne répondit pas.

11

Susan Morrow s'arrête de lire, bouleversée. Tu les as tuées, Edward, dit-elle, tu as pris les devants et tu les as tuées. Ce qu'elle croyait ne pas pouvoir supporter. Elle est sous le coup de la stupeur, comme si elle n'avait pas vu venir la chose. Un crime terrible et désolant, même si elle sait qu'après les avoir suivies jusque-là, elle aurait été déçue si elles n'étaient pas mortes. Pauvre Tony. Comme son plaisir de lectrice dépend de sa détresse à lui ! Elle a le sentiment que la douleur mise en scène ici, incarnée par Tony, est réellement la sienne, ce qui est alarmant. Douleur, ancienne ou à venir, elle ne saurait le dire. Et cela est obscur parce qu'elle sait, à la différence de Tony, que sa propre souffrance n'est pas ici mais quelque part ailleurs, et que c'est son absence, rendue si vivace, qui fait toute l'intensité du moment. Elle n'est pas très sûre de ce qu'elle entend par là et retourne à des considérations critiques. Apprécie la narration, les détails de la découverte, l'irrationalité omniprésente, la négation de l'évidence, apprécie cela. Tu pourras élever plus tard des critiques contre la mise à mort des deux femmes, par exemple… Non, soumets-toi d'abord, apprécie, aussi horrible cela soit-il.

Page suivante : DEUXIÈME PARTIE. Nous avons donc lu la première partie, qui façonne Tony, comme le souffleur met en forme la pâte de verre. Où allons-nous, maintenant ? Quoi qu'il se passe, ce sera différent, ce qui représente un risque pour Edward, un risque inhérent à tout nouveau départ. Elle lui souhaite bonne route.

Susan Morrow avait eu l'intention de s'arrêter là, mais c'est impossible. Et puis, il y a encore quelqu'un sous la douche. Elle va jeter un coup d'œil à la deuxième partie.

Bêtes de nuit 10

Le mot hurlé dans la tête de Tony Hastings était Non !, claqué contre la dure réalité à laquelle son esprit l'avait pourtant préparé. Ils revinrent avec lui à la voiture en le soutenant par le bras comme un vieil homme. Ils l'installèrent sur la banquette arrière, laissant la portière ouverte. Brouhaha de voix à la radio de bord, le policier faisait un rapport qu'il ne comprenait pas. Il regarda les vêtements accrochés aux branches des buissons, regarda ce qui était en dessous et qui n'avait pas bougé. Les criquets stridulaient dans l'herbe haute et un gobe-mouches s'envola d'une branche avec de doux piaillements. Il détourna les yeux, regarda le lieutenant penché sur le siège avant, le micro contre sa bouche, regarda le faîte des arbres qui bordaient la clairière, vit un nid de faucon, reporta son regard vers les buissons et les vit de nouveau, immobiles et glacées comme sur une photographie.

Non ! Non ! litanie d'un refus de suivre la marche du temps. Fin du futur. Moment séparé du moment, temps s'éloignant sans lui. Pas d'autre pensée que ce non. « Désolé, dit quelqu'un, nous ne pouvons pas les toucher, nous ne pouvons rien bouger avant qu'ils arrivent. » Attendre, sans se demander ce qu'ils attendaient, ni remarquer combien l'attente était longue, seulement regarder, de temps à autre, les deux corps figés, à jamais. Bobby Andes et le policier en uniforme quadrillèrent la clairière, regardant partout, écartant délicatement les branches des buissons. Puis revinrent à la voiture. Plus tard, Tony n'arriverait pas à se rappeler si lui aussi avait arpenté la clairière.

Il eut l'impression de ne pas avoir attendu du tout quand les voitures arrivèrent, gyrophares en pleine action à midi, et que les hommes en sortirent, piétinant l'herbe, prenant des mesures et des photos. Leurs dos larges lui masquaient la vue ; ils bavardaient comme des pies, et il se souvint d'avoir pensé : Elles m'appartiennent, ma Laura, mon Helen. Il les regarda déplier gauchement des toiles grises et, quand ils s'écartèrent des buissons, les vêtements et les corps avaient disparu avec eux.

Il vit comme une chrysalide géante près des buissons, étendue sur une civière. Puis il vit l'autre. Il se demanda qui était qui, mais n'osa pas poser la question. Il croyait savoir, s'aperçut que non et qu'il n'y avait qu'une solution : demander à quelqu'un. Et cette pensée dénoua un nœud dans sa gorge. Il aurait dû savoir, sa Laura et son Helen, cette pensée fit couler des larmes sur son visage.

Un jeune policier lui dit :

– Venez, je vous raccompagne.

– Où çà ?

Il chercha Bobby Andes, le lieutenant, quelqu'un qu'il connaissait.

– A votre motel.

– Qu'est-ce que j'irais faire là-bas ?

Bobby Andes enregistrait ses notes sur un magnétophone portable. Il remarqua Tony Hastings.

– Vous pouvez aller avec George, dit-il. Je passerai vous voir cet après-midi.

Tony Hastings s'efforça de reprendre pied.

– Et ma voiture ? Quand est-ce que je pourrai l'avoir ?

– Demain, je veux d'abord l'inspecter.

– Est-ce que je pourrai récupérer ma valise ?

– George ira vous la prendre. (Bobby Andes se tourna vers George.) Dis à Max que M. Hastings a besoin de ses affaires.

Celui que Bobby Andes appelait George le reconduisit hors de ces bois funestes par la piste cahoteuse qui sinuait comme une blessure béante dans son esprit, et par les routes de campagne jusqu'à son motel en face du poste de police. De George, Tony Hastings ne devait garder qu'un vague souvenir, celui d'un grand blond format joueur de football en uniforme de policier. Ils ne parlèrent pas. Tony Hastings regarda défiler pour la deuxième fois les bois bordant la route. Plus tard, il se souvint d'avoir contemplé les arbres, les branches brisées, les rochers, la radio de bord et des voix de policiers. Et ce mot, Non, dans sa tête.

Il ne savait pas à quoi il pensait, hormis cette évidence qu'il ne pouvait y avoir pire que ce qui venait de le frapper et que c'était la fin du monde. Il ne savait pas ce qu'il éprouvait, si toutefois il éprouvait quoi que ce soit. Fatigue et léthargie. Qu'allait-il faire ? Il n'avait plus de raison de se rendre dans le Maine. Que ferait-il de tout le mois d'août et du reste de l'été ? Que ferait-il de sa voiture ? Que se passerait-il après qu'on l'aurait déposé au motel ? Il se demanda s'il aurait faim à nouveau, s'aperçut que oui, quel que soit ce qu'il ressentait d'autre, qu'il n'aurait su définir, de toute façon. Il se demanda où il prendrait son déjeuner et à quoi il ressemblerait. Il se demanda ce qu'il ferait de son après-midi et eut hâte de revoir Bobby Andes. Ce serait déjà ça. Après, il lui faudrait penser à dîner. Après le dîner, viendrait la nuit.

Il savait que sa perte était immensément cruelle, même s'il n'en sentait pas encore le poids, et il devait en avertir quelqu'un. Bien sûr qu'il le devait, comme tout endeuillé. Endeuillé. Mais parmi ses amis, à qui le dire ? Lequel d'entre ses intimes répondrait présent ? Aucun nom ne lui venait à l'esprit et, pourtant, il lui fallait bien informer quelqu'un. Qui donc ? Sa sœur, son frère ? Bien entendu, son frère et sa sœur. Il fut heureux de s'être souvenu de sa sœur. Il était moins sûr pour son frère. Mais quand il pensa à ce qu'il devrait dire à sa sœur, il n'eut plus envie de lui annoncer la nouvelle, d'affronter son bouleversement, de l'entendre.

A penser à la douleur du deuil, il se rappela les deux chrysalides grises enveloppant les deux corps et le souvenir lui arracha à nouveau des larmes.

– Serait-il possible que quelqu'un appelle ma sœur et lui annonce la nouvelle ? Et lui donne le numéro de téléphone où me joindre ? demanda-t-il.

L'expression sur le visage de George lui donna à penser que celui-ci ne comprenait pas sa requête : pourquoi Tony n'appelait-il pas lui-même sa sœur ? Mais George dit :

– Oui, bien sûr.

Il prit les numéros de téléphone que Tony avait inscrits sur un bout de papier.

Tony se demanda soudain s'il ne commettait pas une erreur. Après tout, il était possible que dans sa détresse, et préparé au pire comme il l'était, il n'ait pas mis assez de soin à les identifier et ait conclu trop vite. Il s'aperçut qu'il n'avait regardé qu'une fois. Et trop vite pour voir autre chose que ce qu'il s'attendait à voir. La possibilité d'une erreur grandit en lui. Demander à George.

– J'ai peur de ne pas être tout à fait sûr de les avoir identifiées…

Il fallut un moment à George pour comprendre.

– Ah ouais ?

Agacé. Tony se sentit gêné.

– De toute façon, reprit George, vous allez les revoir à la morgue.

Au motel, avant de repartir, George ajouta :

– Vous préférez peut-être qu'on attende pour appeler votre sœur ?

– Pourquoi ?

– Tant que vous n'êtes pas certain…

Il avait beau savoir que c'était là le plus vain des espoirs et qu'il était impensable qu'il se fût trompé, l'idée que sa sœur pût recevoir une fausse nouvelle de cette nature le paralysa soudain. Il ne savait plus quoi dire.

George attendait sa réponse.

– Euh… non. Oui. Non.

– Oui ou non ?

Hésiter, encore et puis capituler.

– Non, vous pouvez l'avertir.

– Vous en êtes sûr ?

– Oui.

Dans l'après-midi, il s'endormit tout habillé sur son lit, dans la chambre du motel. Plus tard, un policier l'emmena à la morgue pour identifier de nouveau les corps. Elles étaient dans une chambre froide aux murs carrelés de blanc. Chacune sur une table séparée. L'homme rabattit le drap, découvrant leurs têtes. On aurait dit qu'elles étaient faites de cire, c'étaient bien ses chères disparues, mais avec une couleur entre le gris et le vert. Laura avait un sourire furieux et ironique, la bouche d'Helen faisant une moue qui aurait pu être joueuse, mais ne l'était pas. Pas de doute à ce sujet.

On le ramena au poste de police, où il retrouva Bobby Andes.

– On a des nouvelles, dit ce dernier. Une information qui nous vient de Topping. Des gens se sont fait agresser exactement comme vous sur l'autoroute la nuit dernière.

– Probablement les mêmes types.

– Nous avons un numéro minéralogique. Malheureusement, il s'agit d'une plaque arrachée sur une voiture dans une casse.

Tony Hastings comprit soudain que Bobby Andes voulait mettre la main sur ces hommes. C'était en effet la suite logique de l'affaire.

– Si ça ne vous dérange pas, dit le lieutenant, j'aimerais relever vos empreintes digitales.

– Les miennes ?

– Ne le prenez pas mal, mais nous avons trouvé des empreintes sur le coffre de votre voiture, qui émergeait de l'eau.

Andes semblait satisfait. Il demanda à Tony de lui répéter toute l'histoire. L'agression sur l'autoroute, le pneu crevé puis réparé, la séparation de la famille, la montée dans les bois, la sortie, tout. Il compatissait, secouait la tête, les dents serrées de rage, ponctuait le récit de nombreux « Ah ! les fumiers ! » et autres « Enfants de putains ! ».

Bobby Andes reposa son stylo et il se renversa dans son fauteuil.

– Toute votre famille y est passée. Vous pouvez imaginer une chose pareille ?

Tony Hastings n'avait pas à l'imaginer. Il savait gré au lieutenant de sa compassion, même si celle-ci le surprenait, mais il ne savait que faire de sa colère.

– Ce sont des bêtes, dit Bobby Andes. J'avais une femme et un enfant, elle a divorcé, mais ça ne change rien, je me mets à votre place.

Il se tut un instant, le visage marbré de veinules rouges, puis, mimant de ses grosses mains le geste de tordre un cou, dit d'une voix sourde :

– On les chopera, comptez sur moi.

J'apprécie votre intérêt, pensa Tony, mais à quoi cela servira-t-il ?

Bobby Andes reprit, sur son ton officiel :

– J'aimerais que vous restiez, au moins jusqu'à demain après-midi, dit-il. Nous aurons un mandat de recherche pour aller voir ce qu'il y a dans cette caravane, et puis nous irons chercher votre voiture. Nous aurons besoin de vous.

– D'accord.

– Nous allons lancer un appel à témoins à la télé. Peut-être que le vieux en camionnette se décidera à venir nous voir.

– Que pourrait-il faire ?

– Témoigner. Qui sait ce qu'il a pu voir ! A condition qu'il n'ait pas trop peur… Votre chambre, au motel, ça va ?

– Oui, je pense.

– Vous savez où manger ?

– Au motel, je suppose.

– Si vous aimez la cuisine italienne, allez chez Julio.

– Merci.

– Ah, oui, Hawk voudrait savoir ce que vous comptez faire pour… pour les obsèques. Vous savez…

Vous savez. Non, Tony Hastings ne savait pas.

– Il faut que je m'en occupe ?

– Prenez votre temps, y a pas le feu.

– Je ne connais pas de pompes funèbres par ici.

– Je peux vous recommander quelqu'un. Vous pourriez les faire mettre en bière ici et les expédier ensuite.

Les expédier.

Il prit un taxi pour se rendre chez Julio et mangea italien après avoir bu un apéritif. L'apéritif lui rappela sa solitude, et la qualité du repas la rendit plus pesante encore. Il acheta des magazines pour occuper sa soirée et rentra au motel.

Il reçut un appel de sa sœur Paula. Elle était bouleversée.

– Oh, Tony, c'est affreux…

Ce « c'est affreux » lui donna envie de répondre, selon une vieille habitude, « Allons, ce n'est pas si terrible », mais il se ravisa et préféra se taire. Elle l'invita à la rejoindre dès le lendemain à Cape Cod. Il lui dit qu'il devait d'abord s'occuper des obsèques. Les obsèques. Elle lui dit qu'elle viendrait pour l'enterrement. Mais il devait absolument repartir à Cape Cod avec elle. L'enterrement. Il la remercia. Elle lui demanda comment il pensait rentrer chez lui. Il lui dit qu'il rentrerait par la route, dès qu'il aurait récupéré sa voiture.

– Quoi ? Par la route ? Penses-tu que ce soit prudent ?

Il réfléchit et répondit :

– Ne t'inquiète pas pour moi, ça ira.

Elle lui dit que ça ne lui plaisait pas qu'il fasse seul toute cette route. Elle avait une idée. Elle enverrait Merton, elle l'enverrait dès demain pour qu'il lui tienne compagnie pendant le trajet. Elle le ferait volontiers elle-même si elle s'en sentait le courage.

Non, il n'avait pas besoin de Merton. Il n'avait besoin de personne. Il se sentait bien, il pouvait conduire seul. Elle ne devait pas s'inquiéter.

Bon, si tu en es sûr, dit-elle. Elle le verrait pour les obsèques. Elle prendrait l'avion et ne repartirait pas sans lui à Cape Cod. L'enterrement. Elle lui promit d'appeler leur frère Alex à Chicago, et aussi quelqu'un à Cincinnati pour avertir ceux qui devaient l'être, elle serait là jeudi. Avertir. Il passa le reste de la soirée au motel, à lire ses magazines et, quand ce fut l'heure de dormir, il dormit.

Tony Hastings récupéra sa voiture au poste de police le lendemain après-midi. Elle avait été séchée et nettoyée. Elle était pleine de souvenirs, mais au diable. Bobby Andes était porteur d'autres nouvelles :

– Nous connaissons les causes de leurs morts.

Tony s'assit, attendit. Andes évitait son regard.

– Votre femme présente une fracture du crâne. Elle a été frappée avec un marteau ou une batte de base-ball. Un seul coup ou deux. Votre fille a davantage souffert. Elle a été étranglée. Etouffée.

Il marqua une pause, pour que Tony se pénètre de l'information.

– Elle a aussi un bras cassé.

– Elle se sera débattue ?

– Apparemment. (Il observait Tony.) Il y a autre chose… (Tony attendit.) Elles ont été violées.

Bobby Andes dit cela comme si c'était la nouvelle la plus atroce. Tony le soupçonnait depuis le début, mais n'en fut pas moins choqué de l'apprendre.

Bobby Andes s'anima :

– Que je vous dise, reprit-il. Il semblerait que vous ayez eu raison au sujet de la caravane : comme vous le soupçonniez, c'est bien là qu'ils ont emmené votre femme et votre fille.

– Comment le savez-vous ?

Des coups de marteau.

– Nous avons relevé des empreintes de votre femme sur le bois du lit.

Andes avait dit cela comme si c'était une bonne nouvelle.

– Mon Dieu. Et Helen ?

– Non, pas d'empreintes de votre fille, seulement de votre épouse.

Violées.

– A qui appartient la caravane ?

– Oh ça !… fit Bobby. Le propriétaire est hors de cause. Il habite Poleville, il se sert de la caravane à la saison de la chasse. La porte a été forcée. Quelqu'un squattait les lieux depuis quelque temps.

Les nouvelles étaient noires, glacées. Laura et Helen dans cette caravane.

– Bon Dieu, murmura Tony.

Lutte.

– Nous avons relevé d'autres empreintes…

– Où ?

– Deux ou trois dans la caravane… Que je vous dise autre

chose : les empreintes sur le coffre de votre voiture ne sont pas à vous.

– Bien, très bien… fit Tony Hastings. (Pourquoi disait-il cela ?) Les avez-vous comparées à celles de la caravane ?

Tony Hastings, détective amateur ? A quoi cela servirait-il ?

– Non, pas encore, il faut du temps pour cela, vous savez. On devra d'abord comparer les empreintes relevées dans la caravane avec celles du propriétaire, mais je suis assez optimiste. Il n'est pas revenu depuis l'automne dernier. C'est plutôt encourageant, comme résultat.

– Oui, ça en a l'air.

Tony Hastings courtois, mais réticent à admettre qu'il y avait quelque chose de prometteur dans tout cela. Trop tard.

– Nous avons envoyé les empreintes au labo. Je vous appellerai dès que j'aurai du nouveau.

Bobby Andes était satisfait. Pour Tony Hastings, il était trop tard. Il lui fallut quelque temps avant de comprendre que ces empreintes sur le coffre de sa voiture le disculpaient enfin aux yeux de la police.

12

Sombre, Edward, pesant. Avec un dernier paragraphe qui pourrait nuire gravement au récit. Pas de doute : l'heure du risque est arrivée pour Edward, il lui faut choisir la direction à prendre. Soit se lancer à la poursuite des bandits et faire un roman policier, soit traquer les états d'âme de Tony, un tout autre genre. Susan apprécie le problème posé dans ce chapitre : que faire du reste de sa journée quand le pire vient de vous arriver ? Que ferait-elle si elle perdait Dorothy, Henry, Rosie ? Du diable si elle le sait. Voilà une question tabou qu'elle n'ose même pas esquisser.

Elle entrevoit une objection qu'elle pourrait faire, mais pas maintenant, plus tard. Meurtre de femmes, un cliché qu'elle déteste. Elle a toujours su qu'Edward, sous son air pincé, aimait la violence. La violence de sa retenue, sa gentillesse délibérée, sa colère sous le masque du pacifisme.

Elle se souvient des conseils d'écriture qu'elle lui prodiguait. Comme ils lui paraissent présomptueux, aujourd'hui. Elle lui disait : « Arrête d'écrire sur toi-même, les gens se fichent pas mal de la noblesse de tes sentiments. » Ce à quoi il répondait : « On n'écrit jamais que sur soi-même. » Elle disait : « Tu as besoin de connaître la littérature, tu as besoin d'écrire, la tête pleine de la littérature et du monde. » Pendant des années elle avait eu peur d'avoir tué quelque chose en lui, elle espérait que le fait qu'il se soit tourné vers la profession d'assureur signifiait qu'il n'en était pas affecté. Mais ce roman apporte une tout autre réponse. Elle se demande quelle part d'ironie ou de mépris recouvre le choix du sujet. Elle espère qu'Edward ne calcule pas.

Un autre souvenir, qui surgit de nulle part : garçon et fille, comme frère et sœur, il y a longtemps, dans la barque près de la berge… ou dans la maison, au-dessus des rochers… Elle ne se souvient plus. Et jette sa cigarette dans l'eau. Sifflement.

La salle de bains est libre, c'est ce qu'ils lui crient d'en haut, avec des éclaboussures partout, il faut s'y attendre. Un chapitre de plus, ce soir.

Bêtes de nuit 11

Tony Hastings le civilisé avait été élevé dans une famille d'intellectuels et d'universitaires, gens affables et de bonne éducation, le père proviseur de collège, la mère poétesse. Il grandit dans une maison de brique avec un frère, une sœur et des animaux de compagnie, ils donnaient à manger aux petits oiseaux et passaient l'été à Cape Cod. Il apprit à haïr les préjugés et la cruauté. Jeune homme, il était galant et attentionné envers les femmes. Il fit un mariage d'amour, devint enseignant, acheta une maison, eut une fille, acquit une résidence d'été dans le Maine. Il aimait la lecture, la musique, jouait lui-même du piano, et les peintures de sa femme décoraient les murs de sa maison entourée d'une pelouse sur laquelle se dressait un chêne. Il tenait un journal. Il soupçonnait parfois que le fait d'être civilisé cachait une grande faiblesse, mais comme il ne pouvait concevoir de remède, il s'accrochait à sa civilisation et en tirait fierté.

Avant que ne survienne le drame, sa grande crainte avait été que la civilisation ne se brise et ne l'entraîne dans sa chute. Guerre nucléaire, anarchie ou terrorisme. Quelle tragédie ce serait pour l'humanité si le labeur de tant de siècles était réduit à néant ! Ses lectures lui fournissaient d'autres catastrophes : l'oxyde de carbone transformerait la planète en désert, la disparition de la couche d'ozone provoquerait la mort de la terre sous l'action des rayons solaires. Et il y avait toujours la possibilité d'être broyé par la Machine, l'éventualité de trouver la mort dans un enchevêtrement de tôles froissées sur la route.

Maintenant, j'ai vu, pensait-il. J'ai vu le pire. J'ai rencontré la barbarie hors des murs de Troie. Dans la stupeur de son deuil, Tony Hastings savait l'importance de rester civilisé, avec, derrière les yeux, une bombe qui pouvait exploser s'il n'y prenait garde. Il fallait la désarmorcer par un rituel délicat et précis. Toujours se rappeler qui on était, Tony Hastings, professeur, habitant à, fils de, père de… Psalmodiant son nom en marchant sur cette route dans la nuit. Agençant des mots, constituant des pensées. Se rasant avec précaution autour de la moustache. Se préparant à ce qu'il lui serait donné d'éprouver.

Il lut des magazines parce qu'il était important d'occuper son esprit. Il refoula ses pleurs parce qu'il était important de maîtriser ses expressions. Il déclina l'offre de sa sœur qui voulait lui envoyer Merton comme chauffeur parce que c'était important. Il était important de reconnaître l'importance des choses, car il savait maintenant que tout ce qui était important était important, que rien n'était plus important que l'importance.

Au matin, avant que sa voiture fût prête, il appela l'entreprise de pompes funèbres Frazer & Stover, que lui avait recommandée Bobby Andes.

– Tony Hastings à l'appareil. Je ne sais pas si la police vous a parlé de moi.

L'homme n'avait pas été informé. Il avait une voix chantante, un ton posé et aimable.

– Je suppose que vous ne voulez pas d'incinération ?

– Je n'y ai pas pensé.

Faux. Tony se souvint qu'un an ou deux auparavant Laura lui avait dit : « Je suppose que nous serons tous incinérés à notre mort », et Helen avait protesté : « Pas de four crématoire pour moi, pour l'amour de Dieu ! »

Aussi dit-il :

– Ma fille avait peur d'être incinérée.

– Je comprends, dit l'homme. Nous préparerons les corps et nous vous les enverrons à Cincinnati pour la cérémonie. A qui voulez-vous que nous les envoyions ?

Tony n'en avait pas la moindre idée. Il ne savait même pas où célébrer les obsèques. Ils n'étaient pas pratiquants et il ne savait que faire.

– Ne vous inquiétez pas, reprit l'homme. Nous allons vous arranger ça. Chaque chose en son temps. Tout finira par s'arranger.

Après Frazer & Stover, Tony Hastings appela Jack Harriman, qui avait rédigé le testament de Laura. Il était identique au sien, chacun laissait tout à l'autre. Il n'y avait là guère d'intérêt pour un homme de loi, des vêtements et des chaussures, des casseroles et des couteaux de cuisine, des peintures, des toiles, un chevalet. Il interrompit les condoléances d'Harriman.

– Je veux seulement savoir ce que je dois faire de la maison, s'il faudra poser des scellés, que sais-je...

Dans la valise, toutes ses affaires étaient trempées. Il étendit ses vêtements à sécher sur le lit jumeau. Le lendemain matin, il déjeuna de bonne heure, régla sa note. C'était bizarre de partir comme ça sans rien dire à personne, aussi appela-t-il le poste de police pour faire ses adieux à Bobby Andes.

La voiture roulait assez bien et il savait toujours conduire. Il prit la direction de l'autoroute, conscient de sa solitude. Avec les bagages détrempés de Laura et Helen comme des cadavres dans le coffre. Douleur de les laisser derrière lui, désertion. Bien sûr, elles suivraient – en avion ou camion, il l'ignorait. La journée s'annonçait chaude, le ciel était blanc, les crêtes boisées et les champs nappés d'une brume de chaleur, pâles et comme dilués. Il conduisait vite, mais avec attention. Je suis dans un état de stress exceptionnel, se disait-il, aussi dois-je faire attention et rester concentré. Il se concentra.

L'autoroute du mal avait retrouvé son innocence. Elle lui apparaissait maintenant comme une large bande de goudron, encombrée de véhicules de toutes tailles filant à vive allure. Il n'essaya pas de chercher l'endroit où ils avaient été contraints de s'arrêter. Il regardait les conducteurs des autres voitures. Des familles, des couples, des hommes seuls, des représentants de commerce. Ça ne me fait rien de conduire sur cette route. Ce qui m'est arrivé n'arrive qu'une fois sur un million. La plupart des automobilistes sont des gens ordinaires et, si je devais m'arrêter et attendre un dépanneur, je serais en sécurité. Je n'ai pas peur des voitures qui me doublent car je sais qu'elles roulent seulement plus vite que la mienne, tout comme je roule plus vite que d'autres.

Il s'efforçait de refouler toutes les pensées susceptibles de parasiter son attention. Le vide dans la voiture quand il reconnaissait les endroits où ils étaient passés trois jours plus tôt. Il descendit des collines boisées vers les plaines de l'Ohio, le ciel toujours laiteux et les champs voilés dans l'air épais. Il fit des arrêts réguliers pour prendre une tasse de café, de l'essence, prenant soin de ne pas s'arrêter là où ils l'avaient fait en venant.

Difficile de contrôler son esprit. Se superposant aux pylônes de haute tension s'en allant en colonne à travers champs, il revit dans les phares de la Buick le virage et sa voiture garée sur le côté et Lou qui lui disait que ce n'était pas sa voiture, que la sienne était une quatre-portes, et il savait par les empreintes laissées par Laura sur le bois du lit que sa femme et sa fille étaient à ce moment-là dans la caravane parmi les arbres, avec la lumière filtrant faiblement par la fenêtre, qu'elles étaient là face à Ray et Turk.

Il se repassa la scène imaginaire tout en doublant distraitement camions et voitures et en dépassant la vitesse limite. Elles venaient à peine d'arriver et devaient se tenir près de la porte, Ray ceinturait probablement Laura et Helen devait chercher désespérément le moyen de s'enfuir et Laura devait dire : « Laissez-nous, vous ne pouvez pas faire ça ! » A cet instant, peut-être entendirent-elles la Buick passer et peut-être eurent-elles un espoir, qui mourut en même temps que le bruit du moteur s'éloignait derrière le rideau de tissu fané par le soleil que la femme du chasseur avait accroché à la fenêtre.

Imaginer la suite, en enfanter les images dans la douleur. Ray avait-il appuyé la lame d'un couteau sur la gorge d'Helen pour obliger sa mère à se déshabiller ou avait-il tordu le bras d'Helen jusqu'à ce qu'il casse pour soumettre Laura ou bien les avait-il menacées d'un revolver que Tony n'aurait pas vu ?

« Elles ont été violées », avait dit Bobby Andes. Il devait y avoir un lit, juste sous la fenêtre au rideau fleuri, et des colonnes auxquelles Laura s'était accrochée de toutes ses forces pour empêcher qu'on la couche sur le lit, se débattant et hurlant, tandis que ces hommes bestiaux enfonçaient leurs doigts dans les tendres épaules de sa femme, de sa fille, les forçaient dans la terreur sur un matelas dont les ressorts grinçaient, enfonçant la haine dans l'amour dont Tony connaissait la tendresse et dans l'avenir sans visage de sa fille.

Conduisant sous la chaleur d'un soleil d'après-midi mal définie, il ne voulait pas savoir comment elles étaient mortes, il lui serait plus facile de laisser cela en blanc, avec tous les autres blancs de l'histoire du monde. Sauf qu'il savait. Ce n'étaient pas là les victimes anonymes du monde, mais Laura et Helen, la première le crâne éclaté à coups de marteau, la seconde étranglée. Impossible de ne pas y repenser : Ray et Turk (et Lou aussi, probablement, une fois qu'il était revenu à la caravane après l'avoir largué dans les bois), martelant la tête et serrant le cou de la gracile jeune fille, putain de Dieu, arrête !

Il arriva tôt dans la soirée. Il se ressaisit en voyant la maison aussi immobile qu'une nature morte. Le chêne sur la pelouse, la pente sur le côté avec le lilas et la maison de M. Husserl plus haut. Il rassembla ses forces en ouvrant la porte et se heurta au vide en entrant. La cuisine, propre et rangée comme ils l'avaient laissée, les deux peintures de Laura aux murs du salon dans la pénombre. Tu savais que ce serait dur, se dit-il, aussi tu ne dois pas être surpris. Il transporta les valises gorgées d'eau dans la chambre d'Helen, les posa par terre. Un peu plus tard, il alluma les lumières.

Le téléphone sonna.

– Vous êtes rentré ?

– Oui.

– Je l'ai appris par les journaux.

– Ah oui ? Mais qui êtes-vous ?

– Vous avez fait bonne route ?

– Oui. Mais qui êtes-vous ?

Pas de réponse.

Il alla regarder dans le frigo. Il lui faudrait acheter du lait, du jus d'orange et du pain pour le petit déjeuner. Il n'avait pas envie de ressortir, il ne voulait voir personne. Au diable.

Le téléphone sonna de nouveau. Lisa McGregor du *Tribune*, qui voulait une interview. Il tira les rideaux, s'assit dans le salon, en face du fauteuil vide de Laura, ne sachant que faire. Il monta à l'étage, mit ses affaires encore humides dans le panier de linge sale. Il se déshabilla, alla aux toilettes et se coucha sans allumer. Il avait l'impression de marcher sur un sentier étroit et, où qu'il allât, d'être entouré par une absence palpable.

Le jour suivant fut délibérément chargé. Il prit son petit déjeuner au Jake's Coffee Shop, espérant que personne ne le reconnaîtrait. Il appela Bill Furman et ils eurent une longue conversation, qui le fit se sentir plus civilisé. Il autorisa Bill à prendre la responsabilité de se charger des obsèques et de répandre la nouvelle. Pendant qu'il parlait, il remarqua une camionnette aux couleurs vives garée devant la maison, à l'ombre du chêne. Une station de télé locale. Une jeune femme, tailleur élégant et allure décidée, remonta l'allée, suivie de deux hommes portant un équipement vidéo. Elle voulait une déclaration. Elle lui demanda :

– Etes-vous partisan de la peine de mort ?

Il répondit :

– Je ne veux pas répondre à cette question pour le moment.

Plus tard, il se rendit au cimetière de Lot Hill. M. Camel lui montra un emplacement : face à la clôture et donnant sur des jardinets. Il s'arrêta chez un marbrier : pierre, granit. Il additionna les coûts sans y prêter attention. De retour chez lui, il balaya le rez-de-chaussée, mit son linge à laver. Draps et serviettes propres pour son frère dans la chambre d'amis et pour sa sœur dans la chambre d'Helen, une marque de savoir-vivre, pensa-t-il. Je fais des choses que je n'ai jamais faites avant, ce qui est bien pour moi. Il accueillit Paula à l'aéroport. Elle l'enlaça et pleura et ils attendirent ensemble l'avion d'Alex. A la maison, ce soir-là, ils se retrouvèrent, trois enfants réunis, bien qu'ils fussent séparés par leurs vies respectives depuis tellement longtemps qu'ils se sentaient comme des étrangers. Il n'empêche, avoir des gens dans la maison, parler dans la cuisine, cela faisait une différence. L'avenir était comme une jeune bête sauvage que leurs conversations domestiquaient. Comment allait-il vivre, maintenant ? Garderait-il la maison ? Il devait s'organiser, prendre soin de lui. Comment ferait-il ? Paula tira des plans, fit des courses, interrogea Mme Fleischer. Ils prirent l'apéritif, dînèrent, Paula avait préparé le repas, et il y eut beaucoup de souvenirs échangés et de nostalgie. Ils convinrent que Paula, après que Tony lui aurait rendu visite à Cape Cod, reviendrait en septembre pour l'aider à mettre de l'ordre. Il irait chez Alex à Chicago pour Thanksgiving et de nouveau chez Paula, à Westchester, pour Noël.

Il prit place au premier rang entre Alex et Paula dans la petite église unitarienne ; le soleil brillait à travers les vitraux. Un lac dans lequel se noyait le souvenir de la violence, où tout mouvement cessait. Du soleil avec de la musique et un murmure de voix. Devant lui, deux cercueils, côte à côte, drapés de blanc, étranges. Tony Hastings, vaguement conscient de tout ce monde se pressant dans l'église et de l'attention générale dont il faisait l'objet. Des collègues, des amis de Laura, il ne savait trop. Des collégiens et des collégiennes, des copains d'Helen. Lui serrant la main, après l'office. Des gens qu'il connaissait et d'autres qu'il n'avait jamais vus, qui pleuraient, et l'étreignaient. Il se laissa emporter par la marée et pleura, lui aussi.

Le lendemain matin, Paula et lui fermèrent la maison et prirent l'avion pour Cape Cod. L'avion survola la ville au décollage. L'air était clair, les rues et les pâtés d'immeubles nettement perceptibles. Il chercha des yeux la tache verte de Lot Hill, mais l'avion s'élevait et ce n'était peut-être pas Lot Hill. L'avion vira, la terre disparut parmi des nuages de coton blanc puis ce fut le bleu du ciel, bleu et infini comme la mer.

« Enculé d'ta mère, tu l'as laissé filer, disait Ray à Lou, maintenant il va nous balancer », « Et comment j'aurais pu savoir c'que vous avez fait », répliquait Lou, et Ray : « M'sieur ? Votre femme veut vous parler », et Paula disait :

– On s'amusera bien au bord de la mer, n'est-ce pas ?

Economie de l'écrivain, utilisant ce qu'il connaît : Tony vivait à Cincinnati, comme Edward. Cela donne à Susan l'étrange sentiment de savoir quelque chose qu'elle ne devrait pas savoir. Qu'importe. C'est assez pour ce soir, Edward, mon vieil ami. Qu'y a-t-il à dire ? Ce bouquin la tient sous son emprise, elle n'a pas honte de le dire. Cette longue et lente plongée dans la nuit de tous les malheurs et Tony qui s'accroche en jouant la civilisation. Le fait qu'être civilisé cache une grande faiblesse. Et cette tension ou cette ironie qui sous-tend le récit dégage une tristesse dont Susan se demande si elle n'est pas le fruit de son propre imaginaire. L'ironie, qui contrebalance cette tristesse, porte la marque d'Edward. Elle se rappelle combien son ironie la mettait mal à l'aise.

Elle referme le manuscrit, le remet dans sa chemise, et ce simple geste lui semble empreint de violence, comme de mettre les deux cercueils en terre : images du roman pénétrant dans la maison. Peur et regret. Cette peur est le miroir de la peur éprouvée au début. Après, elle a eu peur d'entrer dans l'univers de la fiction et de perdre le sens de la réalité. A présent qu'elle délaisse pour un moment le roman, elle a peur de ne pouvoir y retourner. Le livre a tissé comme une toile autour du canapé. Il lui faut se tailler une ouverture pour en sortir. La toile endommagée, le trou s'agrandira et, le temps qu'elle reprenne sa lecture, il n'y aura plus de toile.

Elle se lève, passe du salon à la cuisine, réfrigérateur, lumières, monte à l'étage, Tony repose à l'intérieur des pages. Elle se rappelle, mais c'est loin, les vagues terreurs que lui inspirait l'absence d'Arnold. C'était avant. Et Arnold est parti. Et c'est à Edward qu'elle pense. Le passé revit. Des souvenirs d'enfance. Quand nous étions tous les deux assis dans la véranda, à regarder la rivière, pendant que les plus petits jouaient à cache-cache, et nous devisions en frère et sœur de sujets graves. Et après, quoi ?

Il était parti à l'école. Et l'avait retrouvée des années plus tard, à l'université. « Quoi, enfants, vous vous aimiez donc ? », s'exclama sa mère, qui ne savait pas.

Qu'est-ce qui avait cloché ? Sa mère le demandait sans cesse, sans le demander. La seule apparition d'Arnold avait-elle suffi ? Mais il devait y avoir quelque grave défaut chez Edward, car personne ne pouvait croire que Susan Morrow lui eût simplement préféré un modèle plus perfectionné. Quel crime avait donc commis Edward ?

Aucun, concluaient tous les rapports, si ce n'est d'être ce qu'il était. Une fois qu'on avait éliminé tout ce qui pouvait prêter à conflit, restait sa personnalité. Seuls les intimes le savaient, parce qu'au-dehors l'homme était sans défaut manifeste : responsable, attentionné, solide. Timide, modeste, gentil. Il fallait vivre avec lui jour et nuit pour savoir. C'est là qu'il commençait à se fissurer.

Tatillon, guindé, hautain, boudeur. Il faisait la moue. Il tapait du pied, disait à l'agent de la circulation : « Où voyez-vous un problème, monsieur l'agent ? » Il refusait de regarder la télévision tard le soir. Quand ils avaient quinze ans, dans la maison de vacances du Maine, dans la barque dérivant lentement, il la priait de ne pas laisser sa main traîner dans l'eau. Personne ne ramait, mais ça l'agaçait qu'elle laissât traîner sa main. Il était ainsi depuis le début et ce devait être de naissance. N'est-ce pas, Stephanie ?

Elle se reprocha ces idées. Elle ne désirait pas penser à Edward en train de pincer les lèvres alors qu'elle essayait de rendre justice à son roman.

PREMIER INTERLUDE

1

Chaque soir, avant de descendre dans ses pensées, Susan Morrow se livre à des rituels. Promenade du chien, câlin au chat, fermeture des portes. Trois enfants en sûreté avec une veilleuse allumée dans l'escalier. Dents, cheveux, lampe de chevet, faire l'amour, parfois. Se tourner à droite, le dos à Arnold, tapoter l'oreiller, attendre.

Ce soir est différent : Arnold n'est pas là. La liberté, la possibilité de quelque chose d'extravagant. Elle repousse l'extravagance, décrète cette nuit semblable aux autres, sauf qu'au lieu de se tourner à droite, le dos à Arnold, elle s'étale, profite avec délices d'une situation sans mari dans un espace sans mari. Une pensée affreuse lui vient au sujet d'Arnold à New York, mais elle la repousse avec le reste.

Puis, comme chaque soir, elle attend ses pensées, elles bruissent sous la porte. Elle pose sa tête sur l'oreiller et attend. Des bruits biologiques la distraient, son sang lui bat dans les tympans. Sa respiration la perturbe. Des fois, le laboratoire intestinal travaille tard, préparatifs dérangeants de la cargaison à venir. Les paroles prononcées ce jour déferlent sur ses pensées comme les vagues sur la grève. C'est l'heure de fermer les écoutilles, de ranger perspectives et débats. Elle range *Bêtes de nuit* pour la nuit.

La tempête qu'elle attend commence quand les mots qu'elle a en tête se mettent à parler tout seuls. Ils montent de la trappe dans le plancher, des gens conversent sans elle. Son esprit est là en bas, et elle entend des voix dans les pièces aux minces cloisons. Instant dangereux, car le danger est inconnu. Son esprit émerge, l'engloutit, s'étend jusqu'à former un monde, et, bien que le pays soit familier, elle y est en touriste. Chaque nuit, elle retourne en des endroits qu'elle a déjà visités et y rencontre des gens, qui ont changé depuis la dernière fois. Elle a honte de sa mémoire défectueuse, sachant que ce dont elle ne peut se souvenir est plus important que ce qu'elle garde en mémoire. Avec ses ordres dans une enveloppe scellée qu'elle a égarée, elle erre, pieds nus, jambes paralysées, elle perd l'équilibre et s'envole, ou se hisse à grand-peine au sommet de la colline pour rejoindre la classe qui a déjà commencé depuis une demi-heure, ou rencontre son défunt père et lui demande si ça lui déplaît d'être mort, ou laisse un sage étudiant s'asseoir sur son bureau et tendre la main vers elle, précisément vers son entrecuisse, qu'il n'atteindra jamais, tandis qu'elle s'efforce d'éviter la chambre mortuaire.

Le matin blanc l'assaille d'un moment de vide absolu. Elle est expulsée dans la vacuité du jour. Le temps qu'elle reconnaisse les rideaux bleus à fleurs à la fenêtre et les branches de l'érable saupoudré d'une fine pellicule de neige, la trappe dans le plancher se referme en claquant. Si elle retient quelques fragments de rêve, ils se dissiperont, à moins qu'elle ne leur redonne une chronologie et ne les traduise en mots. Mais la remémoration et les mots tuent les rêves. Celui-ci s'échappe pour rejoindre les autres sous la trappe dans le plancher, se fond dans la trame onirique de sa vie, maille supplémentaire d'un ouvrage qu'elle reprendra lors de sa prochaine visite nocturne dans le pays étranger qui est le sien.

En attendant, dans la lumière froide et vide du matin, Susan Morrow, qui ne saurait même pas dire en cette première minute comment elle s'appelle, construit peu à peu la nouvelle journée. Mardi. Le 8. Arnold à son congrès, à New York. Cette pensée l'éveille brutalement, réalité stridente comme la sonnerie d'un réveil. Le souvenir aigu de l'appel rassurant d'Arnold, hier au soir, et ce qu'il signifie véritablement. Il signifie qu'à New York Marilyn Linwood, secrétaire de son état, couche ou ne couche pas avec lui. Marilyn, qui lui classe des documents dans sa chambre. Marilyn Linwood attend que Susan se réveille : Marilyn, la coquette jeune femme de trente ans, la professionnelle, tailleur sobre, lunettes, cheveux coiffés en chignon, visage attentif. Secrète, la parfaite demoiselle du téléphone. Celle dont les charmes cachés se dévoilèrent lors du pique-nique de l'équipe : bikini jaune, cascade de cheveux bruns, cuisses crémeuses un rien trop minces. « Qui est-ce ? » s'est enquis le docteur Gaspar. Paternel. « Mais n'est-ce pas notre demoiselle Linwood ?

Les choses ont changé depuis que Susan a laissé tomber la jalousie. Elle se réveille à nouveau et se rappelle. La décision qui l'a libérée : accepter l'inconnu au nom de la paix du ménage, ne pas chercher à savoir, travailler à stabiliser, solidifier leur couple, après seize ans de doute.

Oublie ça, Susan, il fait jour, il est l'heure de se lever. Laisse dormir les enfants, ce sont les vacances de Noël. Que dois-je faire aujourd'hui ? La lessive, emmener Jeffrey chez le véto. Déblayer la neige ? Regarde à la fenêtre. Le temps de sortir du lit, d'enfiler un peignoir et d'aller à la fenêtre (seulement une mince couche, qui aura fondu avant midi), Susan Morrow se sent de nouveau entière. Le jour nouveau suture la blessure de la nuit.

Pendant la journée, elle fait ce qui suit, en plus d'autres choses. Elle se douche, s'habille, réveille les enfants, prépare le petit déjeuner, prend la voiture pour aller chercher Rosie chez les Burridge. Elle ramasse le linge sale de la semaine, descend à la cave faire la lessive, retape les lits, se rend au supermarché – margarine, viande pour midi, lait. Repas pour trois enfants, plus elle. Retourne des livres à la bibliothèque, monte les cadeaux des enfants dans leurs chambres, ce qu'ils étaient censés faire eux-mêmes. Une petite pause au piano, fugues de Bach. Retour à la cave pour charger la machine une seconde fois. Jambon au four, vaisselle dans le lave-vaisselle, dresser la table. Son esprit du jour, qui ne sait rien de l'autre esprit, est plein de ce qui n'est pas là mais sait où tout se trouve : Rosie en haut avec Carol, Dorothy dehors, Henry avec Mike, Arnold à New York.

Et Edward. Un crochet surgi du passé pour lui accrocher

l'esprit. Toute la journée durant, elle se demande pourquoi elle pense à Edward. Sa mémoire émerge du sommeil comme un rêve, elle vole, éclair de plumes, de branche en branche. Elle va trop vite pour qu'on la suive et, si Susan tente d'en faire la chronologie comme elle le ferait d'un rêve, elle meurt. Les souvenirs d'Edward sont morts, rangés dans des volumes qu'elle a reliés il y a des années, mais le nouvel Edward, l'actuel, vole alentour en liberté.

2

Edward et Susan avaient quinze ans quand le père d'Edward mourut d'une crise cardiaque, et les parents de Susan recueillirent le garçon chez eux pendant un an. La mère d'Edward était internée dans un établissement psychiatrique et sa belle-mère, qui venait de divorcer, ne voulait pas entendre parler de lui. Il trouva plus tard un foyer chez des cousins dans l'Ohio, mais ce fut la famille de Susan qui, la première, lui offrit un toit, pour qu'il puisse terminer ses études secondaires à Hastings. Il y eut des négociations avec les cousins et une aide financière, mais Susan avait toujours pensé que c'était bien généreux de la part de ses parents.

Ils n'avaient pas de raison particulière pour le recueillir. Ils étaient voisins, c'est tout. Le père d'Edward prenait le même train que le père de Susan pour se rendre à New York. Il venait dîner de temps à autre à la maison. C'était un homme affable et courtois, qui jouait du violon en amateur.

Ils habitaient Edgar's Lane, une rue ombragée dans un quartier résidentiel. La maison d'Edward, les marches qu'il fallait grimper pour y arriver, la rue qui redescendait sous les arbres. Une rue historique car c'était là que s'était déroulée la bataille d'Edgar's Lane à l'époque révolutionnaire.

Elle connaissait à peine Edward avant que le père de ce dernier meure ou, si elle le connaissait, elle ne s'en souvenait pas. Ils allaient ensemble à l'école par l'Aqueduc, un chemin de remblai qui passait derrière les maisons, séparé d'elles par une clôture et un foisonnement d'herbes folles. Le chemin de l'Aqueduc ne montait ni ne descendait malgré les accidents de terrain et, chaque fois qu'il croisait une rue, il fallait pousser une barrière remontant à l'époque des chevaux.

Le père d'Edward mourut par une belle journée de mai. Dans l'après-midi, Susan passait par l'Aqueduc avec Marjorie Grabel. Les herbes flanquant le sentier n'avaient pas encore été fauchées et la terre était humide mais pas boueuse. Edward marchait cent mètres devant, indolent avec son cartable, mâchouillant un brin d'herbe. Derrière Susan, son petit frère et sa petite sœur traînaient les pieds, évitant la grande sœur. Maigre, le cheveu jaune, le cou et les jambes grêles, atteint de strabisme, Edward, à cette époque-là, ressemblait à un échassier. Timide, il ne savait pas se faire aimer, mais Susan prenait sa timidité pour l'expression d'une maturité innée à côté de laquelle elle n'était qu'une enfant. Ils étaient arrivés sous les arbres. Edward grimpa la volée de marches conduisant chez lui, Marjorie tourna à gauche au coin de la rue et Susan rentra chez elle, Paul et Penny suivant toujours derrière à distance respectueuse.

Quelques minutes plus tard, Edward frappait à la porte et parvenait avec le plus grand mal à articuler : « Va chercher ta mère. » Après, elle avait suivi sa mère et Edward, qui couraient dans la rue. Ils montèrent le petit escalier dominant une rocaille, sa mère s'arrêtant pour reprendre son souffle. Susan les rattrapa, demanda ce qui se passait et resta dehors tandis que sa mère et Edward entraient. Susan avait peur parce qu'elle n'avait jamais vu de cadavre, elle attendit sur le parapet de pierre devant la porte d'entrée : le parterre de pensées, la vue sur la rue. Peu après, des gens arrivèrent, disparurent à l'intérieur. Un gros type essoufflé lui demanda si c'était bien ici… Sa mère réapparut et lui dit de rentrer à la maison. Elle manqua ainsi le corps couvert d'un drap qu'on emmenait sur une civière et, plus tard, regretta de ne pas l'avoir vu.

Ce soir-là, Edward dîna chez eux et elle se rappelait les questions : « Connais-tu l'adresse de ta belle-mère ? » « Pas de grands-parents ? » « Pas d'oncles ni de tantes ? » « Connais-tu la situation financière de ton père ? »…

Ils lui donnèrent la chambre du haut, d'où il avait un bout de vue sur les Palisades[1] et sur le fleuve même où, parfois, en été, avec un peu de chance, il pouvait voir passer les bateaux.

Personne ne songeait qu'il pût se passer quoi que ce soit entre Edward et Susan. Il lui avait dit : « Mettons les choses au point. Tu ne veux pas de moi chez toi et, moi, je n'ai pas envie d'être ici, mais que pouvons-nous y faire, alors n'en parlons plus. Tu restes dans ta chambre et moi dans la mienne. »

Il avait encore dit : « Pour qu'il n'y ait pas de confusion… le fait que je sois un garçon et toi une fille ne veut rien dire, d'accord ? Tu ne t'attends pas à ce que je te demande de sortir avec moi et moi je n'attends rien de toi. Il se trouve seulement qu'on loge dans la même maison. »

Moins généreuse que ses parents, elle ne voulait pas de lui, parce qu'il la privait de l'intimité de sa famille. Elle commença par se féliciter de la petite mise au point qu'il avait tenu à faire ; ça allégeait l'atmosphère. Plus tard, quand il lui tint de nouveau le même discours, ça l'agaça. Puis, comme la répétition devenait une habitude, elle en éprouva une réelle colère mais, à ce moment-là, il avait déjà le don de la rendre furieuse, quoi qu'il pût faire ou dire, au point qu'elle doutait de son propre jugement.

Il vécut chez eux pendant un an. Quand Susan se retrouva sans cavalier pour le bal du printemps, ce fut lui qui courtoisement l'emmena. Ils firent tous deux une bonne année scolaire. Il passa l'été dans le Maine avec eux. Ce furent de paisibles moments qu'elle remarqua à peine. Il ne parla jamais de devenir écrivain.

1. Falaises au nord-est du New Jersey et au sud-est de New York, sur la rive occidentale de l'Hudson.

3

Par la suite, Susan ne revit Edward qu'à Chicago, huit ans plus tard. Elle entrait dans son troisième cycle d'université. Il était déjà là, à étudier le droit. Sa mère lui avait dit d'aller le voir, mais Susan n'en avait pas envie.

Elle se sentait seule et triste dans cette université où elle ne connaissait personne. Elle laissait derrière elle un amoureux, Jake, qui lui reprochait de l'avoir quitté et lui fit vœu d'infidélité. Elle logeait dans le dortoir des filles et suivait ses cours dans une imposante bâtisse gothique aux murs épais et aux fenêtres étroites à vitres serties de plomb. Elle écoutait le message de l'architecture dans les murs de pierre, les murmures des professeurs parlant bas, remarquait les attitudes distantes de ses camarades de cours. Intelligemment, elle essayait de distinguer la tristesse annuelle de l'automne (le gris des bâtiments un rien plus clair quand les feuilles tombaient) de sa tristesse personnelle (Jake ou son enfance ou encore Susan la fille libre), et de séparer ces deux tristesses conjuguées de celle de l'enfermement intellectuel, quand alentour s'étendait un ghetto réputé dangereux.

Quelque part dans ce monastère besogneux se trouvait Edward. Son antagonisme s'était mué en nostalgie, mais elle ne fit aucun effort pour le chercher. Ce fut lui qui la trouva, par hasard. Elle se rendait dans une librairie de la 57e Rue quand elle entendit derrière elle : « Susan, attends-moi ! » Comme il avait changé, l'air sûr de lui, grand, magnifique, il lui tendait la main : « Je savais que tu étais ici. » Bien habillé, manteau, cravate, lunettes étincelantes, il la prit par le coude, la guida dans Steinway's. « Viens boire un verre avec moi. »

Quand deux enfants devenus grands se rencontrent, leur souci principal est de se prouver qu'ils ne sont plus des enfants. Cela les rend amicaux et civils, d'une politesse exquise. Et de s'enquérir de la mère et du père, du frère et de la sœur. Aucun souvenir des anciennes rancœurs. Il étudiait le droit, elle l'anglais. Il logeait dans un studio, elle dans le dortoir des filles. Sa reconnaissance : « Je n'ai jamais manqué d'apprécier la gentillesse de tes parents. »

Il lui fit visiter la ville, lui donna rendez-vous à déjeuner au réfectoire, essaya avec elle les autres cafétéria du campus : Ida Noyes et la Maison internationale. Il lui indiqua les boutiques de livres d'occasion, l'emmena à l'Institut oriental et au Musée des sciences et de l'industrie. Il lui apprit comment descendre en ville et lui fit découvrir le Musée de l'art et l'aquarium.

Elle s'étonnait du changement d'Edward. Etait-ce l'apparition d'une nouvelle strate de sa personnalité ou bien une mue ? Il disait : « Je ne suis plus un gosse. » Il était courtois, galant. C'était avant que la galanterie ne devînt obsolète et la sienne était tellement étudiée qu'elle finissait par lui taper sur les nerfs : il marchait toujours à l'extérieur du trottoir, lui tenait la porte ouverte, lui poussait sa chaise, tout l'horrible tintouin des temps jadis. Néanmoins, elle trouvait cela merveilleux. L'antagonisme venait du passé. Elle gardait un si mauvais souvenir de sa rudesse adolescente que cette neuve courtoisie lui paraissait le comble du raffinement.

Le changement le plus intéressant était l'enthousiasme qu'il manifestait à l'égard de toutes choses. Au diable l'accablant ennui et l'agressive indifférence qu'il avait manifestés à quinze ans à propos de tout. A présent, il était tout feu tout flammes pour un rien. Emerveillé par la grande cité, sa circulation, le bleu de son lac, la fumée de ses aciéries, les dangers de son ghetto, la complexité du droit qu'il étudiait, les splendeurs de la littérature. Susan était perplexe, car cela allait à l'encontre du cours naturel qui veut que l'enthousiasme et l'émerveillement précèdent l'ennui et l'indifférence. Sans doute avait-il choisi de dissimuler ses passions à quinze ans car il jugeait plus adulte d'être réservé. Maintenant, à vingt-trois ans, il se faisait presque un devoir de s'étonner du monde. Mais, dans l'ensemble, cela ne déplaisait pas à Susan, même si, plus tard, elle en fut d'autant plus écœurée qu'elle en découvrait chaque jour la fausseté laborieuse.

En dépit de l'air serein qu'il affichait, elle apprit bientôt qu'il souffrait d'un chagrin d'amour. Il avait été fiancé à une dénommée Maria, qui l'avait laissé tomber pour en épouser un autre. Laisser tomber, la bonne vieille expression d'autrefois. Pourtant, il ne semblait pas en avoir le cœur brisé. Il paraissait plein de vigueur et d'enthousiasme pour l'avenir. Mais les blessures du cœur étant bénites, elle pouvait comprendre. Elle aussi, si ça se trouvait, avait le cœur brisé. A cause de Jake. Jake lui faisait payer de lui avoir préféré sa carrière en parcourant le monde et en prenant une fille après une autre. L'un et l'autre, ils avaient le cœur brisé. Ils eurent ainsi un sujet de conversation, et qui les protégeait l'un de l'autre, comme le frère de la sœur : inutile de se soucier du cœur. Ils avaient tous les deux le cœur brisé.

Chaste et platonique, telle fut la situation trompeuse qui conduisit Edward à séduire Susan ou, va savoir, Susan à conquérir Edward et qui se termina par un mariage et, conséquemment, par un divorce. Avoir le cœur brisé signifie qu'on a une histoire et ce furent leurs histoires respectives qui les rapprochèrent à mesure qu'ils se confiaient leurs dépits avec une emphase sans cesse croissante. Surtout Edward, car Susan n'avait pas grand-chose à dire de ce bon à rien de Jake. Il parlait donc et elle écoutait, intervenant de temps à autre pour poser une question ou donner un conseil, tous deux sachant pertinemment que ce n'était pas Maria le sujet, mais le récit lui-même et que tout se jouait entre la voix qui disait et l'oreille qui écoutait. Cela se poursuivit pendant l'hiver. Susan cuisinait – sororale attention – des petits plats pour Edward dans son studio, et ils parlaient des blessures du monsieur jusqu'à trois heures du matin. Oui, il était d'accord avec tout ce que disait Susan… cette Maria était trop volage, trop jeune pour accepter les liens du mariage.

Repensant à cette période-là, Susan comprend que le malheur

d'Edward ne disait que son état normal, celui qu'il l'encourageait à reconnaître comme un fait établi.

L'idée-force était la suivante : il serait toujours et subtilement blessé par la vie, mais toujours il lutterait contre le mauvais sort afin d'être plus fort, avec toute la noblesse de cœur qui était la sienne. A la vérité, il ne manquait pas d'arguments plus que sérieux pour étayer sa thèse. La mort de son père, la perte de sa maison, personne pour s'occuper de lui, hormis ses père et mère à elle. On l'avait laissé tomber, tout était en ordre.

Toutefois, elle repéra une lacune dans l'histoire d'Edward : le sexe. Il décréta le sujet sans importance avec un empressement qui trahissait l'intérêt qu'il lui accordait. Elle lui posa la question abruptement : « Est-ce que tu as fait l'amour avec elle, Edward ? »

Il fut choqué par la question, mais il n'en répondit pas moins : il n'avait pas fait l'amour avec Maria, il ne l'avait jamais fait avec aucune fille. A vingt-trois ans, compétent, paternaliste, en bras de chemise et le nœud de cravate défait, il admettait une bien étrange inexpérience. A la vérité, cela ne semblait pas aussi étrange à l'époque que cela le serait vingt-cinq ans plus tard, après la révolution dite « sexuelle ». (D'ailleurs, ils ne disaient pas « baiser » mais « faire l'amour » ou « coucher avec », ce qui n'impliquait pas spécialement que l'on dormît, et c'était bien ainsi que Susan avait formulé sa question : « As-tu couché avec elle ? »)

La conduite d'Edward pouvait s'expliquer de plusieurs façons. La courtoisie, le respect, son héritage génétique de prude du dix-neuvième siècle. A moins qu'il ne fût qu'un gosse dans un costume d'homme, un môme pétri de trouille. A moins que sa boussole interne l'attirât à rebours de sa nature, ce qu'un certain jargon appellerait plus tard une inversion sexuelle.

Edward puceau attirait la curiosité de Susan et la faisait parler. Edward sans secrets appelait une Susan délivrée des siens. Elle parla. Il fut de nouveau choqué, aussi troublé que si elle avait été une héroïne romantique, et l'air de chien battu qu'il avait pris pour lui dire « Il faudra que je m'habitue à ça » irrita sacrément la jeune femme. Plus exactement, cela irrite la Susan qui se remémore, car elle n'arrive pas à se souvenir de son irritation d'alors. Un vent de zèle l'avait animée en ce temps-là, pas vraiment une croisade, mais plutôt un accès d'idéologie qui avait pour slogan : LE SEXE EST NATUREL. Le résultat, peut-être, de ses récents conflits avec Jake. Edward incarnait une conviction opposée : LE SEXE EST CONTRE NATURE. Le sexe est naturel, tel était le féminisme pré-féministe de Susan : elle partait en guerre contre les deux échelles de valeur pour les hommes et les femmes, les grosses poitrines, les publicités pornographiques pour la bière et les cigarettes, l'équation cœur-débauche, le discours de Jake selon lequel le bien c'était les brunes et le mal les blondes. Pour elle, les croyances de Jake signifiaient qu'à l'aimer elle devait céder à ses avances, mais qu'à le faire elle exprimait une tare qui, lui, le libérait de ses obligations. Tandis que pour Edward, croire que le sexe allait contre la nature était la conséquence de son étonnement émerveillé pour toutes choses, et, pour lui, rien n'était « naturel ». Il ne pouvait croire que les gens puissent faire des choses qu'il lisait dans les romans et que son imagination embellissait.

Aussi avait-elle décidé d'éduquer Edward. L'idée lui était venue un après-midi pluvieux alors qu'elle grimpait les marches du musée. Edward, il faut que quelqu'un t'apprenne la vie, telle fut sa pensée.

Et moi, la vie, je la connais.

Elle persévéra dans cette idée, ce qui ne manqua pas de conséquences, la principale, qui l'aurait sans aucun doute détournée de lui si elle l'avait devinée, étant qu'Edward et elle se marièrent. Elle pensait alors que ce serait instructif et sain pour tous les deux. « Le sexe est naturel, Edward. Ça ne mange pas de pain ; même toi et moi pouvons faire l'amour, sans que cela regarde quiconque. » C'était aux premiers jours du printemps, les jeunes branches étincelaient de gouttes de pluie et les bâtiments gris semblaient fraîchement lavés sous le ciel pâle. « Je peux venir chez toi, personne ne me verra ; et je retournerai dans mon dortoir sans que ni ma mère ni mon père ni Jake ni Maria n'en sachent jamais rien. »

Quelle folle idée ! Elle avait dû germer dans la tête d'une

autre Susan, car la vraie Susan se rappelle avoir été agacée par de telles pensées. Elle se souvient d'avoir analysé la fascination qu'elle éprouvait à découvrir ce qu'il était devenu : ce mélange d'enthousiasme appris et de pruderie innée. Elle se souvient des efforts qu'elle a déployés pour maîtriser la curiosité malsaine qu'alors elle avait de voir comment se comporterait le prudent et crispé Edward sous l'emprise d'émotions et de sensations incontrôlables.

En résumé, Susan se souvient de sa décision de séduire Edward et de son passage à l'acte. Elle procéda par petites touches, dont le caractère essentiel résidait dans l'ambiguïté. Accès de tendresse affectueuse. Frôlements et petites tapes dans la rue quand il pleuvait. Coquetteries et flirt. Elle lui donnait un coup de poing dans la poitrine quand il sortait de la bibliothèque. A la taverne du campus, arriver derrière lui et placer ses mains sur ses yeux. A dîner, au réfectoire, après une dure journée de labeur, alors qu'ils mangeaient en silence, poser son regard sur lui – le désordre châtain de ses cheveux, la fatigue dans ses yeux – et éprouver une soudaine et surprenante faiblesse pour cet étrange jeune homme, sur lequel elle aimerait veiller. Mais elle ne savait rien de son désir de séduire.

Etait-il ou non intéressé par elle ? Elle cherchait les signes de l'attirance. A la taverne où ils prenaient une bière, elle lui dit : « Laisse-moi vivre avec toi, Edward. » Il rit, résista en tournant sa proposition en blague, et elle joignit son rire au sien, croyant qu'elle avait parlé sérieusement.

Elle lui parla de la censure et de la pornographie, de la psychanalyse et des trois stades du développement : oral, anal, génital. Elle discuta de l'homosexualité chez Platon, de la Grèce antique et des athlètes nus aux jeux de l'Olympe. Elle lui parla du compte rendu qu'elle faisait du poème *A sa maîtresse timide* pour s'interrompre soudain et lui dire : « J'oublie toujours que tu es puceau. » Il rougit et bafouilla.

Elle ne voulait pas se lancer sérieusement, se disait-elle, elle voulait juste le bousculer, le tirer de son autocomplaisance. Par une belle journée printanière, ils allèrent à la réserve forestière pour y observer des oiseaux migrateurs. Ils parlèrent avec nostalgie de la vie de famille, de la vie à Hastings et de l'avenir d'Edward. Avocat, il défendrait la cause des droits civils et plaiderait gratuitement pour les pauvres. Elle pensa que c'était là paroles d'homme de cœur et se sentit fière à l'idée que cette grandeur d'âme lui venait d'elle. La nuit tombait quand ils rentrèrent et il l'invita à prendre un café chez lui avant de la raccompagner à son dortoir. Alors qu'ils gravissaient l'escalier sombre, qu'il ouvrait la porte, qu'ils entraient dans la pièce et qu'il allumait la lumière, elle ressentit une formidable conscience du temps présent, la vertigineuse immanence d'un ici et maintenant qui vibrait de sa présence et de celle d'Edward et de toute la vie rassemblée : elle eut envie de hurler ou de chanter. Il prépara du café, sortit des biscuits, prit sur une étagère son livre sur les oiseaux et ils s'assirent, épaule contre épaule, cuisse contre cuisse, pour regarder les rouges-queues et les fauvettes américaines. Et le temps qui passait sans bouger bourdonnait si fort à ses tympans qu'elle n'y tint plus et qu'une voix lui soufflât « Vas-y, c'est le moment », et sa propre voix murmurait quelque chose à l'oreille d'Edward.

Puis ce fut le temps du cœur qui bat la chamade, le temps de l'émoi et des mains tremblantes, leurs regards trop rapprochés pour y voir clairement, et la voix sourde, haletante d'Edward qui demandait : « Tu en es sûre ? » Et la prudence tardive et saine de sa réponse : « Seulement si tu en as envie. » Et lui, de tout son être : « Merci, mon Dieu. »

Sur la table de nuit, la lampe unique diffusait une pâle lumière dans la pièce. Susan portait un pull vert amande, une jupe plissée à carreaux, des bas blancs. Dessous, un soutien-gorge et une culotte blanche. Nue, elle était mince, presque maigre, ses cheveux longs flottant avec légèreté dans son dos. Elle eut honte de la petitesse de ses seins jusqu'à ce qu'elle surprenne le regard émerveillé d'Edward. Il était encore plus efflanqué qu'elle. Côtes saillantes, cuisses maigres, son sexe était ce qu'il y avait de plus gros chez lui. Il faisait froid dans la chambre, ils frissonnèrent à l'unisson.

Sur le lit, il hoqueta, grogna, haleta et rugit. Sois franche, Susan, cela te plaît à toi aussi, bien plus que lors des séances suivantes. Il l'écrasa de son poids et beugla son plaisir : « Tu es merveilleuse ! Je n'arrive pas à croire que tu sois aussi merveilleuse ! » Après, il la remercia de sa générosité.

Une longue conversation en costumes d'Eve et d'Adam suivit, pendant qu'ils se caressaient distraitement. Il lui confia un secret qu'il n'avait dit à personne. Il avait commencé d'écrire, oui. Il avait déjà rempli deux cahiers de poèmes, nouvelles, saynètes.

4

Edward et Susan : quelle merveille, dit sa mère, c'était comme un mariage à l'intérieur de la famille. C'était en 1965, par un mois de mars glacial, pas de changement de projets : ils continuèrent leurs études, sauf que Susan emménagea dans le studio d'Edward. Ils prirent cela pour du bonheur.

Susan peut retrouver quelque souvenir de ce bonheur si elle s'en donne la peine. Elle n'a pas essayé pendant vingt-cinq ans, lui préférant l'étiquette d'illusion par souci de protéger Arnold et les enfants. Elle n'avait aucun désir de démanteler sa déception.

Ce dont elle se souvient maintenant, ce n'est pas tant du bonheur que des lieux où il y en eut. Le bonheur est impalpable, la géographie le rend concret. Il y avait des lieux d'été, et il y avait Chicago. De l'Edward-bonheur, elle se souvient seulement des étés, et, des deux étés avec Edward, particulièrement le premier, qu'ils partagèrent entre la vieille maison des parents de Susan dans le Maine et le bungalow des cousins d'Edward dans le nord de l'Etat de New York. La maison dans le Maine, qui remonte à l'enfance, dominait un petit port parmi les pins. Elle avait des pignons, des moustiquaires aux fenêtres et une porte grillagée et dominait des hautes herbes qui descendaient jusqu'aux rochers. Elle se souvient d'Edward dans la barque, car ils s'y sont promenés quand ils avaient quinze ans et de nouveau quand ils étaient mariés. Les souvenirs se confondent quelque peu. Elle se rappelle Edward enfant jetant dans l'eau la cigarette qu'il essayait de fumer ou lui parlant de sa belle-mère, qui se sépara de son père juste avant la mort de ce dernier, et combien elle avait eu honte de voir pleurer un garçon.

L'autre maison, le bungalow des cousins, était plus rustique. Il était situé parmi les bois en bordure d'une petite rivière. Une porte-moustiquaire, des poutres apparentes dans la pièce principale, un crêpi grossier aux murs et deux petites chambres. Elle se souvient d'Edward assis devant sa machine à écrire sous l'unique lampe à la lumière de laquelle elle essayait de lire dans le fauteuil Morris, et elle n'est pas sûre que ce fût cela, le bonheur. Ils allaient se baigner nus dans la rivière, faisaient tout le temps l'amour, se vengeaient de leur passé hostile, faisaient semblant de revivre leurs quinze ans dans la maison des Hastings pour s'enivrer de leurs transgressions. Puis retour aux obligations de l'instant : ils écrivirent une lettre aux parents de Susan, qu'ils signèrent *Susie et Edward*. Chers enfants, dirait sa mère, comme frère et sœur.

Les souvenirs de bonheur à Chicago sont plus difficiles à trouver. La chambre d'Edward, où ils travaillaient à tout, les exposés et les examens jalonnant leur marche vers le professionnalisme. Etudiants dans des disciplines différentes, ils respectaient leurs contraintes réciproques et savaient rester polis. Ils terminèrent leur première année avec l'aide financière du père de Susan. Plus tard, comme Edward ne voulait pas dépendre financièrement des parents de Susan, elle enseigna l'anglais dans un lycée de la ville. Hormis une ou deux interruptions, elle a gardé ce métier depuis lors. Quand Edward résilia sa bourse en mars, le travail de Susan fut la seule ressource du ménage.

L'abandon de sa bourse découlait de l'abandon de ses études. Il aurait pu attendre l'été, date à laquelle sa bourse s'interrompait, mais, comme il avait cessé d'étudier, il estima plus honnête de résilier aussi sa bourse.

Il avait abandonné le droit pour devenir écrivain. Cela étonna Susan car elle pensait qu'il aurait dû d'abord voir s'il était capable d'écrire. Mais Edward en était sûr. Il expliqua sa décision et brossa à grands flots de paroles leur avenir et le rôle de Susan. Le père de Susan vint à Chicago pour dissuader Edward, mais

Edward lui dit que la force de son désir troublait tellement ses études qu'il valait mieux qu'il les interrompît. Ce n'était pas lui, disait-il, qui avait choisi le droit mais son entourage. Lui avait toujours voulu écrire.

Quand Susan apprit qu'il écrivait depuis longtemps, elle s'étonna qu'il ne lui eût jamais montré son travail. Il lui répondit qu'il n'était pas prêt, que ses écrits n'étaient que des ébauches. Il lui demanda son soutien, qu'elle lui accorda. C'était le temps de l'idéalisme. Son inquiétude était égoïste et bourgeoise (elle ne s'était jamais inquiétée d'être bourgeoise auparavant). Ses espérances d'une maison confortable, d'enfants, la poursuite d'une carrière d'enseignante avec le titre de docteur ès lettres, tout cela était d'un bourgeois ! « Les écrivains gagnent-ils de l'argent ? », lui demanda-t-elle avec anxiété quand elle apprit que la plupart des poètes et autres auteurs gagnaient leur vie en faisant autre chose. « Comme si on avait besoin d'argent ! lui renvoya Edward. Avec ton salaire, nous pouvons nous en tirer. » Elle enseignerait, il écrirait. Il lui dédicacerait ses livres, *à elle sans qui rien n'aurait été possible, et cætera et cætera...*

Lors d'une visite, son père demanda gentiment à Susan : « Es-tu vraiment prête à tant de sacrifices ? – Mais quels sacrifices, Papa ? » Courageuse Susan, farouchement déterminée. Comme si j'étais bonne à autre chose ! « Et tes projets ? Tes deux années après le doctorat ? – Mais, Papa, ma licence me vaut un poste. Sans elle, je n'aurais pas eu le boulot. »

Le deuxième été de leur mariage, ils restèrent à Chicago, pour que Susan pût gagner plus d'argent en donnant des cours de rattrapage. A présent, elle lisait ce qu'il écrivait, une partie du moins. Il lui fit promettre d'être franche et sincère dans ses critiques, mais elle apprit vite à ne pas l'être. Ses poèmes étaient courts, laconiques, de petits morceaux de nostalgie, des souvenirs de lieux ou d'atmosphères. De petites pièces érotiques aussi, où il chantait tout le plaisir qu'il prenait à la baiser, l'attente, l'acte, le retour à la normale. Pour elle, il usait de certains mots, surtout pour ses petits seins de fillette ; elle appréciait peu. Elle avait le sentiment qu'elle pourrait écrire aussi bien que lui, si elle le voulait. Plus tard, elle cultiva cette pensée parce que cela lui permettait de considérer Edward comme un charlatan, ce qui l'aidait à le placer en dessous d'elle. A l'époque cependant, cela tenait de l'hérésie et elle avait besoin de croire.

Poèmes et saynètes. Il arrêta de les lui montrer. Elle espéra que ce n'était pas à cause de ce qu'elle lui avait dit. Il parla de projets plus ambitieux. Il travaillait à un roman dont il ne lui avait encore rien montré parce qu'il était loin d'être achevé. C'était un gros morceau. Elle flaira une autobiographie, épaisse de douze cents pages, le jeune Eddie jusqu'à ce qu'il ait douze ans.

Au cours du deuxième automne de leur mariage, Edward se fit grincheux. Ça n'allait pas comme il le voulait. Il travaillait à un projet qui exigeait la plus grande concentration. Quel projet ? demanda-t-elle. Un nouveau roman, un long poème ? Il ne voulait pas le dire parce qu'il travaillait mieux sans personne pour regarder par-dessus son épaule. C'était une erreur de montrer un travail inachevé. « J'ai besoin d'aller quelque part, seul », déclara-t-il. « Sans moi ? » Il irait au bungalow, où il aurait tout le calme et la solitude nécessaires pour faire œuvre. « Et moi, qu'est-ce que je fais ? demanda Susan. – Toi, tu as ta classe. Tu as un engagement à honorer. »

Susan a du mal à se rappeler son acceptation et encore plus de mal à dépasser le mépris qu'elle éprouverait plus tard. Comment pouvait-elle se soumettre ainsi ? Mais comme il ne lui était pas infidèle sexuellement, elle accepta de rester seule. Il partit et l'appela tous les deux soirs. Elle écrivit à ses parents, vanta le non-conformisme de leur couple, lui dans la nature, à créer, quelle belle existence ! Malheureusement, il revint plus maussade que jamais. « Ça n'a pas marché », dit-il. Il devait reprendre à la case départ. Reprendre quoi ? Les mots ne pouvaient le dire : la chose était trop intime ? Il fallut quelque temps à Susan pour prononcer son verdict : Edward était bidon et elle une imbécile. La seule bonne chose de ce mois d'octobre, dirait-elle peu après, fut la rencontre d'Arnold. Interne à l'hôpital, il occupait une chambre au-dessus de chez eux. Sa femme venait d'être hospitalisée à la suite d'une dépression nerveuse. Pour finir, tout le monde, sauf Selena, devait dire que cette rencontre fut un don du ciel.

Vingt années de mariage (pas d'idylle, c'est certain) permettent à Susan de se demander avec un esprit ouvert ce que sa vie aurait été si elle était restée avec Edward. Si elle était restée avec lui : elle serait maintenant Stephanie. Avec Rosie, Dorothy et Henry pour soutien, Susan n'a plus peur de se demander en quoi la vie dans la peau de Stephanie aurait été moins belle que la vie dans la peau de Susan.

Autrefois, elle lui demandait pourquoi il voulait écrire. Pas pourquoi il voulait être écrivain, mais pourquoi il voulait écrire. Ses réponses changeaient selon le jour. « C'est comme le boire et le manger, disait-il. On écrit parce que tout meurt, pour sauver ce qui meurt. On écrit parce que le monde n'est qu'un informe gâchis et qu'on ne peut le voir sans les mots. On écrit pour y voir clair. Non, on écrit parce qu'on lit, pour refaire à son propre usage les histoires de sa vie. On écrit pour articuler la voix bredouillante de son esprit. La seule façon de te répondre pourquoi j'écris serait de te montrer ce que j'écris, mais je n'y suis pas prêt. »

Elle acceptait ses réponses. Il lui semblait qu'écrire était une nécessité. Elle avait peur toutefois qu'il ne trouvât pas dans son écriture la nourriture spirituelle qu'il cherchait. Quand, plus tard, elle apprit qu'il avait abandonné le métier d'écrivain pour celui d'assureur, elle espéra qu'il y trouverait de quoi se nourrir autant.

Quelque chose l'ennuyait dans le credo d'Edward. Si l'écriture était une nécessité vitale, qu'en était-il de tous les élèves à qui elle enseignait l'anglais ? Et elle-même ? A part quelques lettres, un journal épisodique, quelques souvenirs dans un carnet, elle n'était pas écrivain. Comment survivait-elle ?

Eh bien, elle était lectrice. Si Edward ne pouvait vivre sans écrire, elle ne pouvait se passer de lire. Et sans moi, Edward, pouvait-elle en déduire, tu n'aurais aucune raison d'exister. Elle s'était ainsi construit au fil des lectures un riche pays plein d'histoires et de culture, avec des visions et des points de vue dont elle n'aurait jamais rêvé du temps où Edward voulait faire connaître les siens. Et voilà qu'arrivait *Bêtes de nuit.* Elle ignore si ce roman dit un savoir, mais il témoigne assurément d'une vision, et Susan lui en est reconnaissante.

Pendant toute la journée, tandis qu'elle s'active dans la maison, Susan a hâte de reprendre sa lecture. Elle s'est débarrassée de son mépris pour la sottise d'Edward, qui était aussi bien la sienne. Prends son livre de bon cœur et réjouis-t'en. Il n'y a pas de raisons de t'étonner si l'Edward qui l'a écrit semble plus intelligent et meilleur que celui que tu as connu. Il lui tarde de revoir vendredi prochain le nouvel Edward, mûri de vingt-cinq années. Mais ne t'attends pas à ce qu'il soit brillant : si certains écrivains sont, en tant que personnes, de meilleure compagnie que leurs livres, d'autres sont franchement antipathiques, alors que leurs œuvres enchantent.

A dire la vérité (la vérité de Susan), l'Edward de ce livre est encore caché. Immergé dans l'histoire intense de Tony, comme le policier qu'on ne voit pas derrière son projecteur. Ça ne durera pas. Quand Tony sera revenu de son aventure tragique, Edward réapparaîtra-t-il ? Pour l'instant, pense Susan, tu as réussi le début. Et même si tu ne peux maintenir ce niveau, tu auras au moins fait cela. Ce qui est un soulagement, Edward, tu ne peux pas savoir quel soulagement.

DEUXIÈME SOIRÉE DE LECTURE

1

Il est tard quand Susan retourne à sa lecture. Elle s'installe sur le canapé, la tête bourdonnant encore des deux dernières heures passées à observer Dorothy raccompagnant Arthur à sa voiture, Rosie cherchant ses cadeaux de Noël, à entendre Henry là-haut dans sa chambre se soûler de Wagner, volume à fond – pas de rock pour Henry, du Wagner –, jusqu'à ce qu'elle ne tienne plus et monte lui dire de fermer sa porte et de baisser le son. Elle retrouve le manuscrit, qu'elle avait posé sur la table basse, enseveli sous le jeu de Monopoly abandonné là, avec des millions de dollars, des maisons vertes et des hôtels partout. Elle ferme les yeux, essaie de se détendre. Dans un moment, elle extirpera le manuscrit du monceau de richesses en papier. Dans un moment, elle lira.

Son esprit résiste à la concentration. Le jeune Arthur aux joues roses est-il le bon garçon qu'il prétend être, timide, le regard perpétuellement baissé, ou bien un psychopathe en puissance ? Martha s'installe sur le Monopoly, insensible aux hôtels qui lui rentrent dans le ventre, avec le monde de Tony Hastings en dessous. Quand Susan se décide enfin à prendre le manuscrit, Martha glisse de la table, entraînant avec elle les liasses de dollars et la civilisation du vingtième siècle.

Susan pose les pages qu'elle n'a pas lues dans la chemise de carton sur le canapé, les pages qu'elle a terminées empilées en tas tout à côté. Elle cherche la page qu'elle a marquée d'un bout de papier-cadeau. Elle réfléchit. Essaie de se rappeler Tony, qui a perdu sa famille dans les bois. Pas encore prête. Pas dans l'ambiance. Elle rêve un peu, se glisse dans la peau de Tony, compare leurs deux situations, se demande quel genre de roman ses ennuis personnels pourraient inspirer. Ceux de Tony sont terribles mais imaginaires, conçus par Edward, tandis que les siens sont réels. Ceux de Tony sont plus simples, aussi : les questions de la vie et de la mort se posent à lui dans toute leur crudité. Susan, elle, a des problèmes mineurs, ordinaires. Pire, elle doute que ses problèmes soient plus que des ennuis. Les ennuis sont sans territoire, ce sont les gens dévastés par la pauvreté, la guerre, le crime, la maladie. Est-ce que Marilyn Linwood est un ennui ? Marilyn, dont l'aventure avec Arnold s'est terminée il y a trois ans... mais peut-être pas. Susan ne posera pas la question. Pas après qu'Arnold et elle ont si longuement discuté et sont parvenus à la conclusion que Mlle Linwood n'avait jamais eu d'importance et que leur couple est assez fort, selon lui, pour résister à toutes les attirances rivales. Il n'y a pas de quoi engraisser un conseiller matrimonial.

Rêver provoque l'apparition flottante de Mme Givens et, à travers elle, de Mme Macomber, l'épouse du professeur qui a porté plainte contre Arnold pour faute professionnelle parce que son mari était mort d'une attaque après une opération du cœur. Mme Macomber, dont la colère et l'amertume (humainement compréhensibles) ont bouleversé Susan, qui à titre d'épouse s'est sentie responsable de l'adresse manuelle d'Arnold et des précautions prises dans une salle de chirurgie qu'elle n'a jamais vue. L'épouse d'un médecin égale le médecin. Arnold est un excellent praticien, brillant, adroit, précautionneux, digne de confiance. Elle sait sans avoir à le demander que le procès de Mme Macomber était le fruit de l'ignorance, voire de la malfaisance, et c'est ce qu'elle a dit à cette fouine de Mme Givens. Si une épouse ne croit pas à la vertu de son mari, qui y croira, hormis lui-même ? A vrai dire, Susan ne sait pas si son époux est bon. Il en est plus d'un pour l'admirer : des patients, quelques confrères, certaines infirmières mais... va savoir. Il travaille dur, continue d'étudier, prend son métier très au sérieux. Il ne lui a jamais paru génial, mais sa réputation est certainement grande, autrement on ne lui proposerait pas la direction de Chickshaw. Des patients meurent. Il dit que cela est inévitable et le prend avec stoïcisme. Parfois, quand il parle de la mort de certains d'entre eux, Susan a envie de pleurer, bien que ces personnes lui soient étrangères, car il faut bien que quelqu'un pleure, en dehors des proches. Mais elle ne ne le fait pas, de peur que ses larmes passent pour une critique.

Assez. Assez de temps perdu. C'est malsain. Une bouffée d'apitoiement sur soi, comme une odeur corporelle. Le livre la remettra d'aplomb, c'est à cela que servent les livres. Elle regarde la première page. Elle souffle sur ses verres de lunettes, essaye de se souvenir. Tony Hastings, le crime, la clairière, les corps dénudés, le retour à la maison, les obsèques. Enfin elle se souvient : il part pour Cape Cod avec sa sœur Paula. Elle se demande de quoi seront faits les lendemains de Tony Hastings, maintenant qu'il a perdu sa famille.

Bêtes de nuit 12

Tony Hastings n'avait pas la force de réagir. Il concentrait le peu d'énergie encore en lui à éviter de couler. Paula tenait à ce qu'il vienne à Cape Cod, il alla à Cape Cod. Merton les attendait à l'aéroport avec le break. Il toucha le bras de Tony, son long visage encadré d'une barbe exprimant l'inexprimable. Tony remarqua l'intention et comprit qu'il n'aimait pas Merton. Il ne l'avait jamais aimé, ce qui le surprit car il avait toujours été persuadé du contraire. Il n'aimait pas plus ses enfants. Assis sur la banquette arrière, ils se taisaient pour qu'on ne leur demande pas de se taire.

Ils roulèrent à travers des petits bois épars et sablonneux. La brume pâle baignant l'intérieur des terres indiquait la proximité de la mer. Paula et Merton bavardaient. Peter et Jenny, il le vit, réprimaient une formidable envie de le regarder.

La maison était dans les bois à moins d'un kilomètre de la baie. Un chemin de terre avec de l'herbe au milieu montait de la route. Ils lui donnèrent la même chambre qu'il avait occupée avec Laura. De la fenêtre, on pouvait voir par-dessus les arbres la baie aveuglante sous le soleil de l'après-midi au-delà de la crête des dunes. La chambre sentait les pins, le parquet crissait de sable.

Ils allèrent à la plage, déserte en cette fin d'après-midi. Un vent glacé soufflait de l'ouest et Peter et Jenny enfilèrent un pull-over par-dessus leurs maillots de bain.

– Vous n'allez pas nager ? demanda Tony au prix d'un grand effort.

– Trop froid ! dit Jenny.

Peter avait un frisbee et Jenny et lui se mirent à jouer avec pour éviter de parler à Tony. N'osant pas lui demander de leur raconter la terrible aventure, ils ne savaient quoi lui dire. Le vent taillait de courtes vagues dans la mer. Le sable était jonché de détritus laissés par la foule de la journée, les grosses poubelles rouillées débordaient de papiers gras que le vent emportait. Une grosse mouette arpentait la grève, gauche sur ses pattes orange, l'œil cruel, le bec féroce. Une autre descendit du ciel pour planer à un mètre du sol sur ses grandes ailes déployées face au vent et, d'un œil perçant, faire l'inventaire des rebuts. Un chandail oublié, à demi enfoui dans le sable. Un reste de sandwich. Des emballages vides.

– On rentre à la maison ? On se gèle ici, dit Peter.

Conversation animée à table, ce soir-là. Tony Hastings y aurait participé volontiers si seulement il avait pu suivre ce qui se disait. Plus tard, il pensa : Je suis aussi inanimé qu'une vieille souche. Je devrais faire un effort, ne pas oublier qui je suis.

Le lendemain matin, il rasa sa moustache, qu'il ne supportait plus. Le soleil brillait. L'air était frais, la baie verte et la mer calme. Les enfants nagèrent longtemps. Il se baigna avec eux pendant un moment tout en se demandant si cela lui faisait du bien. Il remarqua une question sur le visage de Jenny, quand elle émergea à la surface, cheveux ruisselants, des bulles sur la figure. Elle le regarda, puis plongea de nouveau. Il devina ce qu'elle pensait. Elle se souvenait de Tante Laura, la nageuse sous-marine qui maraudait sous la surface pour se saisir d'un pied ou d'une gambette. Se souvenait qu'ils jouaient aux cavaliers aquatiques avec Oncle Tony et Tante Laura. Je ferai le cheval s'ils me demandent, mais personne ne demanda.

Comme il prenait aussi peu de plaisir à nager qu'à marcher, il sortit de l'eau et se sécha. Il fit un effort quand les enfants revinrent :

– Voulez-vous qu'on aille jusqu'à la crique ?

Il lui était difficile de parler et plus encore de poser des questions comme celle-ci.

Ils s'en furent vers la crique. Maintenant, il le savait : Peter et Jenny pensaient à leur promenade de l'an passé, avec Tante Laura qui cherchait des coquillages et des galets, Tony qui identifiait les oiseaux et Helen qui enfonçait un bâton dans les trous dans le sable, se demandant ce qu'il y avait au fond, des crabes, des couteaux ? Il marchait, défenseur muet de sa douleur, indifférent aux trous des couteaux, aux jolis coquillages, aux crabes. Le sable était lourd. Les enfants suivaient tranquillement, jusqu'à ce que Peter murmure quelque chose à l'oreille de Jenny. Elle courut devant, il lui lança le frisbee. Ils s'écartèrent, accompagnant de leur jeu la marche pensive de Tony.

Il passa deux semaines à Cape Cod, s'efforçant de trouver un équilibre entre la dépression et la convivialité.

Paula lui dit :

– Tony, tu as toutes les raisons du monde d'être désespéré.

Elle lui suggéra de consulter un psychiatre dès son retour à la maison.

Lorsque, quinze jours plus tard, il poussa la porte de sa maison vide, une lettre l'attendait. Elle venait de Grant Center.

J'ai pensé que ça vous ferait plaisir d'apprendre qu'une empreinte relevée sur le coffre de votre voiture correspond à l'une de celles relevées dans la caravane. Une autre empreinte, toujours dans votre voiture, a été identifiée comme appartenant à un certain Steve Adams, originaire de Los Angeles. Il a un casier judiciaire là-bas, vol de voiture et acquittement dans une affaire de viol. Vous trouverez ci-joint une photo, de face et de profil, dudit Adams.

J'aimerais bien que vous puissiez l'identifier comme l'un de vos agresseurs. Un mandat d'arrêt a été lancé contre lui.

Nous n'avons eu aucune réponse suite à notre appel à témoins.

J'attends votre réponse et continuerai de vous tenir au courant.

Robert G. Andes

La photo était légèrement floue. Une photo d'identité du service anthropométrique. Face et profil. Un homme maigre, avec de longs cheveux noirs, une grosse barbe de prophète. Qui était-ce ? Le nez busqué, des yeux tristes. Ce n'était pas Ray. Ni Turk. Il chassa sa déception, concentra son attention. La barbe de Lou, les cheveux de Lou ? La barbe de Lou n'était pas aussi longue, ses cheveux n'étaient pas comme ça, et les yeux ne lui disaient rien. C'était la photo d'un homme qu'il n'avait jamais vu. Il essaya d'imaginer Ray barbu, mais il était difficile en regardant cette photo de se souvenir à quoi ressemblait Ray sans barbe.

La lettre le remua, fit naître en lui un désir de punir. Qu'est-ce que ça change, qu'ils les attrapent ou pas ? Cependant, la nuit, il avait des pensées meurtrières. Elles lui faisaient se mordre les lèvres et taper du poing sur le matelas. Mais il oublia de répondre à la lettre et, quelques jours plus tard, il reçut un coup de fil de Bobby Andes. La communication était brouillée, la voix du lieutenant nasillait dans l'écouteur.

– Vous avez reçu ma lettre ?

– Oui.

– Et alors ?

– Quoi ?

– Vous avez pu reconnaître le visage ?

– Non.

– Comment ça, non ?

– Ce visage ne me rappelle rien.

– Hé merde !

– Je suis désolé.

– Bon Dieu, Hastings ! Ce type a laissé ses empreintes sur votre bagnole et vous ne le reconnaissez pas ?

– Je suis désolé, mais c'est ainsi.
– Bordel !

En dépit de sa dépression, Tony Hastings accomplissait le nécessaire pour survivre. Il prenait son petit déjeuner chez lui, déjeunait d'un sandwich et dînait dans de petits restaurants. Parfois, quand il était moins apathique, il cuisinait un peu. Il allait à son bureau mais, incapable de se concentrer longtemps sur son travail, rentrait tôt à la maison. La nuit, il lui arrivait de prendre un bouquin, mais il se lassait vite et se rabattait sur la télévision, qu'il regardait sans la voir. Une fois par semaine, Mme Fleischer venait faire le ménage et la lessive. Le reste du temps, journaux, livres et vaisselle répandus de tous côtés, la maison était sale et en désordre. Il avait hâte que l'été s'achève et que les cours reprennent, bien qu'il ne fût guère impatient de retrouver sa classe.

Un soir, il se dit qu'il était temps de s'y remettre. Il alla dans son bureau, s'assit à sa table de travail et se demanda par où commencer. Mais ses pensées lui échappaient. Il avait envie de procéder à quelque cérémonial, mais n'en trouva aucun qui convienne. Il gagna la fenêtre mais ne vit rien d'autre que son propre reflet dans la vitre. Il éteignit toutes les lumières, plongeant la maison dans l'obscurité. Pourquoi est-ce que je fais ça ? se demanda-t-il. Les lampadaires dans la rue, les fenêtres éclairées des voisins et la pâle lueur du ciel nocturne jetaient des ombres sur les murs. Il alla à la fenêtre située sur le côté d'où il pouvait voir la maison tout éclairée de M. Husserl, puis se promena de pièce en pièce, regardant la nuit au-dehors et les ombres chinoises qu'elle projetait à l'intérieur.

Puis il sortit. Il remonta la rue. Il y avait du monde dans les restaurants et certains magasins étaient encore ouverts : Walgreen, Stu's Delicatessen. Les vitrines éclairées des magasins fermés, la droguerie, la librairie. Il se dirigea vers le parc. Il y faisait tellement sombre qu'il dut marcher les mains devant lui pour se protéger des branches basses. Pourquoi suis-je venu ici ? se demanda-t-il.

Ils ont dû se décider quand ils ont changé la roue. Quand

ils se sont réunis près de la Buick. On va emmener les gonzesses dans la caravane. Et lui, qu'est-ce qu'on en fait ? Merde, les mecs, on s'en débarrasse. Bon, voilà ce qu'on va faire. On va les séparer. Lui dans une caisse, les nanas dans l'autre. Tu vas le prendre avec toi, Lou. Hé ! c'est dangereux, mec. Merde, tout est dangereux.

Il essaya de se souvenir : le démonte-pneu dont ils s'étaient servis pour changer la roue, est-ce qu'ils l'avaient laissé par terre après ? Il aurait pu le ramasser. Il aurait eu alors une arme pour empêcher Ray et Turk de monter dans sa voiture. Il aurait pu le tenir à deux mains et frapper Ray à la tête s'il avait fallu.

Dans le parc, il perdit son chemin et dut se guider à la lumière d'une enseigne au néon. Celle d'un institut de beauté, fermé pour la nuit. Il tremblait quand il regagna le trottoir et il avait le visage égratigné.

De retour chez lui, il s'assit. Revenir en arrière. On efface tout, on recommence. Modifier un seul instant, c'est tout ce que je demande, puis laisser l'histoire reprendre son cours. Arrêtez-moi à la caravane où je ne me suis pas arrêté. Plantez-moi devant la portière de ma voiture pour que je résiste à Ray et à Turk, qu'on me donne ça, rien de plus, un unique maillon dans la chaîne de la logique. Et puis prendre cet auto-stoppeur qui se rendait à Bangor, écouter la tendresse de ma fille pour le jeune homme à la barbe fleurie, imbécile de père.

La maison était un réservoir empli de chagrin. Les fantômes de Laura et Helen étaient partout où elles n'étaient plus. Dans le coffret de bijoux resté ouvert sur sa commode. Dans les placards où pendaient leurs robes, dont il palpait le tissu. Il s'enveloppa la tête d'un pull gris appartenant à Laura. Sentimental et pieux, il alla arroser les plantes qu'elle avait rentrées dans le vestibule. Elle n'était plus assise dans sa chaise de metteur en scène. Il ne l'entendait plus taper une lettre à la machine sur son vieux bureau à cylindre. Elle n'était plus à son chevalet, devant sa toile, la palette à la main.

Comme elles se détachent, ses deux peintures dans le salon, l'une bleu pâle comme un ciel marin par un matin de brume, l'autre toute orange et rose, sereine et éternelle, ignorante de l'avenir, de la violence, du viol, du marteau fracasseur de vie. La peluche d'Helen – panda énorme et bêta, symbole de sentimentalité trônant sur son lit – lui faisait maintenant le tendre effet qu'il faisait à sa fille.

Le matin, il s'attendait à entendre couler l'eau d'un bain, claquer la porte d'entrée, résonner dans l'allée les pas d'Helen partant au lycée. Il se retenait de crier au revoir quand il quittait la maison. En rentrant dans l'après-midi, il pensait trouver Laura dans son atelier. Debout au pied de l'escalier, il écoutait. L'après-midi avançant, il attendait qu'Helen défonce la porte pour entrer. Après dîner, il l'attendait, ils iraient se promener ensemble.

Découvrir ainsi leur absence. Définitivement. Il fallait que le flux de la douleur fût continu. Cela lui permettait de s'imprégner de l'irréversible, encore et encore. Délibérément il oubliait, puis restaurait l'ordre dans lequel tout s'était produit. Les cercueils recouverts de blanc à l'église venaient après les sacs de grosse toile emportés dans la clairière, et ceux-ci après les corps dénudés des amants dans les buissons. Et les corps, c'était après qu'on les avait emmenées dans la nuit, après… Tout était après qu'il avait quitté la maison. Rien dans cette maison n'était plus récent que ce qui s'était passé sur le bord de la route, rien n'est plus neuf et vivant que leur mort. Ce que tu as vu d'elles en dernier, se dit-il avec étonnement, sera toujours leurs visages terrifiés, là, à la vitre de la voiture qui les emmenait au loin.

Il en parlait à Laura. Le pire c'était quand Ray et Turk sont montés de force dans la voiture avec toi. Oui, c'était moche, disait-elle. Non, se reprenait-il, le pire c'était quand j'ai vu quelque chose dans les buissons et que j'ai su que c'était vous. Elle souriait. J'aimerais que tu me racontes ta version des choses, lui disait-il. Moi aussi, répondait-elle.

Et Helen, descendant les marches deux par deux la nuit, sautant les dernières, laissant la porte claquer derrière elle. Qu'est-ce que je dois faire de tes affaires, des peluches, des porcelaines chinoises, j'ai besoin de tes conseils. Je sais, disait-elle.

2

Là-haut, dans sa chambre, le gros Henry, le pauvre, fait donner la *Marche funèbre de Siegfried* à plein volume, comme du rock. « Baisse ta musique ! » hurle Susan Morrow, puis elle entend le téléphone sonner : c'est Arnold qui appelle de New York. Elle retourne peu après au manuscrit, la tête pleine de la joie de son mari. Sa lecture s'en trouve perturbée ; Tony Hastings passe au second plan. Chickshaw, telle est la nouvelle, et la satisfaction d'Arnold engendre en elle une peur dont elle n'a pas encore conscience.

Vont-ils quitter cette maison pour satisfaire à la carrière d'Arnold ? La question la décille, lui fait envisager sa vie depuis sa position sur le canapé. Papier peint, manteau de la cheminée, tableaux, rampe d'escalier, ébénisterie. Dehors, une pelouse, un érable, un coin de rue, un lampadaire. Elle a des amis, ici : Maria, Norma. Changement d'école pour les enfants. Au nom du père. La crise en perspective, leur chagrin à quitter amourettes, copains et amis d'enfance. Chagrin de Susan aussi, qui n'a rien dit de tout cela au téléphone, de peur d'être accusée d'égoïsme et de mesquinerie domestique. La défense de ses droits de mère et d'épouse lui a valu trop de culpabilité pour qu'elle songe à se quereller de nouveau avec Arnold.

Il doit penser qu'elle se rangera à sa décision. Il doit même penser qu'ils l'ont prise ensemble. Certes, ils en parleront. Elle posera les questions convenues, celles qui aideront Arnold à décider ce qu'il a déjà décidé, celles qui lui feront mieux cerner ses propres intérêts. Elle saura mettre en balance d'un côté le goût d'Arnold pour la pratique chirurgicale et le souci qu'il a de ses patients et, de l'autre, la puissance nouvelle et le prestige d'exercer sur un plan national. Si cela ne plaît pas à Susan, elle ne le lui dira pas, de peur qu'il la soupçonne de vouloir contrecarrer ses ambitions. Elle lui parlera des enfants mais s'il lui dit que ces derniers peuvent s'adapter et qu'ils trouveront bien des avantages à résider à Washington, auprès d'un père en pleine réussite sociale, elle abondera dans son sens, bien sûr.

Arnold au téléphone, comme un collégien. « On m'a pratiquement promis le poste. C'est pas génial ? – Oui, génial, mon chéri. – Faudra qu'on en discute, qu'on voie ce qu'il y a de mieux pour nous tous, pour toi, pour les enfants, je ne ferai rien sans ton accord, ma chérie. Il faudra étudier la question sous tous les angles. » Et de faire quelques suggestions sur la meilleure façon d'étudier ladite question sous tous les angles.

Mais il y avait eu autre chose dans ce coup de fil, une question qu'elle avait posée et qui cadrait mal avec le triomphe d'Arnold. Elle s'en aperçut trop tard et, quand elle eut raccroché, éprouva le sentiment d'avoir frôlé le désastre. Impression de danger écarté, mais, du danger, il en reste : celui de s'enliser dans ses pensées. Arrête, dit Susan à Susan, ainsi soit-il. Cela aurait pu être pire. La soirée est promise à la lecture et, pour poursuivre, il lui faut s'oublier elle-même, libérer la scène de son propre personnage.

Et faire entrer Tony Hastings. Il se désole, apathique, obsédé, et elle se demande ce qu'elle doit penser de lui quand il éteint les lumières et contemple la nuit. Il est devenu un personnage, rendu complexe par une touche d'ironie edwardienne qui court en contrepoint du récit. Elle se demande si elle perdra le contact avec lui, s'il ne va pas verser du deuil dans la déréliction. Elle espère que le roman ne sera pas celui de la dépression d'un homme, car qui s'intéresserait à un héros accablé ? Elle supporte mal les gens déprimés. Elle se souvient de la propre dépression d'Edward, quand il s'efforçait d'écrire, avant que leur mariage ne sombre.

Dans la barque, sur la rive caillouteuse, Edward jette sa cigarette et Susan se souvient qu'il se refusait à pardonner à sa mère enfermée. Et, comme Susan la défendait, Edward avait essayé de l'arroser avec les avirons. Or, depuis vingt-cinq ans, Arnold envoie chaque mois un gros chèque à son ex-épouse, Selena, qui bave de rage dans sa cage dorée de Gray Crest. Susan se rappelle la joie mêlée de stupeur d'Arnold lui disant : « Dieu merci, tu es saine d'esprit, toi ! » Après toutes ces années, il s'est habitué à elle et ne lui fait plus cette remarque.

Bêtes de nuit 13

Paula lui rendit visite en septembre. Elle vint pour le débarrasser des affaires de Laura et d'Helen ; elle en donna certaines, jeta les autres. Vêtements, bijoux, peintures, photographies, lettres, jouets et animaux en peluche, rien n'échappa à son inventaire. Puis elle repartit et le semestre commença. Collègues et étudiants s'en revinrent. C'était une bonne chose, bien qu'il fût encore préoccupé par des questions sans rapport avec les mathématiques. « M'sieur ? Votre femme veut vous parler. » Des raids sur ses pensées, pendant qu'il faisait son cours ou s'entretenait avec des élèves. Et cette nouvelle habitude qu'il avait d'éteindre les lumières à la nuit tombée et d'observer la rue par la fenêtre. Il regardait les branches noires, les carrés de lumière dans les maisons, la lueur faible du ciel, et le vide de la grande maison lui faisait se sentir comme dans une grotte, son excitation à son comble lorsque quelqu'un venait à passer devant sans savoir qu'on l'observait.

Il se disait qu'il reprenait du poil de la bête. Il se rendit à une fête donnée par Kevin Malk, directeur de son unité. Aux fêtes des Malk, on jouait à des jeux. Charades : Tony y prenait part, donnant des titres qu'il faudrait mimer – le soleil sur le trottoir, le déclin de l'Ouest. Il en mima une lui aussi, maison de nuit, et fut surpris par la vigueur des applaudissements.

Il raccompagna en voiture Francesca Hooton, dont le mari, avocat, était en déplacement à la Nouvelle-Orléans. Tony aimait bien Francesca. Elle enseignait le français. Grande, blonde, un beau visage aux traits fins. Il s'était parfois demandé dans le passé ce qui serait arrivé s'ils avaient été libres tous les deux. La raccompagner chez elle le plaçait dans une situation ambiguë, car il y avait là une occasion qu'il ne désirait pas exploiter, de crainte que Francesca ne prenne cela pour l'égarement d'un homme endeuillé. Elle était assise à côté de lui dans la voiture, habillée d'une élégante robe greige.

– Est-ce qu'ils ont des indices ? lui demanda-t-elle.

– La police ? Pas que je sache.

– Tu n'es pas en colère ?

– Après qui ? La police ?

– Non, ces hommes. Tu n'as pas envie qu'on les arrête et qu'on les punisse ?

– A quoi bon ? Ce n'est pas ça qui me ramènera Laura et Helen.

Il sentit aussitôt que c'était là une bravade.

– Eh bien, si tu n'es pas en colère, je le suis, moi. Je souhaite qu'on les abatte. Pas toi ?

– Je ne leur souhaite pas du bien.

Au pied des escaliers menant à son appartement, elle lui dit :

– Je suppose que tu ne veux pas monter ?

Il sentit son cœur s'accélérer.

– Je crois que je ferais mieux de rentrer, répondit-il.

Dans la grande maison sombre, il raconta sa soirée à Laura. J'ai joué aux charades. J'ai beaucoup brillé. J'ai raccompagné Francesca Hooton chez elle. Elle voudrait que je sois en colère et que je me venge, mais je ne veux pas m'éloigner de toi. Elle s'attendait à ce que je monte chez elle, mais j'ai refusé. Il éteignit les lumières et contempla une fois de plus la nuit en murmurant : « Je n'oublie pas, rien ne pourra me faire oublier. »

Il allait d'un pas raide d'un cours à l'autre comme s'il marchait avec une canne. Une de ses élèves, Louise Germane, qui avait de doux cheveux couleur de blé mûr, vint le voir à son bureau.

– J'ai appris ce qui vous est arrivé, monsieur Hastings, et je voudrais vous dire que j'en suis très peinée.

Il eut un petit sourire et la remercia. Quand elle fut partie, il se dit : Je resterai seul, mes cheveux blanchiront. Il décida d'écrire l'histoire de son mariage. Il pensait qu'écrire était la meilleure façon d'entretenir la mémoire. Il avait peur de perdre le sentiment de continuité, le sentiment essentiel que le passé faisait toujours partie du présent.

Il rassembla des souvenirs précis pour affirmer des choses : la soirée Tolstoï, afin de montrer l'intelligence de Laura, le voyage à la mer, où elle avait prouvé toute sa vitalité, les plaisanteries, les traits d'humour, qu'il avait toujours tant de mal à fixer dans son esprit, afin de dire son esprit, la célèbre promenade dans Peterson Street, pour se rappeler combien elle avait du cœur et de la générosité. Sa mémoire était récalcitrante, elle n'aimait pas qu'on la force. Il essaya de libérer Laura de son portrait posé sur la table, les yeux figés dans un sourire par le photographe, ses cheveux tombant en vagues sur le côté du visage. Il détourna le regard, attendit que la mémoire le piège. Elle le piégeait souvent, mais quand il n'en attendait rien. Pour s'exposer, il récapitulait de vieilles habitudes : elle le conduisait en voiture au campus en allant à sa galerie, où elle l'emmenait parfois pour lui demander son avis. Un jour, elle lui tendit une embuscade en remontant la rue, démarche dansante, bras se balançant, vision plus vraie que la vie. Mais tous les souvenirs qui le piégeaient se figeaient. Il emmagasinait des images, mais sa mémoire le piégeait de moins en moins.

Puis il alla mieux. Il passa trois heures dans une réunion à la faculté à discuter avec deux candidats suppléants. Ce ne fut qu'en quittant le campus avec Bill Furman, alors que la première neige tombait, qu'il se souvint de son deuil. Il l'avait oublié pendant trois heures. Et le souvenir, ravivé par la maison vide et la neige, ne l'émut pas autant que d'habitude. Le phénomène se répéta : il lui arrivait de lire ou de travailler pendant des heures sans penser que sa vie n'était plus normale. La vie continue, se disait-il. Je ne peux pas m'affliger en permanence.

C'était la première neige de l'hiver. Ce jour-là, il raccompagna Bill Furman chez lui avec sa voiture. Le vent était fort et les flocons tourbillonnaient, les rues étaient glissantes et dangereuses. Il s'attendait à ce que la neige ravive son chagrin car, là-bas, elle étendait son linceul blanc sur les lieux où elles étaient mortes. Il l'imagina tombant dans les bois. C'était un hiver qu'elles ne verraient pas. Mais la neige était apaisante. Rentré chez lui, il l'observa depuis la fenêtre. Une fois de plus, à la tombée de la nuit, il éteignit les lumières, contempla longtemps le blanc fourmillement autour du lampadaire. Il pensa à la piste forestière, à la clairière que la neige devait recouvrir. Il ôta ses chaussures et déambula en chaussettes. La lumière de la rue et du ciel citadin pénétrait à l'intérieur de la grande maison et illuminait les pièces vides. Il se sentait libre dans cette pénombre, il était seul et possédait la maison tout entière. Comme d'autres fois, il alla de fenêtre en fenêtre, regardant avec un sentiment presque extatique la maison de M. Husserl, la pelouse, les branches du chêne, les voitures garées dans la rue et qui, demain, seraient ensevelies sous la neige.

Quand il s'ouvrit à Laura de ce qu'il ressentait, elle lui dit de se réjouir d'être en vie. En regardant la neige couvrir la pelouse et la rue, il prit conscience de son corps, lequel avait été épargné par le chagrin depuis le commencement. Un seul besoin constant : dormir, se raser, manger et évacuer les déchets. Se surveiller pour ne pas se sentir gras, pâle ou boursouflé. Il se changeait chaque jour, remettait son linge sale à Mme Fleischer. Et maintenant qu'il neigeait, il porterait une casquette, des gants, un manteau, un cache-nez et, s'il marchait demain, il battrait la semelle pour se réchauffer. Il prit conscience de son sexe, sous les épaisseurs du pantalon et du caleçon. Ainsi sentir la nuit le troublait, le fit bouger un peu, tel le danseur de ballet qui mime l'aurore. C'était la seule partie de son corps qui éprouvait un chagrin bien à lui. Mais, qu'il tentât de se redresser et il n'avait qu'à se souvenir pour que, comme un chien que l'on admoneste, tout se recroqueville et se ratatine.

Pourtant, son sexe avait toujours eu son indépendance. Même aux jours les plus glorieux de son mariage, cette partie de son corps avait toujours l'œil à l'affut : Francesca Hooton, Louise Germane et les jeunes beautés en bikini sur la plage. Toujours ce secret espoir d'anarchisme, mais il le refoulait, comme si cela n'avait rien à voir avec lui.

Or voilà que maintenant il pouvait délibérément penser aux femmes qu'il connaissait. Francesca Hooton, Eleanor Arthur, Louise Germane. Du sexe, pas de l'amour. L'amour était exclu, l'idée de se remarier inconcevable, mais le sexe, oui, il pouvait l'imaginer. Toutefois, il y avait un problème dans chacun des trois cas. Francesca était mariée et, même si son avocat de mari voyageait énormément, il ne voulait pas d'histoire compliquée. Et puis il trouvait ses signaux ambigus. Ceux d'Eleanor Arthur étaient plus éloquents et il supposait que son mari désirait certainement qu'elle soit aussi libre qu'il se permettait de l'être, mais la nervosité d'Eleanor finissait toujours par l'énerver lui-même. Et puis... elle était beaucoup plus âgée que lui. Restait Louise Germane, avec laquelle il se sentait bien, mais elle était son élève et il n'était jamais bon de nouer une liaison avec une étudiante. Aucune de ces trois femmes ne convenant, Tony se résigna facilement.

Quelques jours plus tard, la blonde Francesca Hooton l'emmena à la librairie choisir des cadeaux pour les enfants de Paula. Il aima son sourire retenu et son regard provocant. Plus tard, il accepta une invitation chez George et Eleanor Arthur. Il y avait un buffet superbe, beaucoup de monde. Il se posa sur l'accoudoir d'un canapé à côté de Roxanne Furman, avec laquelle il parla boulot, content qu'Eleanor fût trop prise par son rôle de maîtresse de maison pour s'intéresser à lui. Peu de temps avant Noël, il reçut une carte de Louise Germane. Quelques mots simples et pleins de tact, écriture élégante. Ils lui confirmèrent des soupçons de longue date (parfaitement académiques du temps où Laura était en vie) : Louise Germane avait le béguin pour lui.

Pour Thanksgiving, il dîna avec son frère Alex et sa petite famille à Chicago et réussit à ne pas assombrir l'atmosphère. A Noël, il passa dix jours chez Paula, qui habitait à une trentaine de kilomètres de New York. Il trouva Merton sympathique et se demanda pourquoi l'homme lui avait déplu précédemment.

Il se promena avec les enfants dans les rues enneigées, chaussa des patins à glace avec eux et les regarda essayer leurs nouveaux skis sur la pente d'une colline. Dans sa chambre, chez Paula, une petite pièce orientée au nord-ouest, avec une bibliothèque chargée de livres, il eut l'impression de commencer une nouvelle vie. La pièce était tapissée de papier bleu, sentait les draps propres et donnait sur une pente couverte d'arbres dénudés. Tony fit un projet.

Il partit le jeudi qui suivait le Nouvel An. Il refusa que Merton le conduise à l'aéroport et prit le train pour New York, avec l'intention de résoudre la question sexuelle, avant de rentrer chez lui. Une fois seul, il sentit ses nerfs se tendre comme des cordes à piano dans sa poitrine. La sensation ne le quitta pas tandis que le train longeait l'Hudson. Il trouva un hôtel minable, près du centre-ville ; il avait le souffle court lorsqu'il signa le registre. Je m'appelle Tony Hastings, je suis professeur de mathématiques. Je vis ailleurs. J'ai traversé une terrible épreuve. Je vais dîner dans un grand restaurant.

Il en trouva un dans un hôtel de luxe, mais n'eut pas d'appétit, et encore moins la patience d'attendre entre les plats. Après dîner, il sortit, marchant timidement dans les rues fréquentées, regardant les vitrines porno comme un chasseur essayant de ne pas se faire voir. Ray et Lou et Turk sont là, cachés parmi la foule, ils me verront. Boutiques de prêteurs sur gages, gargotes, magasins de disques, galeries marchandes. J'ai un sexe comme tout le monde. Mais il était tout à la crainte de se faire agresser et dévaliser. Il alla dans un bar et se surprit lui-même (bien que fût là son intention depuis le début) en s'asseyant au comptoir à côté d'une femme. La trentaine, robe noire imprimée de fleurs blanches, une expression apeurée dans un visage rond.

– Salut, dit-elle.

– Salut.

– Vous avez un nom ?

– Tony. Et vous ?

– Sharon.

Elle le laissa l'emmener chez elle en taxi. Il était passablement stupéfait par son succès, lui qui avait une peur viscérale des étrangers et n'avait jamais accosté de femme dans un lieu public. Toujours craintif, il se demandait s'il n'allait pas à la mort, mais l'angoisse de la femme à côté de lui compensait la sienne. En chemin, elle lui dit :

– Au cas où vous vous poseriez la question, je ne suis pas une prostituée.

Il se demanda si cela signifiait qu'elle lui souhaiterait le bonsoir une fois arrivée devant sa porte.

– Je suis vendeuse dans un grand magasin. Je suis célibataire.

Dans l'escalier, elle lui dit qu'elle aimait faire de nouvelles connaissances, mais que la plupart des hommes qu'elle rencontrait se comportaient comme des saligauds. Elle espérait qu'il n'en était pas un. Il l'espéra aussi. Elle se forçait à parler. Il remarqua qu'elle frissonnait.

– Vous avez froid ?

– Pas vraiment.

Elle avait une chambre au deuxième étage. Parvenue devant sa porte, elle prit une profonde inspiration comme pour arrêter de trembler. Elle lui jeta un regard d'excuse.

– Je suis un peu nerveuse, dit-elle.

Il voulut poser sa main sur l'épaule de la jeune femme mais elle s'écarta en désignant son alliance.

– Je vois qu'on est marié…

– Veuf.

Elle chercha sa clé dans son sac et le fit entrer. Elle lui dit de ne pas faire de bruit car la fille avec qui elle partageait le logement dormait dans la pièce voisine.

Elle avait une petite chambre. Des cartes postales étaient punaisées sur un tableau de liège au-dessus du lit. La porte de son armoire était ouverte, il y vit des robes.

– De quoi est morte votre femme ?

– Elle a été assassinée.

Il s'assit au bord du lit et lui raconta. Elle avait pris place sur l'unique chaise de la pièce et le regardait sans expression. Il lui fit d'abord un résumé de l'histoire, brossant les principaux épisodes. Puis, bien qu'il n'en ait pas eu l'intention, il entra dans les détails. Il reprit depuis le début et poursuivit pas à pas le récit. Elle l'écoutait, le visage vide.

– Merde, monsieur, vous me filez la chair de poule.

Il était en train de lui décrire les corps dans les buissons quand, soudain, il reconnut l'expression qu'elle avait pris en le regardant : la terreur. Il ne la connaissait pas, mais elle ne le connaissait pas plus.

Il s'arrêta, choqué de comprendre ce qu'il inspirait, car ce n'étaient pas les visions conjuguées de Ray, Turk et Lou qui terrifiaient Sharon.

– Je suis désolé de m'être laissé emporter.

Elle parcourut la pièce du regard comme pour en estimer les dimensions.

Il demanda :

– Vous préférez que je m'en aille ?

– Oui, je crois que ça vaut mieux.

Elle s'était remise à frissonner.

Quand il sortit dans le couloir, il lui sembla lire du soulagement sur son visage. Elle était appuyée au chambranle, prête à fermer la porte s'il changeait d'avis.

– Je regrette de vous avoir fait peur, lui dit-il. Ce n'était pas mon intention.

– Ecoutez, monsieur, je suis vraiment désolée pour votre femme et votre gosse, d'accord ?

Il se sentit soulagé en redescendant l'escalier.

Sur le chemin de l'hôtel, il vit Ray, Turk et Lou maraudant dans la rue, guettant dans les encoignures de portes, surgissant au détour d'un couloir dans le métro, plantant leurs regards sur lui tandis que les grands yeux pleins d'effroi de Sharon absorbaient ceux de Laura et Helen. Sharon tuait la mémoire de Tony, effaçait les souvenirs de sa femme et de sa fille.

Aussi les ramena-t-il toutes deux à sa conscience. Dans la caravane, Ray leur ordonnait de se déshabiller. Turk appuyait la lame de son couteau sur la gorge d'Helen pendant que Ray violait Laura. Puis c'était le tour d'Helen et, comme Laura se jetait sur eux en hurlant, Ray lui fracassait le crâne d'un coup de marteau. « Maman ! » criait Helen. Criait, sanglotait, sa mère gisant dans son sang, pendant que Ray lui tordait le bras jusqu'à ce qu'il casse.

Oui, quelque chose comme ça.

Qu'ils brûlent en enfer, pensa Tony Hastings.

3

Susan repose le manuscrit. Qu'est-ce qui me gêne ? se demande-t-elle. Elle voit Tony se mettre en quête d'un plaisir sexuel dans un quartier sordide et se demande si l'histoire va continuer à lui plaire. Quand il était dans les bois, l'horreur transcendait la chair. Mais la lutte pour reconquérir sa virilité, c'est autre chose. Et ça ne l'excite pas.

Mais ce n'est pas ça qui la gêne. La lecture lui donne l'impression de nager dans la mer. Les créatures qui de jour peuplent l'esprit de Susan – animaux de la terre et du ciel – plongent avec elle et se font dauphins, poissons. Un petit requin la mord tandis qu'elle nage. Il lui faut le sortir de l'eau pour qu'elle puisse le voir. Pendant que Tony Hastings s'afflige, la bête la mord.

Enfin la mer se retire et elle revient à sa conversation avec Arnold au téléphone. Elle se souvient d'un reproche. « J'aurais préféré que tu ne me poses pas cette question », lui a-t-il dit.

Quelle question lui a-t-elle posée ?

A un moment de la conversation, il a parlé de navette entre Chicago et Washington. Que Susan reste à la maison avec les enfants pendant la semaine et il passerait le week-end en famille. Elle se souvient de son association : faire la navette, donc deux domiciles pour lui, donc deux…

La question qu'il lui a reprochée portait donc sur… Il lui a demandé pourquoi elle voulait savoir, et elle n'a pas répondu. Insatisfait, il a insisté, elle a résisté, et il a fini par lâcher : « C'est à Linwood que tu penses… » Elle s'était défendue : « Je n'ai pas dit ça. » Il y avait eu un soupir très audible à l'autre bout de la ligne. « Tu l'as demandé. Et donc, que je te dise : rien n'a encore été décidé. C'est une chance qui se présente à moi, et Linwood a une sœur à Washington. Je croyais que c'était réglé. Je regrette que tu m'aies posé cette question. »

Il regrettait qu'elle lui ait posé cette question.

Il n'y a rien à faire qu'à retourner dans la mer. Auprès de Tony, qui donne la chair de poule à de pauvres âmes esseulées. Elle se demande si Edward n'a pas inventé le chagrin de Tony en imaginant ce qu'il ressentirait s'il arrivait quelque malheur à Stephanie. Serait-ce ainsi qu'il a procédé ?

Bêtes de nuit 14

Quand Tony Hastings revint chez lui dans l'après-midi, il y avait un mot dans sa boîte aux lettres le priant d'appeler le poste de police de son quartier.

– Hastings, hein ? demanda une voix de femme. Vous devez appeler Andes, Pennsylvanie. Ça vous dit quelque chose ?

Possible, oui.

La voix continuait :

– On ne nous a pas dit qui vous devez appeler à Andes.

– Andes n'est pas une ville, c'est une personne.

Il fit le numéro du lieutenant Andes et tomba sur un certain Muskacs, qui lui dit :

– Andes n'est pas là.

Tony laissa un message et s'en fut manger rapidement un morceau à la pizzeria du coin pour être de retour chez lui à vingt heures. Il venait à peine de rentrer que le téléphone sonnait.

– Hastings ? Ça fait trois jours que j'essaie de vous joindre.

– J'étais à New York, chez ma sœur, pour les fêtes.

– Un voyage, hein ? Eh bien, vous allez en faire un autre.

– Je vous demande pardon ?

– Vous allez prendre l'avion pour Albany demain matin. Je vous attendrai à l'aéroport.

– Pour faire quoi ?

– J'ai de bonnes nouvelles.

– Demain ?

– C'est nous qui payons. Il y a un avion qui arrive à Albany à midi.

– J'ai un cours demain.

– Annulez-le.

– De quoi s'agit-il ?

– Je voudrais juste vous présenter quelques types.

– Pour les identifier ?

– C'est le but, en effet.

– C'est ça, les bonnes nouvelles ?

– Peut-être.

– Vous pensez que ce sont eux ?

– Je ne pense rien, Tony, et ce jusqu'à ce que vous me disiez ce que je peux en penser.

– Comment les avez-vous attrapés ?

– Je ne peux rien vous dire maintenant. Plus tard.

Tony éprouvait une excitation grandissante : face à face avec Ray, Lou et Turk !

– Ce cours, demain, c'est important pour moi.

– Plus important que ce je vous propose ?

– Je vais voir si quelqu'un peut me remplacer.

– C'est bien. Appelez US Air, ils ont une réservation à votre nom. Vous partez demain matin et vous serez de retour chez vous demain soir, ça ne vous prendra pas plus d'une journée. Je passerai vous prendre à votre descente d'avion. Vous ne pouvez pas vous plaindre de ça, non ?

Tony Hastings prit l'avion pour Albany. La peur le tenaillait tandis qu'il contemplait un ciel laiteux par le hublot. Mâchonnant les cacahuètes salées offertes par le steward, il songeait à la vengeance, au juste retour des choses. La justice, le châtiment, pour que cesse le mal. Voilà ce que Bobby Andes attendait de lui. Le plaisir de les voir devant lui, enchaînés, et de leur dire : A votre tour de souffrir.

Ils le regarderaient dans les yeux, eux aussi. Etait-ce cela qui lui faisait peur ? Essaie de te souvenir. Il avait tant de fois repensé à son épreuve que l'empreinte s'effaçait, la couleur se fanait, le goût se perdait. Mais voilà qu'il y revenait, sur les lieux mêmes de son calvaire. Essaie encore, tu dois te rappeler.

L'homme de l'autre côté de l'allée centrale avait une barbe noire. Il avait aussi un costume et une cravate, et un carnet de notes ouvert sur ses genoux. Hormis ses vêtements, il ressemblait à Lou. Il y avait un autre homme avec des lunettes et une serviette, et il ressemblait à Turk. L'homme en salopette sur la piste de décollage de Pittsburgh, celui avec des écouteurs, avait un visage triangulaire et des dents trop grandes pour sa bouche. Comme Ray.

Ils te regarderont dans les yeux, mais qu'as-tu à redouter ? Ils seront menottés, impuissants, et Bobby Andes sera là pour te protéger.

Tandis qu'il prenait la passerelle couverte reliant l'avion au bâtiment de l'aéroport, il se demanda s'il reconnaîtrait Bobby Andes.

Dans son souvenir, Bobby Andes était petit, gros, avec une grosse tête et des joues lisses et brillantes. Il sut que l'homme venant à sa rencontre était Bobby Andes, non pas parce qu'il le reconnaissait mais parce que Andes était censé venir le chercher. Puis, comme l'autre était devant lui, Tony se souvint des yeux et des lèvres épaisses. C'était l'image simplifiée qu'il s'était faite du lieutenant qui était fausse. Comme ils se dirigeaient ensemble vers la sortie, elle disparut et l'étrangeté s'effaça.

– Nous allons à Ajax, dit Andes. C'est à trente-deux kilomètres d'ici. Nous avons rendez-vous à quatorze heures. La réunion ne prendra pas plus de cinq minutes. Après, vous pourrez repartir chez vous.

– Vous voulez que je les identifie ?

– Dites-nous simplement si vous reconnaissez quelqu'un. Si c'est le cas, vous signerez une déposition.

– Vous les avez eus, tous les trois ?

– Ne vous inquiétez pas de ça. Dites-nous seulement qui vous reconnaissez.

– Comment les avez-vous arrêtés ? Grâce aux empreintes digitales ?

– Ne vous inquiétez pas, je vous dis. Après, oui. Mais avant, que dalle.

Ils sortirent de la ville et roulèrent à travers la campagne sur une route rapide à deux voies. Ajax était une ville industrielle traversée par une rivière. Ils se rendirent dans une vieille bâtisse en brique avec des colonnes en béton, prirent un escalier grinçant sous une fenêtre à vitraux teintés. Dans la pièce, ils furent reçus par un homme de grande taille, les cheveux blancs et le visage fatigué. Bobby Andes fit les présentations.

– Capitaine Vanesco, Tony Hastings.

Le capitaine Vanesco était un homme courtois. Ils prirent place autour d'un bureau.

– Le lieutenant Andes m'a exposé votre affaire. Est-ce que ces types vous font peur ? Auriez-vous une raison quelconque d'hésiter à désigner l'un d'eux ?

Bonne question, mais la honte lui fit répondre :

– Non.

– Ces hommes qui nous intéressent sont pour l'instant en prison, poursuivit Vanesco. Si vous les identifiez, ils ne seront pas relâchés.

– Ecoutez, Tony, dit Andes, votre témoignage est sacrément important. Vous en avez conscience ?

– Oui.

– Nous n'avons pas grand-chose d'autre, vous comprenez ?

– Les hommes que nous allons vous présenter ne sont pas tous suspects, expliqua Vanesco. Nous voulons donner leur chance aux suspects. Et, en désignant les suspects parmi ceux qui ne le sont pas, votre témoignage n'en aura que plus de force.

Tony était mal à l'aise. Il dit :

– Il s'est écoulé pas mal de temps depuis.

– Je comprends.

– Tout s'est passé de nuit.

– Voulez-vous dire que vous n'avez pas pu voir clairement leurs visages ? demanda Vanesco.

– Non, je les ai vus, mais il faisait sombre.

– Je comprends. Voici mon conseil : si une personne ne vous rappelle rien, passez à la suivante. Quand on reconnaît quelqu'un, on ressent un déclic. *Gestalt*, vous connaissez ? Mais ne passez pas trop vite. Des fois, il faut du temps pour que le déclic se produise. La personne peut vous sembler étrangère pendant quelques instants, avant que son visage se précise et vous tape dans l'œil. Aussi, si vous n'êtes pas sûr, attendez le déclic.

Ils sortirent du bureau, descendirent au rez-de-chaussée, entrèrent dans une pièce qui ressemblait à une salle de classe et s'assirent sur le banc de devant.

– Nous allons vous montrer quatre hommes, reprit Vanesco. Je ne vous dirai pas combien il y a de suspects parmi eux. Si un visage vous rappelle quelque chose, dites-le-moi.

– Quand dois-je vous le dire ?

– Dès que vous en êtes sûr.

– Avant qu'ils s'en aillent ?

– Ne vous inquiétez pas pour ça, dit Andes. Personne ne vous fera de mal, ici.

Tony Hastings se renversa dans la chaise d'étudiant et s'efforça de se détendre et de retrouver une respiration normale. Il se souvint de la tremblante Sharon montant à son logement. Une porte s'ouvrit, un policier entra suivi de quatre hommes. Ils s'alignèrent devant le tableau noir. Tony Hastings les regarda avec stupeur.

Le premier était grand et fort. Il portait un T-shirt rouge serré au torse et avait un visage rond, des cheveux blonds frisés et une petite moustache. Le deuxième, moins costaud, portait une chemise de flanelle à carreaux, avait un visage osseux, des yeux calculateurs, une mèche blonde sur le front. Le troisième, sensiblement de la même taille que le deuxième, portait des lunettes à large monture noire, avait des cheveux bruns clairsemés et une moustache noire broussailleuse. Le quatrième était petit et maigre. Il portait un vieux pardessus élimé, pas de cravate, mais des lunettes à monture d'acier. Tony Hastings ne reconnaissait aucun de ces hommes.

Il les observa longuement, essayant de se souvenir. Les hommes, les mains derrière le dos, commençaient à s'impatienter, se balançaient sur leurs jambes. Les deux qui portaient des lunettes semblaient contempler quelque vision mystique au fond de la salle. Le blond au visage osseux dévisageait Tony comme si c'était lui qui était chargé de l'identifier, tandis que le balèze à la face ronde jetait des regards furtifs à la ronde. L'air coupable, celui-ci… mais Tony ne l'avait jamais vu.

Confronté à ces quatre étrangers, Tony ne pouvait plus se souvenir de Ray, Lou ou Turk, bien que leurs images aient marqué au fer rouge les pensées de ses six derniers mois. Il essaya de se les remémorer. Ray pouvait-il être aussi grand que le premier ? Au diable la moustache, mais pouvait-il avoir pris tant de poids en six mois ? Ou alors... l'homme au visage osseux ? Peu à peu, il reconstitua un portrait grossier de Ray, retrouva le front dégarni, restaura les traits triangulaires, les dents fortes dans la bouche petite. Et les grands yeux intimidants. Non, Ray ne faisait pas partie de ces quatre-là. Lou ? Lou, qui l'avait forcé à prendre le chemin forestier et l'avait largué dans la clairière où seraient jetés peu de temps après les corps de sa femme et de sa fille ? A quoi ressemblerait Lou sans sa barbe noire ? Eliminer Lou. Turk ? Il se souvenait des lunettes de Turk, mais pas de cette monture épaisse. Turk avec une moustache ? Tony Hastings commençait à suer. Il n'avait pas prêté assez d'attention à Turk, éclipsé par ses compagnons plus présents.

L'homme aux épaisses lunettes peut être Turk. Ce visage lui devenait familier, comme celui de quelqu'un qu'il aurait connu dans le passé. Il y a longtemps. Mais il ne ressentait pas le déclic dont Vanesco avait besoin. Tony Hastings pensait reconnaître cet homme et, pourtant, il ne pouvait l'associer à Turk, dont il ne gardait qu'une image générique, celle d'un homme avec des lunettes à monture d'acier.

Assis à côté de lui, Andes respirait bruyamment. L'un des hommes marmonna :

– Putain !

L'homme au visage osseux dit :

– S'il vous faut tout ce temps pour vous décider, c'est que votre histoire ne tient pas.

A présent, Tony était certain que l'homme aux lunettes à monture noire était Turk. Mais il ne pouvait toujours pas se souvenir de Turk et, par conséquent, ne pouvait en être sûr. Il valait mieux s'abstenir plutôt que de courir le risque de se tromper. Il soupira et dit :

– Je suis désolé.

Bobby Andes eut un sifflement de dépit.

– Emmenez-les, dit Vanesco.

Bobby Andes jeta son calepin à terre.

– Pour l'amour du Ciel, merde ! s'écria-t-il.

– Je suis désolé.

Vanesco intervint, avec plus de douceur.

– Ça ne fait rien. Si vous ne pouvez être sûr, il vaut mieux laisser tomber.

– Exit tout notre putain de dossier ! dit Andes.

Puis, se tournant vers Vanesco :

– Ça veut dire que je ne peux pas le garder, hein ?

– A toi de voir. Si tu as les preuves…

– Merde !

– Il y a une faible possibilité que… commença Tony.

– Quoi ?

– Il y en a un qui pourrait… mais je n'en suis pas sûr.

– Vous voulez le faire revenir ? Allons-y !

– Attends, dit Vanesco.

– Le problème, c'est que je n'en suis pas certain.

– Il y en a un, vous dites ? Qu'on ramène les quatre !

– Attends, dit Vanesco. Lequel, Tony ?

– Le troisième, celui avec des lunettes et une moustache. S'il a changé de lunettes et s'est laissé pousser la moustache…

Bobby Andes et le capitaine Vanesco se regardèrent un long moment.

– Lequel serait-ce ? Ray ? Lou ?

– Je n'ai pas dit qu'il était l'un d'eux. Je le répète, je n'en suis pas sûr du tout. Mais il pourrait être celui qu'ils appelaient Turk.

– Turk ?

– Et les autres ?

– Non, c'est exclu.

– Seriez-vous prêt à désigner Turk comme l'un de vos agresseurs ?

– J'ai dit que je ne le pouvais pas. La seule chose qui me fait penser que c'est Turk, c'est que vous m'avez fait venir ici pour les identifier. Vous avez certainement quelque motif de les impliquer.

Vanesco et Bobby échangèrent un regard. Vanesco secoua la tête et déclara :

– Ce n'est pas suffisant.

En sortant, Vanesco plaça une main sur l'épaule de Bobby et l'autre sur l'épaule de Tony, comme un père.

– Dis-toi que c'est toujours un début, dit-il à Bobby. A toi de trouver d'autres indices.

Et à Tony :

– Ne vous en faites pas, c'est difficile de former des images dans le noir.

Bobby Andes ramenait Tony Hastings à l'aéroport d'Albany. Il était en colère.

– Vous m'avez bien laissé tomber, dit-il.

Ils roulaient dans la vallée sans rien dire depuis un bon moment.

– Je ne pouvais en être certain, répondit Tony.

– Ouais… Ce type qui, d'après vous, aurait pu être Turk… Vous voulez savoir qui c'est ?

– Oui.

– C'est Steve Adams, mec. C'est le type dont on a relevé les empreintes sur le coffre de votre bagnole. Voilà les faits : il a posé la main sur votre putain de coffre et vous, vous l'avez jamais vu ! Merde !

Steve Adams, l'homme sur la photo : les cheveux longs, la

barbe de prophète. C'est fou ce que les gens peuvent changer. Turk, qui présentait si peu de caractéristiques que Tony ne gardait de lui que le souvenir d'une paire de lunettes à monture d'acier, était dix fois plus banal que ce Steve Adams de la photo.

Peut-être Steve Adams avait-il travaillé dans une station-service et posé la main sur le coffre de la voiture quand Tony s'était arrêté pour faire le plein.

– Vous voulez savoir la suite ?

Il y avait du sarcasme dans la voix d'Andes.

– Oui, bien sûr.

– Les trois types ont été surpris en train d'essayer de piquer une caisse. L'un d'eux s'est enfui. Les empreintes de l'un des deux autres, le dénommé Steve Adams, s'avérèrent coïncider avec celles relevées sur votre coffre. Si vous l'aviez identifié, j'aurais pu le garder.

Il s'ensuivit un long silence que Bobby Andes finit par briser :

– Comment poursuivre une enquête quand le témoin refuse de coopérer ?

– Mais je veux coopérer, enfin !

Le lieutenant arrêta la voiture devant l'entrée DÉPART.

– Je doute de vous revoir, dit-il à Tony. Je ne crois pas que cette enquête puisse jamais aboutir.

Tony Hastings se pencha à la fenêtre de la voiture avec l'intention de serrer la main de Bobby Andes, mais celui-ci démarra trop vite.

Dans l'avion, Tony eut une certitude : Turk était l'homme aux lunettes à monture noire.

4

Salle de bains. Susan Morrow repose le manuscrit, monte à l'étage. La musique livre bataille dans la maison. A travers la porte fermée du bureau, la société de consommation américaine, tout entière incarnée dans une voix masculine larmoyante, s'efforce de vendre à une petite fille quelques voitures et de la bière. En haut, *Parsifal*, cérémonial, exotique, la musique comme un parfum.

– Rosie, au lit !

A la poursuite des assassins : une nouvelle direction dans l'histoire de Tony, une complication. Susan en est contente. Elle sympathise avec Tony, incapable d'identifier formellement Turk, et la scène l'embarrasse autant que si c'était sa faute. La manière qu'ont les gens de se reconnaître l'emplit toujours d'étonnement. Elle a confondu le vendeur de volets avec son voisin Gelling mais, par ailleurs, elle a reconnu Elaine à l'aéroport, bien que celle-ci soit devenue grosse comme une vache. De retour dans le salon, elle vire de nouveau Martha du manuscrit. Un autre courant sous-marin mine sa lecture, un résidu de pensée refoulée, à moins que ce ne soit toujours le même. Elle aimerait bien qu'il s'en aille.

Bêtes de nuit 15

Tony Hastings était en piteux état. Qui donc l'avait appelé au téléphone la nuit dernière, à trois heures ?

« C'est bien Tony Hastings, hein ? avait dit la voix.

– Qui est à l'appareil ?

– Personne. Je voulais juste entendre votre voix. »

Les gens l'évitaient. Il surprit des mots. Jack Appleby dans son bureau : « Cela a assez duré. » Autour du distributeur de café, Mya Lopez : « Il pense avoir droit à des égards particuliers. » Ses amis semblaient avoir découvert que, sans le charme et la grâce de Laura, ils n'auraient probablement jamais accueilli Tony chez eux. Et Tony savait ce qu'ils ressentaient. Sans elle, il n'était qu'une sombre absence. Les étudiants se moquaient de lui derrière son dos. Les filles évitaient son regard et surveillaient ses mouvements, prêtes à lui intenter un procès. Il portait l'étiquette de paria : Intouchable en turban, enchaîné dans la cour à côté de quelque chèvre famélique parmi les épaves rejetées sur la plage.

Ils le blâmaient, mais ne lui diraient rien en face. Comme il s'était vite remis de son deuil. Et comme il posait, sombre et morose, l'air d'avoir été élu par Dieu. Et son histoire, elle ne vous étonne pas ? Pourquoi n'a-t-il pas résisté ?

On était au mois de mars, à présent. Il cria à l'étudiant dans son bureau :

– Je vous l'ai dit au début du trimestre. Si vous voulez déposer une plainte, déposez une plainte !

L'étudiant était un athlète. Il portait un T-shirt orné du numéro 24. Il avait de grands yeux coléreux, le crâne rasé sur les côtés, un menton petit. Il sortit en criant :

– Vous entendrez parler de moi !

La seconde d'après, Louise Germane entrait pour lui remettre des relevés de notes. Peut-être avait-elle entendu quelque chose, peut-être pas. Elle lui demanda :

– Ça va, monsieur Hastings ?

Il marmonna, elle ajouta :

– Je sais ce que vous traversez. Avez-vous quelqu'un pour vous aider ?

– Vous voulez dire un psychiatre ? Personne ne sait ce que je traverse et je n'ai pas besoin des conseils de mes étudiantes.

Oh, elle était désolée, mais Tony Hastings, moins en colère qu'il ne le paraissait, la pria de sortir. Puis il eut honte. Pauvre Louise Germane, probablement la seule dans tout le campus à l'aimer. Pour arranger les choses, il partit à sa recherche.

Il la trouva à la cafétéria.

– Je voudrais m'excuser, dit-il. C'était idiot de ma part.

– Ce n'est rien, monsieur Hastings.

Grande, cheveux couleur de blé mûr flottant sur ses épaules, sourire de soulagement.

– Sachez-le, reprit-elle, si je peux faire quelque chose pour vous… Nous sommes avec vous.

Ses yeux bleu marine, mourant d'envie qu'on lise leur message. Il accepta une longue et oisive conversation. Il s'autorisa à parler de Laura et vit le regard de Louise se voiler, mais il continua.

– Je vous remercie de vous être ouvert à moi, dit-elle. J'apprécie.

– Parlez-moi de vous, dit-il.

Elle lui parla de frères et de sœurs, il ne suivait pas vraiment, l'attention flottante. Il lui demanda pourquoi elle faisait des études. Elle lui répondit.

Il trouva les projets de la jeune femme naïfs, idiots. Il lui dit :

– Que ferez-vous quand le monde explosera ?

Elle le regarda avec stupeur.

– Vous parlez de la… Bombe ?

– La Bombe, oui. La pluie. La brûlure.

Elle était décontenancée.

– Peut-être que ça n'explosera pas.

Ah ! Tony Hastings secoua la tête, claqua les lèvres, se renversa dans sa chaise et lui raconta tout. Il lui parla des blancs missiles gardiens de la paix qui portaient dans leurs ventres de fer l'avenir du monde, des têtes nucléaires contenant chacune le destin d'une ville, programmées pour des représailles de mort. Il parla de la lueur nucléaire grillant les chairs. Il parla de « frappe préventive ». Il lui dit qu'après l'explosion venait le feu, et puis les retombées radio-actives, pour ceux qui auraient échappé à la fournaise, et puis les lourds nuages noirs, et puis l'hiver nucléaire et le temps des cendres.

– Vous croyez que ça n'arrivera pas ?

– La guerre froide est terminée, dit-elle.

Il éprouva une colère mâtinée de mépris.

– Ah ! vous croyez ? Le reste du monde arrive. Arabes, Pakistanais. Le tiers monde. Ils auront tous la bombe et vous pensez qu'ils ne nourrissent aucune rancœur ?

– Je suis davantage préoccupée par l'effet de serre.

Elle n'était pas assez inquiète à ses yeux. Il la montra du doigt :

– Le monde est en train de mourir. Les maladies progressent, les soubresauts de la mort ont commencé.

– N'importe qui peut mourir demain dans un accident de la route, répliqua-t-elle.

Il contre-attaqua :

– Savoir que les autres vivront après vous n'est pas la même chose que savoir l'humanité mourante et toutes les choses pour lesquelles on a vécu condamnées à disparaître.

Doux et civilisé Tony Hastings : loufoque, hargneux, pessimiste. Toujours prêt à s'enflammer. Parfois, il brûlait toute la journée. Au petit déjeuner, avec le journal et son éditorial imbécile, et ses lettres de lecteurs affligeantes.

Un matin d'avril, il vit un petit voisin prendre un raccourci par son jardin, derrière la maison de M. Husserl. Tony Hastings courut après lui.

– Hé, toi ! cria-t-il.

Le gosse s'arrêta.

– Je croyais qu'on pouvait passer par là.

– Tu es censé demander la permission. Demande-moi la permission.

– Je peux avoir la permission, m'sieur ?

Faire signe que oui. Dans le jardin à l'abandon, les pousses nouvelles faisaient des taches vertes dans les branches. Les mauvaises herbes proliféraient. Elles se mettaient en marche et Mme Hapgood ne tarderait pas à se manifester : récriminations et menaces par téléphone.

On oublia de déposer dans sa boîte un avis de réunion à la fac. A la secrétaire, avec un calme froid :

– Je voudrais juste savoir qui est responsable de cet oubli.

– C'est Ruth qui a distribué les avis. Elle vous aurait oublié ? Vous êtes sûr que le papier ne se trouve pas parmi d'autres ?

Se contrôler en revenant à son bureau.

La balle frappa le pare-brise. Ses freins hurlèrent. Il ouvrit la portière, descendit de voiture, ramassa la balle dans le caniveau, devançant les gamins qui accouraient, et revint à son véhicule.

– Merde, vous pourriez tuer quelqu'un !

– Est-ce qu'on peut avoir notre balle, m'sieur ?

Il referma la portière sur lui, et la verrouilla, mémoire oblige. Cinq garçons entouraient la voiture, tambourinant des poings sur le capot et criant :

– C'est notre balle, m'sieur !

Il essaya d'avancer. Qu'est-ce qui le retenait d'y aller franco ? Il avança encore un peu, les repoussant devant lui. Quel droit avaient-ils de penser qu'il se conformerait à la loi ? Ils s'écartèrent tous, sauf un, le visage blême, qui, les mains appuyées sur le capot, reculait pas à pas tandis que la voiture avançait. Le gosse, les lèvres pincées, les yeux brillants, était aussi furieux que Tony. Puis il céda à son tour, hurla : « Enculé ! » et cogna sur la vitre quand Tony le dépassa en accélérant. Cent mètres plus loin, Tony ralentit, regarda dans le rétroviseur. Leur balle. Attends-toi à d'autres coups de fil nocturnes. Il ouvrit sa vitre et jeta la balle. Il vit les gosses courir à sa recherche parmi les voitures en stationnement.

Du calme, Tony, vas-y doucement. La maison était une église où il pria ses fantômes pour restaurer son âme. Acte d'adoration. Il posa ses livres sur la table et alla chercher l'album de photos dans le salon. Livre de prières. Il se renversa dans son fauteuil et ferma les yeux. *Tableau*[1] : elle est assise sur le canapé, lui dans le fauteuil, Helen par terre, appuyée contre la table basse, disant : « Sans blague, ça s'est passé comme ça ? »

Catéchisme. « Puis j'ai commencé à me demander pourquoi je me retrouvais tous les jours à lui parler en sortant de classe et j'ai soudain compris qu'il m'attendait, et j'étais folle de joie. »

Helen, amusée : « On dirait deux gosses. »

Tradition. « Ton père est le plus constant des hommes. Ça vaut son pesant d'or, à long terme. » Vive Papa.

Histoire. Esprit de curiosité, Helen gloussant : « Vous savez, je n'arrive pas à vous imaginer amants. »

« Ton père est très tendre à sa façon. »

Mystère. La question qu'Helen avait envie de poser mais dont elle ne voulait pas entendre la réponse, la question qu'elle ne pose jamais parce que ne pas y répondre, c'était également y répondre.

Rituel. Avril, il y a un an, à bicyclette, après dîner. Signes de printemps, bourgeons, petits oiseaux. Fille roule devant, changeant de parcours chaque soir, différents tours autour de différents pâtés de maisons. Papa ferme la marche, gardien de ses deux femmes dans les rues paisibles, alarmé quand une voiture vient à passer, tendu quand elles débouchent dans la grande rue entre les véhicules en stationnement et dans la circulation. Il fait nuit quand ils rentrent. Tâches domestiques, pas de télé ce soir, les amies. La paix retrouvée, tous les dangers derrière eux.

Le plus constant des hommes, tendre à sa façon, assis devant sa tasse de café à la cafétéria, fit un signe à Louise Germane qui se trouvait en compagnie d'un étudiant nommé Frank Hawthorne. Il n'aimait pas ce Hawthorne, il lui déplaisait de la voir avec ce garçon, il se demanda comment le lui dire. Frank Hawthorne avait un visage gras et une barbe sale, des cheveux en bataille, des yeux rappelant ceux d'un animal aux aguets, une bouche émergeant de sa barbe comme les deux lèvres d'une blessure ouverte. Hawthorne, qui s'était rendu coupable d'une escroquerie, affaire étouffée pour ne pas nuire à son avenir. Et

1. En français dans le texte.

l'histoire des pigeons aussi : deux types avec une balle de base-ball sur la pente en dessous du bureau de Tony, Hawthorne présent. « Passe-moi la balle », demande-t-il. Et de la lancer de toutes ses forces dans le tas de pigeons, au risque d'en tuer ou d'en blesser. Une fille se plaint : « Ne fais pas ça, je les aime bien. » « Plus sales que des rats », réplique Hawthorne, le tueur vertueux. Devant son café, Tony se demanda comment mettre en garde Louise.

Aussi en parla-t-il à Francesca quand il la vit la fois suivante. Elle lui sourit.

– Pourquoi t'inquiéter pour elle ? Si Hawthorne est une canaille, elle s'en apercevra.

– Tu veux dire que ça ne me regarde pas ?

– A moins que tu aies des intérêts cachés...

C'était à déjeuner. Il lui dit :

– Je me suis montré irritable ces temps derniers.

– J'ai remarqué... Fais-moi une faveur, ajouta-t-elle, ne tombe pas amoureux d'une étudiante. Tu n'as pas besoin de ça.

– De quoi ai-je besoin ?

Elle le regarda longuement, assez longuement pour que ce regard prenne une signification particulière. Un regard grave, sans sourire, où ses yeux bleus disaient tant de choses. Le moment passa et elle sourit de nouveau de cet air ambigu qu'il lui connaissait. Il pensa qu'il avait raté quelque message, qu'elle lui avait signifié quelque chose, mais qu'il était trop tard, maintenant.

Il déjeunait régulièrement avec elle au club de la faculté. Ses regards, doux et pleins de réminiscences. Elle est ma seule amie, pensait-il. Elle se souvenait de lui tel qu'il avait toujours été. Elle savait qu'il ne voulait pas être comme ça. Il la regarda : belle, désirable.

– On est jeudi, aujourd'hui, dit-il donc.

– Oui, et alors ?

– Tu es libre cet après-midi.

– Et ?...

Ses spaghettis, enroulés autour de la fourchette, elle évitait son regard. Il fit le saut.

– Est-ce que je peux t'emmener quelque part en voiture ?

Elle essuya ses lèvres rougies par la sauce tomate.

– Où ?

– N'importe où.

– D'accord.

Voilà. Ils s'arrêtèrent à un endroit d'où l'on dominait la rivière et entendait les camions au pied de la falaise. Ils contemplèrent le panorama, en compagnie d'un autre couple dans une voiture garée non loin. Tony ressentit soudain un désir comme il n'en avait pas éprouvé depuis neuf mois, pas même lors de son escapade à New York.

Il parla des émanations d'oxyde de carbone, du réchauffement de l'atmosphère et de l'arrivée du désert sous un soleil cancérigène. Il se laissa transporter par sa propre éloquence jusqu'au moment où il s'aperçut qu'il ennuyait Francesca. Il pensa qu'il n'était plus le type bien qu'il avait été, et son désir le déserta sur-le-champ.

Il la raccompagna chez elle, se demandant si elle l'inviterait à entrer, mais elle n'en fit rien. Elle le remercia pour la promenade et il n'y avait plus aucune lueur de séduction dans ses yeux. Comme elle remontait l'allée, une petite fille sortit à sa rencontre.

Il démarra assez brutalement pour faire crisser les pneus. Freina sec à un feu, redémarra sur les chapeaux de roues. Il éprouvait un sentiment qu'il n'aurait su définir. Il déboucha sur la voie express, doubla la voiture devant lui, se mit à passer d'une voie à l'autre, klaxonna jusqu'à ce qu'on lui laisse le passage.

Il finit par se calmer, retourna chez lui et alla s'asseoir dans le salon. Etait-ce Laura qui le retenait encore ? Il lui sembla qu'il s'agissait d'autre chose. Comme s'il avait besoin d'une cérémonie pour rendre Tony à Tony. Il imagina un dieu primitif, mâle et sauvage.

L'image le fit rire, mais son rire sonnait creux et, l'instant d'après, il eut la conviction que tout sonnait creux en lui. Il revit tout son comportement récent sur un écran qu'éclairait une lumière qui lui en révélait le vide. Sa manière de conduire sur la route, une heure plus tôt, une mise en scène destinée à cacher quelque chose qu'il n'avait pas. La révélation s'étendait, remontait le temps, jusqu'au désastre, et tout ce qu'il découvrait – sentiments compris – était marqué du sceau de la contrefaçon, de la fausseté. Cela l'effraya, non pas à cause de l'abîme qui s'ouvrait devant lui, mais à cause de ce qui se passerait si quelqu'un venait à en prendre conscience. Il pensa : C'est quelque chose que personne ne doit savoir. Un secret. Vers la fin de l'après-midi, dans sa maison, il regarda en lui-même et ne vit qu'une blême indifférence sous les étalages calculés du chagrin et, ce dernier devenant fastidieux, ne restaient plus que l'irascibilité et la rage. Il reconnut les privilèges que lui avait conférés le deuil. Ce que personne ne savait, c'était qu'il avait trompé son monde. Il était un homme artificiel, animé de gestes de pantin.

Il arpenta la maison dans une totale liberté. Une vague colère l'amena à son bureau, où il tapa une courte missive destinée à Bobby Andes : *Ces quelques mots pour vous dire que je suis maintenant certain que celui que je n'ai pas pu identifier est bien Turk. J'espère que vous ne relâchez pas vos efforts dans la poursuite de ces hommes. Je promets de coopérer de toutes les façons possibles, car je suis plus déterminé que jamais à ce que justice soit faite.*

5

La page suivante annonce : TROISIÈME PARTIE. Bien. Un changement, vite : Susan Morrow en a assez. Elle se demande si Edward s'attend à un compliment pour sa « bouche émergeant de sa barbe comme les lèvres d'une blessure ouverte ». Peut-être l'« Intouchable en turban enchaîné à quelque chèvre famélique parmi les épaves rejetées sur la plage » a-t-il échappé à sa relecture.

Combien de pages peut-elle lire encore ce soir ? Elle fait le calcul. Elle en est à la moitié et devrait avoir terminé demain. Faire une pause.

– Rosie, au lit !

Petite voix à l'étage :

– Je suis au lit, M'man.

Jeffrey veut sortir. Elle ouvre la porte, le laisse aller. La chose est déconseillée, mais il est tard, personne ne le saura. Ne t'attire pas d'ennuis, le chien. Elle va dans la cuisine. Un en-cas, un Coca ? La cuisine est froide, dehors la température est en train de chuter. Dans le petit salon, elle entend un bruit de voix télévisées, personne ne regarde, quelqu'un a oublié d'éteindre le poste.

Elle se sent meurtrie par sa lecture, par son existence aussi. Elle se demande si elle lutte toujours contre les livres avant de se rendre à eux ? Elle oscille entre la sympathie et l'exaspération à l'égard de Tony. Si seulement elle n'avait pas à en parler à Edward après. Si tu lui dis que Tony est en train de devenir fou ou de se muer en crétin, assure-toi que Tony n'est pas le double d'Edward.

Pour l'instant, il est Tony l'homme artificiel. Elle s'interroge à ce sujet. Les mots « creux » et « superficiel » provoquent ordinairement du scepticisme chez Susan. Elle-même, est-elle vide ou pleine ? Du diable si elle le sait, mais elle ne veut pas qu'on en décide à sa place. Si Edward condamne Tony à travers la propre voix de Tony, alors c'est que le vieil Edward, celui qui aime à se poser en juge, est de retour. Et quand Edward juge, Susan résiste. Mais elle a également dans l'idée de faire une seconde lecture, plus juste, débarrassée de toute contrariété présente et passée.

Dans tous les cas, la troisième partie. Quelque chose s'est achevé. Est-ce trois sur trois ou trois sur quatre ? Trois, une sonate : A B A. Qu'est-ce que cela signifierait, retour dans les bois ? Quatre, la symphonie ? Exposé, marche funèbre, scherzo, finale. Nous avons un crime, une victime, une réaction et, jusque-là, une chasse à l'homme infructueuse. Tony Hastings sera-t-il détruit ou racheté ? Un mauvais happy end ruinerait tout, mais il est difficile d'en imaginer un bon.

Bêtes de nuit 16

Comme Bobby Andes ne répondait pas à sa lettre, il en envoya une autre : *Je répète : j'espère que vous pourchassez activement ces hommes et que vous n'attendez pas que cela vous tombe rôti dans l'assiette. J'espère que vous avez pressé Ajax d'arracher à Steve Adams les noms de ses complices. L'affaire réclame une coopération policière à l'échelon national, et j'espère que vous avez pris les dispositions propres à établir une telle coopération. La question est d'une importance capitale pour moi. J'espère que pour vous elle ne relève pas de la routine ou des affaires insolubles.*

Dans sa voiture, rentrant tard par une journée fleurie de mai, il se sermonna. Point de gamins qui envoient des balles sur les voitures. Pas d'éditoriaux ineptes dans les quotidiens du matin ni d'étudiants impatients de s'en tirer à bon compte. Pas d'immonde Frank Hawthorne non plus. Pas même l'effet de serre ou la guerre nucléaire. Il n'y a qu'un seul crime, qu'un seul mal, qu'une seule déchirure. Il n'y a qu'un seul coupable : toi-même. Il n'y a pas d'autre criminel que toi. Tout le reste est folie. Si Bobby Andes trouve ma lettre provocante, c'est très bien. Si elle l'agace, c'est encore mieux.

Deux semaines passèrent et il comprit qu'il n'y aurait pas de réponse. Tony Hastings en souffrance, attendant un mot d'un détective de Pennsylvanie duquel dépendaient, en ce mois de mai, et sa santé et sa rédemption. Dans son jardin, le vert brillant des jeunes pousses le disputait au jaune brun des herbes mortes. Il y avait des journées ensoleillées, des pelouses à tondre, des jardins à retourner, mais cela ne concernait pas Tony Hastings, qui résistait en se servant des événements de l'été précédent. Il préférait la nuit, quand on ne pouvait pas le voir en train d'épier derrière les carreaux noirs de ses fenêtres.

Etant donné qu'il savait ce qu'il voulait, il pouvait attendre. Sois moins désagréable envers les gens innocents. Il en fit l'observation à Francesca, à déjeuner :

– J'ai blâmé à tort un tas de gens. Je sais de qui c'est la faute, maintenant.

– Tu t'es enfin décidé à être en colère ?

Seul dans sa grande maison il parlait, peaufinant sa rage. Vous pensez qu'il est facile de devenir Tony Hastings ? Ça prend quarante ans. Ça nécessite une mère aimante et un père intellectuel, une maison de vacances, des leçons sur le perron de derrière. Une sœur et un frère pour maîtriser votre humeur et créer une sensibilité à la détresse d'autrui. Des années de lecture et d'étude, une femme et une fille pour faire de la douleur une habitude et vous transformer en homme.

Mais il est encore plus dur de devenir Laura Hastings. Assemblée dans une longue accumulation, jour après jour, elle est d'abord Laura Turner et il y a Bonna et Jean, le lac dans les brumes, la mort de Bobo, le studio, et Laura Hastings ne commence vraiment à être elle-même qu'à quarante ans. Laura Hastings n'est pas (n'était pas) la vie qu'elle avait vécue mais les quarante ans qu'il lui restait à vivre, comme promis.

Bêtes sauvages, pensez-vous qu'il soit plus facile de remplacer Helen Hastings ? Sa vie est la plus longue de toutes, cinquante à soixante années à peine entamées, extraites de l'enfant grandie de par le monde grandissant, du germe originel Laura-Tony, chanson pour s'endormir et Petit Livre d'Or, Maman-Papa et l'amour du toutou avec poèmes sur cahier d'écolière, jusqu'au contrat indestructible d'une grande Helen-au-monde.

Rien, bêtes sauvages, n'est plus dur à construire ou plus impossible à remplacer que les années non vécues de ces trois-là. Ni vos bagnoles, ni vos bites, ni vos sales nanas, ni vos âmes mesquines. Tony imagina ces bagnoles, bites, nanas et âmes. Il vécut parmi elles, cherchant ses mots pour faire de sa rage une force irrésistible. Une histoire, un récit suffisamment dégradant. L'histoire d'adultes et de crétins apprenant au cinéma, à la télé ou auprès des brutes à l'école qu'on devient un homme en bousculant les autres. Allons sur la route foutre la trouille aux bourgeois. Fini les regards de reproche des professeurs, chopons les petites pimbêches et les mamans compassées et faisons-leur déguster. Et si on a des ennuis, on leur éclate la tête. Tony Hastings cherchait les mots adéquats à sa rage. Bas, vicieux, méprisables. Pas diaboliques : ce mot leur aurait conféré trop de dignité. Les mots qu'il cherchait étaient plus vils. Avec cette rhétorique, il tenta de remplacer l'âme qu'il pensait avoir perdue.

Le téléphone dans l'après-midi. Il alla décrocher en sachant déjà qui appelait. Il entendit la voix lointaine et dure matérialiser sa pensée :

– Je voudrais parler à Tony Hastings. Vous êtes Tony Hastings ? Andes, à l'appareil. Ça vous dirait d'identifier quelqu'un d'autre ?

– Qui est-ce ?

– Je ne vais pas vous le dire. C'est à vous que je demande de me dire qui c'est.

– Quand et où ?

– Aussitôt que vous pourrez venir. Ça se passe à Grant Center, cette fois.

Il se prépara donc pour un deuxième voyage. Pas question d'échouer ce coup-ci. Je verrai et je saurai qui c'est, Ray ou Lou, ou Turk de nouveau. Il boucla son sac dans une grande exaltation, prit un avion en pleine nuit et changea pour un petit appareil desservant un modeste aérodrome au fond d'une vallée. Bobby Andes l'attendait. Tony monta dans la voiture, ils s'en furent par une route de campagne bordée de champs et de bois à flanc de collines. Retour au pays de la terreur.

– Plutôt pressantes, vos deux missives, dit Andes. Vous voulez vraiment la peau de ces types ?

– Que s'est-il passé ?

– Non, vous d'abord. Vous allez me claquer entre les doigts, comme l'autre fois ?

– Ce que je vous ai écrit, je le pense.

– C'est dû à quoi, ce changement ?

– Je n'ai pas changé. Je veux qu'on arrête ces types.

– Attention, pas question de faire de fausses identifications. Je vais vous dire ce que nous avons. Nous avons une tentative de braquage dans un supermarché au centre commercial de Bear Valley, juste avant la fermeture. Un type a réussi à s'arracher, comme la dernière fois.

– Comment c'est arrivé ?

– Ils étaient trois, trois connards, deux dans le magasin, le troisième qui attend dehors dans la voiture. Les deux ne voient pas le gérant dans l'arrière-boutique. La caissière lève les mains en l'air comme ils lui ordonnent de le faire, le gérant arrive par le côté avec son revolver et gueule : « Lâche ton arme ! » Le con se retourne et tire sans regarder, touche le bocal de Smarties, pluie de Smarties. Le gérant riposte. Le gérant tire bien. Le voyou prend une balle dans la poitrine. Ils l'ont opéré à l'hôpital. Il est mort douze heures après.

Tony Hastings, silencieux, se demandant qui est mort et si c'est une bonne ou une mauvaise nouvelle.

– Et les autres ?

– Attendez. L'autre type dans le magasin, il se carapate. Le gérant lui court après. Il va pour monter dans la voiture quand un flic déboule au coin de la rue. Le gérant gueule, le flic fait les sommations d'usage, le type dans la voiture démarre sans attendre son pote. Le flic éclate un pneu, le chauffeur se rend mais l'autre réussit à se tailler.

– Comment a-t-il pu ?

– En cavalant dès que le flic a commencé à tirer. Il a dû se planquer derrière une voiture… Personne d'autre pour lui donner la chasse, on ne sait pas où il a pu aller.

– Que voulez-vous que je fasse ? demande Tony.

– Voir si vous reconnaissez le gars que nous avons attrapé.

– Pourquoi serais-je susceptible de le reconnaître ?

– Ça, je vous le dirai plus tard.

Ils revenaient là où tout avait commencé, les champs et les flancs des collines, le vert tendre infiltrant le brun et le gris de l'hiver passé. Il ne reconnut rien avant qu'ils se garent dans le parking du poste de police, en face du motel.

– Vous pourriez aussi jeter un œil au corps, bien que ce ne soit pas nécessaire, dit Andes. On sait qui c'est.

– Qui est-ce ?

– Steve Adams. Celui que vous appeliez Turk.

– Turk ? Mort ?

– On sait que c'est lui par les empreintes.

– Je croyais qu'il était en prison à Ajax.

– Il s'est barré après avoir obtenu la liberté sous caution, d'après ce que j'ai appris.

Tony Hastings trouvait que Bobby Andes avait changé physiquement. Il avait perdu du poids et puis il y avait ces rides autour de la bouche, du nez et des yeux, là où il avait le souvenir d'une peau lisse et brillante.

Tony Hastings réserva une chambre au motel. Quand il revint, Andes lui dit :

– Je suppose que vous aimeriez une séance d'identification dans les règles, comme la dernière fois ?

– C'est pour cela que je suis ici, non ?

– Je pourrais vous conduire à lui et vous demander de me

dire qui c'est, mais je pense que vous préférez notre petite revue d'effectifs.

– Comme vous voulez.

– Prenez du café. Il faut que je réunisse des gars pour la séance.

Il y avait quelque chose de pas très sérieux dans la présentation des suspects. Cela se passa dans la pièce aux deux bureaux. Tony était assis à l'un d'eux. Six personnes entrèrent par une porte latérale et s'alignèrent devant le comptoir. Il fallut un moment à Tony pour comprendre que la séance d'identification avait commencé. La première des six personnes était la femme en robe marron qui était assise quelques minutes plus tôt au bureau où Tony venait de prendre place ; elle avait le fou rire. La deuxième était un policier en uniforme qui, lui aussi, s'efforçait de ne pas sourire. Tony lui trouva un air familier et se demanda s'ils n'essayaient pas de le tromper en déguisant le suspect. Il se souvint plus tard que l'homme répondait au nom de George et que c'était lui qui l'avait ramené de la clairière ce jour-là. Les deux hommes alignés à côté de lui étaient enchaînés l'un à l'autre. L'un était blond, lourdement bâti, vêtu d'un bleu de mécanicien, l'autre était vieux, avec une chemise sale au col ouvert. Le cinquième et le sixième aussi étaient enchaînés. Barbes et chemises à carreaux. La barbe du premier était couleur châtain et bien fournie. Il avait l'air détaché et intelligent. La barbe de l'autre était noire et mal taillée. Il balayait la pièce d'un regard confus et Tony Hastings vit avec stupeur ce visage inconnu prendre insensiblement des traits qui ne lui étaient pas étrangers.

Il reconnaissait ces yeux, qui l'avaient regardé différemment dans la nuit, et cette bouche au milieu des poils, alors différente elle aussi. L'homme continuait de regarder autour de lui sans savoir pourquoi il se trouvait là ; il n'avait pas encore repéré Tony assis au bureau ; son regard était passé sur lui sans le reconnaître ni remarquer avec quelle intensité Tony le fixait à présent. Et Tony projetait maintenant ce visage sur l'écran de sa mémoire, sur les bois, l'intérieur de la Buick, superposait l'image présente à celle du souvenir, le revoyait près de la voiture avec Ray et Turk, dans la Buick à côté de lui quand il avait voulu ralentir dans le tournant avec la caravane, se souvenait parfaitement de ses paroles, une fois qu'ils étaient arrivés au bout du chemin dans les bois : « Vous allez vous faire tuer, si vous faites pas gaffe ! »

L'homme remarqua enfin que Tony le dévisageait, mais il ne le reconnut pas. Regard vide, étonné. Mais Tony savait maintenant qui il était. Il se pencha vers Bobby Andes et murmura :

– Oui.

Andes, à voix haute :

– Oui ? Oui quoi ? Vous reconnaissez quelqu'un ?

– Celui avec la barbe.

– Lequel ? Il y en a deux, de barbus !

– Celui du bout.

– La chemise rouge à carreaux et le blue-jean ? Vous l'avez déjà vu ?

L'homme à la barbe en chemise rouge et blue-jean regardait Tony avec perplexité.

– C'est Lou.

– Lou qui ? Qui est Lou ?

– Lou est celui qui m'a forcé à conduire sa voiture, après que les autres furent partis avec la mienne, c'est lui qui m'a emmené dans les bois et qui m'a laissé là-bas.

– Ce type ? Il a pas l'air de comprendre. Lou. Hé, toi ! Tu t'appelles Lou ?

– Vous le savez bien. Je vous l'ai dit. Qu'est-ce qui se passe ?

– T'as déjà vu cet homme, Lou ? Réfléchis. Tu l'as déjà vu ?

Lou dévisagea Tony. Tony, incapable de lire dans son regard la moindre lueur de reconnaissance.

– Non.

– T'en es sûr ?

– Je le connais pas. Qui c'est ?

– Dites-le lui, Tony. Dites-lui qui vous êtes.

– L'été dernier, vous… il…

– Cet homme ? dit Andes.

– Cet homme et ses amis nous ont coincés sur le bas-côté de l'autoroute. Deux d'entre eux ont pris ma voiture dans laquelle se trouvaient ma femme et ma fille, et cet homme…

– Cet homme ici présent ? Lou ?

– Oui, lui, Lou, m'a forcé à conduire sa voiture et m'a emmené dans une clairière, où il m'a fait descendre. C'est dans cette clairière que, plus tard, on a découvert les corps de ma femme et de ma fille.

– Qu'est-ce que t'en dis, Lou ?

Le visage de Lou n'était plus qu'un masque de peur d'où toute reconnaissance était absente.

– Je sais pas de quoi vous parlez !

– Tu sais rien de la femme et de la fille de cet homme, Lou ?

– Je l'ai jamais vu de ma vie !

– Et Ray et Turk, qu'est-ce que tu sais d'eux ?

– Jamais entendu parler.

Andes, se tournant vers Tony :

– Une seule chose. Vous êtes sûr que c'est lui ?

– Absolument.

– Vous pourriez le jurer devant un tribunal et ne pas vous parjurer ?

Tony, dans un souffle :

– Oui.

Ils le conduisirent à la morgue, où ils découvrirent un visage d'un gris de cire avec une barbe de plusieurs jours. Les yeux clos, pas de lunettes, un nez comme un bec, une bouche grimaçante, ç'aurait pu être n'importe qui. Tony ne pouvait se représenter cette personne vivante. Il n'avait aucun souvenir assez précis de Turk pour le superposer avec ce masque de mort. Il ne pouvait même pas se souvenir du visage de Turk, tel qu'il l'avait vu à Ajax et sur la photo.

– C'est difficile à dire, mais je suppose que c'est Turk.

– Vous en êtes sûr ?

– Oui, dit-il.

Bobby Andes l'emmena dîner. Le lieutenant était enchanté.

– C'est bien, dit-il. Maintenant, nous le tenons.

Ravi. Il se mit à tousser. Longuement.

– Nous allons l'inculper de meurtre avec préméditation.

– Vous avez assez de preuves ?

– Nous vous avons, vous, et nous avons les empreintes. Il nous reste à analyser des échantillons de cheveux. Ce Lou, il a laissé des empreintes sur votre voiture et dans la caravane. C'est pour ça que je voulais vous le présenter.

– Il serait donc repassé à la caravane après m'avoir quitté ?

– Apparemment. Il a dû leur dire où il vous avait laissé et c'est pour ça qu'ils sont revenus avec les corps.

– Pour me tuer.

– Oui, et je parie que votre ami Ray était le troisième homme dans le braquage.

– Celui qui s'est échappé ?

– Le signalement correspond.

– Que va-t-il se passer, maintenant ?

– Nous allons nous occuper de Lou. Il vous faudra revenir, vous y êtes prêt ? En attendant, je vais essayer de mettre la main sur Ray.

Tony Hastings retourna chez lui le lendemain matin, plein d'une joie tremblante : Lou, sur lequel il avait eu envie de cracher, l'avait regardé avec des yeux emplis de terreur.

6

On dirait que nous allons avoir une chasse aux bandits, se dit Susan, avec la troisième partie pour sonner l'hallali. Nous avons tué Turk, attrapé Lou, et nous sommes après Ray. Bien. Le crime plane sur cette histoire comme un nuage empoisonné. Il faudrait que le vent l'emporte, ce qui ne peut se faire sans qu'on se lance après ceux qui l'ont perpétré. La déconfiture de Lou rend plus évidente la nécessité de mettre la main sur Ray.

Cependant, une chose étrange est en train de se produire. La présentation facétieuse des suspects. L'identification de Turk par Tony à la morgue. Que recherche Edward, avec cette atmosphère glauque ? A compliquer la séparation entre Ray le coupable et Tony l'innocent ? Susan est mal à l'aise et se demande si elle pourra garder son équilibre en poursuivant sa lecture.

Mal à l'aise aussi devant le faible hommage de Tony envers sa femme et sa fille ; Tony, plus maniéré que jamais avec ses phrases concises et ses détails épars bizarrement choisis. Le malaise qui se déporte vers Arnold. Quel détail particulier isolerait Arnold s'il devait faire l'apologie de sa femme ? Quant à Edward, elle se souvient de la barque dans le port quand il était déprimé. Il disait : « Je tomberai dans le néant. Personne ne saura jamais ce que j'ai vu ou pensé. » Elle disait : « Pour l'instant, c'est moi qui suis dans le néant. Personne ne connaît mes visions et mes pensées. » Il disait : « Tu n'es pas écrivain. Ça n'a pas autant d'importance pour toi. »

Bêtes de nuit 17

Il raconta tout à Francesca Hooton au déjeuner.

– Nous en avons eu deux. J'en ai identifié un et ils ont descendu l'autre.

Elle dit :

– Tu es content ?

– Et comment !

– Ils en ont tué un. Tu es content de ça ?

– Oui.

– Qu'est-ce que tu voudrais qu'ils fassent à celui qu'ils ont attrapé ?

– Lou ? Je voudrais que justice soit faite.

– Et dans son cas, ce serait quoi ?

Tony Hastings n'était pas préparé à cette question. Francesca insistait :

– La mort ? Devrait-il être condamné à la peine capitale ?

Il lui apparut que c'était là une question politique. Il avait toujours évité les discussions politiques avec Francesca à cause du fort penchant qu'elle nourrissait pour la droite. Il répondit :

– Lou n'est pas le plus salaud des trois. Le plus salaud court toujours.

– Et celui-là ? Devrait-il être condamné à la peine capitale ?

Si Francesca connaissait ses pensées, se dit-il, elle pourrait supposer qu'ils avaient tué en lui tous les arguments contre la peine de mort.

– Je ne sais pas quelle punition je lui souhaite, avoua-t-il.

– Mais tu veux qu'ils souffrent, n'est-ce pas ?

L'idée lui fit se mordre la lèvre comme il en avait l'habitude étant enfant.

– J'aimerais qu'ils subissent ce que j'ai subi, répondit-il.

– Leurs femmes et leurs filles tuées ?

– Non, je ne veux pas de ça.

– Ils devraient être exécutés ?

– Je suppose.

– Comme Turk. Es-tu satisfait de la manière dont Turk a été abattu ?

– Turk n'était qu'un comparse. Il suivait Ray.

– Tu ne réponds pas à ma question.

– Je ne sais pas. Il a été tué au cours d'un braquage.

– Et donc, il a eu ce qu'il méritait et tu es satisfait.

– Peut-être pas. Ce n'était pas une punition. Il n'a pas su pourquoi il était puni.

– Tu aurais voulu qu'il sache ?

– Je voudrais qu'ils sachent ce qu'ils ont fait. Je voudrais qu'on leur montre exactement ce qu'ils ont fait.

– Ils savent très bien ce qu'ils ont fait, Tony.

– Ils ne savent pas ce que cela représente.

– Peut-être que si. Ils s'en foutent, c'est tout.

– J'aimerais leur faire comprendre.

– Et qu'ils se repentent ? Qu'ils disent qu'ils sont désolés ?

– J'aimerais qu'ils mesurent tout le mal qu'ils ont fait.

– Tu crois ça possible ?

– Je suppose que non.

– Est-ce même vraiment ce que tu veux ? Admettons que Ray mesure, comme tu dis. Il serait devenu quelqu'un d'autre après ça. Et donc… Ne devrait-on pas le libérer ?

– On ne doit pas le libérer.

– Il sait le mal qu'il t'a fait, Tony. Compte là-dessus, il le sait.

– J'aimerais lui rendre le mal qu'il m'a fait.

– Lui faire mal. Mais pas le tuer ?

– Le tuer aussi. Les deux.

– Les deux ? Ce ne serait pas assez de le faire souffrir ?

– J'aimerais qu'il endure une lente agonie.

– Ah. La torture…

– J'aimerais qu'il sache qu'il est en train de mourir et j'aimerais qu'il sache pourquoi. C'est ce que j'entends par agonie.

– Aimerais-tu tuer Ray de tes mains ?

– J'aimerais qu'il sache qu'il meurt à cause de moi.

– Ah ! s'exclama-t-elle en frappant du poing dans sa paume.

Tu ne veux pas qu'il comprenne quel salaud il est. Tu te fiches pas mal de ça. Tu veux qu'il sache qu'il ne peut pas faire autant de mal et s'en tirer à bon compte. A cause de ce que tu es.

– Oui : il ne peut pas me faire ça et s'en tirer.

– Enfin ! Voilà qui est parler.

Ses cheveux dorés pendaient sur un côté de son visage posé sur sa main, ses beaux yeux brillant d'intérêt pour lui.

– Je me souviens qu'un jour Helen nous a gravement entretenus de la vengeance, Laura et moi. C'était une réaction primitive selon elle. Nous avons établi une fine distinction entre la vengeance et la justice, et je me rappelle que nous nous trouvions alors extrêmement civilisés.

– Tu l'es. C'est Ray qui ne l'est pas.

– C'est un lourd fardeau à porter.

– Seulement si tu penses que c'en est un.

Le dernier appel parvint à son bureau. Louise Germane se trouvait devant lui, elle venait juste d'arriver, il se demanda ce qu'elle voulait. Il reconnut aussitôt la voix :

– Andes à l'appareil, pourriez-vous nous rendre une autre visite ?

Il ne sut jamais ce que désirait Louise.

On était en juin, et Tony Hastings était libre de voyager. Son troisième voyage. Il prit la voiture, roula toute la journée.

Le lendemain après-midi, un dimanche, il se trouvait assis à côté de Bobby Andes sur le plus haut gradin devant la première base d'un terrain de base-ball. L'équipe qui recevait portait des maillots blancs marqués CHEVROLET, les visiteurs étaient en gris, ils venaient de Poleville, une bourgade distante d'une vingtaine de kilomètres en remontant la vallée. Une rangée de maisons derrière une clôture bordait la partie la plus éloignée du terrain. Au-dessus des maisons se dressait une falaise couronnée d'arbres, une large plaine s'étendant de chaque côté. Des voitures garées le long de la route avaient vue sur la troisième base et des coups de klaxon saluaient chaque point marqué.

Portant un chapeau et des lunettes noires, Bobby Andes balançait ses mégots à travers les planches dans l'herbe jaune sous les gradins, tandis que le soleil éclairait son visage hagard. Le vent soufflait. Un grand nuage noir menaçait au-dessus des deux collines rondes, de l'autre côté de la vallée.

Ils observaient le joueur numéro 19, de l'équipe locale, qui était assis sur le banc en dessous d'eux. Tony ne pouvait voir que le dos de sa tenue entre les têtes des supporters du premier rang. Le numéro 19 s'agitait, nerveux, sur son banc. Il gueulait après les joueurs. A un moment donné, il se retourna et sourit aux gradins. Pas assez proche pour qu'il reconnaisse ce visage hâlé avec de petits yeux de poisson. Son nom était Ray Marcus, et quelqu'un l'avait désigné comme un familier de Lou Bates et de Steve Adams. Le lieutenant était sûr que c'était le Ray de Tony à cause du signalement. Une éventualité qui donnait le frisson à Tony, assis en plein soleil.

Il n'y avait personne à côté d'eux et, tandis que la partie se poursuivait, Bobby Andes informa Tony de ce qu'il avait appris. Comment il avait obtenu le renseignement des types de chez Herman, après que l'interrogatoire de Lou n'eut rien donné. Chez Herman, un bar à Topping, à cinquante kilomètres de Grant Center. Ce Lou était un âne bâté, avec une seule stratégie : on la ferme. Un excellent travail d'enquête avait révélé que Lou était arrivé de Californie en compagnie de Steve Adams, mais rien ni personne n'avait pu lui faire cracher le nom du troisième homme du braquage à Bear Valley.

– Quant à votre affaire, il prétend que ça ne pouvait pas être lui parce qu'à ce moment-là il était en Californie.

Mais Bobby Andes avait appris que Lou avait une femme en Californie et qu'elle ne l'avait pas revu depuis un an et demi, et d'ailleurs... bon débarras. C'était là encore du bon boulot de détective que d'avoir retrouvé l'épouse de Lou, même si cela n'avait pas apporté grand-chose. Lou vivait à Topping avec une certaine Patricia Cutler, qui était largement aussi bête et têtue que lui. Elle comprit toutefois qu'il valait peut-être mieux coopérer et révéla – aveu fort utile – que Lou et elle n'étaient pas en Californie l'année précédente. Et comme Bobby Andes lui faisait remarquer qu'elle n'était pas mariée à Lou et qu'à ce titre elle était susceptible d'être citée comme témoin, elle se rappela que Lou avait fréquenté un type, un vrai saligaud, mais elle ne connaissait pas son nom et d'ailleurs ne l'avait jamais vu. Ce qui pouvait être vrai, car il semblait que le type en question menait sa propre vie, bien séparée de la leur.

Mais, selon Andes, cela n'avait pas d'importance : il avait ce qu'il voulait. Lou et Turk étaient connus dans le village, mais personne n'avait jamais cherché à les fréquenter. Chez Herman, on les connaissait de vue et on avait aussi entendu dire qu'ils avaient une cabane dans les bois pour y emmener les filles de rencontre, un endroit ignoré de Patricia Cutler. Mais Bobby Andes soupçonnait fort qu'il s'agissait de la caravane, celle où ils avaient assassiné la femme et la fille de Tony.

Quant à Ray, ils étaient plusieurs chez Herman à se souvenir de l'avoir vu avec un troisième type. Les clients d'Herman – des gens du pays, paisibles, respectueux de leur police et hostiles envers ces étrangers fauteurs de troubles – se montrèrent volontiers coopératifs et l'un d'eux s'avéra connaître le troisième de la bande, un certain Ray Marcus, d'Hacksport. Il ne restait plus au lieutenant Andes qu'à recueillir l'avis de Tony. Même le prénom coïncidait. Il dit à Tony qu'il s'était renseigné à Hacksport, où Ray Marcus était bien connu. Il faisait des petits boulots, travaillait pour l'instant dans une fabrique d'outils, avait été aide-électricien et aussi aide-plombier, et pouvait se prévaloir d'un casier judiciaire mentionnant un vol avec effraction, une agression, des voies de fait et une plainte pour viol (plainte que la victime avait finalement retirée). Et personne pour avouer être son ami.

Bobby Andes était allé jeter un coup d'œil à Ray dans sa fabrique. Et ce qu'il avait vu correspondait aussi bien au signalement qu'en avait fait Tony qu'à celui du fugitif après le braquage.

– Je me demande pourquoi il n'y avait pas ses empreintes dans la caravane, fit Tony.

– Parce qu'il avait probablement les mains sur votre femme. Merde, on peut s'estimer heureux d'avoir celles qu'on a. Alors, il vous rappelle quelqu'un ?

– Il faudrait que je me rapproche pour voir.

– On a tout le temps.

Bobby Andes précisa quelques points :

– Je pense que Ray n'était pas dans le coup de la voiture volée. Mais Lou, oui, probablement.

– La voiture volée ?

– A Ajax. Où vous n'avez pas pu identifier Turk. Vous l'avez fait quand il était mort.

– J'étais nerveux et il n'avait pas du tout la même apparence.

– Ouais. Je pense que c'était Lou, celui qui s'est arraché à Ajax. L'homme à la barbe noire. Je pense aussi que Lou et Turk ont décidé de prendre un peu le large après le crime et ils n'ont rien trouvé de mieux que de refaire des conneries. Et pourquoi croyez-vous qu'ils sont revenus ? Pour Patricia ou pour Ray ? Moi, j'ai dans l'idée que Ray n'a pas bougé d'ici.

Tony calcula. On était à cinquante kilomètres du bureau de Bobby. C'était à un peu plus de vingt kilomètres des bois où ils l'avaient abandonné. Les prédateurs font beaucoup de kilomètres la nuit.

Une rafale de vent souleva un nuage de poussière sur le terrain, obligeant les joueurs à arrêter le jeu pour s'essuyer les yeux. Le nuage de pluie sur les deux collines rondes avait disparu de l'autre côté de la crête. Au-dessus d'eux, le ciel était clair, d'autres nuages noirs remontant sur l'autre colline.

A la septième manche, Ray Marcus, numéro 19, entra dans le match. Quelqu'un cria son nom et il se retourna en souriant, fit quelques pas de danse, ondulant des hanches, le visage sombre et étroit sous la visière de sa casquette.

Une balle arriva sur lui, il fut lent à l'attraper. Quelqu'un siffla. Ray lui fit un bras d'honneur, qui déclencha un concert de huées. Il se saisit d'une balle facile, quelqu'un exagéra un cri admiratif. A la fin de la neuvième manche, il attendait son tour d'être à la batte.

– Allons le voir de plus près, dit Bobby Andes.

Ils descendirent jusqu'au terrain pour se placer derrière l'aire de batte et observèrent le numéro 19 qui fléchissait sur ses jambes, balançait sa batte et la pointait vers le lanceur. Ses dents et ses yeux, de petits points blancs dans son visage rougeaud. La tête de l'emploi, on pouvait le dire. Il encaissa trois lancers sans bouger et, à chaque balle, cria quelque chose à l'arbitre. Tony Hastings essaya de voir son expression. L'homme regagna son banc en apostrophant quelqu'un dans les tribunes. Il resta un moment avec sa batte à la main. Son invective éclata dans un soudain silence : « Va te faire enculer ! »

De sa place au bas du premier rang, Tony Hastings vit le numéro 19 de profil. Ray était assis et plongeait une louche dans un baquet d'eau pour se désaltérer. Il ôta sa casquette et s'essuya le front du revers de la main. Le front haut, la moitié du crâne chauve.

– J'ai l'impression que c'est lui, dit Tony.

– Vous en êtes sûr ?

– J'aimerais le voir de plus près.

– Attendez.

La partie était terminée, les supporters se mêlaient aux joueurs et la foule des spectateurs commençait à se disperser. Tony Hastings suivit Bobby Andes jusqu'au groupe des Chevrolet. Bobby Andes avait une balle à la main. Il s'approcha du lanceur.

– Monsieur Kazminski, vous voulez bien me signer un autographe sur cette balle ? C'est pour mon fils.

Kazminski, grand, jeune, étonné, rit et dit :

– Ma foi oui, avec plaisir.

Tony Hastings en profita pour observer Ray, qui se tenait debout à l'écart, regardant vaguement la route, son gant glissé sous sa ceinture, sa casquette à la main. Il mâchait du chewing-gum, sa pomme d'Adam montait et descendait. Il resta là pendant un moment, l'air de ne pas savoir quoi faire, puis se retourna. Tony le vit alors de face et leurs regards se rencontrèrent, un choc pour Tony, mais Ray ne se souvenait de rien. Il regarda le groupe de joueurs massés autour de Kazminski, cracha par terre et, se détournant, s'en fut d'un pas lent vers la route.

– Alors ?

– C'est lui, dit Tony Hastings.

7

Prise par l'excitation de la traque, Susan, en arrivant à la fin du chapitre, a presque oublié le sentiment de réserve que lui a inspiré la conversation de Tony et de Francesca sur la peine de mort. Quant à la question de la vengeance, la réponse de Susan est simple : je tuerais quiconque ferait du mal à mes enfants. Qu'on m'envoie en prison. Donner la chasse à Ray correspond exactement à son souhait et lui fait éprouver une joie sauvage. Elle espère qu'elle n'est pas en train de se laisser entraîner dans une idéologie qu'elle désapprouve.

Bêtes de nuit 18

Ils regardèrent Ray Marcus s'installer au volant d'une Pontiac vert sale, vieille de quinze ans.

– Voyons où il va, dit Bobby Andes.

Ils étaient venus avec la voiture de Tony Hastings, garée non loin de là.

– Je prends le volant, dit Bobby Andes.

La circulation était ralentie à l'entrée de la route principale. Ils suivirent Ray jusqu'à Hacksport en laissant deux voitures entre eux. Ils attendirent pendant qu'il se garait devant le magasin de vins et spiritueux, d'où il sortit avec un carton de bières, et le laissèrent repartir et prendre un peu d'avance.

– Il rentre chez lui, dit Bobby Andes. Allons-y.

Ils passèrent devant la Pontiac que Ray avait garée devant une bouche d'incendie. Le numéro 19 marchait sur le trottoir de gauche avec son carton de bières et son gant de base-ball. La rue, étroite, était bordée de petites maisons blanches. Andes se porta à sa hauteur et, se penchant par la fenêtre, l'appela :

– Hé, Ray !

Ray le regarda.

– Où tu vas comme ça ?

Ray s'arrêta, ne dit rien.

– Qu'est-ce que tu fais ?

Planté derrière une voiture en stationnement, Ray dévisageait Andes.

– Viens, j'ai quelque chose à te dire.

– A quel sujet ?

– Juste quelques questions.

– Allez vous faire foutre.

Ray se détourna et reprit son chemin.

– Hé, regarde-moi. Ne m'oblige pas à aller te chercher, d'accord ?

Ray s'arrêta de nouveau.

– Qui vous êtes pour me parler comme ça ?

Bobby Andes lui montra une carte plastifiée. Il tenait son autre main à l'intérieur de son veston.

Ray lorgna la carte que Bobby Andes continuait de lui montrer, puis il jeta un regard à la ronde et se balança sur ses jambes.

– C'est quoi, ça ?

– Approche voir.

Il s'approcha lentement, en passant entre deux voitures en stationnement, et, se penchant vers la portière, examina la carte. Puis il regarda Bobby, dont les yeux étaient masqués par des lunettes noires, le visage sévère sous le chapeau. Tony Hastings voyait Ray de près, de plus près qu'il ne l'avait jamais vu.

– Qu'est-ce qu'il y a ?

– Juste quelques questions. C'est tout. Monte derrière.

– Pourquoi ? J'ai rien fait.

– J'ai pas dit le contraire.

– Si vous avez des questions à me poser, faites-le ici.

– Dans la voiture, d'accord ?

– D'accord, d'accord !

Il haussa les épaules comme s'il voulait bien faire plaisir à Andes et ouvrit la portière arrière de la voiture de Tony. Bobby Andes descendit et s'installa derrière avec lui.

– Prenez le volant, dit-il à Tony.

Ils roulèrent jusqu'au bout de la rue.

– Où crèches-tu, Ray ? demanda le lieutenant.

– Juste là, dit Ray, désignant une petite maison avec deux portes et deux boîtes aux lettres dans la véranda.

Il tendit le cou pour regarder la maison au passage. Tony se sentit soudain désolé pour lui.

– Juste quelques questions pour nous rendre service, dit Bobby. Tournez à droite, Tony.

Ils croisèrent deux ou trois rues et débouchèrent sur la route principale de la vallée, là où un panneau indiquait *Topping 10*, *Bear Valley 25* et *Grant Center 40*.

– Tu vis seul, Ray ?

– Ça vous regarde ?

– Aucune importance.

– Je vis avec quelqu'un.

– Je sais. Tu vis avec une femme.

– Alors pourquoi vous me demandez ?

– T'es marié ?

– Que non !

Rire de Bobby Andes. Tony, au volant, ne pouvait voir le visage de Ray. Il était conscient de l'ample tenue de base-ball derrière lui, tenue dont il ne voyait que la casquette dans le rétroviseur. Il se sentait atrocement responsable : ce joueur remplaçant, ainsi embarqué et tourmenté par sa faute.

– Je voulais te parler parce qu'on a un de tes potes en pension à Grant Center. Peut-être que tu pourrais nous éclairer à son sujet… (Silence de Ray.) Un nommé Lou Bates, il est en taule, tu en as peut-être entendu parler. On a deux de tes copains, pour tout te dire. Sauf qu'il y en a un de mort. Steve Adams. Lui, tu dois le connaître.

– Je connais ni l'un ni l'autre.

– Bizarre, dit Andes. Tu es sûr de ne pas connaître Lou Bates ?
– Je connais personne de ce nom.
– Peut-être que tu le connais sous un autre nom. Réfléchis. Tu sais pourquoi il est en prison ?
– Non, pourquoi ?
– Ne me dis pas que t'es pas au courant du braquage au supermarché de Bear Valley ? La nouvelle a fait le tour du pays, il y a eu un mort.
– Non, j'suis pas au courant. Pourquoi vous me demandez ?
– Comme je l'ai dit, c'est bizarre, parce qu'il y a pas mal de gens qui disent que tu étais très ami avec ces deux types.
– Quels gens ?
– Des clients d'un bar, à Topping. Chez Herman, tu connais ?
Ray observa un silence avant de répondre :
– Oui.
– A la bonne heure. Tu y vas souvent ?
– Non, pas beaucoup.
– Jamais fait de connaissances là-bas ?
– Ça veut pas dire que je sais qui ils sont.
– Non ? Les gens disent pourtant t'avoir vu en compagnie de Lou Bates et de Turk Adams. Ça te dit quoi, tout ça ?
Nouveau silence de Ray, puis :
– C'est comme ça qu'ils s'appellent ?
– Tu voudrais me faire croire que tu le sais pas ?
Pas de réponse. Silence dans la voiture, le vent qui siffle aux fenêtres, la longue route qui file droit à travers le vert des champs dans la vallée encaissée entre les collines. Ils roulent en direction de Topping, puis de Bear Valley, avec Ray. Tony Hastings ne doit pas oublier sa haine, cet homme hante ses pensées depuis presque un an.
– Qu'est-ce que vous me voulez ? demanda Ray.
– Juste quelques questions, pour le moment.
– J'ai rien fait.
– J'ai pas dit que tu avais fait quelque chose.
Autre silence plein de vent, c'est à peine si Tony entendit la question :

– Et ça serait quoi que t'aurais fait mais que tu voudrais pas dire ?

– Vous essayez de me piéger, c'est ça ?

Nouveau rire de Bobby Andes.

– Comment pourrais-je te piéger, Ray, si t'as rien fait, comme tu le dis ?

– C'est con.

– Quoi ?

– C'est con de poser des questions connes. Qu'est-ce que vous voulez savoir ? Allez, questionnez-moi.

– Je veux juste savoir ce que tu sais au sujet de ce braquage commis par tes copains. Si tu as entendu parler de quelque chose, je veux dire... Ou si tu sais quelque chose. Tu dis qu'ils ne sont pas tes amis, mais peut-être que tu les connais sous d'autres noms. Alors, qu'est-ce que t'en penses, Ray ?

Tony Hastings suivait attentivement les questions du lieutenant en espérant qu'elles prendraient Ray en défaut, mais ce qui se passait le mettait mal à l'aise. Conscient de la présence du joueur de base-ball qui avait ondulé des hanches devant la foule, alors qu'il essayait de se rappeler l'homme dans les bois.

– Je sais rien de tout ça. Ils m'ont pas consulté.

– Tu les connais donc ?

– Si c'est des clients de chez Herman, il y a des chances que je les connaisse, de vue, en tout cas.

– Sous des noms différents…

– Je me souviens pas de leurs noms.

– Très bien, maintenant que nous avons établi que tu mentais…

– Je suis pas un menteur. Pourquoi vous me traitez de menteur, Bon Dieu de merde ?

– Oublie ça. Je note seulement une réticence de ta part à dire la vérité. Il n'y a aucune raison que tu ne connaisses pas Lou et Turk. Y a tout un tas de gens qui les connaissent sans pour autant avoir participé avec eux au braquage. Y avait qu'un gars avec eux.

Pas un bruit.

– Alors, t'as une idée de qui ça pouvait être ?

– C'était pas moi, en tout cas.
– Pas de rumeurs, rien ?
Pas de réponse.
– Moi, j'ai entendu une rumeur, reprit Bobby Andes.
– Ah ouais ?
– Il y a des gens pour dire que le troisième type, c'était toi.
– Je croyais que vous aviez dit que c'était pas moi.
La pitié qu'il éprouvait pour Ray. Tony en était choqué. Il s'efforça de se rappeler. Par exemple : « M'sieur ? Votre femme veut vous parler. »
– J'ai jamais dit ça, non ? J'ai jamais dit que c'était toi, j'ai jamais dit non plus que c'était pas toi.
– Hé, c'est un interrogatoire ou quoi ?
– Ma foi, ça y ressemble, non ?
– Vous m'avez pas lu mes droits.
– Tu les connais, Ray.
– Pourquoi vous me les lisez pas ?
– Mais je l'ai fait ! N'est-ce pas, Tony ?
Il l'avait fait ? Le signal est fort, à condition qu'Andes veuille faire marcher Tony dans la combine.
– Merde, c'est pas légal, ça.
– Tu les as déjà entendus, Ray. Tu les connais même par cœur. Tu veux que je te les répète ?
– C'est pas légal. Normalement, je devrais avoir un avocat.
– Pas pour le genre de questions que je te pose, Ray. Je ne t'ai pas encore accusé de quoi que ce soit. Si tu veux un avocat, alors nous devrons aller à Grant Center et te boucler sous un prétexte quelconque.
– On dirait qu'on va à Grant Center, de toute façon.
– Pour l'instant, on fait que rouler dans le coin… Pourquoi voudrais-tu un avocat si tu n'as rien fait ?
– Un peu que j'ai rien fait !
– Je te fournirai un avocat quand nous serons à Grant Center.
– Vous avez dit qu'on y allait pas !
– J'ai changé d'avis, puisque tu tiens tant à tes droits.
Pitié pour un homme qui t'a coincé sur le bas-côté, a pris de force ta femme et ta fille dans une caravane, les a tuées à

coups de marteau, mais qui n'est plus maintenant qu'un pauvre crétin avec lequel on joue au chat et à la souris ? Tony Hastings essaye de cerner de nouveau la bassesse de cet homme, de retrouver sa monstruosité.

– Allez, vous avez pas besoin de m'emmener à Grant Center. Je réponds à vos questions, non ?

– J'en sais trop rien. Tu m'as pas appris grand-chose de plus sur cette histoire de braquage.

– C'est sûr que c'est un mystère.

– Non, Ray, franchement, je ne vois pas là un grand mystère. Les faits sont clairs. Il y a autre chose que je voudrais te demander. Est-ce que tu reconnais cette voiture ?

– Quelle voiture ?

– Mais celle-ci, celle dans laquelle nous roulons.

Tony Hastings éprouva un frisson dans les côtes. Son horrible responsabilité pour avoir entraîné cet homme ici, responsabilité qu'il allait devoir affronter. Cela ou une jubilation féline à tenir sa proie. Les deux, probablement.

– Cette voiture ? Pourquoi faudrait-il que je la reconnaisse ?

– Elle te semble pas familière ? Elle te rappelle rien ? Elle te ramène pas en arrière ?

– Non, mec, pourquoi elle devrait ? Elle m'emmène peut-être quelque part mais du diable si je sais où…

On plaisante. Salopard, se dit Tony. Pas de compassion.

– Tu te souviens pas de l'avoir conduite ?

– Elle est pas à moi, que je sache. J'ai jamais eu une voiture comme ça.

Manifestement, il n'en avait pas gardé le souvenir.

– Et le chauffeur ?

– Quoi, le chauffeur ?

– Le type qui est au volant, mon ami Tony. Lui non plus, tu ne t'en souviens pas ?

– Je peux pas le voir, il me tourne le dos.

– Arrêtez-vous, Tony.

Tony Hastings ralentit et s'arrêta sur le bas-côté. Grande ligne droite. Son cœur battait fort, une peur intense le tenaillait. Il n'avait pas osé imaginé que l'épreuve serait aussi effrayante.

– Tournez-vous, que notre ami Ray puisse vous voir.

Le vrombissement d'un camion secoua la voiture d'une rafale de vent. Tony se retourna. L'homme dans sa tenue blanche de base-ball avec CHEVROLET sur la poitrine, le visage sous la visière de la casquette. Les yeux qui le regardent, la petite bouche avec les dents trop grandes. Il s'en souvenait, mais pas tout à fait comme ça.

– Qui c'est, ce type ? demanda Ray.

– Tu ne te rappelles pas ?

– Non, j'peux pas dire.

Il mâchait du chewing-gum, un mouvement des mâchoires à peine perceptible, tandis qu'il regardait fixement Tony, sans le reconnaître. Tony voyait tout, les taches rouges aux coins des orbites, les veines rouges dans le blanc des yeux, petits et ronds, sur le nez aussi, les narines, le poil dans les narines, la courbure des deux dents de devant, une qui saille, ébréchée. Il le regarde, il attend.

– Vous, Tony, vous vous souvenez bien de lui, n'est-ce pas ?

– Oui.

– Rafraîchissez-lui la mémoire.

– Je me souviens de vous, dit Tony.

– Dites-lui où c'était.

– L'été dernier, sur l'autoroute, près de la sortie de Bear Valley.

Le regard de Ray posé sur lui, attendant.

– Dites-lui ce qu'il vous a fait.

Son regard plongé dans celui de Ray, Tony ne savait pas s'il pourrait le dire. Il essaya :

– Vous avez tué ma femme et ma fille.

Il était conscient du tremblement dans sa voix, comme s'il mentait.

Il vit les yeux de l'homme s'ouvrir davantage, les mâchoires qui s'immobilisaient, pas plus.

– Vous êtes fou, m'sieur. J'ai jamais tué personne.

La voix de Bobby Andes :

– Dites-lui tout.

– Vous et vos copains sur l'autoroute. Vous nous avez forcés à nous arrêter.

Le grincement audible dans la voix, le chevrotement.

– Dites-lui qui sont ses copains.

– Lou et Turk.

– Alors, ça te dit rien, Ray ? demanda Andes. Tu te rappelles ton petit rodéo sur l'autoroute ?

La voix de Ray, tout bas :

– Vous êtes fou, mec.

– Vous nous avez forcés à nous arrêter, reprit Tony. On avait un pneu crevé. Lou et Turk l'ont réparé. Après, vous et Turk, vous avez pris ma voiture, dans laquelle se trouvaient ma femme et ma fille, et vous m'avez fait monter de force dans votre Buick avec Lou.

– Et après, Tony ?

– Lou m'a emmené dans les bois et m'a abandonné. Il a fallu que je rentre à pied.

Tony pensa au plaisir de l'homme en train de l'humilier. L'éprouve-t-il à nouveau, là, derrière son masque, alors que je l'avoue ?

Voix plus forte, maintenant, établissant les faits, transformant l'humiliation en vengeance :

– Puis, vous êtes revenus dans les bois avec ma voiture. Vous m'avez appelé et vous avez essayé de m'attirer dans un piège. Vous êtes monté jusqu'à la clairière où Lou m'avait largué. Quand vous êtes redescendus, vous avez tenté de m'écraser.

– Pourquoi tu es remonté dans la clairière, Ray ?

– Vous êtes fou, mec.

– Dites-lui ce que nous avons trouvé là-haut, Tony.

– Je préfère que ce soit vous qui le disiez.

– Est-ce bien nécessaire ? Notre ami sait très bien ce qu'il y avait dans cette clairière, hein, Ray ?

– Vous êtes dingues. Je sais pas de quoi vous parlez.

– Nous avons trouvé les corps de ma femme et de ma fille. Vous vous en êtes débarrassés dans les buissons.

Image des deux mannequins à la peau blanche, suivie par celle des deux chrysalides qu'on emporte, ravivant une ancienne douleur, noyant de larmes les yeux de Tony Hastings, et l'homme le remarque. Et Tony voit – il a dû toucher la cruauté tapie sous le masque –, il voit, l'espace d'un fugitif instant, le même sourire que l'été d'avant, sadique et méprisant – juste assez pour rallumer sa rage presque oubliée et expulser toute pitié de son esprit. Le masque est là, de nouveau, mais c'était trop tard pour Ray.

– C'est vous, c'est bien vous, je vous reconnais.

– Alors, qu'est-ce que tu dis de ça, Ray ?

– Vous êtes fou.

– Très bien, direction Grant Center. Je peux te boucler, maintenant.

– Vous commettez une erreur, m'sieur.

– Je ne pense pas, Ray.

Tony Hastings ne regarda pas une seule fois derrière lui sur la route menant à Grant Center. Il se mordait la lèvre, une habitude d'enfance pour maîtriser ses nerfs. Il était rempli d'une joie rageuse, et il conduisait vite.

8

Susan Morrow poursuit sa lecture, pas de pause, la capture de Ray la ravit, il lui tarde de savoir ce qui en sortira. Satisfaite, elle aimerait s'offrir le plaisir d'une bonne fureur fictive.

Bêtes de nuit 19

Pensant à Ray, l'homme maussade enfermé dans une cellule de l'autre côté de la rue, Tony Hastings, insomniaque dans la chambre nue du motel, plein des mots qu'il imaginait tapis derrière le sale petit sourire de Ray. « Je me souviens de toi : t'es le type qui nous a laissés filer avec tes femmes. T'avais qu'à les défendre. »

Le lendemain matin, il retourna au poste de police, prit le petit déjeuner à la cafétéria avec Bobby Andes. Les yeux d'Andes étaient veinés de rouge, des rides encadraient les coins de sa bouche, la rage et la frustration avaient creusé profond autour des orbites et du nez. Il portait son plateau comme un vieil homme, avec un boitillement que Tony n'avait pas remarqué auparavant. Sa peau semblait ternie.

– Merde, dit-il.

– Quoi ?

– J'ai dit merde.

– C'est ce que j'ai cru comprendre.

Andes se pencha au-dessus de ses œufs brouillés. A la troisième tasse de café, il se renversa dans sa chaise en plastique.

– Voilà, dit-il, j'ai l'intention d'emmener votre ami Ray faire une petite promenade du souvenir. Je veux que vous veniez aussi.

– Où çà ?

– Les endroits touristiques de Bear Valley.

Tony ressentit une appréhension.

– Vous avez besoin de moi ?

– Oui.

– Pour quoi faire ?

– Pour lui rafraîchir la mémoire.

Tony Hastings se dit que Bobby Andes devait avoir d'autres intentions, mais il ne voyait pas lesquelles.

Le gardien avec son revolver, son sifflet et ses clés ouvrit la porte de la cellule et fit sortir Ray, qui avait troqué sa tenue de base-ball pour un treillis vert de l'armée. Plus de casquette, plus de maillot. Mais le front dégarni que Tony Hastings n'avait pas oublié.

– Encore vous, dit Ray.

– On va faire une petite balade, Ray, dit Andes.

Ils gagnèrent la grosse voiture de patrouille avec sa rangée de gyrophares sur le toit et l'écusson peint sur la portière. Tony monta à l'avant à côté de George, le policier dont il se souvenait, tandis que Bobby et Ray s'installaient à l'arrière.

– Où on va ? demanda Ray.

– Faire un peu de tourisme.

Ray regarda Tony.

– Pourquoi il vient avec nous ?

– Comme tu le sais, il a un intérêt dans cette affaire.

– Je veux pas de lui. Vous pouvez pas l'emmener.

– Qu'est-ce qu'il y a, Ray ? Je peux emmener qui je veux.

– Pas lui. Il me porte préjudice. Il raconte des mensonges.

– Désolé, Ray, mais c'est comme ça.

– Vous allez foirer votre affaire.

– Alors, tant mieux pour toi, pas vrai, Ray ?

George au volant, ils prirent la route principale de la vallée et retournèrent à l'endroit où ils étaient allés la veille.

Andes :

– A propos de droits, Ray, je veux que tu saches que j'ai un magnéto dans cette voiture. Il enregistre en ce moment même.

– Super.

– On va retourner dans quelques endroits dont tu as peut-être gardé un souvenir. Tu pourrais nous aider en nous parlant d'eux. Et si jamais tu avais une défaillance de mémoire, Tony est là pour t'aider.

A l'avant, Tony s'appuya à la portière et observa Ray et Bobby à l'arrière. Ray faisait claquer sa langue comme un maître d'école, secouant la tête pour montrer combien tout ça était injuste.

– Si vous croyez que j'peux vous dire qui a tué la femme et le frère de ce type, vous perdez votre temps.

– Le frère, Ray ?

– Le frère ou je sais quoi.

– La fille, Ray, la fille. Comment peut-on confondre un frère et une fille ?

– Frère ou fille, comment diable le saurais-je ?

– Ce n'est pas aussi malin que tu le crois, Ray. En réalité, c'est idiot et j'ai honte de toi. C'est presque des aveux, ça.

Ray qui se retient et roule de grands yeux :

– Comment ça, presque des aveux ? Non, mais de quoi vous causez ?

– C'est idiot, Ray. C'est pas malin de te faire passer pour plus con que tu n'es.

Ray qui regarde par la fenêtre, l'air renfrogné.

– Tu sais très bien qu'il s'agit de sa femme et de sa fille. T'avais pas besoin d'être sur place pour le savoir.

Ray qui regarde par la fenêtre.

– J'ai rien vu. Et je lis pas le journal.

– Pas besoin de lire le journal, Ray. Tony te l'a dit hier.

– J'ai pas fait attention à ça non plus.

– Et quand je t'ai interrogé hier au soir, j'ai dû mentionner au moins vingt fois sa fille.

– D'accord, d'accord, sa fille. Vous me prenez vraiment pour un con ?

– Du calme, Ray. Nous ne sommes pas là pour te faire plonger.

– Vous parlez, si vous êtes pas là pour ça !

– Ce serait plus facile pour tout le monde si tu nous disais la vérité.

– Je vous la dis.

– J'ai dit tout le monde, Ray. C'est valable pour toi. Si tu coopères, la sentence sera moins lourde.

– Moins lourde que quoi ?

– Que celle dont tu vas écoper si tu nous aides pas.

– Je vous ai déjà dit que ça pouvait pas être moi ! Qu'est-ce que vous voulez de plus ?

– Tu veux toujours t'en tenir à cette version des faits ?

– Bon Dieu, j'm'en tiens à la vérité, rien que la vérité !

– Dis ça à Tony. Sincèrement, tu t'attends à ce qu'il te croie ?

– Je me fous de ce qu'il croit ou pas.

– Pas moi, Ray. Il croit que tu lui as tué sa femme et sa fille. Alors, dis-lui donc ce que tu prétends avoir fait cette nuit-là.

– Dites-lui, vous.

– J'ai oublié. J'ai déjà oublié ce que tu m'as dit.

– Salopard !

– Ça te coûte rien de le redire, Ray. J'ai un magnéto, ici. Peut-être que ça m'aidera à retrouver la mémoire.

– Je vous l'ai dit, et vous l'avez enregistré sur l'autre bande. J'étais avec Leila. Toute la nuit, vous comprenez ? J'ai regardé la télévision, les Braves contre les Dodgers, 6 à 4. Vérifiez, merde. J'ai bu deux ou trois bières, puis au lit avec ma Leila. Waow ! Vous lui avez demandé ?

– T'inquiète pas pour ça.

– Demandez-lui, c'est votre boulot de le lui demander. Ce serait pas juste envers moi si vous le faisiez pas.

– C'est comme je l'ai dit, Ray, t'as pas à t'inquiéter pour ça.

Ils tournèrent à droite, une route sombre dans les bois, qui commença à grimper, un virage après l'autre. Tony se souvenait de cette route, de ces virages ; sa respiration se fit plus courte.

– J'ai une question sur ton alibi, Ray. Quelle nuit tu m'as dit que c'était ?

– Le 19 juillet, je vous l'ai dit. Vous pouvez consulter les résultats du base-ball si vous me croyez pas.

– Tu es sûr que ce n'était pas le 20 ou le 21 ?

– Je sais quand c'était.

– Il y a une autre question que j'aimerais te poser, Ray : où étais-tu la nuit du 26 juillet ?

Ray parut perplexe.

– Le 26 ? C'était pas cette nuit-là.

– Non, mais je voudrais savoir ce que tu faisais dans la nuit du 26.

– Merde, ça fait un an, ça.

– Tiens donc, et comment peux-tu te souvenir si parfaitement de la nuit du 19 et pas de celle du 26 ?

Malaise. Regard qui s'embourbe. Peur. Il parut penser à quelque chose.

– Peut-être parce que c'était l'anniversaire de ma mère.

– C'était l'anniversaire de ta mère, Ray ? Nous vérifierons, tu sais.

Hésitation :

– J'ai dit *peut-être*. Ça aurait pu être ça, ouais, ç'aurait pu l'être. Mais c'était pas ça, non. J'crois bien que c'était dans le journal. Ouais, c'est pour ça que je m'en souviens.

– Explique-toi, tu veux.

– Ben, on l'a lu le lendemain dans le journal. Leila et moi, on a lu comment la famille de ce type avait été tuée et on s'est dit que c'était bizarre tout de même, et ce qu'on faisait pendant ce temps-là, elle et moi, on était bien tranquillement à la maison, avec la partie de base-ball et ensuite un câlin.

Il regarda soudain Tony et ajouta :

– Je suis désolé pour votre famille, m'sieur, c'est terrible. Mais j'ai rien à voir avec tout ça, croyez-moi.

– Le lendemain, dans le journal, Ray ?

Ray réfléchit :

– Pas le lendemain même, le jour d'après.

Ils passèrent devant l'église au clocher blanc, et, un moment plus tard, prirent sans ralentir le virage au-dessus duquel se trouvait la caravane à moitié dissimulée par les arbres. Revoir l'endroit choqua Tony et il s'obligea à regarder Ray. Ray qui jetait un coup d'œil à la pente. Là, Tony surprit son regard et l'air qu'il avait pris : il n'avait rien vu et déjà son visage s'était rasséréné. Il devina ce que devait penser Ray : Vous vous croyez très forts, mais vous savez même pas où ça s'est passé. Tony regarda Bobby Andes, qui, lui aussi, observait les yeux du prisonnier.

Ils arrivèrent là où l'autre route descendait la colline, là où il avait marché, puis ils prirent la piste forestière. Elle lui parut plus étroite et plus accidentée que dans son souvenir. L'herbe au milieu, les buissons qui giflaient la voiture, les virages secs, ici un rocher, là un arbre, là encore une ravine. Il s'était passé presque un an depuis que ce lieu était entré dans le paysage mental de Tony, et celui-ci avait du mal à croire qu'il n'y était venu que deux fois. Depuis, les feuilles étaient tombées, les branches s'étaient dénudées, une neige épaisse avait tout recouvert, puis arbres et plantes avaient revêtu une nouvelle parure. Toute cette verdeur était neuve, différente de celle à travers laquelle il avait trébuché, et elle lui rappelait la verte et saignante douleur de son chagrin, oublié, abandonné entre-temps, la honte faisant désormais de toutes choses une mascarade de négligence ou une longue et imbécile hibernation dans l'enfermement de sa vie.

Il entendit la feinte stupidité de la voix sur la banquette arrière :

– C'est quoi, cet endroit ?

Tony se souvenait de la cruauté de cette même voix dans le bois : « M'sieur ? Votre femme veut vous parler. » Il se tourna de nouveau vers Ray qui regardait les bois, il voulait que Ray tourne la tête vers lui, le regarde, Regarde-moi. Il s'aperçut que Bobby Andes l'observait, lui, et pas Ray, un léger sourire aux lèvres.

Ce fut Tony, pas Andes, qui répondit :

– Allons, vous connaissez très bien cet endroit.

A présent, Ray le regardait, longuement, puis il dit :

– Dieu m'est témoin que je l'ai jamais vu.

Fini la stupidité, cette fois. Le ton était manifestement ironique et le regard ni confus ni idiot. Tony Hastings regardait son ennemi comme si le temps n'était pas passé et il n'eut pas besoin d'être médium pour entendre le message que lui adressait Ray : « C'est quoi, ça ? Tu crois que tu me tiens ? Mais toi et tes flics, vous êtes en train de vous creuser une tombe parce que vous avez rien de concret contre moi, rien du tout, et ce sera seulement votre parole contre la mienne, ce qui tiendra pas dans un tribunal si vous avez pas de preuve sérieuse à avancer. »

Ils parvinrent à la clairière. Une herbe vigoureuse recouvrait depuis longtemps toutes les traces qu'avaient pu laisser les voitures de police. Tony vit l'image des corps se surimprimer parmi les buissons verdoyants.

– Vous voulez descendre, Tony ? dit Andes.

Bon, d'accord. Il alla vers les buissons, où il se souvenait d'avoir vu. Comme il approchait, il fut soudain conscient du danger de découvrir quelque effet leur appartenant, quelque chose qui aurait échappé à l'attention de la police et serait resté là tout l'hiver. La possibilité l'effraya, il pensa qu'il devrait s'arrêter, mais il ne pouvait pas. Il se tenait tout près des buissons et il comprit qu'il ne savait pas où c'était exactement. Bobby Andes le prit par le coude. Tony avait les yeux brillant de larmes.

Il alla à la voiture et, se penchant vers la portière arrière, il regarda Ray.

– Je veux savoir. Etaient-elles déjà mortes dans la voiture quand vous les avez amenées ou bien les avez-vous tuées ici ?

– J'ai tué personne, mec.

La voix était douce, chargée de moquerie.

– Alors, rien à nous dire, Ray ? demanda Andes.

– Je vous l'ai dit, vous perdez votre temps.

Ce n'était pas l'avis de Tony Hastings. Il était de plus en plus conscient du pouvoir qu'il avait acquis de faire comme bon lui plaisait.

Ils quittèrent la clairière. Quand ils arrivèrent sur la route, Tony désigna le fossé et dit :

– C'est là que vous avez essayé de m'écraser.

Ray souriait tout le temps, maintenant, assez pour que Tony le voie, mais pas Bobby Andes. « T'avais qu'à pas marcher au milieu de la route et puis qu'est-ce que tu foutais par ici ? Je croyais que t'allais en vacances dans la Maine. »

Ils remontèrent dans la colline et redescendirent de l'autre côté. Parvenu à hauteur de la caravane, George s'arrêta dans le virage, sur le bas-côté.

– C'est quoi, maintenant ? demanda Ray.

– Ça t'ennuierait de jeter un coup d'œil à l'intérieur ?

– Pour quoi faire ?

– Juste un coup d'œil.

Ils y allèrent tous les quatre, Tony traînant derrière, le cœur battant. George tenait Ray par le bras et Bobby Andes sortit une clé de sa poche et ouvrit la porte. Tony effrayé, sur le point de voir le décor d'une scène si souvent jouée dans son imagination, mais pas préparé à cela. Devait-il y aller ? Déjà ? Bobby Andes fit de la lumière à l'intérieur, et ce fut la lumière qui l'attira. Les parois, qu'il avait imaginées revêtues d'un tissu à fleurs comme celui du rideau à la fenêtre, étaient nues et grises. Il y avait un petit poêle près de la porte et un lit avec des colonnes en cuivre sur lesquelles on avait dû relever les empreintes, et une corbeille remplie de vieux journaux.

– Vous les avez violées sur le lit, je suppose, dit Andes.

– J'ai jamais violé personne.

– Allons, Ray, on a ton casier.

– Bon Dieu, j'ai pas fait l'objet de poursuites. J'ai jamais violé personne.

Tony vint se placer devant Ray à côté du lit. La taille de ce dernier le surprenait. Et Ray lui-même était un rien plus petit.

– Je veux savoir, Ray, dit-il. Je veux savoir ce que vous leur avez fait.

Il s'étonna de la force de sa voix, comme si les mots émanaient de lui sans sa volonté.

– Faut demander ça à quelqu'un d'autre.

– Je veux savoir ce qu'elles ont dit. Je veux savoir ce que Laura a dit et ce qu'Helen a dit. Vous êtes le seul qui puissiez me répondre.

Il regarda de près le visage de Ray : les yeux injectés de sang, les dents trop grandes, le sourire ironique. « Hé, mec, ça doit rester entre elles et moi, ça. Pendant ce temps-là, tu faisais du stop sur la route. T'avais qu'à sortir du bois quand on t'a appelé. Ça te regarde pas, mec. »

– Je veux savoir comment vous les avez tuées. Je veux savoir si elles ont su ce qui leur arrivait. Je veux le savoir, bon sang !

« Non, tu veux pas, quelqu'un comme toi qui déteste la violence et la bagarre, ça pourrait te rendre malade. »

– Est-ce qu'elles ont souffert, Ray ? Je veux savoir si elles ont souffert. Je veux savoir ce qu'elles ont ressenti.

« Ça, tu veux sûrement pas le savoir, mon bonhomme, oh, ça non. »

– Répondez-moi, salaud !

– M'sieur, vous perdez la tête, fit Ray Marcus.

La voix qui disait « M'sieur ». « Merde, vous avez pas à vous plaindre de ce qui est arrivé à vos femmes. Fallait pas les abandonner. »

Ce regard qui continuait de lui parler. « Je t'ai dit qu'elle voulait te voir. Si tu sais pas veiller mieux que ça sur ta femme ! Merde, je croyais te rendre service. »

Le visage devant lui, le menton dur, petit, comme une balle de base-ball avec une fente au milieu, les dents irrégulières, le rictus. Ça et penser vite, s'il le pouvait, oui, il le pouvait, le prendre par surprise avant qu'ils puissent l'arrêter, de toutes ses forces, et ça, ça.

Bobby Andes l'attrapa par les bras et le tira en arrière.

– Du calme, du calme.

George avait dégainé son revolver et se penchait vers Ray, allongé par terre près du poêle. Il avait la bouche en sang. Une seconde. Tony n'avait eu besoin que d'une petite seconde. Puis Ray se releva brusquement, mais George l'empoigna, lui tordit les bras dans le dos, tandis que Bobby Andes s'interposait entre Tony et Ray. Menottes, vite. Ray, hurlant à Tony :

– Ch'vais vous pourchuivre en chustice !

– Qu'est-ce qu'il dit ?

– Il dit qu'il va vous poursuivre en justice. Ne vous inquiétez pas. Il ne risque pas de poursuivre quiconque.

– Ch'vais vous pourchuivre, vous auchi !

– C'est pas une bonne idée, Ray, pas du tout. Regarde ce qui arrive quand on tente de s'échapper.

– Echapper ? Cha, alors !

Ray menotté à George, Andes qui lui tapait sur l'épaule :

– Ça va, Ray, on te trouvera un dentiste. T'as retrouvé sa dent, George ?

Il tendit un mouchoir à Ray.

Ils regagnèrent la voiture.

– Je prends le volant, dit Andes.

George et Ray montèrent à l'arrière, Tony à l'avant, comme à l'aller. Bobby Andes le regarda avec des yeux brillant de joie.

– Pas mal, dit-il. Je ne vous en croyais pas capable.

Tony Hastings, qui ne pouvait se souvenir d'avoir jamais frappé personne, exultait, tout empli d'une juste colère.

Susan Morrow flanque son poing dans la figure de Ray Marcus et l'envoie à terre contre le poêle. Waouh !

Elle repose le manuscrit. Il est temps de s'arrêter pour la nuit, bien qu'il soit pénible de le faire maintenant. Encore une interruption qui fait mal comme un divorce, mais requise par la contradiction entre les lois de la lecture et celles de la vie. On ne peut pas lire toute la nuit, pas quand on a les responsabilités de Susan. Tant qu'à faire de s'arrêter avant la fin, mieux vaut que ce soit ici.

A un moment donné, pendant qu'elle lisait, Dorothy et son petit ami Arthur sont rentrés, à l'heure convenue, bien élevés, ces enfants. Ils n'ont pas quitté la télé depuis. En haut, Wagner continue de déferler derrière la porte fermée, Tristan mettant sur le même pied l'amour et la mort.

Elle se rend à la salle de bains, pleine de la joie sauvage d'avoir frappé Ray, bien qu'elle n'ait pas les mêmes raisons que Tony. Que voulait-elle dire plus tôt, lorsqu'elle parlait de jouir d'une bonne colère ? Après qui, exactement, est-elle en colère ? Personne ? Susan, qui aime tout le monde, son cœur qui s'ouvre à tous.

Aussi se souvient-elle : nous emménageons à Washington. Nous ? La question a été réglée, enveloppée comme un insecte dans un cocon, emmaillotée dans la soie de sa lecture. Elle réapparaîtra assez tôt, et elle devra y réfléchir.

Devrait-elle dire à Dorothy et Arthur d'arrêter ça ? Elle réprime une envie théâtrale de leur reprocher de gâcher leur jeunesse devant la télé.

La télévision et Washington et le coup de poing à Ray se mêlent dans son esprit, comme si c'était le poste de télé qu'elle avait envie de frapper. Aussi imagine-t-elle un extraterrestre lui demandant la différence entre Dorothy gobant les images télévisées et elle-même gobant un roman. Martha et Jeffrey, ses petits amis, qui trouvent bizarre de la voir ainsi immobile, paralysée. Elle aimerait bien ne pas avoir à leur prouver que c'est sa capacité à lire qui fait d'elle un être civilisé.

SECOND INTERLUDE

1

Se réveiller, maintenant. Lumière, carré blême, fenêtre, la trappe dans le sol se referme sur l'esprit qui se retire. Un vide sans conscience avant une autre conscience, légère et superficielle, l'accueille avec ses données temporelles : Bonjour, Susan, c'est le jour de la semaine, l'heure de la pendule, habille-toi et organise ton emploi du temps.

Cet esprit se place sous le signe de l'ordre et de la maîtrise. Pourtant, pendant un instant, un monde qui s'efface scintille encore comme les stries du givre sur les carreaux de la fenêtre, un monde où tout est encore mêlé, Edward, Tony, les différents esprits de Susan, l'un menant à l'autre, identiques et interchangeables. Comme le scintillement se dissipe, les différences réapparaissent et de nouveau Susan se retrouve lectrice, et Edward écrivain. Elle conserve néanmoins une curieuse vision de Susan auteur, comme s'il n'y avait pas de différence.

Cela est assez intéressant pour qu'elle s'immobilise dans la cuisine après le petit déjeuner, une assiette dans chaque main, s'efforçant de comprendre ce que cela signifie. Elle s'observe. Elle voit des mots. Elle se parle à elle-même sans arrêt. Cela fait-il d'elle un écrivain ?

Elle réfléchit. Si écrire est la mise en langage de la pensée, alors tout le monde écrit. Etablir des distinctions. Les mots qu'elle se prépare à énoncer, c'est du discours, pas de l'écriture. Les mots qu'on ne se prépare pas à dire, c'est de la rêverie. Si Susan est un écrivain, c'est pour d'autres mots que ceux de la parole et de la rêverie, c'est pour des mots comme ceux-ci : son habitude de la généralisation. Sa façon de composer des lois et des règlements et des descriptions. Elle le fait tout le temps ; emballant ses pensées dans des mots et les rangeant en vue d'un usage ultérieur. Elle se livre à une autre généralisation : c'est sauvegarder les mots pour un usage futur qui fait l'écriture.

Les ambitions d'écriture de Susan ont toujours été modestes : de la correspondance, un journal intermittent, un mot de parents. Une lettre occasionnelle au journal sur les droits de la femme. Jadis, sans doute a-t-elle désiré plus, de la même façon qu'elle s'est rêvée compositrice, patineuse artistique, juge à la Cour suprême. Elle a abandonné tout cela sans regret comme si ce qu'elle abandonnait n'était pas de l'écriture mais quelque chose de moins important.

Elle a besoin de distinguer entre l'écrivain qu'elle a refusé de devenir et l'écrivain qu'elle a toujours été. Il est clair que ce qu'elle refusait n'était pas d'écrire mais l'étape suivante, la dissémination : les adaptations et la publicité exigées pour induire les autres à lire – soit le processus extensif qui tient en un mot : la publication. Comme elle s'active dans la maison par cette journée à la vive lumière déjà menacée par une tempête de neige, Susan pense que c'est dommage, parce que, en renonçant à la publication, elle a renoncé à la chance de faire partie d'une conversation portant sur l'écriture et de mesurer ainsi les conséquences de ses mots à l'aune d'autres mots venant du monde extérieur. Et dommage du point de vue de la vanité, elle pense à Edward (l'initiateur originel) : elle sait qu'elle a une tête aussi bien faite que la sienne, et que si elle avait voué quelques années de sa vie à la pratique d'un art, elle aurait pu écrire un roman aussi bon que le sien.

Alors pourquoi n'a-t-elle pas écrit ? D'autres choses exigeaient son attention. Lesquelles ? Mari, enfants, enseignement de l'anglais dans une fac ? Susan a besoin d'une autre raison. Quelque chose qui, dans le processus de la publication, lui aurait répugné. Elle l'a senti à l'époque où Edward se battait. Et l'a éprouvé quand elle s'est elle-même essayée à écrire. Une malhonnêteté, quelque subtile falsification, la forçait, semblait-il, à écrire pour que quelqu'un d'autre la lise. L'impression, désagréable, de mentir. Elle en était consciente, et l'est encore, même dans ses modestes efforts, ses lettres, ses cartes de Noël, qui mentent, quoi qu'elle écrive.

La présence de l'autre, voilà la cause. L'autre, le lecteur, contamine ce qu'elle écrit. Les préjugés du lecteur, son goût, son altérité même, contrôlant ce qu'elle peut dire comme un producteur hollywoodien ou un analyste de foire. Et pourtant, il y a une inadaptation entre l'écriture qu'elle pense et la phrase qu'elle formule. La phrase simplifie. Et si elle ne simplifie pas, c'est le chaos, et Susan s'enlise dans le vice de l'obscurité. Ces phrases claires, elle les crée en coupant, en exagérant et colmatant ce qui manque, comme de l'enduit sur une fissure. Cela lui donne une telle illusion de clarté ou de profondeur qu'elle la préfère à la vérité et en oublie vite que ce n'est pas la vérité.

La malhonnêté intrinsèque de l'écriture corrompt aussi la mémoire. Susan écrit ses souvenirs sous une forme narrative, mais la forme narrative n'a pas la fulgurance de la mémoire. Elle se construit à travers le temps, comme avec des alvéoles où ranger les éclairs à venir. Elle transforme la mémoire en texte, soulageant l'esprit de la nécessité de creuser et chasser. Les souvenirs d'Edward et ceux d'Arnold et de son mariage ont été ainsi mis à plat par écrit il y a longtemps. Obligée maintenant de relire ces vieux textes, elle ne peut s'empêcher de les récrire. Elle récrit à présent, de toutes ses forces, tentant de son mieux de faire revivre une illusion de mémoire, parce que la narration orthodoxe est complètement morte.

2

Susan aurait dû savoir, quand elle a accepté de lire le roman d'Edward, que cela aurait un tel effet. Elle aurait dû prévoir que cela ressusciterait l'auteur dans sa vie, comme si vingt ans ne s'étaient pas écoulés. Et que cela reposerait la question du divorce, celle de la rencontre d'Arnold, et d'autres questions encore auxquelles elle préférerait ne pas penser. Mais aurait-elle pu prédire toute cette émotion, et cette inquiétude ? Elle ne comprend pas l'inquiétude. Elle est disproportionnée à la cause. Elle se demande si le roman, l'histoire de Tony, n'agit pas sur elle de manière cachée, séparée de la résurrection d'Edward. Il y a une menace quelque part, mais elle en ignore la nature. Elle essaie de la découvrir en fouillant dans sa mémoire alors qu'elle vaque à ses tâches domestiques.

La situation était celle-ci : quand Susan était mariée à Edward, qui devenait fou avec son écriture, Arnold était marié à Selena, qui perdait la tête avec ses histoires de couteau à découper. Le problème de Susan, qui remonte ainsi le temps, est de partir de cette combinaison ancienne des couples pour arriver à l'actuelle.

Six studios, deux de chaque côté de la cage d'escalier. Susan et Edward logeaient au 2B, Arnold et Selena au 3A. Il y avait une pelouse clôturée derrière la maison, avec un arbre et deux tables de pique-nique. Il y eut un pique-nique, hamburgers, maïs bouilli dans une marmite sur un feu de charbon de bois. Susan et Edward n'avaient jamais rencontré Arnold et Selena.

Le jeune et ambitieux Arnold était interne à l'hôpital ; il avait des horaires de travail éprouvants, mais il était libre ce jour-là. Selena était la plus belle créature qu'Arnold eût jamais vue. Cheveux de jais, yeux bleu marine, faux cils, peau crémeuse, un sourire à la fois radieux et vibrant, une voix douce et gentille, et flirtant avec tout le monde, femmes et enfants compris. Animée d'une tension proprement électrique. Arnold, lui, était grand, costaud, inquiet ; zélé chevalier servant, il s'empressait auprès de Selena avec hamburgers, Coca-Cola, marshmallows. Il se montra respectueux et déconcerté quand Edward se vanta d'abandonner le droit pour se consacrer à l'écriture, et il regarda Susan d'une manière vague et plaisante. Cendrés, ses cheveux bouclés coupés court, cendré le poil couvrant ses bras puissants, cendrés ses sourcils épais. A l'hôpital, il travaillait aux urgences et semblait bouleversé par ses expériences, qu'il décrivait d'une voix brisée tandis que Selena tournait autour des enfants comme une belle sorcière et qu'Edward regardait partout sans rien voir.

Après, Arnold, Susan et Edward, mais pas Selena, s'étaient souvent croisés dans les escaliers. Susan ne voyait jamais Selena, mais elle l'entendait parfois chanter d'une voix de soprano des airs d'opéra.

Selena fut hospitalisée en octobre, au milieu du mois qu'Edward passa seul dans les bois avec sa machine à écrire. C'était commode : une épouse et un mari au loin, donnant à l'autre paire l'occasion de faire plus ample connaissance. Susan ne pensait pas plus à Arnold que lui-même ne pensait à elle, occupé qu'il était à convaincre Selena de lui donner ce couteau. C'était un dimanche après-midi. Susan regardait un match de foot à la télé, ce qui est embarrassant à admettre car elle n'avait jamais eu beaucoup d'intérêt pour ce sport, mais elle était trop distraite pour lire, en outre elle avait du repassage. Elle venait à peine d'allumer la télé qu'un but était marqué. Aussi continua-t-elle de suivre la partie en se souvenant non pas d'Edward mais de Jake, qui avait l'habitude de l'emmener au match chaque samedi et de glisser sa main froide dans son manteau à elle, quand ils étaient dans les gradins. Elle en était là de ses souvenirs quand trois coups frappés à la porte, trois coups suffisamment empreints d'urgence pour la faire sursauter, annoncèrent à son insu un tournant dans son destin. C'était Arnold, grand, affolé comme un gosse, lui demandant si elle pouvait monter avec lui et l'aider à cause de Selena qui faisait une crise... Ignorant que Selena faisait des crises, Susan n'en sentit pas moins qu'il y avait urgence et se précipita à sa suite, pour se souvenir seulement plus tard que sa vie avec Edward avait elle aussi commencé dans l'urgence.

Enfermée dans la salle de bains avec le couteau à découper, Selena. Attention à ce qu'elle pourrait faire avec, la prévint Arnold. Poussant Susan à s'emparer d'une arme, un balai en l'occurrence. Le souvenir ancré de la première fois où elle avait mis les pieds chez Arnold la montre tenant un balai à deux mains, prête à parer les coups de couteau d'une folle qui se trouvait être la plus belle femme qu'Arnold eût jamais vue – chose que Susan n'apprit que plus tard, car il le lui répétait plus souvent qu'il n'était nécessaire.

Comme ils entraient dans l'appartement, avec le soleil froid ruisselant par les hautes fenêtres, Arnold appela :

« Selena, Susan est là, tu veux pas venir lui dire bonjour ?

– Susan qui ? »

La voix cachée avait une sonorité métallique derrière la porte fermée de la salle de bains, point de timbre soprano ce jour-là.

« Je suis aux toilettes, pour l'amour du Ciel. Susan quoi, la voisine ? Tu es allé la chercher, espèce de rat ?

– Allons, Selena.

– Laisse-moi finir. »

Arnold à Susan, en aparté :

« J'ai appelé l'hôpital. Ils envoient quelqu'un. »

La porte s'ouvrit et Selena apparut. Blue-jean et T-shirt d'un blanc sale, beauté hagarde. Inconscience de tenir un couteau dans sa main, tandis que Susan serre le manche du balai dans les siennes.

« Bonjour, Susan, comment allez-vous ? »

Arnold :

« Qu'est-ce que tu as à la main, Selena ?

– Oh, merde. Arnold, tu devrais avoir honte d'infliger à ta

propre femme une telle humiliation en amenant une étrangère ici, pour qu'elle assiste à tout ça. Excusez-moi, Susan. Je ne vous ferais pas une chose pareille. Je ne demanderais pas à un homme de venir vous voir et se moquer de vous.

– Personne ne se moque de toi, dit Arnold.

– Pas devant moi, non. Susan, veuillez m'excuser. Veuillez m'excuser pour Arnold. Je suis en train de cuisiner et je ne vois pas pourquoi je n'aurais pas un couteau de cuisine à la main. Vous n'utilisez pas de couteau à découper quand vous cuisinez, Susan Sheffield ?

– Allons, Selena », dit Arnold.

Ce dont Susan se souvient le mieux après toutes ces années, c'est la voix de Selena quand les ambulanciers arrivèrent... fini l'opéra, la voix chargée d'amertume. « Alors c'est à ça que tu voulais en venir ? J'aurais dû m'en douter. »

Le grand Arnold à la mine soucieuse, vivant seul pendant que sa femme était hospitalisée, avec son terrible emploi du temps, Susan avait de la compassion pour lui. Descendant à dix heures et demie du soir, direction l'hôpital et le service des urgences. Elle passait la tête à la porte, demandait comment allait Selena et si elle pouvait être d'une aide quelconque. Personne n'aurait alors pensé, à les voir tous les deux, que c'était là un futur couple.

Pouvait-elle lui faire quelques courses à l'épicerie ?

Selena ? « Elle sortirait peut-être de l'hôpital la semaine prochaine. » Elle vit l'expression amicale sur son visage et y plaqua la hantise d'un avenir indéterminé aux côtés d'une Selena armée périodiquement d'un couteau à découper et d'ambulanciers venant la chercher. Elle disparaîtrait quelque temps, puis reviendrait chez elle, et y retrouverait les restes de la plus belle femme qu'on ait jamais vue jusqu'à ce que son amour des couteaux à découper la reprenne. Emplie de compassion, Susan en oublia qu'elle-même avait un mari écrivain qui s'en allait tout aussi périodiquement accomplir son grand œuvre quelque part dans les bois.

Ce pauvre homme contraint de se faire la cuisine avant de

courir à ses urgences cauchemardesques, Susan fut assez aimable pour l'inviter à dîner.

Vous vous demandez : Susan était-elle consciente de l'inconvenance qu'il y avait à cuisiner pour l'homme d'une femme internée en psychiatrie, quand son propre mari était lui-même cloîtré dans une cabane forestière ?

Est-il mal, en l'absence de son époux, d'épargner à un voisin privé temporairement de sa femme le soin de se faire à manger ou d'aller se restaurer quelque part en solitaire ? La question induit deux difficultés : d'abord, les voisins vont jaser. Susan se sentait libre de les ignorer, retranchés dans leurs propres vies et quasi inexistants. Ensuite, il y a l'opinion que l'on se fait de soi-même. Et là, il y a deux options : la première consiste à ne pas s'en faire (d'opinion). Plus précisément, être assez innocente pour ne pas se demander ce qui pourrait se passer et, certes, Susan fit tout ce qu'elle pouvait pour ne rien en penser. La deuxième est de continuer sur sa lancée... tout en y réfléchissant. Mais y avait-il seulement sujet à réflexion ? Selon elle, il n'y avait problème que dans la mesure où Arnold et elle pensaient qu'il y en avait un. Apparemment, tel n'était pas leur avis ; il n'y avait là qu'un service rendu entre voisins. Rôti de bœuf, pommes de terre sautées, petits pois surgelés et petits pains. Face à face, à la petite table qu'elle partageait avec Edward. Parler de Selena et d'Edward. La vie dans une salle des urgences. L'emploi du temps d'Arnold, debout toute la nuit et remettre ça le lendemain. Ils se connaissaient à peine. Elle essaya de deviner quel genre d'homme il était et comment il avait pu se retrouver lié à une femme comme Selena. Si c'était parce qu'elle était la plus belle, qu'est-ce que cela disait de lui ? Elle pensa que c'était un benêt, simple mais benêt quand même. Elle encouragea la tristesse in vino qui émanait de sa conversation peuplée de père, mère, frères et sœurs et de toutes les espérances qui avaient précédé le moment où il avait commencé à mesurer l'ampleur du « problème » Selena. Acceptant son incapacité à donner à ses parents des petits-enfants... ce genre de tristesse-là. Et les hospitalisations périodiques. Et une certaine peur, les couteaux à découper pouvant continuer à apparaître, même sous une autre forme. Autant de choses qu'il devait assumer, autant de choses que Susan l'encouragea à dire.

Pas de nous là-dedans. Edward revenait dans quinze jours, tendu vers son avenir d'écrivain. Arnold écouta sans excès d'attention. Les problèmes d'Edward lui étaient étrangers.

Cependant, ce ne fut pas un dîner tout à fait ordinaire, il faut l'admettre. Les bougies étaient un détail qu'elle n'avait pas recherché. Elle déménagea les fleurs de la cuisine pour les mener trôner au milieu de la table et sortit l'argenterie de Grand-mère et la belle porcelaine, tout en se disant qu'il n'était qu'un bon voisin, un brave garçon qui avait besoin de manger un morceau avant de partir au boulot. Puis, cinq minutes avant son arrivée, alors que le rôti était presque à point, elle fut accablée par la nudité de la pièce sous sa lumière ordinaire et la nécessité absolue qu'il y avait à trouver un éclairage tamisé pour dissimuler la simplicité du mobilier. La pièce n'était pas différente quand elle y mangeait avec Edward, mais elle dégageait maintenant une absence insigne qui la rendait sauvagement nue, la seule image que pût concevoir Susan étant qu'il y manquait des bougies. Les chandeliers étaient un cadeau de mariage et n'avaient servi qu'une fois ; elle les dépoussiéra et les garnit de bougies trouvées dans le tiroir du buffet.

Pourtant, même à leur lueur, Susan Sheffield et Arnold Morrow gardèrent leurs masques, elle l'épouse de et lui le mari de. Elle n'en éprouva pas moins cette chaleur dans la nuque ou au plexus, points névralgiques des grands moments. De l'électricité, comme Selena au pique-nique, Selena à la voix ronronnante, Selena dont la matière semblait directement convertible en énergie au sens einsteinien : $e = mc^2$. Selena l'électrique, métamorphosée en Susan l'électrique, comme si Arnold était un transformateur, pensant combien il était facile d'être libre, quels plaisirs indicibles on pourrait se donner en l'absence bénite d'Edward si tu étais capable de faire ce genre de choses. Susan n'était pas de cette espèce-là. Susan était Susan, d'Edgar's Lane, professeur d'anglais, femme organisée, sensée, fervente de syntaxe, entière, entourée de marges, toujours prête à se réviser et à s'améliorer. Cette Susan avait de délicieuses et exaltantes pensées emplies de montagnes et de forêts et de ruisseaux chantants, avec des poissons et des oiseaux, des pensées concentriques et phalliques, avec des pénis s'enfonçant dans les profondeurs humides et des explorations spéléologiques sous des brumes hermaphrodites, mais ce n'étaient là que fantasmes, non suivis de passage à l'acte, non dits, les dessous absents de Susan la Juste.

Rien ne se passa qu'une oreille derrière la porte ou un magnéto dans le pot de fleurs auraient pu rapporter à Edward ou Selena. Malgré cela, le temps qu'Arnold parte à son rendez-vous nocturne et journalier avec ses ventres ouverts, ses cœurs éclatés, ses bras et jambes cassées, Susan était si émoustillée qu'elle ne tenait plus en place. Il faut qu'on dîne de nouveau ensemble, se dit-elle, sachant maintenant ce qu'elle voulait, tout en ne se permettant pas de se l'avouer. Comme il se tenait sur le seuil, ours reconnaissant et content, elle lui demanda : « Voulez-vous revenir dîner après-demain ? »

Elle alla au lit en essayant de se rappeler ce que c'était que d'aimer Edward. Le dîner suivant fut résolument frugal et fonctionnel sous la lumière crue du plafonnier, mais Susan ne refusa nullement le dessert qu'Arnold lui proposa de prendre dans le grand lit marital, tandis que Selena cherchait vainement le sommeil sous une ceinture de contention dans sa chambre à l'hôpital psychiatrique et qu'Edward, dans sa cabane parmi les bois, se déprimait à tant se chercher sans jamais se trouver. Quand Arnold, plus tard, reparla d'une crise de Selena, Susan essaya, tardivement, de manifester quelque compassion.

3

Susan et Arnold, par la suite si respectables, commirent l'adultère durant les temps libres que leur laissaient les horaires enseignants pour elle et les urgences pour lui. D'abord dans le lit d'Edward, dans la chambre de derrière, sombre et encombrée de livres et de magazines, du panier de linge sale, d'un cageot d'oranges et d'un petit poste de télé. Plus tard dans la couche de Selena, avec la grande fenêtre au rideau léger donnant sur les toits, la penderie ouverte sur des robes aériennes et, dans l'air, un relent de parfum.

Quand la jeune Susan sur le lit d'Edward vit le pénis alarmant d'Arnold Morrow surgir à sa vue tout gonflé d'un désir impérieux, un gong résonna dans sa tête. Et résonna derechef quand elle décida de le laisser entrer. Bong, dit sa tête, adieu, Edward. Ainsi vont les choses. Choquée par l'espèce de personne qu'elle était. Il ne lui était jamais apparu que son mariage était en péril.

Elle ne voulait pas y mettre un terme. C'était fini et ça ne l'était pas. Edward reviendrait et ne saurait rien et Arnold retournerait à Selena, et Susan fut alors une épouse infidèle. A la joie électrique de la nouveauté s'opposa la notion du mal qu'elle commettait, la vision d'un Edward terrassé de chagrin, leurs espoirs trahis. Encore fallait-il qu'il apprenne son infortune. Elle était déjà une femme avertie, avec un secret. Elle demanda à Arnold, qui avait toutes les solutions.

« Qui va dire quoi, toi ? » dit-il. Il avait une philosophie selon laquelle le sexe, indûment exagéré par les gens qui y attachaient leur ego, n'avait rien à voir avec ses responsabilités envers Selena (qu'il n'abandonnerait jamais) ni avec celles de Susan envers Edward. Arnold était très dur pour la jalousie, qu'il tenait pour la plus stupide des émotions, rien qu'un misérable sentiment de propriété et de pouvoir qui se prend pour de l'amour. « C'est ma philosophie », conclut-il, comme ils gisaient sur le lit défait, à bavarder post-coïtum.

Elle se souvenait d'avoir usé du même argument (le sexe est naturel) pour éveiller le désir d'Edward. C'était différent. Le sexe menait au mariage, pour commencer. Pourtant, déjà, dans ce petit goût du crime ou de la nature, comme on voudra, elle avait entr'aperçu une vie meilleure. Même avant qu'Arnold lui montre son engin alarmant, elle avait pensé : « Et si j'étais mariée avec lui. » Pendant les deux semaines que dura la liaison charnelle de ces deux ego en liberté, elle compara Arnold à ce pauvre vieil Edward.

Muscle balèze, visage plein, cheveu cendré, Arnold était un mésomorphe bien différent de l'ectomorphe Edward. Plus simple et plus naturel. Il avait des manières calmes, un caractère facile (jusqu'ici). Il était sans prétention, plus intelligent qu'intellectuel, et serait sans doute brillant dans son domaine et agréablement idiot dans tous les autres. Elle accueillit avec joie son absence d'intellectualité et le respect qu'il manifestait pour son esprit. (Plus tard, quand la question du mariage apparut, il fut facile à Susan de le détourner de sa philosophie, qu'il abandonna sans discussion, joyeuse concession au cerveau féminin. C'est du moins ce qu'elle pensa.)

Il n'empêche, elle se sentait flouée. Envieuse de Selena, qui n'appréciait pas ce qu'elle avait et qui n'était dispensé à Susan qu'à titre intérimaire.

L'attrait exercé par Arnold consistait surtout en ce qu'il laissait espérer, principalement en termes de situation professionnelle et de promotion sociale (car, pour ce qui était du sexe, il n'y avait vraiment rien d'exaltant à mentionner)... La Susan d'aujourd'hui a du mal à comprendre pourquoi il lui paraissait si brillant.

Coupable vis-à-vis d'Edward, elle essaya de se rappeler pourquoi elle l'aimait. La Susan d'aujourd'hui a du mal à se souvenir des raisons qu'elle pouvait invoquer alors car, une fois remariée à Arnold, elle fit en sorte que le souvenir d'Edward lui soit aussi pénible que possible. Elle se souvient de l'avoir reconstruit tel un château écroulé, rassemblant des morceaux de temps et de lieux marqués par l'amour ou quelque plaisir – un château promis à une seconde et définitive démolition. Elle se souvient du remords, comme si elle ne reconstruisait pas seulement Edward mais Edgar's Lane, ou son enfance ou sa mère ou quelque chose comme ça.

Qu'est-ce qui n'allait pas ? Susan ne pouvait divorcer d'Edward et épouser Arnold uniquement pour valider une aventure charnelle. Elle nourrissait des griefs à l'égard du premier. Elle ne s'était pas attendue à ce qu'il devienne un écrivain, abandonnant tout et comptant sur elle pour qu'elle assure la matérielle en enseignant. Elle ne s'était pas attendue non plus à ce qu'il s'éclipse pendant un mois pour se trouver lui-même. Elle avait un tas de raisons d'être furieuse, si tant est qu'il faille des raisons.

D'un autre côté, la Susan contemporaine se rappelle comment, pour préserver le statu quo, elle découvrit et berça un fragile sentiment comme on le fait d'un petit animal vivant ou d'une peluche : la tendresse d'Edward. De même qu'elle se berça quand ce fut nécessaire en des temps plus récents de la tendresse d'Arnold. Comme cette dernière ressemble fort à celle d'Edward, les deux animaux sont peut-être identiques et devraient être appelés « la tendresse de Susan ».

Arnold et Susan projetèrent une orgie sexuelle avant le retour d'Edward, mais un changement imprévu dans l'emploi du temps d'Arnold fit tomber l'affaire à l'eau. Susan passa la soirée à nettoyer l'appartement. Il lui fallait renouer avec l'état d'esprit d'Edward et le mieux était de s'occuper. Elle était également proche de la panique, car Arnold et elle n'avaient pas parlé de se revoir, et elle était dans l'ignorance de ce que serait leur avenir. Ils avaient oublié d'en discuter.

Puis Edward rentra. Il appela d'une cabine sur la route à l'extérieur de la ville et arriva à l'heure du dîner. Content d'être de retour, le pauvre Edward, jolie Susan. Ils burent un verre et passèrent à table. Elle se demanda s'il possédait une perception extrasensorielle assez développée pour détecter le profond changement survenu dans leur mariage. L'épouse infidèle. Non, il ne s'aperçut de rien. Il était déprimé, il l'était déjà en partant, il l'était toujours. Les bois l'avaient trahi. Susan sentit le cœur lui manquer. Il parlait tellement qu'il était difficile de sympathiser, bien qu'elle s'y essayât plus fort que jamais. Il n'avait rien fait, avait jeté tout le travail accompli à la cabane. Quoi ? Non, pas littéralement, les pages étaient dans sa valise, mais il les avait bannies de son esprit.

Toute la soirée durant, elle écouta son lamento en se demandant ce qui se passerait s'il apprenait. Il était trop préoccupé pour rien remarquer. Ils allèrent au lit. Elle s'alarma de sa préférence pour la manière d'Arnold, plus douce et plus lente que les pompes haletantes d'Edward, tandis qu'elle s'efforçait d'accorder encore sa faveur à l'amour renouvelé d'Edward, car que pouvait-elle faire d'autre ?

Elle ne revoyait plus Arnold, maintenant, pas même dans les escaliers. Pas de messages non plus. Une semaine plus tard, elle comprit que Selena avait réintégré le foyer. Cachant sa nervosité, elle raconta à Edward l'épisode du couteau. Il le fallait, de peur que l'incident ne fût connu des autres locataires. Edward l'écouta d'une oreille distraite.

Elle décida que le silence d'Arnold clôturait leur aventure. Elle en fut confusément dépitée mais détourna sa colère au bénéfice d'Edward, se consacrant avec plus de cœur à son problème, chose qu'il savait apprécier. Ce n'était pas qu'il n'était pas un écrivain, expliqua-t-il, c'était seulement qu'il allait trop vite. Son écriture passait par une période juvénile dont il devait se sortir. Elle essaya de lui prodiguer des conseils sans heurter sa susceptibilité. Et celle-ci était à fleur de peau. Il se fit émotif et dépendant. Il ressortit de vieux écrits et lui demanda ce qui clochait dans son style. Ce n'était pas le style, mais le sujet. « Sois franche », dit-il, et elle tenta de l'être, d'expliquer ce qu'elle n'aimait pas. Ce fut une erreur. « Je ne te demande pas d'être aussi franche », lui renvoya-t-il.

Dans son cœur (Susan le voit bien aujourd'hui), elle espérait qu'il abandonnerait l'écriture pour se consacrer à quelque chose de concret. Non pas qu'écrire soit abstrait, mais elle pensait qu'Edward vivait quelque rêve romantique pour lequel il n'était pas fait. Au fond de lui-même, il était aussi bourgeois que n'importe qui d'autre. Il avait un esprit de raison et d'ordre et elle l'imaginait très bien dans l'exercice d'un métier exigeant de l'organisation, alors qu'écrire semblait tenir chez lui davantage d'une poussée d'acné adolescente que d'une authentique vocation. Elle se faisait cependant violence pour ne pas penser de telles choses, ce qui la faisait passer à ses propres yeux pour une hypocrite, elle qui lui prodiguait les encouragements qu'il quémandait à cor et à cri. Une fois qu'il la suppliait d'être totalement et brutalement franche, elle se hasarda à lui répondre. Elle souleva la question de savoir s'il avait le talent nécessaire à son ambition. « As-tu donc besoin à ce point d'écrire ? » demanda-t-elle. Nouvelle erreur. Il réagit comme si elle lui avait suggéré de se suicider. « Autant me demander de me crever les yeux ! Ecrire, c'est comme voir, ajouta-t-il, ne pas écrire, c'est être aveugle. »

Elle ne refit jamais la même erreur.

Un mot d'Arnold l'attendait à son bureau :

Juste pour te dire que Selena sait tout. Pas de problème, tout va bien.

Selena sait tout. Cela soulevait des questions. Arnold a-t-il parlé ou Selena a-t-elle deviné ? Se sont-ils disputés ? Cela a-t-il donné des idées à Selena quant à un usage personnalisé de son couteau à découper ? Et que penser du fait que ce mot était la seule nouvelle qu'elle avait d'Arnold depuis le retour d'Edward ?

La nouvelle augmentait le risque qu'Edward l'apprenne à son tour. Arnold et elle pouvaient garder le secret, mais il n'y avait pas de raison que Selena les imite. Tandis qu'Edward était assis à sa table de travail comme en disgrâce, obsédé par l'échec, Susan se demandait comment Selena réagirait lors de sa prochaine crise. Elle n'aurait même pas besoin de parler à Edward pour que la nouvelle se répande comme un virus inédit, jusqu'à atteindre un reclus en proie à la dépression.

Pour prévenir le choc d'une découverte soudaine avec son lot de dépit et de perte de confiance, sans parler de sa propre humiliation, Susan pensa qu'elle ferait mieux de prendre les devants, ce qui lui permettrait de formuler ses aveux à sa guise. Une confession volontaire persuaderait mieux Edward que cette brève liaison appartenait au passé. Un moment d'égarement en ton absence, la tension de la solitude, je préfère tout te dire pour que tu saches que tu peux toujours avoir confiance en moi. Cela ne se reproduira plus.

Le temps passa. Il est plus facile de préparer un tel discours que de le prononcer. Comme Arnold ne donnait plus de ses nouvelles, elle se demanda si l'affaire n'allait pas se tasser. Ils croisèrent Selena dans l'escalier. Susan et Edward montaient, Selena descendait. Selena jeta un regard féroce à Susan et regarda Edward autrement, d'un air pensif. Susan en eut le souffle coupé. « Qu'est-ce qu'elle a ? » demanda Edward. Les gros sacs d'épicerie qu'elle hissait péniblement lui parurent encore lourds.

Comment lui dire ? De quoi avait-elle peur ? De le blesser ? D'aggraver sa dépression ? De le conduire au suicide ? Allons, Susan, ne sois pas aussi platement vertueuse. De le perdre ? De perdre la face, plus vraisemblablement. Son statut au foyer. La lumière nouvelle sous laquelle elle lui apparaîtrait. Sans parler de la colère, des cris et des larmes que l'émotion libérerait.

Au moins, savoir où on est avant. Elle voulait rester avec Edward. L'aimer, le rassurer, être humble. L'approche directe, choisissant son moment le plus vulnérable : sur le lit nue à côté de lui, enroulant devant lui ses cheveux dans ses doigts, le distrayant de ses obsessions. Edward, mon amour, j'ai un aveu à te faire. Non, pas si direct. Y aller doucement : Edward, mon chéri, et si tu avais une femme qui. Non, pas ça non plus.

Indirect, l'étouffer sous tant d'amour qu'il saurait, avant même que les mots ne sortent, qu'elle ne pourrait jamais rien dire ou faire qui lui fasse mal. Arriver derrière lui au déjeuner, poser sa joue contre la sienne, Edward mon lapin, comme je t'aime.

Le mieux serait de le dire par hasard, alors qu'on est occupé à autre chose. Jour après jour, elle observe Edward, l'entend parler, mâcher, gémir, roter, et se dit qu'il ne sait toujours rien. Le grand changement est encore à venir, ses conséquences différées.

L'idéal serait d'être déjà en colère à propos de tout à fait autre chose, ce qui te donnera l'élan nécessaire pour lâcher ta bombe. Et c'est ainsi que cela se passa : au beau milieu d'une discussion sur l'écriture, le seul sujet jamais abordé en ce temps-là.

Elle dit :

« Merde, j'aurais préféré que tu continues ton droit ! »

Il répondit :

« Quand tu parles comme ça, c'est comme si tu m'étais infidèle. »

Elle répliqua :

« Tu n'as pas la moindre idée de ce que ça serait. »

Edward, porté à l'emphase :

« Ça ne pourrait pas être pire. »

Ah non ? Elle lui raconta tout. Sans rancœur car, sitôt entrevue l'occasion, elle se fit toute douceur et humilité et tristesse. Tout de même, elle conta tout par le menu et termina par :

« C'est fini, à présent. C'est sans lendemain. C'était sans amour. »

Edward l'enfant. Ses grands yeux ronds, qu'elle n'avait jamais vus aussi grands ni aussi ronds. Ses faibles questions : « Qui ? » « Où ? » « Tu veux divorcer ? » « Ça valait le coup ? »

Il gémit, grogna, s'étira, arpenta la pièce, tout à l'écoute de ses propres réactions.

« Qu'est-ce que je suis censé faire ? demanda-t-il. Comment dois-je me comporter ? »

C'est de cela qu'elle se souvient. Il ne se mit pas en colère. Il voulait qu'il la rassure, qu'elle lui confirme son désir de ne pas divorcer. Il n'aurait pas osé lui demander si elle l'aimait toujours, et elle le lui dit sans trop le faire attendre.

Susan pense aujourd'hui que sa confession revigora Edward. Sa dépression connut un répit. La fois suivante, au lit, il parut même se réjouir de la pensée que quelque part dans l'air flottait un amant inconnu. Il eut assez de tact pour ne pas exiger de détails. Elle pensa qu'elle avait abattu un mur dont elle n'avait remarqué la présence qu'une fois écroulé. Maintenant, nous nous connaissons mieux, pensa-t-elle. Pas si romantiques, plus faibles que nous le croyons, ce qui est peut-être bon à savoir. Son mariage serait plus fort, pensa-t-elle encore, persuadée qu'elle en était heureuse.

4

Il y a un trou dans les souvenirs que Susan garde de sa saga, un trou de près d'un an entre le retour d'Edward de ses bois et son mariage avec Arnold. Quand elle regarde en arrière, elle découvre un vide. Pourtant, il n'a pas pu être totalement sans événement. Il a dû y avoir des trajets quotidiens à la fac avec des paysages de neige et de la gadoue dans les rues. Des courses à l'épicerie aussi, du nettoyage, de la cuisine pour Edward. Et des humeurs et des disputes, des films, un ami ou deux. Elle se souvient de l'appartement : murs sombres, cuisine minuscule, la chambre à coucher avec les livres par terre et la vue sur l'allée.

La raison de ce blocage réside dans le fait que cette période allait se terminer par un changement radical. Arnold remplacerait Edward avec de nouvelles lois, valeurs, icônes et tout. Le nouveau régime récrit l'histoire pour se protéger lui-même, enterrant l'époque d'Edward, la reléguant au Moyen Age. Il faut le retour d'Edward pour rappeler à la Susan actuelle ce qui est caché et la défier de récrire la vieille saga à travers une archéologie imaginaire.

A relire son histoire, Susan se demande si c'est la lumière des temps nouveaux qui rend l'intervalle obscur ou s'il en était tout simplement ainsi. Comment était la nuit du Moyen Age ? La saga relève un changement chez Edward. Nerveux, caustique, susceptible, et adepte de plus en plus fervent de l'ironie. Vilaines plaisanteries éculées. La lecture du journal engendrant force ricanements à l'adresse des politiciens, du courrier des lecteurs, des éditorialistes, des donneurs de conseils. Critiquant et ridiculisant les collègues de Susan, sans la mettre cependant dans le même sac.

D'après la saga, il s'arrêta de parler d'écriture. Surprenant, bien que Susan ne se rappelle pas avoir été surprise. Fini les plaintes et les demandes d'avis. Secret, refusant même d'admettre que les longues heures passées à sa table de travail avaient pour nom l'écriture.

Ce que la saga ignore, mais dont Susan se souvient maintenant, c'est le silence d'Edward au sujet de son infidélité. Il ne la blâma jamais, du moins pas ouvertement. Ne lui demanda jamais de raconter, n'alla jamais au-delà des quelques questions hasardées le soir de l'aveu. Evita de quémander de l'affection. Prudent, comme s'il avait peur d'elle.

Elle n'a aucun problème pour se souvenir du discours d'Arnold, l'un des centres scripturaux de la saga, bien qu'il lui soit difficile de se remémorer où et quand ils purent parler car, dès le retour d'Edward, leur liaison s'interrompit, comme naturellement. Elle pensa même que c'était bel et bien fini. Mais Arnold insista pour lui parler et elle s'arrangea pour pouvoir écouter sa voix de basse précipitée dans le bureau qu'elle partageait avec d'autres professeurs : chère Susan, bonne, intelligente et avisée, qui entre toutes les femmes savait lui redonner conscience d'être humain. Anecdotes effroyables dont Selena était l'héroïne, rage et jalousie, couteau à découper, pilules, tenailles. Vêtements par la fenêtre, son beau chapeau traversant la rue comme un frisbee. Selena qui sortit nue un soir et fut ramenée par la police.

Dans l'histoire, Arnold cherchait auprès de Susan aide et réconfort. Il en avait assez. Il voulait savoir quels étaient ses devoirs. Qu'en pensait-elle ? Seulement ce que le devoir lui recommandait d'en penser, bien sûr. Lui renvoyer la question. Avec toujours les deux versants. Son versant à lui, se libérer des liens conjugaux quand l'amour est mort, qu'il n'y a pas d'enfants et que la femme qu'il a épousée n'existe plus. L'absurdité qu'il y a à sacrifier ses chances d'être heureux pour une femme abîmée dans la folie. Le versant de Selena, la cruauté de l'abandon alors qu'elle est malade, enfermée, seule et sans défense. Selena s'appuyant beaucoup sur le serment de fidélité dans l'épreuve. « Merde, disait Arnold, quand je pense qu'elle risque de finir sa vie à l'asile ! Et sinon ça, la bagarre, encore et encore. »

Trouver une troisième voie, disait Susan. A toi de voir, relis Henry James. Parfois, il explosait. Il n'était pas fait pour le célibat, ce n'était pas dans sa nature. Selena le comprenait-elle ? Pouvait-on même comprendre ? Qui ça, « on » ? disait Susan. Toi, lui répondait-il. Il comparait son cas au sien : « Tu es heureusement mariée avec un homme rassurant et il y a de la joie, du sexe, des conversations saines entre deux personnes saines, et pas de sujet d'inquiétude à l'horizon. » Elle refusa de le nier.

Un secret en appelle un autre. Parce qu'ils ne pouvaient pas se retrouver chez eux, ils se servirent de son bureau à elle pour se passer des messages, se rencontrèrent dans le studio qu'un ami de confiance prêtait à Arnold, dans les coins sombres du parc, dans les bureaux désaffectés après les heures de cours. Edward ne soupçonna jamais le moindre mal dans les retours tardifs de sa femme. L'épouse qui reprend sa liaison avec un homme marié. Le mari est au courant de l'aventure précédente, mais ignore celle qui est en cours. L'amant, lui, veut être libre, mais ne fait rien pour ; il ne sait même pas ce qu'il doit faire. Et voilà Susan qui une fois encore est infidèle. Et quel avenir peut-il y avoir dans cette situation ? S'agit-il d'une transition vers une nouvelle vie, de quelque chose qui va démanteler Edward ? Ou s'agit-il au contraire d'une concession à la faiblesse, d'une infidélité qui en suit une autre ? La question est d'autant plus difficile que Susan est fidèle et ne ment pas. A rester l'épouse d'Edward, même infidèle, elle se doit de défendre le château de son mari, d'en protéger les icônes. S'il s'agit d'une transition, il faut démanteler le château sans délai, dire la vérité à Edward et couper les liens. L'amour, l'amour. Arnold parlait d'amour. Mais le statu quo ne paraissait pas le gêner, et Susan ne savait que faire. Ses émotions étaient fortes, certes, mais dans le récit seul le problème demeure.

Selon la chronique, la reprise de leurs relations adultères provoqua le divorce de Susan et, conséquemment, son remariage avec Arnold. Mais, quand Susan repense à tout ça, elle se voit plutôt incapable de prendre sa décision ou bien en train d'en prendre une seulement après que les autres l'ont prise. Elle ne peut se souvenir des innombrables discussions qu'elle a eues avec Edward, des revirements et des tentatives qui se succédèrent avant que la conclusion soit enfin prononcée. Elle se souvient du silence d'Edward et de sa crainte à elle qu'il ne mette fin à ses jours. Quand elle rentrait à la maison, vibrante de la délicieuse culpabilité d'avoir croqué le fruit défendu, elle avait honte devant Edward si misérable. Il y eut cette soirée où Edward feignit de croire qu'elle allait faire de la documentation à la bibliothèque. Et une nuit où elle l'entendit soupirer et gémir comme s'il voulait attirer son attention. Le lendemain matin, ils se levèrent, prirent leur tour dans la salle de bains, et leur petit déjeuner en silence. Edward regardait par la fenêtre. Dehors il pleuvait. Soudain il dit : « J'ai enfin compris ce qui ne va pas. J'attends trop de toi. »

Elle dit quelque chose de conciliant, mais il allait déjà dans une autre direction : « Tais-toi, je te donne un conseil. Tu devrais demander le divorce, et le plus tôt sera le mieux. Personne n'a le droit d'attendre de quiconque ce que j'attends de toi. »

La conversation qui suivit fut pleine de confusion. Ils prirent des décisions et changèrent souvent d'avis au cours des semaines suivantes, qui furent pleines de rhétorique et de paradoxes. Personne ne savait ce qu'il désirait vraiment. On tournait en rond. Peu à peu, toutefois, la question, à force d'être posée, se simplifia. La cause officielle était l'échec de Susan à apprécier l'écriture d'Edward, écriture qu'il continuait de tenir pour un grand dessein, une ambition des plus sérieuses. « Tu n'as pas d'estime pour moi, disait-il. Tu ne me vois pas. » Comme au fond d'elle-même Susan avait toujours pensé que l'engagement d'Edward dans l'écriture ne durerait qu'un temps, elle ne pouvait prendre au sérieux de tels reproches. Elle pensa donc que la seule raison était sa liaison avec Arnold, que semblait dénoncer la réticence même d'Edward à en parler, comme s'il se voulait au-dessus de toute jalousie.

Ainsi divorcèrent-ils, Edward-Susan, Arnold-Selena, pour se remarier, Arnold-Susan et, plus tard, Edward-Stephanie, tandis que Selena restait internée. Officiellement, ce fut un divorce à l'amiable. Ils se montrèrent courtois et ne se disputèrent pas la possession des objets, mais une atmosphère maussade prévalait. Parler était difficile, surtout après qu'elle eut déménagé. Quand ils se retrouvèrent au tribunal, ils ne se querellèrent pas, mais elle eut l'impression qu'ils n'avaient jamais cessé de le faire.

Une nouvelle idylle romantique s'ensuivit, la seconde et la dernière en date dans la saga de Susan. De nouvelles incarnations des anciennes formes en adoucirent la vulgarité. Les dunes d'Indiana. Le zoo de Brookfield. Le Musée de la science et de l'industrie. La liberté de paraître en public. Cadeaux, bijoux et vêtements. C'était un soulagement de ne pas avoir à juger le travail d'Arnold et de s'occuper seulement de son confort. Le seul inconvénient provenait de ses idées sur le sexe et, de nouveau, peut-être, de son manque de réflexion sur ce qu'il fallait attendre d'une épouse. Elle lui demanda de revoir sa philosophie sexuelle. Pas de problème, dit-il, et de la remplacer aussitôt par une doctrine de fidélité et de sincérité. Quant à ce qu'il attendait du mariage, elle le découvrirait à travers les épreuves et les obstacles du parcours.

Bien que le temps fût à la joie, Susan pleurait beaucoup. La narration a toujours des difficultés à retrouver la nature des sentiments parce que, le plus souvent, ceux-ci n'ont pas d'effets extérieurs, mais pleurer est un événement qui peut être décrit. Elle pleurait pour l'honnête Susan qu'elle devait reconstruire. Elle pleurait pour sa mère et son père, pour Edward à quinze ans, les heures dans la barque, le mythe des amours enfantines, et la vie laborieuse de l'artiste. Elle pleura quand sa mère vint à Chicago pour essayer de la persuader de donner une seconde chance à Edward et lui dire que, quoi qu'il advienne, il resterait toujours pour elle son fils adoptif.

Elle pleura de peur qu'Arnold ne divorce pas de Selena et pleura pour Selena quand il lui prouva qu'elle se trompait. Elle pleura pour les pleurs de Selena et pleura encore lorsque le médecin déclara que Selena ne ressortirait plus jamais de l'institution psychiatrique, et encore lorsque l'avocat obligea Arnold à aider matériellement son ex-femme jusqu'à la fin de ses jours.

Susan ne pleurait pas autant que ça d'habitude, mais c'était le temps de l'émotion. La Susan qui pleurait était encore une enfant. La Susan mature qui épousait Arnold était plus raisonnable, mais pas beaucoup, et entrait dans son second mariage décidée à réparer les erreurs du premier. La Susan actuelle reconnaît qu'il y a eu des rectifications, non pas parce que Arnold était meilleur qu'Edward, mais par la force du temps. Réussite. Arnold était différent mais pas tant que ça, et Susan ne saura jamais si elle n'aurait pas connu le même redressement en restant avec Edward – de la même façon que ce dernier aura peut-être réparé ses propres erreurs auprès de la loyale Stephanie.

Mais cela ne change rien. La Susan qui a mûri sait désormais que, quels qu'aient été le début de l'histoire, l'ombre et les nuages au départ, et encore les déceptions et les trahisons jalonnant la route, ils ont réussi à se créer un monde. Ce monde est le sien et doit être protégé. Parfois, cependant, elle se rappelle en avoir imaginé d'autres. Elle avait entrepris un troisième cycle universitaire avec l'espoir de décrocher l'agrégation. Elle aurait pu avoir son doctorat, enseigner en troisième cycle, écrire des livres, être chef de département, donner des conférences. Au lieu de cela, elle travaille comme auxiliaire, à temps partiel, quand il y a un remplacement à faire. Elle ne le fait ni pour l'argent ni pour la carrière, mais pour s'occuper. Elle aurait pu être… mais s'irrite d'entendre des gens comme Lou Anne, au département lettres, lui parler de ses sacrifices, se déclarer désolés pour elle et traiter Arnold de tyran ou d'esclavagiste. Parce qu'elle n'a jamais su vraiment ce qui, du choix ou de l'impuissance (cela s'est passé insensiblement), a fait d'elle ce qu'elle est devenue : une mère de famille. La famille s'appelle Dorothy, Henry, Rosie, Arnold, elle-même, la mère. C'est la seule chose dans sa vie dont elle sait l'importance, sans l'ombre d'un doute. Que ça me plaise ou non, c'est ce que je suis. Elle le sait, Arnold le sait. C'est ce qu'ils savent tous les deux.

Ils ont réglé cette affaire une bonne fois pour toutes il y a trois ans, en parvenant à un accord pour Marilyn Linwood. Cet accord est implicite, jamais signifié, peaufiné par les événements à mesure qu'ils se produisent. Il stipule qu'Arnold restera, qu'il continuera à jouer les rôles de mari et père, qu'après tout ce qui a été dit il n'y a plus rien à dire, que les Linwood ne font que passer, qu'à la longue elles ne signifient rien.

Elle se tient aux côtés d'Arnold, voilà. Elle ne l'a jamais formulé ainsi. Elle s'est toujours considérée comme une femme sainement égoïste, attachée à la défense de ses propres intérêts, mais c'est la vérité, n'est-ce pas, elle lui est fidèle et l'a toujours été. Non pas parce qu'il est Arnold mais parce qu'un jour, il y a longtemps, elle a décidé de devenir son épouse. Et puis le monde s'est métamorphosé en un cristal autour d'eux. Elle soutient son mari en dépit de toutes les Linwood, de même qu'elle est à ses côtés dans le procès Macomber et l'accompagnera à Washington (maison vendue, enfants arrachés à leur école et à leurs copains, la totale) pour le bien de sa carrière. Elle le fera, bien sûr qu'elle le fera.

Ce n'est pas seulement qu'avec leurs enfants, maison, voiture, chien, chat, chéquier et papier à en-tête ils ont créé une institution qui ressemble à une banque, c'est aussi que le monde est froid, peuplé de solitude et dangereux, et qu'ils ont besoin l'un de l'autre pour se protéger. Ce roman qu'elle est en train de lire dit tout cela. Tony dans son épreuve apprécierait la volonté avec laquelle elle s'accroche à son petit monde. Il le devrait. Elle n'en éprouve pas moins un certain malaise, car elle se méfie du livre d'Edward. Elle ne sait trop pourquoi. Il l'alarme d'une certaine façon, suscite une peur dont elle ignore l'objet, mais qui paraît différente de la peur qui règne dans le récit et s'apparente plutôt à quelque chose qu'elle a en elle-même. Elle réfléchit : si Edward a l'intention, à travers Tony ou de quelque autre façon, d'ébranler sa foi en sa vie, elle résistera, voilà tout. Elle résistera, tout simplement. Il est des choses dans la vie que rien ne peut changer, pas même la lecture d'un livre.

TROISIÈME SOIRÉE DE LECTURE

1

Susan Morrow retourne à sa lecture après une dure journée de travail. Nettoyage, aspirateur, emballages, gadgets et jouets à l'étage. Une heure à régler les factures et une autre au téléphone, à bavarder avec Maureen de tout sauf de ce qu'elle pense.

Dorothy et Henry sont partis patiner avec les Fowler. Il neige, les routes seront dangereuses au retour. Rosie regarde la télé dans sa chambre : « Baisse le son, ma chérie. » Jeffrey sur le canapé : « Descends de là, corniaud, où tu te crois ? » Elle a envie d'une pizza. Nostalgie qui lui brûle le coin des lèvres.

Susan Morrow ouvre la chemise cartonnée, retourne le manuscrit sur la table basse et cherche le signet rouge. Elle replace les feuilles lues à l'envers dans la chemise et empile les autres sur la table. La nouvelle pile est plus petite que l'autre. Susan voit le moment où elle aura l'impression qu'il ne reste pas assez de pages pour contenir le dénouement. Elle anticipe la déception qu'elle éprouvera à la lecture de la dernière phrase qui l'attend déjà, au bas de la dernière page.

Elle s'assoit avec ses feuillets sur les genoux, essaie de se rappeler. Des bandits ont tué la femme et la fille de Tony Hastings. Elle jette un coup d'œil à la dernière page qu'elle a lue la veille et retrouve Tony en train de frapper Ray Marcus dans la caravane. Elle se souvient de la légitime colère qu'elle a ressentie. Avant cela, Tony et Bobby Andes ont embarqué Ray dans sa tenue de base-ball et, avant encore, Tony a identifié Lou Bates après avoir échoué avec Turk.

C'est Edward qui a écrit tout cela, et elle en éprouve une certaine honte. Elle soulève le paquet de feuilles et s'apprête à poursuivre.

Bêtes de nuit 20

« Ray Marcus et Lou Bates seront jugés à Grant Center sitôt que l'instruction sera close. Il faudra compter deux mois, au moins. Vous devrez revenir pour ça. M. Gorman, le district attorney, s'occupera de l'affaire. »

Ferme et résolu lors de l'audition du magistrat, répondant aux questions de M. Gorman, fixant Ray dans les yeux, qui lui rendait son regard. Visage tuméfié. M'sieur, j'vais vous poursuivre en justice. Non, vous n'en ferez rien ; solide en présence des avocats, des jurés, de la presse, le drapeau américain dans un coin.

Il s'entendit chanter dans le vent qui s'engouffrait par la vitre baissée alors qu'il rentrait. Libéré. Juin sur l'autoroute, les champs dans leur renouveau, l'odeur de la terre retournée, l'excrément de cheval et de vache renvoyé à la racine de ce que nous mangeons, odeur épaisse de la merde.

Chante chante chante, Christophe Colomb. J'ai osé. Ses phalanges lui faisaient encore mal, il ne s'en était pas rendu compte sur le moment. La peau était râpée à l'endroit où elle avait frotté contre un chicot. Douleur aimée pour la valeur du souvenir.

Rentrant chez lui pour aller à une fête, conduisant plus vite que jamais sous le grand ciel vespéral de juin avec son vent porteur de douce chaleur et ses nuages de beau temps, traçant la route en tête des camions, Cadillac et Volkswagen. Sans qu'il renonçât à rien de son amour, Tony Hastings chantait, l'heure était venue de recommencer sa vie. Il avait dénoué ce qui l'entravait. Avait touché à l'intouchable, l'avait envoyé au tapis. Avait libéré ce qui ne pouvait l'être, baptisé le nouveau navire d'un fracas de bouteille, délicieux Tony. Rapide Tony, futé, déjouant radars et autres pièges, pas de flics pour l'attraper aujourd'hui. Rendu à la maison avec une confortable avance. Nu sous la douche, conscient de son corps, rempli d'espoir. Deux fêtes, en vérité, celle des professeurs, chez les Furman, et celle des étudiants, embellie celle-ci d'un mot personnel de Louise Germane. *J'espère que vous viendrez.* Fêtes en conflit.

Il colla un pansement adhésif sur la dernière morsure de Ray. S'habilla pour la fête chez les Furman, regrettant de devoir choisir. Le choix réduisait son espoir, espoir de quoi, il ne savait. Désir de dire quelque chose d'important à quelqu'un. Quoi, à qui ? Il tenta de cerner ce qu'il attendait de la fête chez les Furman. Francesca Hooton ? Il fit un rapide tour de maison avant de partir, lissa le dessus de lit, disposa une deuxième serviette propre dans la salle de bains, et se traita de crétin.

Les Malk, les Arthur, les Washington, les Garfield. Francesca Hooton stationnait près de la porte d'entrée, un verre à la main, en compagnie de son mari. Il avait oublié qu'elle était mariée. Les invités avaient tous un verre à la main et se tenaient dans la véranda et le jardin de derrière ; crépuscule de juin. Soirée exotique, lumière qui refuse de mourir, lumières immobiles, encore, dans les vitres, lucioles, ce genre de choses. Tout lui rappelait Laura. Les lumières et les lucioles, surtout. Traîner, un verre à la main.

Il regretta de ne pas être allé à l'autre fête. Il essaya de se rappeler ce qu'il avait voulu dire d'important à Francesca avant de découvrir qu'elle avait un mari. Lui annoncer qu'ils avaient arrêté Ray et qu'il l'avait lui-même frappé, c'était tout ce qu'il voyait comme nouvelle à lui apprendre. Cela semblait important, mais tout s'envola comme un ballon détaché lorsqu'il passa la porte-moustiquaire et retrouva tous ces bons amis qu'il connaissait si bien, et devina à quoi ressemblerait toute conversation.

Dans le jardin, Eleanor Arthur lui parla de quelque chose et, comme elle dérivait lentement le long de la haie tout en parlant, il se sentit obligé de la suivre. Elle parlait de l'enseignement des mathématiques et de celui de l'anglais, les opposait l'un l'autre et tentait d'en faire le sujet d'une controverse. Il n'avait aucune envie de la contredire d'une façon ou d'une autre et sa passivité parut agacer Eleanor. Elle s'efforça donc de faire de cette passivité même l'objet d'une discussion mais, constatant qu'il ne donnait pas davantage prise sur ce sujet, elle avança qu'il devait être encore sous le coup de son malheur. Là encore, il se garda de la contredire, bien qu'il se fût persuadé pendant toute la journée que son deuil était fini, et elle en profita pour lui vanter les mérites des associations de croyants, de la Société de protection de la nature et de tant d'autres amis sympathiques qui n'attendaient plus que lui dans leurs rangs. Les mains jointes dans le dos et la tête inclinée pensivement, comme une vache, ou un taureau, il tenta de se rapprocher de la porte mais elle s'accrochait à lui comme un piquet auquel il aurait été attaché, jusqu'à ce qu'il eût l'idée d'aller lui chercher un autre verre. Quand il revint, Francesca était là et, soudain, sans réfléchir, il leur parla de Ray :

– J'ai perdu tout contrôle et je l'ai cogné.

Eleanor Arthur s'en réjouit :

– L'assassin ? Bravo ! je parie que ça l'aura fait réfléchir à ce qu'il a fait !

J'en doute, pensa-t-il. Il regarda Francesca, guettant d'elle un message. Elle avait toujours les yeux vifs, mais il ne pouvait en déchiffrer la lumière. Il se sentit idiot, se traita de vantard mondain. Il eut honte, tandis que Francesca le regardait avec les yeux de Laura.

Il décida d'aller à la fête des étudiants. Il attendit un peu pour ne pas être impoli, puis dit bonsoir à Francesca Hooton, Eleanor Arthur, Bill et Roxanne Furman, et sortit dans l'air embaumé de juin quelques minutes avant minuit. Il se hâta vers sa voiture garée sous les frondaisons d'un érable en se demandant s'il était encore temps.

Un appartement au deuxième étage d'une vieille maison, une rue étroite, il dût se garer trois blocks plus loin. Il pouvait entendre la musique à mesure qu'il approchait. Soudain inquiet de nouveau, encore une bêtise, en quoi ces jeunes gens pouvaient-ils l'intéresser avec leur musique bruyante, pourquoi ici plutôt que là-bas ? La réponse avait nom Louise Germane. Dont il ne savait rien. Avait-elle un fiancé ? Un amant ? Il ne savait rien, hormis ces paroles flatteuses qu'elle avait manifestement plaisir à lui adresser et le petit mot qu'elle avait ajouté sur le carton d'invitation ronéotypé.

Il grimpa les marches étroites dans une jungle de bruit. La porte d'entrée était ouverte, brouhaha et foule à l'intérieur. Son collègue Gabe Dalton, appuyé contre le chambranle avec sa pipe, sa barbe, un gobelet de plastique mousseux de bière, discourait devant trois étudiants qui buvaient ses paroles avec révérence. Dans le living, des membres du séminaire de Tony :

– Hé, monsieur Hastings ! Il y a de la bière dans la cuisine.

Content de retrouver Gabe Dalton, qui apaisait ses craintes de ne pas être à sa place. Gabe parlait avec une autorité dont la barbe et la pipe semblaient les attributs. Il parlait pour séduire. Sans interrompre son monologue, il toucha le bras de Tony d'un air de dire : Content de voir que tu sors enfin de ta grotte, l'ami. Tony regarda autour de lui, déçu. Il se rendit à la cuisine et y trouva Louise Germane.

Adossée au réfrigérateur, elle bavardait avec Oscar Gametti et Myra Slue. Elle lui fit signe de la main en le voyant. Il la trouva grande et pimpante avec son T-shirt bleu et rouge et un foulard bleu qui retenait la gerbe blonde de ses cheveux.

– Je vous sers une bière ?

Le tonnelet de bière était dans le coin ; elle en tira le contenu d'un gobelet et le lui tendit. La cuisine était un havre de silence comparé au reste de l'appartement. Elle était contente qu'il soit venu, comme si elle n'en avait jamais douté. Oscar Gametti posa une question à Tony et il commença à parler. Les étudiants prirent respectueusement la pose autour de lui et, comme Gabe Dalton, il discourut, avec l'aisance croissante que lui conféraient son âge et son savoir. Il les trouva bien déférents et admiratifs.

Il remarqua les petites bosses que faisaient les seins de Louise Germane sous le T-shirt. Il aurait voulu lui parler de manière différente, lui dire autre chose. Elle l'écoutait avec intérêt, avidité même, pensa-t-il, et le couvait d'un regard presque fiévreux. Il aurait aimé l'isoler des autres. Il se demanda comment. Il se demanda comment elle était venue à la fête, comment elle comptait repartir, et s'il pourrait, par exemple, la raccompagner chez elle. S'il pouvait le faire avec naturel et détachement, afin de ne pas la choquer ni attirer l'attention des autres.

Il se mit à raconter son histoire, toute l'histoire depuis la nuit sur l'autoroute. Il se disait qu'ils devaient déjà la connaître, mais il n'en avait jamais parlé à ses étudiants. Il s'entendit donc le faire, il avait du mal à y croire et en éprouva de la honte, mais il ne pouvait s'en empêcher. Il raconta de façon aussi simple que possible, précautionneusement mais sans rien omettre d'important. Il en parla comme si tout le monde devait savoir ces choses, comme s'il donnait une leçon sur la vie. Leurs expressions se firent graves, ils secouaient la tête de temps à autre, d'un air consterné. Louise Germane le regardait avec de grands yeux brillants, presque à vouloir l'embrasser.

Quand il eut terminé, Myra Slue déclara :

– Il est temps que je rentre chez moi.

Tony dit :

– Eh bien, je crois que moi aussi. A bientôt.

Puis, d'une voix pas trop forte :

– Si quelqu'un veut profiter de ma voiture ?

Myra Slue ne l'entendit pas, Oscar parlait à quelqu'un d'autre. Il regarda Louise Germane et réitéra sa proposition, à sa seule intention :

– Est-ce que je peux vous ramener ?

– Oh, je vous remercie... répondit-elle. Mais je suis venue avec Nora Jensen, ajouta-t-elle, hésitante.

Il ne dissimula pas sa déception. Elle lui dit, comme après coup :

– Je vais lui en parler. On se retrouve en bas.

Elle avait dit ça comme s'il y avait intrigue, secret à garder ; le cœur de Tony tressauta. Il la regarda partir à la recherche de Nora, remarqua le petit sourire qu'elle réprimait. Tony sentit sa dignité chanceler légèrement. Il souhaita le bonsoir à Gabe Dalton, qui continuait de tenir sa cour dans le vestibule, et descendit seul au rez-de-chaussée, où il attendit Louise Germane, son cœur battant la chamade.

2

Aucune rupture dans le texte qui annoncerait un nouveau chapitre, mais Susan Morrow interrompt sa lecture, pour une raison qui lui échappe. Peut-être à cause de la scène érotique qu'elle voit venir. Elle n'est pas sûre de la désirer, à moins de se sortir de la tête qu'Edward en est l'auteur. Nerveux Edward, qui manquait pour le moins d'imagination dans le domaine de la chair. Elle est irritée par le tableau méprisant qu'il dresse de la fête chez les professeurs. Elle aime ce genre de festivités, pense sincèrement que le corps enseignant est plus intelligent et cultivé que la plupart des autres milieux. Elle s'émeut également que Tony raconte son drame personnel à ses étudiants et s'agace de sa préférence machiste pour la jeune Louise au lieu d'Eleanor. Se pose enfin la question morale des coucheries entre maîtres et élèves, Edward ou Tony y ont-ils pensé ?

Qu'est-ce qui l'empêche de poursuivre sa lecture ? Rosie est suspendue au téléphone, elle parle à son amie Carol. Si Arnold essaye d'appeler de New York… Tant pis, laisse parler Rosie. Susan espère qu'il ne téléphonera pas. Cette pensée la surprend, pourquoi devrait-elle l'espérer ? Elle n'a aucune raison de redouter son appel, mais comprend qu'elle a également peur de son retour, demain – demain ? Elle regrette de ne pas avoir une journée de plus pour s'y préparer. Elle l'imagine lui rapportant quelque horrible cadeau. Un cadeau qui n'en est pas un, un cadeau empoisonné. Qu'est-ce que ça pourrait être ? Elle l'ignore, dans sa tête cette pensée fait comme une boule, lourde et légère à la fois, à la manière d'un boulet de charbon.

Il neige et elle relève une altération dans le bruit diffus de la ville. La neige recouvre la voiture qu'il lui faudra dégager demain, et aussi l'allée qu'elle devra pelleter – elle ou Henry. Elle s'étonne de l'étrangeté de ce qu'elle fait : lire un roman. Se mettant dans un état particulier, comme une transe, alors qu'un tiers (Edward) prétend que certaines choses imaginaires appartiennent au réel. Une question pour une autre fois : Que suis-je en train de faire exactement ? Est-ce que j'apprends quelque chose ? Le monde est-il meilleur, Edward, parce que nous voici, toi et moi, sur le point de coopérer ?

Le monde de Tony est pareil à celui de Susan, hormis la violence, qui le rend totalement différent. Qu'est-ce que je gagne à être témoin d'une telle malédiction ? Ce roman amplifie-t-il la différence entre la vie de Tony et la mienne, ou bien nous rapproche-t-il ? Il me menace, ou il me rassure ?

Ces questions sans réponses lui traversent l'esprit tout au long de cette pause dans sa lecture.

Bêtes de nuit 20 (suite)

Il attendit au bas des marches, où deux étudiants grillaient une cigarette. Louise Germane tardait à venir. Il imagina Nora Jensen disant : « Allez, je te raccompagne », et il se demanda s'il était du domaine du possible que Louise lui réponde : « Mais j'ai envie que M. Hastings me ramène. »

D'autres partaient. Gabriel Dalton, parlant toujours à deux garçons derrière lui. Nora Jensen elle-même, avec Myra Slue, mais toujours pas de Louise. Il se demanda si elle ne s'était pas éclipsée par l'échelle d'incendie ou l'escalier de derrière. Il commençait à désespérer quand il vit une mince paire de jambes descendre les marches, puis le jean et les chaussures à lacets, le T-shirt bleu et rouge, oui, Louise Germane. Elle le regarda avidemment, il pensa qu'elle allait lui prendre la main.

– Complications, dit-elle.

Il gagna la voiture avec elle, sous les regards des autres étudiants. Elle marchait vite, à longues enjambées.

– Quelles complications ?

– Rien d'important, dit-elle. Je suis contente que vous m'emmeniez.

– Tout le plaisir est pour moi.

Il remarqua l'expression de satisfaction sur son visage. Il la fit monter dans la voiture, elle se pencha pour déverrouiller la portière du conducteur. Assise les mains croisées sur ses genoux, elle soupira, un soupir forcé, pensa-t-il.

– Qu'y a-t-il ?

– Jack Billings voulait aussi me ramener. J'ai dû lui dire que j'allais avec vous.

Tony Hastings s'alarma :

– Vous auriez préféré partir avec lui ?

– De toute façon, il est trop tard, maintenant.

– Je ne voulais pas vous enlever à vos amis…

– Ne vous inquiétez pas.

Jack Billings serait-il son amant ?

– J'avais envie de venir avec vous, poursuivit-elle. Si cela ne vous dérange pas.

Voici Louise Germane, une inconnue, et je la ramène chez elle. Il se demanda où était l'interdit. Elle était assise à côté de lui comme un membre de la famille. Se prendrait-elle pour Laura ? Il n'est pas interdit de la raccompagner chez elle, une politesse, un service. Mais pense-t-elle que ma seule intention est de la raccompagner en voiture ? Les étudiants qui nous ont vus partir ensemble en déduiront que nous sommes amants. Mais comme nous ne le sommes pas… A moins que Louise Germane n'y pense.

Et quelle est cette chose importante que je voulais lui dire ? Est-ce que je sais ce que je fais ?

Et si elle m'invite à entrer ? De nouveau, ce sentiment d'interdit. Est-ce que j'ai l'air de vouloir séduire Louise Germane ? Le pense-t-elle ? Si oui, elle devrait se montrer plus circonspecte, trouver un prétexte, fuir. Peut-être attend-t-elle de lui qu'il la séduise ? Peut-être essaye-t-elle de le séduire ?

– Voilà, c'est ici, dit-elle.

La question était désespérée mais quelle était la question ? C'était une longue maison blanche, avec six boîtes à lettres sous le porche d'entrée.

– Voulez-vous entrer ?

Il s'accrocha à ce qui ne pouvait tenir :

– Il n'est pas trop tard ?

Elle avait le visage dans l'ombre.

– Je serais très honorée si vous acceptiez.

– Il faut que je trouve une place pour me garer.

Sans doute ne voulait-elle pas le séduire, mais simplement lui offrir une tasse de café, auquel cas il n'avait pas à s'inquiéter : les convenances seraient sauves. Ils se garèrent à quelques maisons de chez elle et marchèrent de conserve jusqu'à son appartement. Le trottoir était défoncé, leurs épaules se touchaient. Les fenêtres de son logement étaient sombres, le couloir allumé. Elle regarda dans sa boîte aux lettres : GERMANE. Il la suivit à l'étage, se tint à côté d'elle devant la porte en bois de pin, le cœur battant fort, pendant qu'elle cherchait sa clé dans son sac à main.

Ce n'était pas l'adultère, puisque Laura était morte. Ce n'était pas le deuil, car onze mois avaient passé et la vie exigeait cruellement d'être vécue. Ce n'était pas l'enfant qu'il avait en face de lui : elle était une femme mûre de sa génération qui, à vingt-huit ou trente ans, avait probablement fait plus de rencontres amoureuses que lui à quarante-cinq. Ce n'était pas l'étudiante de doctorat car elle avait terminé son programme et il n'avait plus sur elle aucune espèce d'autorité magistrale.

Ils entrèrent. Le living était nu, un canapé, une table. Elle alluma une lampe, mit un disque de jazz. Elle avait au mur un poster de Montmartre. Il prit place sur le canapé aux ressorts tellement avachis que son séant touchait presque le sol.

– Vin ?

Elle s'assit à côté de lui. Leurs genoux pointaient comme des pics. Quoi qu'il ait eu envie de lui dire, c'était le moment où jamais. Ce devait être lié aux événements de Grant Center, mais il avait déjà raconté son histoire à la fête et, cependant, il restait quelque chose à dire. C'était comme si l'histoire avait quelque post-scriptum secret, réservé pour elle. Tellement secret qu'il lui manquait la clé, le code.

S'il pouvait seulement lui faire partager la force émotionnelle contenue dans l'acte de frapper Ray !

– Je l'ai vraiment mis au tapis, dit-il.

– Vous ne savez pas ce que cela signifie pour moi de vous avoir ici, monsieur Hastings.

Ses yeux sous l'éclairage tamisé, le visage empreint du désir d'embrasser. Une étudiante entichée de son professeur, c'est sûr, une bonne chose qu'elle ne fût plus son élève.

Elle défit le foulard bleu sur sa tête, libéra ses cheveux, ondulation de blé mûr.

– J'ai souvent pensé à vous inviter chez moi. Depuis ce qui vous est arrivé, je veux dire.

– Vous êtes une amie.

– Je voudrais l'être. Je ne veux pas être simplement l'une de vos étudiantes. Ça vous ennuie ?

– Pas du tout. Je ne pense pas à vous comme à l'une de mes étudiantes. Je pense à vous comme…

Termine pour moi, pensa-t-il, je ne peux pas y arriver tout seul.

– Comme quoi, Tony ?

– Comme une amie.

Ça, tu l'as déjà dit. Et elle t'a appelé Tony.

– Je croyais que vous alliez dire comme… une femme.

– C'est ce que j'allais dire.

Elle le regardait d'un air grave, parlait lentement. Elle cessa de le regarder, puis le regarda de nouveau et lui dit :

– Cela signifie-t-il que vous avez envie de coucher avec moi ?

Retiens ton souffle, bonhomme, ça va plus vite que prévu.

– Ce n'est pas ça ? reprit-elle.

– Peut-être que oui.

– Peut-être ?

– Euh, oui. C'est ce que ça veut dire.

– Vous voulez que je couche avec vous ?

– Oui.

Silence, puis :

– Moi aussi. Mais il y a un problème, s'empressa-t-elle d'ajouter.

– Vous avez vos... ?

– Non, ce n'est pas ça. Je ne suis pas sûre que Jack Billings ne finisse pas par débarquer ici. Je ne pense pas l'avoir vu pour la dernière fois cette nuit.

– Il a envie de coucher avec vous ? (Elle hocha la tête.) Vous êtes amants ?

– Il croit que nous le sommes. (Elle ouvrit ses mains, paumes offertes.) Je suis désolée. Je n'ai jamais cru avoir la moindre chance avec vous.

C'était donc là que se situait l'interdit.

– Je ne devrais pas me mêler de vos affaires.

– J'aimerais que vous vous en mêliez.

Elle refléchit.

– Prenons le risque. S'il vient, je ne le ferai pas entrer. Je lui dirai que je suis malade.

Il eut une idée. Après tout, pourquoi pas ?

– Voulez-vous venir chez moi ?

– Hé, c'est une bonne idée !

Vite, avant que Jack Billings ne débarque. Elle courut à sa penderie, sortit une robe de chambre blanche, chercha des yeux ce qu'elle devait emporter, vite, ne trouva rien d'autre qu'une brosse à dents.

– Dépêchons-nous, dit-elle, comme si Jack était déjà à la porte.

Une voiture passait lentement dans la rue juste au moment où ils sortaient dans la rue.

– Bon Dieu, dit-elle. C'est lui.

La voiture poursuivit sa route.

– Pourquoi ne s'est-il pas arrêté ? demanda-t-elle.

Il se souvint des bois, de la clairière.

– Il m'a regardé.

– Je ne voudrais pas vous attirer des ennuis.

– Ne vous inquiétez pas. Ce n'est pas votre problème.

Dans la voiture, elle dit :

– Je lui expliquerai demain. Je trouverai bien quelque chose.

Y a-t-il lieu de s'inquiéter ? Est-ce que je tiens à être responsable d'une rupture entre Louise Germane et son amant ? Quelle sera l'attitude à adopter en public ?

Louise Germane entra dans sa maison au milieu de la nuit. Il fit de la lumière. Elle regarda avec joie autour d'elle.

– J'ai toujours voulu venir chez vous. Même avant la mort de votre épouse.

Elle se tenait au milieu du salon de Laura, regardait les peintures de Laura, le piano, les étagères chargées de livres, le canapé, le fauteuil, la table basse. Elle n'était ni sa femme ni sa fille, il la connaissait à peine, pourtant il avait envie d'en faire une intime. Le paradoxe lui donnait le vertige.

– J'aimerais que vous me fassiez visiter la maison, dit-elle.

– Maintenant ?

Elle rit, s'approcha de lui et répondit :

– Disons demain.

Puis le baiser, le premier, déjà pressant, cette jeune personne qu'il avait souvent prise pour une timide, mais qui savait certainement mieux embrasser qu'il ne le saurait jamais. Elle pressa son ventre contre le sien et recula le buste pour le regarder.

– Où allons-nous pour les festivités ? demanda-t-elle.

– En haut ?

– La chambre du maître ? Super, allons-y.

Il éprouva une légère irritation. Ils montèrent au premier. A la porte, il fit de la lumière et s'arrêta. Le fantôme de Laura. Tony était surpris, car il pensait qu'elle avait levé l'interdit, mais elle était bien là, pas encore prête à abandonner sa chambre. Il jeta un coup d'œil dans la chambre d'Helen, elle aussi barrée. Restait le lieu neutre de la chambre d'ami.

– Allons là.

Les festivités. Elle croisa les bras et ôta son T-shirt, puis ils se déshabillèrent en se regardant, elle souriait d'un sourire enfin libéré. Elle était mince, ses hanches jetaient une ombre sur le creux de ses cuisses. Elle lui toucha le sexe, cette fille qui avait été son élève.

Rires étouffés, murmures, câlins, chatouilles. Le corps de

Louise lui était aussi familier que s'il la connaissait depuis toujours. Oui, prends-moi, je n'ai jamais cru que je ferais ça un jour avec toi. Ne pas précipiter les choses, mais le désir enflait, ne souffrait plus qu'on lambine, et il se pencha sur Louise Germane, manœuvrant pour la trouver, et puis il fut en elle. Comme c'est bon d'être de retour.

Là, dans la chambre d'ami, alors qu'elle s'agrippait à lui, il prit conscience que quelqu'un les observait depuis le seuil. Jack Billings, évincé. Les festivités entraient dans leur phase sauvage, ascendante. Ce n'était pas Jack Billings. C'était quelqu'un dans l'autre lit, tandis que la couleur changeait, coucher de soleil éclatant sur la neige, le skieur solitaire descendant tout schuss sur la poudreuse vierge et se fondait plus bas dans les ombres grises. Dans l'autre lit, quelqu'un était violé par un homme qui avait le dos tourné, un homme que Bobby Andes frappait à coups de bâton. Tony Hastings, alors même qu'il tirait la dernière goutte d'or de Louise Germane, sentit qu'il se divisait, s'élevant comme un esprit de son corps agité de soubresauts pour tenter d'arracher le violeur de l'autre lit.

Il régnait dans la chambre un calme semblable à celui de l'enterrement. Elle lui caressait la nuque. Les gens se taisaient, peut-être étaient-ils partis. Il tourna la tête vers l'autre lit et vit qu'il n'y avait pas d'autre lit. Il y avait Louise Germane, douce et vulnérable, souriant vaguement comme une enfant qu'on viendrait de réveiller, et, soulagé de la voir en vie, il éprouva pour elle un élan de tendresse. Il était décontenancé par la violence de leur étreinte, choqué de découvrir qu'il n'y avait qu'une seule couche, celle sur laquelle ils gisaient, leurs corps entremêlés. Cela signifiait que le violeur, c'était lui, lui qu'ils essayaient d'arrêter, et l'esprit qui était le sien n'était qu'un esprit.

Il lui demanda :

– Vous voulez rester ici cette nuit ?

– Pourquoi ? Ce n'est pas ce qui était prévu ?

Au milieu de la nuit, il voulut la réveiller pour lui dire : « Hé, tu te souviens quand tu m'as fait l'amour dans le champ de myrtilles, derrière la maison dans le Maine ? »

Alors qu'Helen faisait du vélo avec une amie, Laura et lui

étaient allés cueillir des myrtilles. Elle en short avec une chemise légère, une chaude journée, d'un calme absolu, il l'entend rire derrière lui, se retourne, la voit avec son chemisier dégrafé et les mains sur la ceinture de son short, le faisant descendre à ses pieds. « Alors mec, ça te branche ? » Un instant d'effarement. « Détends-toi, lui avait-elle murmuré à l'oreille. Jamais personne ne vient par ici. » Puis la poursuivre sur la grève rocheuse, elle qui plonge nue dans l'eau, et lui derrière, le froid saisissant, sitôt entré sitôt sorti, et « Merde, on a oublié les serviettes », courir à la maison, la peau en feu. Laura l'athlète, sa démarche chaloupée.

Il allait parfois à la patinoire pour la regarder exécuter ses figures et elle voulait lui apprendre, mais il avait les chevilles faibles et aucune aptitude. Un jour, elle partit patiner avec son amie Mira quelque part dans le nord de l'Etat et tarda à rentrer. Il l'attendit, incapable de dormir ; à cinq heures du matin, elle n'était toujours pas arrivée. Il fut certain qu'elles avaient eu un accident sur la route verglacée. Ce n'était pas la faute de Laura ; elle n'avait pas pu le prévenir, pour une bonne raison, une raison aujourd'hui oubliée. Les nuits qu'il faudrait raconter à Louise Germane. D'ordinaire, ils s'inquiétaient pour Helen, Laura et Tony faisaient semblant de dormir, savaient bien qu'il n'en était rien, jusqu'au moment où Laura finissait par se redresser dans le lit : « Cette enfant n'est pas encore là ? » Mariage et inquiétude, Louise. Quand le médecin avait découvert cette anomalie à l'occasion d'un test de routine, ils avaient dû attendre la fin du long processus d'élimination avant de célébrer la victoire dans un restaurant chinois, leur avenir dégagé et libre de nouveau.

Il regarda Louise Germane, silhouette endormie sous les couvertures, et pensa : Epouse-la quand tu te seras remis d'aplomb.

3

La page suivante marque le début de la quatrième partie. Il n'y a pas de place pour une cinquième, semble-t-il, il s'agit donc d'une œuvre en quatre mouvements, une symphonie, et nous avons écouté les trois premiers. La forme du roman devrait être claire, mais Susan ne peut toujours pas deviner ce qui l'attend.

Derrière la maison du Maine, il y avait un champ de myrtilles où Susan et Edward s'en allaient faire la cueillette. Pas de sexe, cependant. Ce n'est pas elle qui a dégrafé son chemisier et baissé son short avant de lui lancer : « Alors, mec, ça te dirait ? » Edward lui signifie-t-il par là qu'il aurait aimé qu'elle le fît ? La chair dans ce livre l'emplit d'un vague malaise. L'idée que le coup de poing donné à Ray a libéré la sexualité de Tony. La vision du viol et de la lutte pendant qu'il fait l'amour à Louise. La sexualité de Tony est-elle possédée d'une pulsion de viol et de mort parce qu'il a été traumatisé par Ray, ou bien serait-ce qu'Edward pense que le sexe n'est rien d'autre qu'une affaire de viol et de mort ? Si elle le pouvait, elle interrogerait Stephanie à ce sujet.

Elle dirait à Edward qu'Arnold dénie toute violence à l'amour. Il n'a jamais désiré violer quiconque, ne peut concevoir de rapport sexuel imposé par la force. Susan Morrow en est intimement convaincue. Elle se pose une question : les hommes diffèrent-ils entre eux, les doux et les brutes ? La violence chez Arnold s'exerce dans une autre arène : en gestes rituels, mains aseptisées dans des gants de caoutchouc, plateau de scalpels, pression mesurée de la main et incise délicate, concentration et maîtrise.

Dans leur version de la chair, elle sort de la douche, ferme la porte, la lampe de chevet est allumée, Arnold lit au lit. Enfants turbulents dans toute la maison, la télé en bas, Nilsson immolant Brünnhilde, dans l'univers clos d'une chambre d'adolescent. Elle a enfilé une chemise de nuit qui lui arrive aux cuisses, s'est parfumée. Elle va se planter devant lui, qui lève les yeux de sa lecture. Il regarde gravement ses genoux, repose son livre. Il tend la main, remonte derrière les cuisses, passe par la courbe des fesses avant d'arriver devant. Elle aime voir le sexe de son chirurgien se gonfler, elle aime ses regards d'enfant avant le match, elle aime le chaume de sa barbe contre sa joue, elle aime le sentir jouir en elle.

Parfois, quand ils font l'amour, elle fait comme si c'était la première fois, du temps où Selena était à l'hôpital ou, révisant l'histoire, comme si c'était son premier rendez-vous avec un garçon. Des fois ils sont divorcés, mais toujours amis, après le hasard d'une rencontre dans un restaurant, ou bien ils sont des amants sur la plage, la nuit, ou des aventuriers sillonnant les mers à bord d'un sloop avec le gouvernail immobilisé cap sur le large, ou encore des acteurs de cinéma rentrant excités après avoir tourné une scène d'amour, ou, mieux, jouant ladite scène et se laissant emporter par le désir devant l'équipe de tournage. Ou alors ils sont leaders politiques, lui Ronald Reagan, elle Margaret Thatcher. Elle ne parle pas de ces fantasmes à Arnold, qui croit fermement que sa seule présence en elle est la source de tous ses émois.

De telles pensées l'attristent étrangement, comme si elles marquaient la mort du désir. Suffit, se réprimande-t-elle, arrête, et lis. Lis. Elle aime ce roman ce soir-là, il la nourrit bien. Elle se demande comment Edward, un être aussi préoccupé de lui-même, peut s'oublier à ce point à travers un récit et la faire s'oublier elle-même. Le livre la dispose plus favorablement à l'égard de son auteur, du moins l'espère-t-elle.

Bêtes de nuit 21

Bobby Andes appela de nouveau. La sonnerie du téléphone fit sortir de la douche Tony Hastings avant son deuxième rendez-vous avec Louise Germane, le forçant, ruisselant et une serviette autour de la taille, à aller s'asseoir à son bureau où se trouvait l'appareil. Par la fenêtre, il aperçut un couple en short en train de laver une voiture rouge vif de l'autre côté de la rue.

– J'ai des nouvelles que vous n'allez pas apprécier, dit la voix à l'autre bout du fil.

Tony attendit. Mauvaises nouvelles sur fond de parasites : ils relâchaient Ray Marcus.

– Qui ça ?

– Ray Marcus, Ray, votre Ray, ils le relâchent.

– Comment ça, ils le relâchent ? s'exclama Tony.

La voix de Bobby Andes, nasale et lointaine, expliqua qu'ils abandonnaient les poursuites, suspendaient l'enquête. Merci à ce putain de Gorman, district attorney de mes deux, le monsieur prétend qu'il n'y a pas de preuves suffisantes.

Tony se frottait la tête avec la serviette, son pénis flasque réfugié dans l'entrecuisse, ses jambes poilues perlées de gouttes et, de l'autre côté de la rue, la fille en short aux jambes parfaites se penchait, chiffon à la main, sur le capot de la voiture rouge vif.

– Gorman dit qu'il manque d'éléments pour maintenir l'accusation.

Comme la fille se penchait encore plus, son short remonta, lui découvrant le bord des fesses.

– Que dites-vous ?

– Au moins, vous avez eu le plaisir de lui casser les dents.

Autres voix sur la ligne, un rire de femme.

– C'est la politique, Tony. C'est rien d'autre.

Dans le silence, la fille arrosa le garçon avec le tuyau d'arrosage ; le garçon répliqua en lui jetant une éponge. Louise Germane l'attendait à dix-huit heures.

La voix de Bobby Andes, brouillée par des centaines de kilomètres, l'exhortait à revenir à Grant Center.

Tony essaya de résister.

– Il faut dix, douze heures de route pour me rendre là-bas, dit-il. Je ne peux pas passer mon temps à aller et venir.

Et Bobby Andes de répondre :

– Je veux vous voir ici le plus vite possible. Marcus va tenter de quitter l'Etat. Partez tout de suite, passez la nuit dans un motel.

Le ton péremptoire, militaire, sans parler de l'intrusion dans sa vie privée, dans ses neuves amours avec Louise Germane, dans son sexe même, au repos sur son entrecuisse.

– J'ai un rendez-vous ce soir.

Crachotement de la ligne.

– Quoi ?

– Vous allez vous contenter d'un coup de poing ? Vous trouvez ça suffisant comme punition ?

Alors Tony dit qu'il viendrait, mais pas avant demain. Il n'y a pas de raison de s'alarmer, et d'ailleurs je ne suis pas inquiet. Pour le moment, du moins. Je le serai plus tard, c'est sûr. Je serai même tellement bouleversé que je ne pourrai pas l'oublier.

Il se demanda s'il serait en colère. C'était un affront. On aurait quand même pu croire qu'ils accorderaient à ma parole autant de poids qu'à celle de Ray et qu'ils laisseraient le jury décider. Je m'attendais à ce que ma position sociale, sans parler du fait que je suis la victime, fasse pencher la balance en ma faveur, compte tenu des antécédents judiciaires de Ray.

Il prit la route le lendemain matin à six heures avec pour compagnon le souvenir d'une nuit abrégée avec Louise, leur deuxième nuit : il l'avait ramenée chez lui, elle l'avait aidé à faire sa valise tandis qu'il s'efforçait de prendre plaisir à sa présence et de refouler la peur qui menaçait de l'envahir. Le réveil l'avait tiré du sommeil à quatre heures et demie avec le terrible sentiment d'avoir dormi pendant qu'il se passait une chose affreuse. Il réveilla Louise et ils prirent un petit déjeuner dans la cuisine avant qu'il la raccompagne chez elle, la laissant, les yeux gonflés de sommeil, dans la lumière du petit matin bruissant du chant des oiseaux.

Il la regarda dans le rétroviseur lui faire un signe d'adieu, puis suivit les rues désertes jusqu'à l'autoroute et la rase campagne voilée de brume matinale. A présent qu'il avait quitté Louise, la peur contre laquelle il avait lutté débordait, l'envahissait. Il allait se passer quelque chose de terrible. Une catastrophe imminente. Il se demanda s'il pourrait tenir toute la journée sans rien d'autre à faire que conduire.

Le long trajet commença, trajet devenu familier, chaque détail dans la même lenteur ordonnée, borne après borne, chaque courbe s'ouvrant sur un paysage déjà vu, ferme après ferme, pont après pont, champs et bois, toute la journée. Avec le sifflement du vent, le chuintement constant des pneus qui pouvaient éclater à tout moment et le vrombissement du moteur qui pouvait griller, avec la route qui pouvait se déchirer. L'impatience renaissait à chaque panneau et la somnolence le reprenait avec la courbe douce de la route. Le voyage le protégeait pour le moment, l'hypnotisait contre ses propres dangers et maintenait tout le reste à distance.

Il essaya de cerner ce qui lui faisait peur. Ray, pensa-t-il. Ray en liberté, vicieux, le traquant pour finir ce qu'il n'avait pu achever l'été précédent. « M'sieur ? Votre femme veut vous parler. » Avec une motivation renforcée pour cause de dent cassée. Plus tard dans la matinée, la peur prit un tour nouveau. Ray s'en prendrait à Louise Germane. Bien sûr, c'est ce qu'il fera, me détruire à travers toutes mes femmes. Raison de plus pour accélérer, pour l'arrêter avant qu'il s'échappe.

La traversée d'une ville et le besoin de prendre un café mobilisèrent son attention, puis Bobby Andes fut là, en surimpression de la fille penchée sur le capot de la voiture, son short remonté sur ses fesses. « Vous allez vous contenter d'un coup de poing ? Vous pouvez être sûr qu'il a autre chose en réserve. » Il ne s'agissait pas seulement de Ray. Tony avait peur de Bobby Andes. De quoi ? De son âpreté morale, de son mépris ? Quelque chose de méchant, pas encore défini, qui pourrait lui valoir des ennuis s'il ne le détectait pas à temps ?

Après le déjeuner, aucune explication ne semblait pouvoir répondre à son malaise. Il se sentait coupable de négligence. Il avait contracté un gros emprunt, la date de remboursement était passée, la forclusion imminente. Cela le hantait : Je dois quelque chose à quelqu'un. Ce n'était pas de l'argent. Cela concernait Ray Marcus ou Bobby Andes ou Laura et Helen. Peut-être Louise Germane, bien que ce fût peu probable, elle venait à peine d'entrer dans sa vie. Quelque chose de terrible va arriver. C'est déjà arrivé. L'un ou l'autre. Ou les deux.

Ce serait même pire si quelque drame se produisait maintenant. Monsieur le putain de district attorney Gorman a décidé qu'il n'y aurait pas de poursuites. Parce que ce dont avait été témoin Monsieur Tony Hastings n'était pas suffisant. Le fait qu'il ait identifié Ray, les trois hommes dans les bois, le crime, tout cela ne comptait pas ; il n'y avait pas, il n'y avait jamais eu de Ray Marcus, jamais eu d'hommes dans les bois, jamais eu de crime. Tony Hastings avait fait erreur. Ça lui donnait envie de hurler. S'ils ne me croient pas, qui suis-je ? Si ce dont je me souviens n'est pas jugé assez bon, de quoi est-ce que je me souviens ? Où s'en est allée ma vie, qu'est-ce que j'ai fait depuis ?

Vers la fin de l'après-midi, alors qu'il traversait les collines moutonnantes de l'est de l'Ohio, après une autre pause-café, son esprit se fit plus clair et le monde lui parut de nouveau ordinaire, mais il gardait le sentiment qu'il avait enfermé quelque part la question qui le hantait et qu'elle réapparaîtrait à son heure. Il se posa lui-même la question rationnelle de savoir quel était le but exact de ce voyage, et fut étonné de découvrir qu'il ne le savait pas. Ray Marcus a été libéré et Andes veut que je vienne. Pour aider, a-t-il dit, mais sans préciser comment. Ça fait un sacré voyage pour un but aussi vague.

Il compta les voyages qu'il avait faits à la demande de Bobby Andes. Ce serait sa quatrième visite à Grant Center en un an. Tout ça pour retrouver trois hommes. J'ai dû perdre la tête. C'est une histoire de fous.

C'était l'incertitude du propos qui le prouvait. Chacun de ses précédents déplacements avait obéi à un motif précis. Il se dit que Bobby Andes devait avoir un plan, quelque projet secret qui ne pouvait se dire au téléphone. Il n'empêche, pensa-t-il, c'est dingue. Ce n'est pas moi qui suis fou, c'est Bobby Andes.

Ils ne se retrouvèrent pas à Grant Center mais à Topping, dans un restaurant avec un comptoir, et prirent place dans un box près de la fenêtre devant laquelle ils avaient garé leurs voitures. Tony dîna d'une tranche de rôti de bœuf noyée sous une sauce brune. Il faisait face à Bobby Andes, penché sur son assiette, entortillant ses spaghettis autour de sa fourchette, les portant à sa bouche, hésitant à les enfourner et finissant par reposer le tout au bord de son assiette. Tony Hastings le regardait et pensait : Cet homme est fou. Et, l'instant d'après : Moi aussi. Puis Bobby Andes dit :

– S'il n'y avait pas ce cancer…

– Quel cancer ?

Bobby Andes lui jeta un regard noir :

– Je vous l'ai dit, j'ai plus que six mois à vivre, bordel de Dieu !

Tony Hastings ouvrit de grands yeux.

– Vous me l'avez dit ? Mais quand ?

Bobby Andes racontait que c'était l'avocat de Ray, un certain Jenks, commis d'office, qui s'était arrangé avec Gorman pour abandonner l'accusation. Ils ont passé un marché, vous me donnez ça, je vous laisse ça. De la politique.

– Quand m'avez-vous parlé de votre maladie ? répéta Tony.

– C'est Jenks et Gorman qui ont libéré ce salaud.

– Je ne comprends rien à ce que vous me dites.

– Ce qu'ils cherchent, c'est à me virer.

– Pourquoi feraient-ils une chose pareille ? (Bobby Andes ne répondit pas.) Ils laisseraient tomber une affaire de meurtre pour vous virer ?

Ouais, une affaire mal ficelée, d'après eux, expliqua Bobby Andes. Un travail salopé, pas de preuves ou alors des preuves qui ne tiendraient pas une minute devant une cour d'assises. Gorman le punissait parce que cet enfant de putain avait trop les jetons d'instruire un procès qu'il risquait de perdre. Il demanda à Tony si ça ne lui foutait pas les boules, des saloperies pareilles.

– Je les ai vus, Bobby.

– Ouais, je sais, je sais.

– Est-ce qu'ils vont relâcher Lou aussi ?

Pas Lou. Ils avaient ses empreintes. Ils allaient lui coller toute l'affaire sur le dos. Et il y avait rien à redire à ça si on acceptait que Lou payât pour des crimes dont Ray était le maître d'œuvre.

– Ce n'est pas possible de laisser Ray s'en tirer.

– Ouais, je savais que vous penseriez ça, dit Andes.

Il raconta encore que Ray obtenait le bénéfice du doute parce que la seule chose qu'ils avaient contre lui, c'était la parole de Tony, et Jenks avait foutu la trouille à Gorman en le persuadant que ça ne tiendrait jamais devant un jury. Et comme c'était Andes qui menait l'enquête, Gorman avait pensé qu'il était temps que le lieutenant dégage le plancher et s'en aille profiter de son cancer en Floride.

– Vous ne m'avez jamais parlé de ce cancer…

– Le bruit qui court en ce moment, c'est que je suis incompétent. C'est ce que Gorman aimerait prouver.

– Et si j'allais le voir et lui parler ?

Bobby partit d'un rire gras. L'ennui, c'était cet alibi étanche que Ray s'était fabriqué. Il se trouvait en compagnie de Leila Whozis, cette nuit-là. La salope le corrobore, sa tante aussi, que faire ?

– Et il y a autre chose encore, ajouta Andes.

– Quoi ?

– Ecoutez ça. D'après Gorman, l'identification que vous avez faite de Ray n'est pas fiable. Calmez-vous, il n'y a rien de personnel là-dedans, c'est rien qu'un argument d'avocat. Il y a l'alibi de Ray, confirmé par la femme. Il faisait nuit, ce qui accroît les chances d'erreur. Et puis vous n'avez pas pu identifier Turk. Et ça, Gorman ne l'a pas oublié, vous n'avez pas pu reconnaître Turk.

– Ray m'a laissé une plus forte impression que Turk.

– Vous croyez que je ne le sais pas ? C'est con qu'on n'ait pas pu utiliser votre ami dans la camionnette.

– Qui ça ?
– Le vieux sourdingue. Il aurait pu identifier Ray.
– Il n'a probablement jamais entendu parler de cette histoire.
– Tout le monde dans le pays connaît cette histoire. Ce vieux salopard a dû avoir les jetons, voilà tout. S'occupe de ses affaires, rien que de ses affaires, le fumelard.
– Qu'allons-nous faire ?

Eh bien, de l'avis de Bobby Andes, la seule façon de procéder consistait à faire craquer le salaud. Il raconta comment il avait essayé avec Lou Bates, mais les autres ne lui avaient pas laissé le loisir de poursuivre ; tout ce que lui avait permis Gorman, c'était de poser poliment ses questions. On ne brise pas un bœuf comme Lou Bates avec des questions joliment ciselées. Lou Bates était un crétin. Il avait un seul principe de survie : nom, prénom, matricule. Il ne connaissait pas Ray, point final. Quand Bobby lui avait rapporté ce que les clients d'Herman lui avaient dit, Lou avait répondu : « J'ai peut-être bu un pot avec lui, mais j'ai jamais su qui c'était. » Quand Bobby avait dit à Lou qu'il trouvait injuste que celui-ci porte seul le chapeau dans cette affaire, l'intéressé avait fait semblant de ne pas comprendre. Quand le lieutenant lui avait demandé qui était ce troisième homme qui avait réussi à s'arracher lors du braquage à Bear Valley, Lou fut très étonné : quoi, ils étaient trois ? Visage de marbre bouffé par une barbe.

Bobby Andes reposa sa fourchette et alluma une cigarette. Il semblait se réjouir de ces frustrations. Il avait cru qu'ils pourraient au moins épingler Ray pour le braquage, mais l'employé du supermarché s'était révélé incapable de l'identifier. Il rapporta ce que lui avait claironné Gorman : « Tout ce que vous avez, c'est les clients de chez Herman, qui disent avoir vu Lou et Ray boire une bière ensemble, et Hastings, qui l'a reconnu sur un terrain de base-ball, après que vous lui ayez dit qui c'était. » Quant au casier judiciaire de Ray, ça ne prouvait pas qu'il soit coupable de tous les crimes commis dans la région.

Andes regarda longuement Tony, assez longuement pour l'indisposer :

– Toute la question est de savoir le prix que vous accordez à la justice.

Il ajouta que George gardait l'œil sur Ray, afin que le bonhomme ne puisse prendre en douce la clé des champs.

– Que voulez-vous dire par « le prix que j'accorde à la justice » ? demanda Tony.

– Bonne question, dit Bobby.

Tony attendit. Bobby Andes repoussa son assiette de spaghettis auxquels il n'avait pas touché.

– Je ne peux pas manger, dit-il. Je risquerais de vomir.

– Vous avez mal ?

– Quelle heure avez-vous ? Vingt heures ?

– Oui.

– Moi aussi. George ne devrait plus tarder à m'appeler.

– Qu'est-ce que vous projetez de faire ? (Bobby haussa les épaules.) Vous ne pouvez vraiment pas manger ? Comment pouvez-vous tenir sans vous alimenter ?

Nouveau haussement d'épaules.

– Ça dépend.

– J'apprécie que vous vous donniez tout ce mal.

– Des fois, je peux manger, des fois je ne peux pas. Ça pue, dans cette gargote.

– Avez-vous des parents, des amis ?

Bobby Andes alluma une autre cigarette et l'écrasa sans la fumer.

– Je voudrais vous poser une question personnelle, dit-il. Entre vous et moi, d'accord ? Qu'est-ce que vous voulez que je lui fasse, à Ray Marcus ?

La question surprit Tony par sa formulation.

– Et… que pourriez-vous lui faire ?

Bobby Andes parut réfléchir à la question :

– Tout ce que vous voudrez.

– Mais vous disiez que…

– Je n'ai rien à perdre.

Tony n'était pas sûr de comprendre.

– Voulez-vous que je vous pose la question différemment ?

reprit Bobby Andes. Disons : jusqu'où êtes-vous prêt à aller pour que justice soit faite ?

Il alluma une autre cigarette.

– Etes-vous prêt à sortir des sentiers battus des procédures légales ? précisa le lieutenant.

– Moi ? fit Tony Hastings.

Ce tremblement qu'il venait d'éprouver, peut-être provenait-il d'une secousse sismique ?

– Ou moi, dit Andes.

Tony chercha un euphémisme plus clair :

– Vous voulez dire : tourner la loi ?

Bobby Andes précisa la question :

– Etes-vous d'accord pour aider la loi lorsque des trucs techniques se foutent en travers ?

Tony avait peur. Peur de répondre à cette question.

– De quoi parlez-vous précisément ? demanda-t-il.

– J'essaie seulement de savoir si vous voulez ou non que ce type soit puni, répondit Andes d'un ton impatient.

Bien sûr que Tony le voulait. Andes paraissait dégoûté. Il voulut savoir si Tony n'aimait pas ses méthodes.

– Qu'est-ce qu'elles ont de mal, vos méthodes ?

Bobby Andes se calma, prit une profonde inspiration et reprit.

– Il y a chez les avocats de la nouvelle école des connards qui n'aiment pas ma manière de procéder. Ils ont peur que mes façons créent un scandale si Ray comparaît en justice ; ils ont peur de se griller les fesses.

– Et ça pourrait arriver ?

– Pas si les flics se tiennent les coudes comme ils devraient le faire, ces cons. (Profond soupir de fin du monde.) C'est pourquoi j'aimerais savoir.

– Savoir quoi ?

– Si vous allez me lâcher ou pas. Si vous avez une aversion congénitale contre les méthodes policières musclées.

Tony n'avait pas envie de répondre. Pourquoi me demander ça, à moi ?

– Ce type a violé et tué votre femme et votre fille.

– Vous n'avez pas besoin de me le rappeler.

Bobby Andes n'en était pas sûr. Il poussa son pion.

– La loi dit qu'il doit être puni pour son crime, non ? Mais si la loi ne peut pas le punir, êtes-vous disposé à le laisser partir ? La loi dit-elle qu'il doit être relâché dans la nature ?

– Qu'est-ce qu'on peut faire d'autre ?

– Donner un coup de main à la loi. Comme j'ai dit.

Tony n'avait guère envie de contredire Bobby Andes.

– Faire vous-même la loi ? hasarda-t-il.

– Agir en son nom.

– En faisant quoi ? (Andes, le regard ailleurs, ne répondit pas.) En faisant quoi, Bobby ? (Pas de réponse.) Agir au nom de la loi en faisant quoi ? martela Tony.

Bobby Andes le regarda, détourna les yeux, le regarda de nouveau.

– Qu'est-ce que vous croyez ?

Deux hypothèses lui vinrent à l'esprit. L'une le terrifiait. Il mentionna l'autre.

– Chercher de nouvelles preuves ?

Andes ricana :

– Vous croyez que c'est possible ?

– Comment le saurais-je ?

La serveuse appela, depuis le comptoir :

– On demande M. Andes au téléphone !

Bobby Andes se leva, alla à la cabine et revint quelques minutes plus tard.

– D'accord, dit-il. Ray Marcus est chez Herman. On va passer le prendre. C'est votre affaire et je veux savoir, maintenant. Etes-vous prêt à participer ou bien allez-vous me laisser tomber ?

– Participer à quoi ? Vous ne m'avez toujours pas dit, Bobby.

– Je veux traîner cet enfant de salaud devant un tribunal, dit-il d'une voix où perçait une émotion qui ne pouvait échapper à Tony. Je vais l'emmener à mon campement et je veux que vous veniez.

– Qu'est-ce que je dois faire ?

– Etre là. Me faire confiance et être là.

– Et puis ? Je veux dire... que comptez-vous faire ?

Bobby Andes prit un air songeur.

– Je vous l'ai déjà demandé, que voulez-vous que je fasse ?

– Je ne sais pas. Que voulez-vous faire, vous ?

– Justice, je veux que ce salaud soit jugé.

– D'accord.

– Alors, dites-moi. C'est vous le juge.

– Comment ça ? s'étonna Tony.

– De combien devrait-il écoper ? Cinq ans et libéré sur parole ?

Tony se demanda à quoi on le poussait et ne répondit pas.

– Plus que ça, hein ? reprit Bobby Andes. Hé, j'espère que vous n'êtes pas une de ces mauviettes anti-peine de mort ?

– Non… pas du tout.

Tony, bouleversé : la permission de tuer Ray, c'était cela que lui demandait Bobby Andes ? Sa voix se brisa comme il demandait de nouveau :

– Qu'allez-vous faire ?

Bobby Andes le scruta du regard. Puis éclata de rire.

– Détendez-vous… Je vais l'emmener dans ma cabane et le garder là-bas pendant quelque temps, le faire parler, le faire souffrir un peu, au besoin. Ça vous va, comme ça ?

Tony pouvait imaginer la chose et à quel point elle lui irait. Il en entrevoyait la possibilité comme une pépite délicatement posée au milieu d'une flaque de vomi.

– C'est votre affaire, ajouta Andes. Votre présence aidera à la bonne marche de la justice.

Rassuré par la douceur de la voix plus que par le contenu des mots, Tony Hastings avait des questions à poser, deux ou trois bien claires, et pas mal d'autres plus vagues, mais il vit l'impatience dans les yeux de Bobby Andes, comme s'il avait peur de mourir ou craignait la fin du monde.

– Si vous arrivez à le faire avouer, ce serait parfait, dit-il.

Bobby Andes salua ces paroles d'un éclat de rire.

4

Susan Morrow voit se dessiner une nouvelle orientation à travers la bataille des euphémismes, à moins que ce ne soit une fausse piste. Toutefois, elle en doute : Bobby Andes a réellement l'intention de faire justice. Tony Hastings rencontre John Wayne. Il reste peu de pages, tout au plus cinq chapitres, et le risque d'être déçu est plus grand que jamais.

En attendant, dialogue. Susan aime les dialogues, la façon qu'ils ont de s'imprimer sur la page comme des animaux écrasés sur la route, on peut faire marche arrière et les examiner dans leur privation soudaine de sens – lorsque, tout à trac, Bobby Andes déclare : « Ça pue, dans cette gargote. » Pourtant, derrière toute cette Pennsylvanie et cet Ohio imaginaires se tient l'ego d'Edward l'Ecrivain. Tony Hastings, Ray Marcus, Bobby Andes, Louise Germane, les fantômes de Laura et d'Helen, ces gens qui ont, comme elle l'imagine, quelque parenté avec elle-même, sont tous des icônes du moi d'Edward projetées sur un écran. Vingt-cinq ans plus tôt, elle a rejeté de sa vie l'ego d'Edward, gauche et grossier. Il revient aujourd'hui à la charge, subtilement, pour l'imprégner, la convertir à lui.

Bêtes de nuit 22

Deux voitures, Tony Hastings suivant Bobby Andes dans les rues tranquilles de Topping, direction Chez Herman. Un vaste parking entourait l'établissement, bâtisse de plein pied avec un néon rouge au-dessus de l'entrée. L'enseigne jetait un éclat plus vif que le crépuscule et semblait appeler la nuit. Bobby s'approcha de la voiture de Tony.

– Attendez-moi ici, dit-il.

De sa voiture Tony surveilla la porte du bar, tandis que la nuit tombait. Au bout d'un moment, deux hommes sortirent. Il reconnut Bobby et comprit que l'autre était Ray. Ils parlèrent dans la lumière du néon. Ray avait les mains sur les hanches. Andes le regardait, les épaules voûtées. Ray eut un geste dégoûté, se tourna vers l'entrée. Deux policiers apparurent. Ray se figea. L'un des policiers lui toucha l'épaule, Ray recula, puis se laissa passer les menottes et conduire à la voiture du lieutenant. Bobby Andes revint voir Tony.

– Nous allons à mon campement. C'est dans Bear Valley. Vous fermerez la marche.

Il faisait nuit, à présent. Ils roulaient, le véhicule des policiers en tête. Une voiture doubla Tony, puis Bobby, mais n'osa pas dépasser celle des flics, et ils formèrent ainsi une caravane de quatre éléments pendant les huit kilomètres suivants.

Les clignotants s'allumèrent devant Tony et il mit le sien, bien qu'il n'y eût personne derrière. Une route secondaire à gauche, un panneau indiquant WHITE CREEK. La route taillait, étroite, à travers les champs. La chaussée défoncée les obligea à ralentir. Tony pouvait voir la crête des collines au bout de la vallée. Ils tournèrent de nouveau à gauche. Un ruisseau coulait à leur droite sous d'épaisses frondaisons. Devant eux, une lumière brillait. Un cottage sous un bosquet en bordure du ruisseau. Les deux voitures devant lui se garèrent sous les arbres et Tony en fit autant. Ils descendirent tous et Tony les suivit.

– Mon campement, dit Bobby Andes.

Ils entrèrent par une porte grillagée et Tony eut la fugitive impression qu'il y avait foule dans la petite pièce. Il y avait là une femme, mais les autres étaient ceux qu'il avait vus sortir de chez Herman : les deux policiers, Ray Marcus et Bobby Andes. Le lieutenant tenait un revolver à la main, et la vue de l'arme choqua Tony comme un pénis exhibé. Bobby regardait la femme d'un air furieux.

– Comment es-tu venue ici ? lui demanda-t-il.

Elle était plus grande que lui. Elle portait un pull-over et un pantalon large. Elle avait un visage fatigué. Elle devait avoir une quarantaine d'années et était peut-être institutrice.

– C'est Lucy qui m'a amenée.

– Merde.

Ray s'aperçut de la présence de Tony.

– Hé, qu'est-ce qu'il fout ici, lui ?

Une table, un lit de camp et quelques vieilles chaises meublaient la pièce. Il y avait une alcôve avec un évier et un poêle. Une porte grillagée donnait sur l'arrière et une autre ouvrait sur une chambre. Les menottes de Ray brillaient sous la lampe suspendue au plafond. Il s'assit sur le lit de camp.

Les deux policiers s'en allèrent. Tony entendit leur voiture démarrer. Bobby présenta la femme à Tony.

– Ingrid Hale, dit-il.

Ingrid considéra Tony d'un air curieux.

– Comme ça, vous êtes monsieur Hastings, dit-elle. Vous avez toute ma sympathie.

– Est-ce que j'ai la vôtre aussi ? fit Ray.

– Ta gueule, toi, grogna Bobby Andes. Tu aurais pu me le dire, dit-il à Ingrid.

– Comment pouvais-je savoir ? Et puis qu'est-ce que tu fais ici, à propos ?

– Mon boulot de flic, répondit Bobby. Je suis venu faire mon putain de boulot de flic.

– Ici ? Depuis quand tu travailles ici, Bobby ?

Il restait planté au milieu de la pièce, pâle comme la mort, comme si quelque chose l'étonnait.

– Merde, je suis malade, dit-il en tendant son revolver à Ingrid. Tiens, garde-moi ça.

– Quoi ? (Elle regarda l'arme comme si elle était chauffée au rouge.) Mais j'en veux pas !

Il la tendit à Tony.

– Servez-vous-en, dit-il. Tirez-lui dessus s'il bouge. Je reviens tout de suite.

Tony soupesait l'arme dans sa main, se demandant comment ça fonctionnait. Bobby sortit par-derrière. Ils l'entendirent vomir derrière la porte grillagée. Ray ricana.

– Vous savez utiliser ce truc ? dit-il.

Bobby Andes était toujours dehors, à rendre avec effort.

Quand il revint, Ray lui dit :

– C'est pas légal, tout ça. Si ça l'était, vous m'auriez conduit à Grant Center, pas dans ce putain de gourbi.

Bobby reprit le revolver des mains de Tony et l'arma.

– C'est largement assez légal pour moi, dit-il.

– Vous me le payerez.

Tony entendit Ingrid Hale claquer la langue.

– Vous m'avez menti, continua Ray. Vous n'avez pas de nouvelle preuve. Pourquoi vous m'emmenez pas à Grant Center si vous avez quelque chose de nouveau contre moi ?

Bobby Andes examinait son revolver.

– Je préfère ici. C'est plus calme.

– Allez, vous avez déjà essayé ce coup-là. Si vous croyez que ce type me fait peur, c'est raté d'avance.

– Bobby… dit Ingrid.

– D'accord, tu es là, tu es là, lui dit-il. Tu ne vas pas aimer ce que tu vas voir, mais tu ne me feras pas changer mes plans.

Tony perçut de la forfanterie dans le discours de Bobby, comme s'il disait : « Maintenant, tu vas voir à quoi ressemble le vrai boulot de flic. »

– Je ferais peut-être mieux de retourner au lit, dit-elle.

– Probable, oui… Hé, Ray, qu'est-ce que tu foutais à Cargill Mountain, cet après-midi ?

– Je savais que vous me filiez.

– Tu as une cabane là-haut, et une autre nana ! Leila est au courant ?

Pas de réponse.

– Tu veux pas me le dire ? Ça ne fait rien. Je m'en fous, Ray.

– Alors, pourquoi vous demandez ?

– Pour passer le temps, Ray.

– Pourquoi ? Vous attendez quelque chose ?

– Que tu réfléchisses un peu, Ray. Il faut du temps pour prendre de grandes décisions. Surtout quand ta putain de vie est dans la balance.

– J'ai pas besoin de réfléchir, m'sieur. Et j'ai les idées tout ce qu'il y a de plus claires.

– Ecoute un peu ça, Ray. Qu'est-ce que tu dirais si ton copain Lou Bates te mettait dedans pour l'assassinat des Hastings ?

Ray ne répondit pas tout de suite.

– Qui ça ?

– Allons, Ray, pas de ça avec moi. Tu connais bien Lou Bates, ton seul ami au monde.

– J'ai d'autres amis, espèce d'enfoiré.

– Bien sûr que t'en as, des tas. Et s'ils t'avaient balancé ? Si Lou Bates avait avoué ? Avoué toute l'histoire, toi, Turk Adams et lui ?

Ray regarda longuement Bobby avant de répondre :

– C'est du bluff.

– Je ne crois pas. Il mentirait pour se dénoncer lui-même ?

Ray promena son regard autour de lui.

– C'est vous qui mentez, dit-il. Si Lou avait fait ce que vous dites, vous m'auriez conduit illico à Grant Center.

– On va t'y emmener, t'inquiète pas. Une bière ?

– Empoisonnée ?

Bobby Andes rit. Il fit un signe de la tête à Ingrid.

– Allez nous chercher de la bière, m'dame.

Elle alla dans la cuisine et rapporta un carton de six canettes. Elle en donna aux trois hommes et en prit une pour elle. Bobby Andes ouvrit la sienne mais ne but pas. Ray sirota la sienne.

Bobby dit à Ingrid :

– Est-ce que tu peux aider Tony à garder notre ami pendant que je vais passer un coup de fil ?

Elle s'alarma. Tony aussi.

– Un coup de fil ?

– Mon boulot de flic, quoi. Il faut que je le fasse. Tu le surveilles, le temps que je revienne. J'en ai pour cinq minutes.

– Le surveiller ? Mais comment, Bobby ?

– Tony va le garder, lui aussi, hein, Tony ? Reprenez mon revolver. Venez, je vais vous montrer comment on s'en sert.

Ils allèrent dans l'alcôve et tournèrent le dos à Ray pour lui cacher la démonstration. Tony ne voulait pas s'avouer combien il était terrifié. Ingrid lui demanda d'un ton pitoyable :

– Vous saurez vous en servir ?

– Je peux toujours essayer.

– Il faut vraiment que vous me preniez pour un mec dangereux ! fit Ray.

– T'es pas dangereux, t'es qu'un minus, un rat, répondit Bobby. C'est rien de plus qu'un exercice de dératisation.

– Ne nous laisse pas, Bobby, dit Ingrid.

– Du calme, ça me prendra cinq minutes, pas plus. Tu veux que je l'attache ? Tu te sentiras plus tranquille comme ça ? (Il regarda Ray.) Hé, le rat, on va t'attacher à quelque chose. (Il chercha autour de lui.) Voilà, au cadre du lit de camp. Tony, prenez la clé et détachez un des bracelets pour l'accrocher au cadre.

Bobby Andes contourna le lit pour braquer Ray de son arme et couvrir Tony. Tony était inquiet de s'approcher si près : Ray souriait, de ce rictus vicieux que Tony n'avait pas oublié, pas plus que son haleine fleurant l'oignon. Il libéra le poignet gauche de Ray avec des gestes maladroits, les mains tremblantes, pour accrocher la menotte au châlit, obligeant Ray à se pencher en avant. Il avait peur que Ray ne l'attaque malgré la présence de Bobby Andes.

– Putain, les mecs ! cria Ray. Vous croyez que je peux rester assis comme ça ?

Il était plié en deux.

– T'as qu'à poser ton cul par terre, répondit Andes.

– Merde !

Ray se laissa choir par terre et s'adossa contre le lit, pendant que Tony refermait la menotte autour du cadre.

– Comment j'peux boire ma bière, maintenant ? demanda Ray.

– Sers-toi de ta main libre.

Bobby se recula et admira le tableau.

– Ça ira, comme ça ? demanda-t-il à Ingrid.

Elle le regarda d'un air implorant.

– D'accord, on va faire mieux que ça, reprit Bobby. Tony, allez à ma voiture, vous verrez une chaîne avec des fers, rapportez-la, vous voulez bien ?

Ray se retrouva les chaînes aux pieds. Assis par terre, une main levée et attachée au cadre à hauteur d'épaules, les deux pieds entravés ensemble, l'autre main crispée autour de sa bière.

– C'est cruel, dit Ingrid.

– Ouais, c'est cruel, dit Ray.

– Faudrait savoir, dit Bobby. La cruauté ou la tranquillité. Je serai de retour dans cinq minutes. Si vous devez faire usage du revolver, faites-en usage.

Il sortit. Ils l'entendirent démarrer, tourner et commencer à descendre la route.

Et soudain le silence tomba, comme si Bobby avait emporté tous les bruits avec lui. Le revolver pesait lourd dans la main de Tony posée sur ses genoux. Il regarda Ray, étendu par terre, les chevilles entravées, et se remémora comment on ôtait le cran de sûreté avant d'armer et de presser la détente. Mon Dieu, me voilà avec un revolver dans la main, retenant prisonnier un homme qui me torture depuis un an. Heureusement qu'il est enchaîné, sinon je devrais m'en remettre à la seule dissuasion de cette arme, moi qui n'ai jamais tiré un seul coup de feu de ma vie.

– Votre mec est complètement timbré, dit Ray à Ingrid.

– C'est un brave homme, répliqua-t-elle.

– Vous aussi, vous êtes timbré, dit Ray à Tony.

Tony entendait les bruits de la nuit par les fenêtres grillagées, des grenouilles à quelque distance, une mare quelque part et, au bout d'un moment, le gargouillement de l'eau dans le ruisseau. Il entendait le silence étouffer la rumeur d'un moteur, là-bas, au loin sur la route. Il se souvenait de l'anarchie de la nature sauvage et sentait le poids de sa responsabilité. Tout ça, c'est à cause de moi.

Ça faisait un moment, maintenant, que Bobby Andes était parti.

– Où y a-t-il une cabine téléphonique ? demanda Tony à Ingrid.

– A la station-service.

Elle-même se demandait ce qui pouvait retenir Bobby. Elle alla chercher d'autres bières dans le réfrigérateur, offrit une canette à Tony, qui refusa, et une à Ray, par terre. Puis elle se mit en devoir de faire cuire des œufs au bacon.

– Alors, Mama, tu nous fais à bouffer ? dit Ray.

Pas facile de manger d'une main, mais ils eurent peur de le détacher. Ray dit à Ingrid qu'elle était une chouette nana, mais qu'il avait l'impression d'être une bête au zoo.

Elle se mit à taper du pied en répétant :

– Bobby, Bobby, Bobby !

– On dirait bien qu'il s'est fait la paire, dit Ray. On est plus que tous les trois.

L'ampoule nue de soixante watts pendue à la poutre maîtresse éclairait d'une lumière glauque les murs revêtus de carton, sur lesquels étaient punaisées des photos découpées dans des magazines, des animaux sauvages, des paysages montagneux, à côté d'un calendrier vieux de trois ans. Des cannes à pêche, une pelle, une grande scie à deux mains s'empilaient dans un coin. Il régnait une odeur de moisi. Malgré la nuit, Tony était conscient de la caverne que les arbres formaient tout autour de la cabane. Le campement de Bobby Andes suintait la misère et les souvenirs fanés.

Un peu plus tard, Ingrid demanda à Tony de lui parler de sa femme et de sa fille. Ray les observait, attentif à tout.

– On passait tous les étés dans le Maine, dit-il.

– Vous vous entendiez bien avec votre épouse ?

– Oui, très bien. Nous formions un couple très uni.

– Jamais de problèmes ?

– Non, pas que je m'en souvienne.

– C'est peu commun, dit-elle.

Ray ricana.

Elle lui confia que Bobby n'avait pas fait un mariage heureux. Il courait le jupon, ce qui, naturellement, n'avait pas eu l'heur de plaire à sa femme, qui avait fini par divorcer. Sa fille s'était suicidée alors qu'elle n'était encore qu'une adolescente, et son fils avait quitté la ville depuis six ans. C'était dans cette cabane qu'ils passaient les étés dans le temps.

– Il m'a dit qu'il n'avait qu'un seul enfant, dit Tony.

– Oui, c'est toujours ce qu'il dit aux gens.

Elle ne croyait pas aux vertus du mariage. Elle travaillait comme secrétaire chez un médecin, le docteur Malcolm, et occupait son temps libre à écrire un roman historique. Depuis cinq ans, elle venait passer ses week-ends ici, dans ce que Bobby appelait son « campement ». Elle parla de la maladie de Bobby et de la malchance de cet homme. Elle était prête à sacrifier ses principes pour lui donner six mois de bonheur, parce qu'elle avait peur qu'il ne fasse une dépression nerveuse. Le seul problème était le docteur Malcolm. Elle coula un regard furtif vers Ray.

– Ma liaison avec le docteur n'est un secret pour personne.

Le ricanement de Ray aurait pu donner à penser qu'Ingrid était une femme légère, mais tout en elle disait le contrôle de soi et la normalité. Elle dit encore que l'amour ne l'intéressait pas. Sa double liaison tenait presque de la bonne action. Tout le monde y trouvait son compte. Elle n'était pas une passionnée.

– Je ne saurais dire quel genre d'homme vous êtes, dit-elle à Tony. Quelqu'un d'aussi heureux que vous en ménage, ça me laisse rêveuse. (Elle tourna la tête vers Ray.) Quant à vous, Dieu seul sait ce que vous êtes.

– Un homme tout ce qu'il y a de plus ordinaire, m'dame, dit-il.

– Ça, ça ne fait aucun doute ! (Elle se retourna vers Tony.) Savez-vous ce qu'il comptait faire en venant ici ?

Tony ne le savait pas.

– Du boulot de flic… Ici ? Je me demande quand on pourra aller se coucher.

– Ça, c'est bien vrai, m'dame. Bon Dieu, j'ai besoin de mon dodo, moi, dit Ray.

Elle l'ignora.

– Peut-être que vous, vous pourriez l'aider, dit-elle à Tony.

– Moi ?

– Vous êtes un professeur, il admire les gens comme vous. Si vous pouviez lui parler, le calmer…

Il éprouva une soudaine nausée car c'était lui-même qui comptait sur l'aide de Bobby Andes. La réciproque ne lui était jamais venue à l'esprit.

Elle remarqua son expression et haussa les épaules.

– Hé, m'dame, et si on m'aidait, moi ? demanda Ray.

– Je n'ai rien à faire avec vous.

– C'est cruel. Vous l'avez dit vous-même. J'ai une barre dans le dos, j'peux pas remuer, j'ai l'impression d'être une putain de bête dans une cage.

– Vous devrez attendre que Bobby revienne.

– Merde, vous voyez pas qu'il reviendra pas ?

– Qu'est-ce que vous voulez ? Vous pensez que je vais vous laisser partir ?

– J'vous demande pas de me libérer. Enlevez-moi seulement cette saloperie de chaîne, que je puisse m'asseoir dans le fauteuil. Vous avez le revolver. Qu'est-ce qu'il vous faut de plus ? J'irai nulle part.

Tony fuyait le regard d'Ingrid parce qu'il savait qu'elle le regardait. Il savait qu'elle pensait qu'ils devaient enlever sa chaîne à Ray. Il devait le penser lui-même, car il avait honte de regarder Ray. Mais l'idée le mettait mal à l'aise.

– Qu'en pensez-vous ? demanda Ingrid.

– Attendons Bobby, répondit-il.

Quelques instants plus tard, une voiture approcha, les phares balayèrent la fenêtre. Se redressant sur sa chaise, Ingrid murmura :

– Dieu merci, le voilà.

Une portière claqua, des pas légers sur le gravier, puis la porte grillagée s'ouvrit et une jeune femme en minijupe rouge entra. Elle avait l'air perdu.

Ray leva les yeux.

– Tiens ! fit-il.

– Mon Dieu, Susan ! s'exclama Ingrid.

La dénommée Susan regarda Ray par terre.

– Qu'est-ce qui se passe ? demanda-t-elle.

– Où est Bobby ? dit Ingrid.

– J'en sais fichtre rien. Il est pas là ?

– Et toi, que viens-tu faire ici ?

– Leslie m'a encore jetée.

Ingrid rit.

– Alors, tu viens passer la nuit dans les bois ?

Susan regardait les fers aux pieds de Ray.

– Vous jouez à un jeu ?

– Boulot de flic. Je te présente Tony Hastings et Ray Marcus. Ray Marcus est prisonnier.

– Un vrai ?

– Salut, Susan, dit Ray. Content de faire votre connaissance.

– Tony est en visite par chez nous. Ray est accusé de meurtre.

– Non, plus maintenant, dit Ray. L'inculpation est levée.

Susan était très maquillée, paquet de fard sur les joues, yeux noirs comme du charbon. Elle regarda Ray et recula légèrement.

– Ecoutez, Susan, vous voulez pas dire à vos amis qu'ils peuvent me détacher, maintenant ?

– Qu'est-ce qu'il dit ?

– Il n'aime pas être enchaîné.

Susan poussa un hoquet de stupeur en découvrant le revolver sur les genoux de Tony.

– Vous êtes policier ?

– Tony est la victime du meurtre dont est accusé Ray.

– Bon Dieu, grogna Ray, ils croient que je vais leur sauter dessus. Ils ont un flingue et j'ai une chaîne aux pieds et des menottes aux poignets, et ils ont peur de moi.

– Oh, merde, dit Ingrid, relevez-le, pour l'amour du Ciel.

Tony Hastings remercia intérieurement Ingrid de sa décision. Il savait que leurs précautions étaient excessives et qu'elles renvoyaient de lui-même l'image d'un lâche. Le tout était de procéder avec prudence. Pendant qu'Ingrid tenait le canon du revolver contre la tempe de Ray, Tony décrocha la menotte du châlit pour la lui passer au poignet droit, défit ensuite ses fers, recula et, reprenant l'arme à Ingrid, le laissa se relever péniblement et se laisser choir sur la chaise.

Ray les regarda avec haine.

– Putain, dit-il à Susan, ils doivent me prendre pour un extra-terrestre !

– Qu'est-ce que Bobby va lui faire ? dit Susan.

– Du boulot de flic, comme il dit, répondit Ingrid. Mon Dieu, pourquoi tarde-t-il à revenir ?

– Où est-il ?

– Il est parti passer un coup de fil. Mais il y a une heure de ça.

– Il est fou, expliqua Ray à Susan. Elle le disait tout à l'heure à Tony, qu'il avait perdu la tête et qu'elle savait plus quoi faire.

– Vous, fermez-la ! fit Ingrid. Vous ne savez pas ce que vous dites.

– Vous avez la frousse qu'il se fasse virer.

– Taisez-vous. Vous ne savez rien.

– J'suis pas idiot, m'dame.

– Vous êtes un monstre. Un assassin. Un violeur. Vous êtes une créature de l'enfer.

– Allons, vous devriez pas dire des choses comme ça, m'dame, c'est pas beau.

5

Susan ne concède qu'une brève pensée à l'apparition de son propre prénom sur la page et au fait que ce soit ce personnage-là qu'Edward a prénommé Susan. Elle n'a de temps que pour savourer la mélancolie du campement de Bobby et penser à la nostalgie particulière aux maisons de vacances, aux cabanes ou cottages dans les bois ou sur la plage, à la baie de Penobscot ou au Cape Cod de son enfance, au Michigan aujourd'hui, nostalgie qui n'est pas seulement la tristesse de l'enfance qui s'éloigne, ni celle qui étreint la poitrine lorsqu'on condamne portes et volets, mais la nostalgie de l'apogée de la saison, des jours glorieux de l'été, de la brume dans le hamac, de la chanson des oiseaux. Du bonheur.

Affirmer le présent. La neige qui recouvre les traces des voitures sur la chaussée. Sur la glace, pirouettes et huit, dans les cris et la musique sous la haute toiture. Henry, traînassant pantoufles aux pieds, le regard rivé sur le cul somptueux d'Elaine Astola dans sa jupette à volants filant comme une flèche avec les grands garçons. Un nouveau cycle commence.

Bêtes de nuit 23

Tony Hastings assis, un revolver à la main, au campement de Bobby Andes, surveillant Ray Marcus sur le lit de camp, les menottes aux poignets. Susan dans sa minijupe rouge installée dans le fauteuil en osier. Ingrid Hale s'affairant dans l'alcôve. Ray regardant les jambes de Susan avec un sourire égrillard. Ils attendaient Bobby Andes et se demandaient ce qui avait bien pu lui arriver. Ce qui retient Ray de ne pas s'enfuir, c'est la pensée que je pourrais me servir de cette arme s'il tentait le coup.

– Je suis la cousine de Bobby, expliqua Susan à Tony et Ray. Quand Leslie me met à la porte, je viens me réfugier ici.

– Pour ce qui est de moi, vous venez quand vous voulez, ma belle, affirma Ray.

Elle était consciente de son regard sur ses cuisses et elle le regarda d'un air de défi.

– Hé, m'sieur, qui vous avez tué ?

– Je n'ai tué personne.

Elle posa la question à Tony.

– Ma femme et ma fille, répondit-il.

Elle ouvrit de grands yeux.

– Quand ça ?

– L'année dernière.

Elle regarda de nouveau l'homme sur le lit de camp et Ray lui parut tout à coup différent, complètement étranger, d'une autre espèce. Dans un murmure, elle demanda :

– Vous en êtes sûr ?

– Evidemment que j'en suis sûr, dit Tony. J'y étais.

Il sentit comme une onde de choc dans la pièce et vit Ray se pencher en avant.

– Vous êtes un menteur, m'sieur, et vous le savez.

Alors, une fois de plus, Tony raconta, conscient de l'attention de son auditoire mais avec le sentiment qu'à force d'être répété son récit perdait de sa crédilibité.

Susan murmura :

– Ç'a dû être horrible pour vous.

Puis elle ajouta :

– Vous êtes remis, maintenant ?

Il manqua dire oui, vit l'arme dans sa main, Ray assis en face de lui, et répondit :

– Non.

J'ai envie de tuer tout le monde dans cette pièce. Non, c'est idiot. Il se reprit :

– Oui, je suis remis, maintenant.

Elle se rasséréna.

– Qu'est-ce que vous faites dans la vie ?

– Je suis professeur de mathématiques.

Elle n'avait rien à dire au sujet des mathématiques.

Il demanda :

– Et vous ?

Il avait vaguement l'impression qu'elle était plus ou moins femme de mauvaise vie, un genre de prostituée, et se demanda comment elle prendrait sa question.

– Je suis chanteuse.

– Vraiment ? Et où chantez-vous ?

– Pour le moment, j'ai pas d'engagement. Je travaille à la Flèche-Verte.

– C'est quoi ?

– Un bar, dit Ray.

– Un night-club, le corrigea Susan.

Ray ricana.

Elle bâilla.

– Excusez-moi, dit-elle.

– Bobby, Bobby, il se fait tard ! fit Ingrid. (Elle tourna la tête vers Susan.) Tu ferais peut-être mieux d'aller au lit.

– Ouais, dit Ray, on ferait peut-être mieux de tous aller au lit !

– Tu veux dormir dans la chambre ? demanda Ingrid à Susan.

– Désolé, mais j'peux pas rester, lança Ray. J'ai ma minette qui m'attend à la maison.

– Bobby ne dira rien ?

– Au diable Bobby, fit Ingrid.

– Voilà qui est parlé ! s'exclama Ray. C'est comme ça qu'il faut faire.

– Je voudrais pas te prendre ton lit, Ingrid…

– Prenez le lit de camp, dit Ray. Vous pouvez dormir là, on y voit pas d'inconvénient. (Il regarda Tony et sourit.) Hein, m'sieur Tony, qu'on y voit pas d'inconvénient ?

Tony se souvint qu'il le haïssait.

– Peut-être que Tony veut dormir aussi, continua Ray. Vous voulez vous coucher tous les deux ? Moi, ça me dérange pas, Ingrid me surveillera, pas vrai, Ingrid ?

– Vous êtes dégoûtant, dit Susan.

– Allez, mon lapin, j'connais les filles de la Flèche-Verte. De chouettes pépées. Pas vrai, ma belle ?

– Ne fais pas attention à lui, dit Ingrid. (Elle se tourna vers Tony.) Savez-vous si Bobby comptait vous loger quelque part ?

– J'ai réservé une chambre au motel, répondit Tony.

– Je peux dormir par terre s'il le faut, dit Susan.

– Vous pouvez prendre le lit. Avec lui, dit Ray. Vous pouvez éteindre la lumière et aller en ville. Ingrid et moi, ça nous est égal…

– Vous, la ferme ! dit Susan. Et pour votre gouverne, trou-du-cul, y a pas de pépées à la Flèche-Verte, je suis la seule, ça prouve que vous dites vraiment n'importe quoi ! Excusez-moi, mais un trou-du-cul, c'est un trou-du-cul, ajouta-t-elle à l'intention de Tony.

Ray s'agitait sur sa chaise, comme s'il avait l'intention de se lever et, à chaque fois qu'il remuait un peu trop, Tony resserrait sa main sur la crosse du revolver. Il continuait de se dire que tout son pouvoir dépendait de cette arme.

Est-ce que je me rappelle comment ça fonctionne ? Si j'y suis obligé, est-ce que j'aurai le cran de tirer avant qu'il me saute dessus ? S'il se lève et fait un pas, est-ce que je serai capable de le contraindre à se rasseoir par la seule menace du revolver ? Et si jamais je fais feu, si jamais je le tue, quel motif donnerai-je pour expliquer mon acte ?

Cette dernière question l'émut ; il n'avait pas encore pensé à cette éventualité. Il ne pourrait prétendre qu'il n'avait fait qu'obéir aux ordres du lieutenant, si ces ordres contrevenaient à la loi. Se rendre coupable d'homicide après avoir participé à un enlèvement ? Non, je ne peux pas faire usage de cette arme. Il aurait peut-être mieux valu que je n'en aie pas.

De nouveau, il se dit que leur sécurité présente dépendait du seul fait que Ray ne pouvait prédire quelle serait sa réaction. Il doit penser que je serais bien capable de tirer sur lui. C'est la seule différence entre lui et moi. S'il comprend ça, nous sommes morts.

Les rondins dont était bâtie la cabane dégageaient une forte odeur de moisi. Abandonné par Andes dans un foutu pétrin qui, pour le lieutenant, n'en était pas un, mais plutôt un plan machiavélique se déroulant parfaitement, avec Tony comme spectateur et bénéficiaire. La différence entre Bobby Andes et lui.

Heureusement qu'il y a Ingrid. Elle a compris ce qui se passe et je peux compter sur son aide. Si seulement Bobby se dépêchait de revenir… Peut-être qu'on ferait mieux de lui remettre les fers aux pieds.

Il devrait en parler à Ingrid. Si toutefois ce n'était pas risqué de le faire en présence de l'intéressé…

Dieu merci, un moment plus tard, ils entendirent de nouveau une voiture arriver – phares balayant la fenêtre, claquements de portières, des voix, mâles, dures, bruit de pas sur les graviers devant la cabane. Un homme, le visage mangé par une barbe noire, entra, suivi du lieutenant, l'arme au poing. Menotté dans le dos, l'homme marchait le buste légèrement incliné en avant. Lou Bates, se dit Tony par déduction, car il ne le reconnut pas sur-le-champ.

Lou Bates regarda tout le monde, essayant de comprendre ce qui se passait.

– Salopard, dit Ray.

Bobby Andes fit signe à Lou de s'asseoir à côté de Ray sur le lit de camp et se tourna vers Susan.

– Qu'est-ce que tu fous ici ?

– Leslie m'a encore fichue dehors.

Il jeta un regard de colère à Ingrid.

– C'est toi qui l'a invitée ?

– Où diable étais-tu passé, Bobby ?

– Je t'ai demandé si c'est toi qui l'as invitée…

– Elle est venue parce qu'elle vient toujours ici.

– J'vous dérange pas ? demanda Susan d'une voix haut perchée.

Tony se demandait quand Bobby Andes remarquerait qu'ils avaient libéré Ray de ses chaînes.

– J'ai dû aller en ville, dit Bobby. Il a fallu que j'aille moi-même le chercher.

– Pourquoi ne nous as-tu rien dit ?

– Mais j'en savais rien. Je pensais que George serait de service. Je pensais qu'il me l'amènerait.

Il semblait furieux d'être entouré de gens aussi bêtes.

– Qui est cet homme ? demanda Ingrid.

– Laisse tomber, ça t'intéresse pas.

– Pourquoi ceux qui sont venus avec toi tout à l'heure n'ont pas été le chercher à ta place ? demanda Ingrid.

– Parce qu'il n'était pas prévu qu'ils reviennent, dit Bobby.

Il parlait avec le mépris d'un homme s'adressant à quelqu'un qui n'avait rien à faire ici. Planté au milieu de la pièce, il promena un regard dégoûté sur tout le monde.

– Putain, je suis malade…

Il s'assit dans le fauteuil en osier. Ray était attentif et curieux. Bobby n'avait pas encore remarqué ses jambes. Il fit un effort manifeste pour se calmer et regarda Susan.

– Je suis désolé d'être aussi peu hospitalier, dit-il, mais j'ai du travail ici. Je ne m'attendais pas à de la visite.

– M'sieur le policier… commença de dire Ray.

– Je compte sur ta discrétion, Susan. Tu ne sais rien, tu n'as rien vu ni entendu de ce qui se passe ici. Tout à l'heure, peut-être, je te demanderai de te retirer avec Ingrid dans la chambre, si ça ne te dérange pas.

– M'sieur le policier, est-ce que j'peux aller au p'tit coin ?

– Va chier !

– Voilà, tout juste, m'sieur le policier, et ça presse…

– Debout, grogna Bobby.

Il emmena Ray dehors par la porte de derrière. Ils les entendirent marcher lourdement dans les feuilles mortes.

Susan regarda Ingrid et Tony d'un air interrogateur. Ingrid

haussa les sourcils. Lou Bates contemplait fixement le sol. Finalement, Susan se tourna vers lui.

– J'peux vous demander qui vous êtes ?

Il ne répondit pas. Elle répéta sa question et comme il ne répondait toujours pas, ce fut Tony qui le fit pour lui :

– C'est Lou Bates, l'un des trois hommes qui ont assassiné ma femme et ma fille.

Lou leva un regard morne vers Tony, puis se remit à contempler le plancher.

– Oh, j'crois que j'commence à piger, dit Susan.

Ingrid avait un livre à la main.

– Tu ferais mieux de bouquiner, lui conseilla-t-elle.

Bobby et Ray revinrent un moment plus tard. Ray, à qui le lieutenant avait enlevé ses menottes, s'assit au bord du lit de camp, à côté de Lou, et Bobby sur une chaise en rotin. Ray regarda Ingrid et lui dit, avec un sourire en coin :

– Devriez mettre un peu plus de chaux dans vos feuillées, ça sent pas très bon, là-bas, pour les femmes et les enfants.

– Ta gueule, dit Bobby Andes. (Il se tourna vers Susan.) Alors, je peux te faire confiance ? demanda-t-il, reprenant ce qu'il avait commencé à lui dire avant que Ray l'interrompe.

– Qui, moi ? Oui, bien sûr.

– Hé, m'sieur, intervint Ray, c'est pas légal, toutes ces conneries.

– Tiens, tu te soucies de légalité, Ray ? fit Bobby.

Les lèvres aussi pâles que les joues, il respirait bruyamment. Il sourit à Ray.

– Je t'ai déjà dit de pas te biler pour ça, ajouta-t-il.

Il se renversa confortablement dans son fauteuil et regarda les deux hommes assis côte à côte comme si leur vue le réjouissait.

Tony aussi regardait. Ray et Lou, prisonniers à cause de lui, payant pour ce qu'ils lui avaient fait, car ce qui s'était passé l'été précédent dans les bois n'était pas encore terminé et se continuait d'une façon qu'il n'aurait jamais imaginée.

– Allons-y, les gars, dit Bobby.

Ray tourna la tête vers Lou.

– Hé, Lou, qu'est-ce que tu lui as raconté ?

– Rien du tout.

– Il dit que tu m'as mouillé dans le meurtre de la femme et de la gosse de ce type.

– Merde, mec, il m'a dit la même chose de toi.

Ingrid Hale claqua la langue et, leur tournant le dos, se replongea fébrilement dans sa lecture.

Ray ricana, l'air méchant.

– Hé, tu crois pas qu'il voulait nous piéger ?

Lou regarda Bobby d'un air offusqué.

– Vous représentez la loi, non ? Alors, qu'est-ce que c'est, cette merde que vous nous jouez ?

Bobby Andes éclata de rire.

– Vous n'avez rien à vous dire, les gars ?

– Qu'est-ce que vous voulez qu'on se dise ? Vous nous avez raconté des salades, dit Ray.

– Ouais, vous devriez avoir honte. Un officier de police ! ajouta Lou.

Il semblait profondément choqué, comme s'il venait de perdre toutes ses illusions.

– Que ça vous serve de leçon, dit Bobby Andes.

– Quoi ?

– Tout le monde dans cette pièce sait ce que vous avez fait, alors ça ne fait pas l'ombre d'une putain de différence de savoir qui a balancé qui. Je me fous totalement de ce que vous pouvez penser ou dire.

Silence général.

– Vous comprenez ? reprit Bobby. Moi, je sais ce que vous avez fait. Et c'est tout ce que j'ai besoin de savoir.

– Alors, qu'est-ce qu'on fait ici ? demanda Ray.

– Vous êtes ici parce que je sais ce que vous avez fait.

– J'comprends pas, dit Ray.

– Tu comprendras, t'inquiète pas. Moi, j'ai plus rien à perdre. Réfléchissez-y.

– Vous nous menacez ?

Bobby Andes rit à nouveau. Un sale rire de malade, entrecoupé de hoquets.

– Je suis en train de crever d'un cancer, mais je compte bien que vous creviez les premiers.

– C'est pas de notre faute si vous avez le cancer, m'sieur…

– Nous allons faire une petite fête.

Ray semblait mal à l'aise maintenant, vraiment mal à l'aise.

– Hé, faites gaffe à ce que vous faites, dit-il.

– Que je vous dise, mes mignons. Tu pensais t'en tirer libre comme l'air, hein, Ray ? Eh bien, regarde-toi maintenant. Tu te rends compte ? Merde, j'ai de la peine pour toi.

Pas de réponse.

– Vous allez le regretter, mes salauds, d'avoir emmerdé une petite famille qui partait tranquillement en vacances, reprit Bobby Andes en s'étirant dans son fauteuil comme s'il souffrait du ventre. Ouais, vous allez tellement le regretter que vous allez souhaiter crever. Vous êtes des ordures, vous savez ça. Vous puez pire que des putois. Et pas des putois vivants, non. Des putois morts.

Tony Hastings était plutôt embarrassé ; il savait que c'était pour lui que Bobby parlait ainsi, disant des choses qu'il pensait que Tony pensait mais il voyait bien que Bobby était malade et ça le paniquait.

– Qu'est-ce que tu as, Bobby ? demanda Ingrid.

Bobby regarda Ray Marcus et lui dit :

– T'as jamais chopé une grippe intestinale ? T'as jamais eu une grippe intestinale en plus d'un cancer de l'intestin ?

– Bobby ? murmura Ingrid.

Bobby Andes à Ray Marcus :

– Tu t'es assez moqué du monde, putain de bâtard.

Ingrid à Bobby :

– Tu ne penses pas que tu devrais t'allonger un moment, Bobby ?

Bobby Andes à Lou Bates :

– T'es mort, enfant de putain. (Ingrid toucha l'épaule de Bobby Andes.) Hé, les durs, vous avez déjà pris une balle dans le ventre ?

Il haletait, maintenant. Ingrid alla dans l'alcôve et revint avec un linge mouillé, qu'elle voulut presser sur le front de Bobby.

– Merde, fous-moi la paix, dit-il en la repoussant. J'ai envie de les buter. Maintenant.

– Les buter ?

Choc de Tony. Des deux intéressés aussi, qui se raidirent.

Et Bobby Andes de poursuivre :

– Mais je ne sais pas si je le fais tout de suite ou plus tard. Ils pensent qu'ils peuvent s'en tirer, parce que le droit protège tous les citoyens, mais ils se gourent, la peine de mort est déjà prononcée, c'est la date de l'exécution qui n'a pas encore été fixée. (Il regarda Ray et Lou.) Exécution, vous connaissez le sens de ce mot, hein, les gars ? J'aimerais te dire comment ça va se passer pour toi, Ray mon salaud, parce que c'est encore plus moche quand on sait pas, mais bon, y a rien qui presse. (Il se tourna de nouveau vers Tony.) Vous savez, si je les laisse partir, ça sera dur pour eux, de pas savoir d'où le coup partira. Les collègues sont après eux, Ray sera peut-être abattu en prenant la fuite ou en opposant une résistance, par exemple. Ou encore en braquant une bijouterie avec un type qu'il prenait pour son pote. Peut-être même qu'en rentrant chez lui un soir, tard, il pourrait se faire descendre par un voleur planqué dans la cuisine… Qui sait ? On sait jamais à qui on peut faire confiance.

– Faites gaffe, m'sieur, dit Ray. Il y a des témoins dans cette pièce.

– Tu parles de mes femmes, garçon ? Elles savent très bien qui vous êtes, pas vrai, les filles ?

Et tout cela pour le compte de Tony, qui se sentait honteux, se demandant ce que Bobby Andes visait avec ce discours terrifiant. Est-ce qu'il s'imaginait vraiment que son comportement ne lui serait pas reproché par le tribunal ?

Lou, les poignets liés dans le dos, remuait les épaules.

– Ça gêne aux entournures, fiston ? s'enquit Bobby.

Il se leva de sa chaise, se pencha par-dessus Lou, le débarrassa de ses menottes et lui tapota l'épaule d'un air paternel. Les deux hommes avaient maintenant les mains libres et le visage de Bobby se plissait d'un sourire qui ressemblait à une grimace de douleur.

Il reprit place sur la chaise en rotin et s'adressa de nouveau à Tony :

– J'ai un peu étudié la torture, dit-il.

Ingrid eut un léger hoquet.

– D'après ce que je sais, ces types se débrouillent pas trop mal dans ce domaine, continua Bobby. Mais ce sont des amateurs. Moi, c'est la torture légale qui m'intéresse. Celle que les gouvernements pratiquent, et qui est vachement plus efficace que la torture à la petite semaine que Ray et Lou ici présents pratiquent sur des femmes et des jeunes filles sans défense.

– Vous payerez pour ça, murmura Ray.

Tony prit soudain conscience que Bobby avait très probablement abandonné toute idée de solution légale et qu'il comptait appliquer sa propre loi. Et il se demanda ce qu'il devrait faire si c'était le cas. Intervenir ? Mais était-il seulement intervenu une fois dans sa vie ? Et encore fallait-il qu'il sût contre quoi intervenir ? Contre le « sale boulot de flic » ? Contre les intimidations, l'utilisation de la peur comme arme psychologique ? Et que proposer à la place ?

– La torture légale suppose qu'il y ait un but, dit Bobby. Et ce but, c'est l'obtention des aveux. Le propos manifeste, c'est celui-là. Propos manifeste, vous savez ce que ça veut dire, les gars ? Mais, en réalité, le vrai but, le seul, c'est de faire regretter au coupable de ne pas être mort avant.

Comment intervenir alors que Bobby Andes semblait avoir pris le mors aux dents ? Ce n'était pas un rappel des exigences du droit ou de la compassion due à tout être humain qui allait l'arrêter.

– Tout le monde se fout d'obtenir des aveux. Le seul intérêt de la torture, c'est qu'elle vous rend cruellement conscient de votre propre désir de mort. Qu'est-ce que vous dites de cette définition, Tony ?

– Bobby… commença Tony.

– Oui ?

Tony ne savait plus ce qu'il voulait dire. Il craignait de passer pour un crétin, si l'intention de Bobby se bornait à faire peur aux deux autres.

– Vous voulez savoir ce qu'on doit faire d'eux, c'est ça ?

Bobby Andes parut réfléchir. Il regarda son revolver, le soupesa, le leva et visa la tête de Ray. Ray s'écarta vivement, puis se redressa. Bobby joua avec le chien, l'abaissa, le releva, visa de nouveau, reposa enfin sa main armée sur sa cuisse. Il regarda longuement Ray et Lou, puis se leva. Il fit un clin d'œil à Ray et tendit son revolver à Ingrid.

– Tiens, garde-moi ça.

Elle repoussa le revolver qu'il lui tendait et s'en fut dans l'alcôve. Alors Bobby donna l'arme à Susan, qui la prit avec stupeur du bout des doigts. Puis Bobby gagna le placard au fond de la pièce et s'accroupit pour chercher quelque chose sur l'étagère du bas.

Sur le lit de camp, Ray s'adossa contre le mur, les mains croisées derrière la tête, tandis que Lou restait perché sur le bord, l'air tendu, et que Tony continuait de les surveiller de sa chaise, son arme serrée dans sa main.

– T'as les jetons, Lou ? demanda Ray en chatouillant Lou dans les côtes.

– Arrête tes conneries, grogna Lou.

– Il est pas gentil, votre copain, et il est en train de se foutre dans une sacrée merde, dit Ray à Tony tout en observant Bobby, qui venait de sortir du placard un vieux panier de pêche pour le poser sur la table de l'alcôve.

Dans l'autre fauteuil en rotin, la fille nommée Susan, qui n'avait pas de nom de famille, tenait le revolver de Bobby comme s'il s'agissait d'un préservatif utilisé et s'efforçait d'épargner le contact froid de l'acier à ses cuisses nues. Dans l'alcôve, Ingrid rangeait bruyamment ses casseroles.

– Si j'avais su que je garderais un prisonnier… dit Susan.

Ils regardèrent Bobby choisir quelque chose parmi ses articles de pêche, l'examiner, puis se relever et prendre une faucille rouillée à l'intérieur du placard, en éprouver le tranchant, la reposer à l'intérieur, sortir ce qui ressemblait à une vieille batterie d'automobile et la poser à côté du panier sur la table. Il s'assit sur une chaise en leur tournant le dos et soupesa un rouleau de fil électrique. Il en coupa une longueur avec une pince, fit une boucle puis se pencha en avant pour gratter quelque chose de métallique avec son canif. Il y avait des hameçons et des bouts de fil éparpillés autour de lui mais Tony ne pouvait pas voir ce qu'il faisait.

Ingrid s'attaquait maintenant à la vaisselle. Ils entendirent tinter les assiettes en fer, Susan poussa un petit cri : le revolver avait glissé sur ses cuisses.

– Je me demande si je saurais me servir de ce machin… dit-elle.

Ray se redressa sur le lit de camp.

– C'est un truc dangereux, dit-il. C'est pas un joujou.

Tony voyait bien que Ray avait une idée derrière la tête. Il essayait d'attirer le regard de Lou, mais ce dernier fixait le sol devant lui d'un air abattu. Bobby regarda autour de lui, puis revint à son travail. Penché sur la table, il faisait un bruit grinçant.

– Est-ce que je peux aller au petit coin ? demanda Ray.

– Tu en viens, dit Bobby Andes.

Ray se leva.

– Je vous préviens… commença Tony.

– Hé, j'me dégourdis un peu les jambes, d'accord ?

Il alla regarder les photos punaisées au mur à côté du lit de camp.

– Asseyez-vous, dit Tony.

– Merde, j'ai des fourmis dans les guibolles !

– Asseyez-vous.

– Okay, patron.

Ray se rassit.

A la table dans l'alcôve, Bobby Andes se retourna et les regarda. Il tenait un couteau et deux fils à la main. Il se remit à son travail.

– Vous avez déjà tiré avec ça ? demanda Ray à Tony.

Tony ne répondit pas.

– Je parie que ça vous est jamais arrivé. (Ray parlait à voix basse.) Hé, Tony, si vous me tirez dessus, quelle raison vous donnerez ?

– C'est mon problème, pas le vôtre.

– Ce que vous faites, ça s'appelle un kidnapping. Si vous me descendez, ce sera pas de la légitime défense ni rien, ça sera un meurtre.

Tony frissonna et espéra que cela avait échappé à Ray. Il souhaita ardemment que Bobby en finisse avec son bricolage.

– Où vous enseignez, professeur ? demanda Ray en se levant de nouveau. Allez, Lou, on se tire, ajouta-t-il.

– Quoi ? dit Lou.

Ray commença à se diriger vers la porte en restant près du mur.

– On s'tire, j'te dis !

Lou leva vers Ray un regard ébahi.

– Asseyez-vous, dit Tony. Bobby !

– Allez, ducon, on s'arrache !

Tony bondit. Il essaya d'armer tout en bloquant le passage à Ray. Dans l'alcôve, il vit Bobby se lever dans l'ombre.

– Abats-le, Tony, dit Bobby.

– Tirons-nous, vite.

– T'es dingue ou quoi ? C'est un flingue qu'il a !

– Bouge, mec, bouge !

Debout près de la porte, Tony pointa son arme sur Ray.

– Arrêtez... Halte !

Ray fonça sur lui et Tony s'écarta vivement, de peur qu'il ne lui arrache le revolver des mains. Quand Lou vit la réaction de Tony, il se jeta sur lui tandis que Susan se mettait à hurler.

La porte fermée retint Ray juste le temps d'actionner le loquet. Bobby entra en action. Tony le vit bondir de sa chaise, se saisir de la main de Susan, l'entendit dire : « Donne-moi ça », vit Lou prendre en pleine tête la porte rabattue par Ray, entendit la course de celui-ci sur les graviers, vit Lou franchir le seuil à son tour et Bobby qui accourait, écartait rudement Tony de son chemin en gueulant : « Maintenant, je vous tiens, mes salauds ! » Une formidable détonation ponctua ses paroles et Tony ne sut plus ce qu'il entendait ni ce qu'il voyait.

Une bombe, pensa-t-il, certain que le plafond allait leur tomber sur la tête. Il vit une volute de fumée bleue, sentit l'odeur de la poudre, vit le revolver dans la main de Bobby qui sautait la marche de la véranda pour courir après Lou. Et pendant tout ce temps Susan ne cessait de hurler. Elle avait ramassé un couteau de cuisine et Ingrid tenait entre ses mains la bassine dans laquelle elle faisait la vaisselle, prête à en projeter le contenu savonneux sur quiconque s'approcherait trop près.

Claquèrent deux autres détonations. Tony se précipita dehors, vit le lieutenant qui, le revolver tendu à deux mains devant lui, visait la silhouette qui courait le long de la rivière. Il fit feu de nouveau mais le fugitif poursuivit sa course et, l'instant d'après, disparut derrière les arbres. Puis Tony remarqua l'autre homme gisant dans l'herbe.

Susan apparut dans la véranda derrière lui. Elle haletait. Ingrid les rejoignit. Et Bobby Andes se tenait devant eux, petit et gros, rentrant sa chemise dans son pantalon, le regard braqué dans la direction où l'homme avait disparu.

– Passe-moi les clés, dit-il à Tony. Il faut qu'on le rattrape.

– Attends, Bobby, dit Ingrid.

Tony avait les clés dans sa poche. L'homme à terre était Lou. Il gémissait, les mains appuyées sur le sol, s'efforçant mais en vain de se relever. Il les regarda, les appela.

– Aidez-moi, merde…

Ingrid rentra dans la cabane et en ressortit avec une serviette. Bobby Andes continuait de regarder vers la rivière et de réfléchir.

– Je suis touché, dit Lou.

– Pas la peine de courir après ce salopard, dit Bobby. On l'aura plus tard. (Il se tourna vers Tony.) Bon Dieu de merde, pourquoi tu l'as pas descendu ?

Une réponse vint aussitôt à l'esprit de Tony, « C'est votre boulot », mais il la garda pour lui et ne trouva rien d'autre à dire. Ingrid, sa serviette à la main, s'approcha de Lou.

– Laisse tomber, lui dit Bobby.

– Mais, Bobby, il est blessé !

– Laisse tomber, j'te dis.

– Arrête, Bobby, et va chercher ta veste. Il faut le conduire à l'hôpital.

– Tais-toi.

– Il risque de mourir, si on attend trop.

Bobby Andes s'avança.

– Pousse-toi, dit-il à Ingrid.

Il fit un pas vers Lou et lui tira une balle dans la tête.

– Sainte Mère de Dieu, souffla l'une des femmes.

Retour sur image. Il y avait Lou à terre, sanglotant de douleur, levant un regard suppliant vers Bobby Andes qui marchait vers lui d'un pas de soldat. Il y avait le revolver du bourreau pointé sur lui, le visage figé dans l'horreur et l'homme qui se cachait la tête entre les bras dans une vaine tentative de se protéger. Puis le fracas de l'arme et le corps qui tressaille comme un pois sauteur puis s'affaisse avec un spasme des jambes, pour ne plus bouger.

Susan pleurait comme une enfant.

Il y avait Bobby, donnant des coups de pied à Lou, qui devait être mort, se penchant pour s'en assurer, puis se redressant pour regarder en direction de la véranda où Tony et les deux femmes se tenaient, accablés. Et Bobby leva de nouveau son arme, la braqua dans leur direction et fit feu. Susan se précipita à l'intérieur en hurlant de terreur.

– Ta gueule ! lui cria Bobby. C'est pas toi qu'on vise !

Il les rejoignit en se tenant le ventre, son arme à la main.

– Rentrez, dit-il. Ne restez pas là plantés comme des idiots.

Quoi qu'il eût visé, Bobby avait touché le gond de la porte, qui pendait maintenant de guingois et vibrait à côté d'un morceau de grillage arraché.

6

Bêtes de nuit 24

Ils étaient là, dans la cabane de Bobby Andes, tandis que l'écho de la catastrophe mourait dans les bois : la fille nommée Susan dans sa minijupe, Ingrid et son torchon, Tony Hastings avec un revolver inutilisé, tous assis hébétés à la table. Bobby Andes, attelé à son boulot de flic, rentrait sa chemise dans son pantalon sans lâcher l'arme dont il avait fait usage. Dehors, Lou Bates gisait dans l'herbe, une balle dans la tête.

– Merde, dit Bobby. Qu'est-ce qui s'est passé, Tony, ton revolver s'est enrayé ?

La rage qu'aurait aimé ressentir Tony le cédait à la honte de ne pas savoir ce qu'il était censé faire, aussi s'abstint-il de répondre.

Bobby regarda Susan.

– Désolé de t'avoir fait peur, mais j'ai cru voir une chauve-souris.

– Une chauve-souris, Bobby ? Tu nous as tiré dessus, oui !

Le visage d'Andes s'altéra soudain. Il posa son revolver sur la table et sortit par-derrière. Ils l'entendirent vomir.

– Putain, dit-il en revenant, j'aurais pu choisir un autre moment pour être malade.

Il s'assit à la table, le souffle court.

– Faut qu'on bouge, reprit-il au bout d'un instant.

– Bobby, dit Ingrid, tu viens de tuer un homme.

– Laisse-moi le temps de réfléchir.

Elle regarda Tony et Susan, qui lui rendirent son regard.

– Bobby ? Qu'est-ce qu'on va faire ?

– Ça va, dit-il. On a la situation en main.

– Qu'est-ce qu'on va faire ? Tu as tué cet homme.

– Exact. Il tentait de s'enfuir.

– Tu l'as tué délibérément.

– Il tentait de s'enfuir.

Il la regarda et ajouta :

– Quoi ? Où est le mal ?

– Il était blessé et tu l'as achevé d'une balle dans la tête.

Silence dans la pièce, tous les regards concentrés sur Bobby, le croassement des grenouilles du côté de la rivière. Bobby passa une main sur son crâne, ouvrit la bouche comme pour dire quelque chose, changea d'avis.

– Pourquoi as-tu fait ça ?

– Parce que je l'avais raté la première fois, merde ! Faut que j'y aille, ajouta-t-il, sortant les clés de sa voiture de la poche de son pantalon.

– Où ça, Bobby ?

– Téléphoner.

Elle lui toucha l'épaule, il repoussa sa main.

– Me touche pas, je vais bien.

– Tu ne peux pas envoyer Tony ?

La question alarma Tony, mais Bobby regarda Ingrid comme si elle était folle.

– Tony peut pas le faire à ma place.

– Il peut laisser un message au poste. Que veux-tu de plus ?

– Je veux attraper ce salaud quand il aura rejoint la route.

– Oh non, Bobby.

– Oh si, Ingrid. Faut que j'attrape ce salaud.

– Et nous laisser seuls ici ?

Il se leva, remit de l'ordre dans ses vêtements et se dirigea vers la porte.

– Bobby ! cria Ingrid.

– Du calme, dit-il. Tony est armé. S'il se rappelle comment on appuie sur la détente…

– Et cet homme mort, dehors ?

– Il risque pas de bouger. Ne le touchez pas. Ne sortez pas de la cabane et souhaitez seulement qu'un pêcheur vienne pas trébucher dessus demain matin.

Il sortit. Ils entendirent la voiture démarrer. Ingrid dit :

– Qu'il aille au diable.

– C'est légal, ce qu'il a fait ? demanda Susan.

– Tuer ce type ?

– Oui, est-ce qu'un policier a le droit de faire ça ?

– Il essayait de s'enfuir, non ? Mais cette seconde balle dans la tête, ça, non, rien ne peut l'excuser.

– Il aura des ennuis pour ça ?

– Pour ça aussi.

– Qu'est-ce qu'il a fait d'autre ?

– Il n'avait pas le droit de retenir prisonnier l'autre homme.

– Tu parles de Ray ?

– Oui, dit Ingrid. C'était tout ce qu'il y a de plus illégal.

– Alors, il aura des ennuis ?

– Je préfère ne pas y penser.

– Et si on ne disait rien à personne ?

– Ils sauront vite ce qui s'est passé, dit Ingrid. Ils le sauront par les blessures. Tout le problème est de savoir si ses collègues le couvriront ou pas.

La stupeur de Tony tournait au rance.

– Qu'est-ce qu'il essayait de faire ? dit Susan. Si ça s'apprend, sa carrière est foutue, non ?

Moitié de rire d'Ingrid.

– Sa carrière ? Je ne pense pas qu'il s'en soucie beaucoup. Je pense qu'il a décidé d'appliquer lui-même la loi, puisque le district attorney ne voulait pas le faire. Mais ce que je ne comprends pas, ajouta Ingrid, c'est pourquoi il a été si négligent.

– Négligent ? dit Susan.

– Oui, quand il bricolait à cette table. Comptant sur Tony pour les surveiller. Ça ne lui ressemble pas.

Elle regarda Tony.

– Vous au moins, vous devez être content que ce type soit mort.

La remarque le prit de court, distrait qu'il était par ce qu'avait dit Ingrid avant : qu'attendait Bobby quand Ray avait décidé de fuir ? La mort de Lou Bates lui paraissait sans importance, comme si l'homme avait cessé d'être Lou Bates. Son élimination ne procurait pas à Tony plus de satisfaction que celle de Turk. Le temps avait redéfini le crime et le seul criminel qui comptait était Ray. C'était Ray et Ray seul, et une fois de plus Tony avait eu peur et il l'avait laissé filer.

– Tu es sûre qu'il est mort ? demanda Susan à Ingrid.

– Il a une balle dans la tête.

– Il est peut-être encore en vie. On devrait peut-être aller voir.

– Il est mort, il n'y a pas de doute.

– Quand même, je pense que quelqu'un devrait aller voir.

– Pas moi, dit Ingrid.

Ni moi non plus, allait déclarer Tony quand Ingrid se tourna vers lui. L'instant d'après, il s'avança avec elle jusqu'au pas de la porte, pour regarder la jeune cousine de Bobby Andes, que Ray et lui avaient prise pour une prostituée et qui n'était, semblait-il, qu'une brave gosse en minijupe, s'approcher, torche électrique à la main, de la silhouette étendue dans l'herbe, à quelques mètres de la rivière. Ils virent le faisceau de la lampe balayer lentement le corps de l'homme, la virent tendre la main vers son visage, le toucher. Elle revint bientôt, pâle comme un linge.

– Il a les yeux ouverts, dit-elle.

– C'est ce qui arrive, quand ils sont morts, dit Ingrid. Ils ont les yeux ouverts mais ils ne voient plus rien.

Tout se dégrade. La nourriture se gâte, le lait tourne, la viande se putréfie. Dans la lumière de la cabane flotte une impression de naufrage. La mort de Lou Bates n'était pas une mort juste. Tony se demandait s'il n'en était pas le responsable pour ne pas avoir réussi à arrêter Ray et Lou. Mais il n'aurait pas eu d'autre moyen de stopper leur fuite que de faire usage du revolver et de jouer les tueurs à la place de Bobby, ce qui aurait été pire. En conséquence, il considérait que ce n'était pas de sa faute. Soudain, il comprit la raison de cette rage sourde qu'il avait ressentie quelques instants plus tôt : Bobby avait voulu – et tout fait – pour que ce fût lui, Tony, l'exécuteur de Ray et de Lou. L'idée était intolérable. Merde, qu'importe ce qui s'était passé, il n'était qu'un témoin, se dit-il, pas un acteur.

Susan bâilla de nouveau. Tony se rappela sa marche nocturne à travers les bois et le long des routes ; il n'avait pas dormi de toute la nuit, et ce n'était qu'au petit matin qu'il avait aperçu de la lumière dans une ferme.

– Tu veux aller t'allonger dans la chambre ? demanda Ingrid à Susan.

– Je crois que je pourrai pas fermer l'œil avec ce mort dehors.

– Moi non plus, dit Ingrid. Et puis Bobby ne va pas tarder à revenir.

– Tu crois ? Il n'est pas parti à la poursuite de l'autre type ?

– Si jamais il fait ça, je le tue.

Mais Bobby Andes était déjà de retour. Ils entendirent la voiture, les phares balayèrent la cabane d'un flot de lumière, une portière claqua. Ils virent Bobby Andes approcher à travers la porte grillagée. Il entra d'un pas vif dans la pièce ; il avait l'air transformé.

– Tu as été vite, dit Ingrid. Alors, ils viennent ?

– Faut que j'aille en ville, dit-il.

– Quoi ? Encore ! Non, Bobby !

Remarquer le changement en lui : le visage sec comme du cuir, évaporée la sueur maladive, l'expression toute en dureté et détermination.

– J'ai pu avoir Wikham au téléphone, mais il faut que j'aille voir Ambler.

Pas de panique, mais il y a urgence. On domine la situation, mais nécessité d'un grand effort pour tenir le cap. Pas de catastrophe à redouter si on garde la tête sur les épaules.

– Avant que je parte… dit-il en les regardant tous les trois comme s'il voulait attirer une attention qui lui était déjà toute acquise. Il faut que vous sachiez ce qui s'est passé cette nuit.

– Qu'est-ce qui s'est passé ? demanda Ingrid.

– Je parle de ce qui s'est passé ici. Ce que vous avez vu.

– On le sait, ce qui s'est passé.

– Vraiment ? dit-il en lui jetant un regard furieux.

– Ah... fit-elle.

Le silence, tendu.

– Ah, tu veux qu'on mente, c'est ça ? reprit Ingrid. Je t'en prie, Bobby, ne nous oblige pas à mentir.

– Tu ne veux pas mentir ? Tu veux dire toute la vérité, rien que la vérité, Dieu m'en est témoin, tu veux dire tout ce que tu as vu cette nuit ? C'est ça que tu veux ?

Elle avait l'air malheureuse. Tony frissonnait d'émoi. Elle dit :

– Oh, Bobby, mon chéri.

Son chéri avait les yeux injectés de sang, il haletait, la bouche ouverte, comme un poisson hors de l'eau.

– Je m'en fous, dit-il. Je croyais que tu aimerais avoir quelque chose à raconter. T'en veux pas, c'est très bien.

Elle s'affaissa sur sa chaise.

– D'accord, dit-elle d'une voix éteinte. Qu'est-ce qu'on doit raconter ? Tu veux bien nous le dire, Bobby ?

– C'est Ray Marcus qui a tué Lou Bates. Il lui a tiré dessus deux fois. La première balle l'a atteint au corps, la seconde à la tête.

– Bon Dieu ! dit Ingrid.

– Il l'a tué parce que Lou avait accepté de témoigner contre lui.

Silence pendant lequel ils ingurgitent ce qu'on vient de leur servir. Ingrid jeta un regard désespéré à Tony, au secours, au secours, mais Tony regarda ailleurs.

– Ça n'a pas de sens, dit Ingrid.

– Y a rien de plus sensé, au contraire.

Tony essayait d'imaginer Ray Marcus tirant sur Lou Bates.

– Vous voulez savoir comment il a fait ? reprit Bobby. Vous voulez le savoir, hein ? Vous n'imaginez pas Ray sortir soudain un flingue de sa poche, alors qu'il est prisonnier, si ? Alors, vous voulez savoir, oui ou non ?

– Dis-le nous, lui répondit Ingrid.

– D'accord. Il n'était pas prisonnier. Je veux dire, il est venu ici mais il est reparti. Il est reparti en voiture avec moi, après que j'ai eu une petite conversation avec lui. Je l'ai déposé sur la route en allant à Grant Center chercher Lou Bates. Seulement Ray n'est pas rentré chez lui. Ou alors il est rentré chez lui pour y prendre son flingue, à moins qu'il en ait dégotté un ailleurs, toujours est-il qu'il est revenu ici en faisant du stop et c'est là qu'il a fait le coup. L'embuscade, quoi. Il s'est caché dehors et il a fait feu juste au moment où je conduisais Lou dans la cabane. Pan-pan ! Lou était mort avant que j'aie eu le temps de réagir.

– Et tu crois que ça tient la route ? dit Ingrid.

– Ça tient la route.

– C'est ridicule.

– Non, ça l'est pas.

– Tu ne peux t'en sortir comme ça, et tu le sais.

– Pourquoi je m'en sortirais pas ? J'ai George et Ambler avec moi. Il reste plus que vous. Il vous suffit de dire comme nous, rien de plus.

– Et de faire un faux témoignage ?

– Merde, Ingrid, tu ne vois pas que c'est tout à fait plausible, que ce serait même arrivé s'il y avait eu plus de temps.

– Allons, Bobby...

– « Allons, Bobby », qu'est-ce que ça veut dire, ça ? Si tu penses que c'est un faux témoignage, dénonce-moi, je m'en fous, j'ai plus rien à perdre.

Elle regarda tour à tour Tony et Susan.

– Vous êtes d'accord avec ça ?

– Moi ? dit Susan. Qu'est-ce que je dois faire ?

– Affirmer que Ray Marcus n'était pas ici, dit Ingrid.

– Qu'il est parti avant que tu arrives, ajouta Bobby Andes.

Elle comprit :

– Oh. Et puis il est revenu et il a tiré sur l'autre type, celui avec la barbe ?

– C'est ça. S'ils t'interrogent, c'est ça que tu as vu. Seulement, attends, tu ne l'as pas vraiment vu. Tu n'as pas vu non plus le barbu. Tu as entendu des coups de feu au moment où j'arrivais de la voiture avec lui.

– C'est ça que je devrai dire ?

– C'est ça que tu devras dire.

Il semblait soulagé et content de lui. Tony pensait : Si je dis non, je détruis Bobby Andes. Il essaya désespérément d'imaginer les questions qu'on pourrait lui poser à la barre des témoins.

– Ray niera farouchement, dit Ingrid.

– Il pourra toujours nier, personne le croira. Il a bien nié avoir tué la femme et la fille de Tony.

– Il ira à la police et racontera tout.

– Il n'est pas si con.

– Il leur dira ce qu'il a vu. Il leur dira tout, Bobby. Comment tu l'as enlevé, que tu lui as passé les menottes et les chaînes et comment tu as tué Lou.

– Non, il fera pas ça.

– Qu'est-ce que tu en sais ? Si j'étais à sa place, c'est ce que je ferais.

– Je vais te dire pourquoi il ne le fera pas : il le fera pas parce qu'on l'arrêterait pour le meurtre de Lou. Et il le sait parce qu'il me connaît et qu'il connaît mes amis et qu'il sait que vous êtes témoins, tous les trois. C'est pour ça qu'il ira pas à la police. Et si jamais il y allait, eh bien il aurait la mauvaise surprise que je viens de te dire. Il ne trouverait pas un seul flic pour le croire.

– Quel cynisme, Bobby !

– Cynisme ? Pas de ça avec moi, Ingrid. Si tu trouves ça trop cynique, dis-moi ce que je dois faire. Vas-y, trouve-moi une solution qui le soit moins, cynique.

Tony, abattu, se sentant en faute et responsable de tout, entreprit de chercher les trous dans la version de Bobby, la version qu'il devrait faire sienne.

– Bobby, dit-il. Si Ray Marcus a tué Lou Bates, quand est-il parti d'ici ? Où est-il allé ? Comment a-t-il trouvé une arme ? Enfin, comment est-il revenu ici ?

– Ça, ce sera à moi de m'en inquiéter, répondit Bobby. Disons qu'il est parti avec moi. Oui, je l'ai ramené en ville, c'est ça, parce que je pouvais pas parler avec Ray devant Ingrid. Je l'ai donc déposé en ville et, là, Dieu sait ce qu'il a fait. Il s'est démerdé pour trouver une arme. Et il a dû faire du stop pour revenir ici. Te tracasse pas pour ces détails, Tony.

Il les regardait comme un chef scout malade. Vous avez compris ? Est-ce que je peux compter sur vous ? Vous n'avez rien oublié ?

– Récapitulons, d'accord ? dit-il. Je suis venu ici avec Ray, mais pour repartir aussitôt, parce que Ingrid était là. Vous avez attendu en vous demandant où diable j'étais allé. Entre-temps, Susan est arrivée. Et puis je suis revenu avec Lou. Bang ! Bang ! Deux coups de feu. Vous avez couru dehors et vous avez vu ce type à terre et l'autre qui s'enfuyait. Simple, non ? Et ne vous inquiétez pas pour Ray. Il a toutes les chances de se faire tuer en résistant lors de son arrestation. Ça te choque, Ingrid ?

Elle ne répondit pas.

– J'ai un boulot à faire, et il faut bien que je trouve le moyen de le faire.

Personne ne fit de remarque.

– Merde, je vous trouve tous bien scrupuleux, tout d'un coup. Toi aussi, Tony ? Ta femme et ta fille sont assassinées sauvagement et tu es là à couper les cheveux en quatre…

– Bobby, dit Ingrid, c'est toujours comme ça que tu procèdes ?

Elle le regardait comme si elle le découvrait pour la première fois.

– Tu critiques ma façon de travailler ?

Ils échangèrent un long regard. Au bout d'un moment, il baissa les yeux.

– Non, dit-il. Non, je travaille pas comme ça d'habitude. Et je t'avouerai que j'avais encore jamais fait une chose pareille.

Il semblait plein de remords, raisonnable tout à coup.

– Tu es têtu comme une mule, Bobby, dit Ingrid. Pourquoi tu ne leur dis pas que ton prisonnier a tenté de s'échapper et que tu as dû lui tirer dessus ? Ils ne te condamneraient pas à mort pour ça, non ?

Bobby parut réfléchir.

– C'est pas aussi simple, dit-il enfin. Et puis, quand j'ai la garde d'un prisonnier, je le perds pas. Je préfère ma version.

Tony pensait au contre-interrogatoire que le juge et le district attorney lui feraient subir.

– Je vais expliquer tout ça à Ambler, continua Andes. Il se

chargera de tout. Il se peut que vous n'ayez même pas à faire de dépositions.

Il essuya son revolver avec un chiffon et gagna la porte.

– Je reviens tout de suite, dit-il.

Ils le regardèrent de la véranda. Il passa devant le cadavre de Lou et descendit à la rivière, où il jeta son arme. Il revint et dit :

– Si ça vous dérange tant que ça que ça soit pas la vérité vraie, pensez que ma version pourrait bien être la vérité intrinsèque de l'affaire. Ce qui s'est produit est bien ce qui serait arrivé.

Puis ceci :

– Tony, j'ai besoin de ton aide pour attraper Marcus.

Frayeur de Tony et nouvelle objection d'Ingrid :

– Comment pourrais-tu le rattraper ? Il s'est enfui dans les bois.

– S'il est dans les bois, je prendrai les chiens. S'il sort des bois, il fera du stop. Il faut donc lui tomber dessus avant qu'il trouve une voiture.

– Il peut être n'importe où.

– Non. Il n'y a que deux routes qu'il puisse atteindre avant que le jour se lève. Si on se dépêche, on a une chance.

Il regarda Tony, qui était terrifié.

– On prend chacun sa voiture.

– Vous voulez que je traque Ray ?

– T'affole pas. Je veux que tu ailles chez George Remington. Réveille-le et dis-lui qu'on a besoin de ses chiens.

– Fais-le toi-même, dit Ingrid.

– Mais Bon Dieu, Ingrid, il faut que je voie Ambler pendant qu'il est encore de service !

– Pourquoi Ambler ?

La question parut l'agacer.

– Parce que je préfère faire mon rapport à Ambler plutôt qu'à Miles.

Bobby Andes étala une feuille de papier sur la table et entreprit de dessiner un plan.

– Tiens, Tony. Cogne à sa porte jusqu'à ce qu'il se réveille.

Donne-lui ce mot et dis-lui que je veux ses chiens. Dis-lui qu'un homme s'est évadé et qu'un autre a été tué, mais rien d'autre. Après, tu reviens ici.

– Et Susan et moi nous allons rester seules ici avec ce mort dehors ? dit Ingrid.

– On a pas le choix.

Elle ne dit rien, mais il entendit quand même.

– Tu m'emmerdes, conclut-il. Allons-y, Tony.

Tony obéit. Il se sentait terriblement malheureux. A la porte, Bobby se retourna et dit aux deux femmes :

– Quand je reviendrai, je serai avec les collègues. Je vais leur raconter comment Ray a tué Lou. Si ça vous plaît pas, vous pourrez leur dire ce que vous voudrez, je m'en contrefous.

Il vit Tony essayer de lui tendre le revolver qui ne lui avait servi à rien.

– Non, garde-le, au cas où tu tomberais sur Marcus.

– Pourquoi, je risque de le rencontrer ?

Il se disait qu'une fois dans la voiture il n'aurait plus rien à craindre.

– Si tu le vois, tu l'arrêtes et tu l'embarques. Pour ça, tu lui mets les menottes et tu fais passer la chaîne autour du montant des portières.

Sous la menace d'une arme dont il n'avait pas osé faire usage.

– Et je l'amène où ?

– Ici et tu le laisses dans la voiture en attendant que je revienne.

– Et s'il essaie de s'enfuir ?

– Tu lui tires dessus.

Tony le regarda.

– Légitime défense, expliqua Bobby. Tu l'abats en légitime défense. (Il se tourna vers Ingrid comme si elle avait dit quelque chose.) C'est rien qu'une suggestion. Il fait comme bon lui semble. S'il doit se servir de son arme, que ce soit pour se défendre, c'est tout ce que je veux dire.

Il tapota le bras de Tony.

– Si ça tournait mal, bouge pas d'où tu es. On te retrouvera.

Tony Hastings et Bobby Andes regagnèrent les voitures.

Avant de partir, Bobby voulut dire au revoir à Ingrid. Elle commença par se détourner de lui, puis se soumit. Tony s'installa au volant. Bobby vint le voir et se pencha à la vitre.

– Alors, qu'est-ce que t'en dis ? On a eu ce salaud de Lou, ce qui en fait deux d'éliminés. Il ne reste plus que celui avec les grosses dents. On l'aura, tu verras.

Tony, piégé, savait que c'était sa dernière chance de dire non, de refuser de mentir, d'être un faux témoin, mais il redoutait trop la violence du mépris de Bobby Andes pour oser faire une chose pareille.

– Vous avez des ennuis ? lui demanda-t-il seulement.

– J'en sais rien et je m'en fous.

Tony resta immobile derrière son volant. Il regarda Andes monter dans sa voiture, la démarrer, allumer les phares, puis lui crier :

– Qu'est-ce que t'attends ?

– Après vous.

Comme s'il ne lui faisait pas confiance, Bobby attendit que Tony démarre son moteur pour se mettre en route. Toujours méfiant, il s'arrêta au virage pour voir si Tony suivait. Tony recula pour sortir, la lumière de ses phares balayant le corps de Lou qui gisait près de la rivière, forme indistincte évoquant un amas de racines affleurant sur la berge. Il se demanda pourquoi il ne ressentait aucune satisfaction et ce qui avait gâché sa rage contre Ray. La clarté de la nuit le stupéfia.

7

Susan Morrow déjà en manque. Plus que deux, trois chapitres au maximum. Le revolver claque comme une bombe sur la page et tout semble emporté, aspiré vers un dénouement calamiteux.

La violence l'émeut comme les cuivres dans une symphonie. Susan, à plus de quarante ans, n'a jamais été témoin d'un meurtre. L'année passée, dans un McDonald, elle a vu un policier, l'arme au poing, sauter sur un type qui mangeait un sandwich. La violence règne partout dans le monde, dans les jardins publics, dans les ghettos, en Irlande, au Liban, mais pas dans son existence, pas encore.

Touche du bois, touche touche. Susan, à l'abri, vit au bord du désastre parce que tout ce qu'elle sait est déjà arrivé, alors que l'avenir est aveugle. Dans un livre, il n'y a pas de futur. A la place, il y a une violence qui substitue le frisson à la peur, comme aux montagnes russes. N'oublie jamais ce qui pourrait se produire, dit le livre, si toi, Susan, femme comblée avec famille et enfants (ce qui n'est pas le cas de tout le monde, loin s'en faut), tu voyais, comme Tony, le vice surgir au milieu de la nuit. Si tu avais le revolver, saurais-tu en faire un meilleur usage que Tony ?

Edward est tout près, Arnold aussi. Plus le récit rétrécit, plus ces deux-là se rapprochent, comme des tigres. Le personnage qui porte son prénom est une gourde. Susan la gourde, voilà qui heurte son amour-propre. Et ce n'est pas le moment pour elle d'éprouver ce genre de blessure.

Elle reprend sa lecture.

Bêtes de nuit 25

Tony Hastings vit Ray Marcus sur la route de montagne qui conduisait chez George. La silhouette se matérialisa dans ses phares à l'entrée d'un virage. L'homme marchait sur l'accotement, chemise grise, jeans, boucle du ceinturon accrochant la lumière. Il se retourna et Tony, qui n'avait cessé de penser à la possibilité de cette rencontre depuis le départ, ne comprit que c'était Ray qu'après l'avoir dépassé. Et, quand le front haut et le visage étroit furent derrière lui dans l'obscurité, il dut se raisonner, se dire qu'il était en sécurité dans la voiture, qu'il n'avait rien à craindre et que, de toute façon, il faisait trop sombre pour que Ray l'ait reconnu. Ce fut seulement alors qu'il se rappela qu'il était censé capturer Ray avec le revolver que Bobby lui avait laissé.

Abordant le virage suivant, il pensa à s'arrêter et à revenir en arrière, puis se dit que, s'il le faisait, Ray s'enfuirait dans les bois. Il préféra donc penser que s'il ne s'était pas arrêté, ce n'était pas par peur de Ray, mais parce que l'endroit ne s'y prêtait pas. Il n'aurait pas pu stopper en plein virage et faire marche arrière sans alerter Ray et provoquer sa fuite. Peut-être pourrait-il faire demi-tour plus loin et le surprendre en arrivant dans l'autre sens.

La route se mit à descendre et, juste comme il commençait à trouver ces virages familiers, il remarqua une tache blanche dans les bois au-dessus de la route et reconnut avec stupeur la caravane, l'horrible caravane au lit de mort. Il n'avait pas compris que le plan dessiné par Bobby, qu'il avait mémorisé, le mènerait sur cette route. Il sentit en lui un désir étrangement pervers de s'arrêter et d'aller voir, mais sa mission et Ray Marcus qui arrivait à pied l'en dissuadèrent.

Il roula plus lentement tout en continuant de se demander pourquoi il ne s'était pas arrêté pour capturer Ray. Il préférait ne pas penser à ce qu'en dirait Bobby Andes, lâcheté, passivité.

Il se demanda s'il était seulement possible de l'appréhender n'importe où sur cette route. Les virages, les bois, la nuit. Il savait pourtant à quoi s'attendre, il était armé, il était prêt. Vous vous cherchez toujours une bonne excuse pour ne rien faire, dirait Bobby Andes. Se reprochant sa veulerie, il décida d'agir, décida d'accomplir son devoir. La question était de savoir quand Ray risquait de s'évanouir dans la nature si Tony n'intervenait pas sur-le-champ. Par ailleurs, cette route n'offrait aucun refuge au fugitif, et il lui faudrait du temps avant d'atteindre une autre route. Que faire ? Délivrer plus tard le message de Bobby à George et s'occuper de Ray, ou le contraire ? Il n'avait pas envie d'être seul pour capturer Ray, mais ce n'était plus là une raison avouable. Non, il irait d'abord chez George car, s'il faisait Ray prisonnier en premier, comment justifierait-il la présence de ce dernier dans sa voiture ?

Il y avait une meilleure raison. Il n'était pas policier, ce n'était pas son boulot d'arrêter des fugitifs. Mieux, la police elle-même avait relâché Ray Marcus, aussi n'était-ce même pas une action policière. Et ce n'était pas Tony Hastings qui avait tué Lou Bates, c'était Bobby Andes. Tony Hastings n'était pas Bobby Andes. Se répéter ça. Ce n'était pas sa faute si Bobby avait embarqué Ray. Ce n'était pas sa faute si Bobby avait descendu Lou Bates. Jusqu'à preuve du contraire, il n'était qu'un témoin, il n'était pas même impliqué, du moins l'espérait-il. Mais s'il essayait de prendre Ray, cela ferait de lui un complice.

Attrape-le toi-même. Ne me mouille pas dans tes sales manigances. Une bouffée de colère, une certaine joie, les mots qui montent. Ne fais pas de moi le complice de ta rage de cancéreux au stade terminal. Ne viens pas m'asséner ta fatalité. Incroyable cette façon qu'avait Bobby Andes de le compter dans son camp sans même lui demander son avis. Que croyait-il, que tout le monde réagissait de la même façon au chagrin, au deuil et à la vengeance ? Croyait-il que tout le monde se foutait de la façon dont était mort Lou pourvu qu'il fût mort ? Que tout le monde acceptait d'être complice d'un meurtre afin d'en venger un autre ? Que tout le monde était aussi désespéré que lui ? Cette tragédie m'appartient, pour qui te prends-tu ?

Les enquêteurs chercheraient la faille dans ses déclarations. Les avocats l'interrogeraient, les juges lui demanderaient pourquoi il avait consenti à s'impliquer. Les procureurs chercheraient à établir une complicité active. Badauds, inconnus et anciens amis, tous chercheraient l'encore pire qui n'a pas été révélé. Ainsi se parlait Tony Hastings dans la solitude de sa voiture. Va te faire foutre, Bobby Andes. Un instant, le lieutenant lui fut aussi antipathique que Ray Marcus. Un instant seulement, car cette pensée le choqua : avait-il donc oublié le terrible mal qu'on lui avait fait, avait-il donc oublié que Bobby Andes était celui qui essayait de réparer ce mal ? N'oublie plus jamais la différence entre Ray Marcus et Bobby Andes. Il avait même une dette envers l'officier, qui venait de compromettre gravement sa réputation et sa carrière pour lui. Cette pensée ne rapprocha pas Tony de Bobby Andes, mais elle lui fit éprouver de la honte. S'il trahissait Bobby Andes maintenant…

La maison sombre devant laquelle il venait de passer devait être celle de George. Il fit marche arrière et prit la courte allée menant à une bâtisse blanche. Il n'y avait aucune lumière à l'intérieur. Des chiens aboyaient derrière ; certainement ceux pour qui il venait. Il se souvint des autres maisons endormies un an plus tôt, il se revit passer devant, n'osant s'arrêter, ne voulant pas être l'inconnu qui frappe à une porte de ferme, la nuit. Il se dit qu'il n'y avait pas de danger à sonner à la porte, que George le reconnaîtrait, que s'ils voulaient savoir qui c'était, il pourrait crier qu'il venait de la part de Bobby Andes. En pleine nuit.

Répéter le message : « Il veut que vous ameniez vos chiens au campement. Maintenant. Un homme s'est échappé. » L'homme en question, il le comprit soudain, ne se trouvait plus dans les bois, mais sur la route et il venait vers eux. Alors, à quoi bon les chiens ?

L'absurdité du message. Tony Hastings se demanda ce qu'il devait faire. Garé dans l'allée menant chez George Remington, qu'allait-il dire à ce dernier ? Que faire à la place ? Retourner auprès de Bobby et lui dire quelque chose comme « Je n'ai pas voulu déranger George parce que j'ai vu Ray Marcus sur la route et que les chiens étaient donc inutiles, et je n'ai pas capturé Ray non plus, mais je peux vous dire où il est » ?

Il se souvint que George était l'un des policiers qui avaient aidé Bobby à embarquer Ray. Peut-être pouvait-il lui dire que l'homme qu'il avait arrêté s'était enfui, que Bobby voulait ses chiens mais que, puisque l'homme se trouvait en ce moment même sur cette route, il pouvait se charger lui-même de sa capture ?

Une lumière à l'étage. Une tête apparut, silhouette, des cheveux, pas de visage. Une voix de femme :

– Qui est là ?

– Je cherche George, répondit Tony depuis la voiture.

– Qu'est-ce que vous lui voulez ?

– J'ai un message pour lui de la part du lieutenant Andes.

Un court silence. Je n'ai pas envie de crier comme ça, je vais demander à George de descendre. Bobby m'envoie, l'homme s'est sauvé, je ne dirai rien au sujet de Lou.

– Il n'est pas ici. Il travaille, cette nuit, dit la femme à la fenêtre.

– Très bien. Merci à vous.

Merci à Dieu, pensa-t-il. Puis il prit conscience de ce qui l'attendait et de la bêtise de son soulagement. Il n'avait plus George avec lui. Il fit démarrer la voiture mais hésita à reculer pour la seule raison qu'il ne savait plus que faire. Il restait deux possibilités. Soit il retournait au campement (en ignorant Ray Marcus, au cas où il le croiserait sur la route) et attendait là-bas le retour de Bobby et de ses hommes pour leur annoncer qu'il avait vu Ray Marcus sur la route (« Il y a une heure de cela, mais je ne l'ai pas arrêté, il est probablement loin maintenant mais je peux vous montrer où il était »), soit il partait à la recherche de Ray, le persuadait sous la menace de son arme de monter dans la voiture et de se laisser attacher les menottes au montant des portières de façon à pouvoir annoncer à Bobby à son retour au campement : « Voilà, je vous l'ai ramené. »

Il sortit de l'allée et reprit la route à petite vitesse. Le revolver était posé sur le siège à côté de lui. Il scrutait la chaussée aussi loin que portaient les phares, guettant la silhouette d'un homme en marche. Il ne savait pas ce qu'il ferait quand il le verrait, cette action-là se déroulait dans le futur et lui était aussi étrangère que si elle avait appartenu au choix d'un autre.

La première image de Ray sur la route était passée comme un éclair sur un écran, une tache de lumière sans couleur. Debout au bord de la chaussée, Ray avait regardé sans peur la voiture qui passait. Il n'avait même pas esquissé le geste de faire du stop, pas plus qu'il ne semblait avoir compris qu'on pouvait être à ses trousses : s'il l'avait voulu, il aurait eu le temps de se mettre à couvert avant que la lumière ne l'atteigne. Tony se souvenait d'avoir lui-même observé les phares qui approchaient, d'avoir entendu le moteur, d'avoir sauté dans les fossés. Voilà que la même scène se rejouait un an plus tard, à cette différence que c'était Ray le poursuivi, et Tony le poursuivant. Jusqu'à la voiture, qui était la même.

Il dépassa la petite église blanche et sut que la caravane apparaîtrait bientôt au-dessus du tournant. Il se rendit compte que c'était la première fois depuis cette nuit de l'an passé qu'il parcourait seul ces routes. Il prit alors conscience de la liberté qu'il avait de revisiter seul ces lieux qui l'avaient si profondément marqué. Libre, il ne l'était pas encore tout à fait, car Bobby comptait encore sur lui, bien qu'il se demandât de quelle utilité il pouvait lui être, et puis Ray approchait par la même route. C'était ça, le plus important : Ray approchait sur la route. Il se demanda pourquoi il ne l'avait pas encore croisé, il aurait dû l'apercevoir depuis un moment.

Il vit le tournant devant lui et pensa que, pour la première fois aussi, la vue de la caravane ne le prendrait pas par surprise. Elle était là, il la regarda puis, scrutant de nouveau la route à la lumière des phares pour s'assurer que Ray ne débouchait pas du tournant, il s'arrêta. Il vit la petite fenêtre et se rappela la faible lumière qui filtrait à travers le rideau à fleurs, se rappela quand il était à l'intérieur avec Bobby et George, la fois où il avait frappé Ray, revit la petitesse de l'espace, le poêle près de la porte, la corbeille remplie de vieux journaux, le lit aux colonnes de cuivre. Il se demanda s'il pouvait de nouveau aller voir à l'intérieur. Mais il y avait le risque qu'il y eût quelqu'un.

La chose, toutefois, était improbable. Si la caravane avait été occupée, il y aurait eu une voiture garée devant. Puis il lui vint à l'esprit que Ray Marcus s'y trouvait.

Il est possible qu'il soit là-dedans, mais c'est seulement une possibilité, rien de plus. De fait, il n'était pas impossible qu'il s'y trouve, un point c'est tout. Car, si Ray avait continué de marcher, Tony l'aurait croisé, et plus bas dans le chemin. Certes, il avait pu trouver une voiture pour l'emmener, mais il ne faisait pas de stop quand Tony était passé. Il était donc presque certain que Ray se trouvait dans la caravane. Il avait dû y arriver quelques minutes après le passage de Tony et se glisser à l'intérieur pour se reposer. Voilà pourquoi Tony ne l'avait pas aperçu.

S'il était là, il devait certainement épier la voiture depuis la fenêtre. Tony prit le revolver sur le siège. Il mit le cran de sûreté de peur qu'un coup ne parte quand il se déplacerait. Il sortit la torche électrique de la boîte à gants. Comme il y avait peu de chances pour que Ray se trouve à l'intérieur, il se dit qu'il ne faisait que vérifier, parce qu'il était seul et n'avait jamais vu l'endroit sans personne d'autre avec lui. Ou alors, c'était qu'il voulait vérifier, être sûr que Ray n'y était pas. Et s'il y était, il avait son revolver.

Il descendit de voiture en faisant le moins de bruit possible. Il se glissa à l'avant du véhicule, passa dans le fossé et gagna l'avant de la caravane. Des cailloux roulèrent sous ses pieds quand il grimpa le talus. Il s'immobilisa, écouta la nuit, entendit la lointaine rumeur de l'humanité civilisée, mais ne perçut aucun bruit alentour, hormis l'épais silence des bois. Si Ray le guettait, Tony avait son revolver. Il était peu probable que Ray fût armé. S'il s'était arrêté pour se reposer, il devait dormir. Si Ray est là, je le ferai prisonnier. Je fais cela pour aider Bobby Andes. Pour aider Andes, qui m'a aidé et envers qui j'ai une dette. Ça ne change rien, que Ray n'ait pas tué Lou Bates ni que son arrestation, ce soir, n'ait pas été légale, parce que c'est lui qui a tué Laura et Helen, et ça je le sais.

Il marcha dans les feuilles jusqu'à la porte. La porte est probablement fermée. Dans ce cas, je n'irai pas plus loin. J'en déduirai que la caravane est vide et je retournerai au campement de Bobby. Si je ne rencontre pas Ray sur la route, ce qui me paraît vraisemblable, je dirai qu'il m'a échappé et que je ne pouvais rien y faire. Quoique… si la porte est verrouillée, je pourrais quand même regarder à l'intérieur avec ma torche.

La porte n'était pas fermée à clé, le loquet céda. Une seconde de panique, trop tard, il avait laissé ses empreintes sur le loquet, ce qui, un an plus tôt, aurait tout embrouillé avant qu'ils ne découvrent les empreintes qui accusaient formellement Lou et Turk. Il sortit la torche de sa ceinture, le revolver toujours dans sa main droite. Et si Ray est derrière la porte et s'apprête à me sauter dessus ? Il ôta la sécurité, arma le revolver et le tint en l'air, le temps de pousser la porte du coude, balaya la pièce du faisceau de sa torche : elle était vide. Il remarqua l'interrupteur près de la porte, alluma la lumière et découvrit Ray Marcus endormi sur le lit.

Ray qui se retourna soudain, cligna des yeux, se redressa.

– Bon Dieu, murmura-t-il. (Il retomba sur son coude.) Vous ? Où est votre copain ?

– Quel copain ?

– Ganges ou j'sais pas quoi.

– Andes. Il n'est pas ici.

– Et vos copains flics ? Où sont-ils ?

– Dans le coin.

– Ils sont ici ?

Il se redressa de nouveau et écarta le rideau pour regarder dehors.

– Il n'y a que moi, dit Tony.

– Rien que vous ? Avec ce putain de revolver ? Qu'est-ce que vous foutez ici ?

– Je vous cherchais.

– Moi ? Et pour quoi faire, merde ?

– Vous le savez bien.

– Ah, lâchez-moi un peu ! (Il passa sa main sur son crâne dégarni.) Je dormais, mec. Qu'est-ce qui est arrivé à Lou ?

– Il est mort.

– Quoi ? Ce salopard l'a descendu ?

– Il est mort.

Un sentiment proche de la honte empêchait Tony de confirmer que Bobby avait tué Lou, d'autant plus bizarre qu'il ne se sentait pas obligé de le ressentir.

– Vous savez que votre ami est vraiment dans la merde ?

– Ce n'est pas mon ami, répondit Tony en se demandant pourquoi il disait cela.

– C'est pas votre ami ? Intéressant, ça.

– Allons-y, dit Tony.

– Où çà ?

– Je vous ramène là-bas.

– Où ça, là-bas ?

– Au campement.

– Vous m'emmènerez nulle part !

– Vous venez avec moi. Allez, tout de suite.

Il agita son revolver. Ray éclata de rire.

– Vous croyez que ça va me faire bouger ?

Il se leva et s'approcha de Tony. L'espace d'une seconde, celui-ci pensa que Ray lui obéissait, puis il vit la chose différemment.

– N'avancez pas, dit-il.

– Du calme, dit Ray. Je vais pas vous frapper.

Il se dirigea vers la porte.

– Je m'en vais, c'est tout. Salut, mec.

– Arrêtez !

Le désespoir submergea Tony. Ça ne peut pas se reproduire. Réagis, tu as changé maintenant. Il pointa le revolver en direction de la porte. Il y eut une explosion, une flamme et le recul violent de l'arme dans sa main. Il vit Ray s'arrêter net, ramener ses mains en arrière comme s'il venait de se brûler. Il vit la déchirure faite par la balle dans le chambranle d'aluminium.

Ray le regardait avec stupeur.

– Manqué, dit-il.

Tony Hastings éprouvait une joie sourde d'avoir pressé la détente.

– Ce n'est pas vous que je visais, répliqua-t-il. C'était juste un avertissement.

– Avertissement ? D'accord. Est-ce que je peux m'asseoir sur le lit, mec ?

– Sortez, maintenant. On va à la voiture.

Ray alla se rasseoir sur le lit.

– Qui c'est qui va m'y obliger ?

– Vous n'avez pas vu ?

– Si vous me descendez, qu'est-ce que ça vous rapportera ? Vous devrez transporter mon corps.

– Je n'ai pas peur de vous descendre.

– Ouais.

Ray ne bougea pas. Tony attendit un instant puis :

– Allez, on y va.

Ray ouvrit de grands yeux, haussa les épaules, écarta les mains, paumes ouvertes. Tony fit claquer sa langue.

– Je n'ai pas peur de vous descendre, dit-il pour la seconde fois, conscient de la tension dans sa voix.

Ray ne bougea pas davantage. Tony réfléchit. Il tira à lui la petite chaise, l'enfourcha à l'envers, face à Ray.

– Très bien, si vous préférez attendre ici, ils ne vont pas tarder à arriver.

Il était vraisemblable, en effet, qu'ils partiraient à sa recherche en ne le voyant pas revenir. Ils verraient sa voiture dans le virage et sauraient qu'il était dans la caravane.

Puis il se demanda si cette concession était une erreur.

– Vous voulez qu'on les attende ici ? lui demanda Ray.

– Vous pourriez vous épargner cette attente en venant avec moi dans la voiture.

– Je vois. Ecoute, mec, je crois que je vais te laisser. J'ai apprécié le brin de causette.

Il se leva et se dirigea de nouveau vers la porte.

– Attention, je vous ai averti ! Je ne veux pas vous tirer dessus mais, si vous essayez de vous échapper, je vous jure que je vous tuerai !

Il avait parlé avec une détermination qui arrêta Ray tout net.

– D'accord, d'accord.

Il regagna le lit.

Si je ne suis pas capable de le forcer à y aller, je peux l'obliger à rester. A cette pensée, Tony éprouva un nouveau frisson de pouvoir.

Ils étaient assis, face à face.

– Ecoute, mec, pourquoi un type comme toi est en aussi mauvaise compagnie ? Ce Ganges, Andes, c'est une vraie ordure. Il tue des gens. Si tu me ramènes là-bas, il m'abattra comme il a abattu Lou. Tu vas tout de même pas laisser faire ça, hein, mec ?

Tony pensa que Ray ne se trompait pas sur Bobby Andes.

– C'est vous qui tuez des gens, répondit-il.

L'agacement sur le visage de Ray, comme si c'était là un sujet inconvenant entre gentlemen. Tony apprécia.

– Ne niez pas. Je me souviens très bien de vous.

– T'as une cigarette ?

– Je ne fume pas.

– J'aurais dû m'en douter.

Ray le regarda longuement puis :

– Ça leur pendait au nez.

– De quoi parlez-vous ?

– De ta putain de femme. De ta fille.

Le cœur qui tressaute dans sa poitrine. Après tout ce temps, tous ces mois, une année entière. La vérité. Enfin.

– Vous avouez donc. Vous y avez mis le temps.

– Non, tu comprends pas. C'était un accident.

– Qu'est-ce qui était un accident ?

– Ta femme, ouais, je me souviens de ta putain de femme.

– Ma femme et ma fille, que vous avez assassinées…

– Doucement, mec. C'était un accident, comme je t'ai dit.

Attendre. Contenir sa joie, maîtriser son énergie.

– Très bien, quel genre d'accident ?

– Ecoute, mec. Je sais que c'est ta femme et ta fille et je comprends ton chagrin mais ça excuse pas la façon dont elles nous ont traités.

– Ah oui, et de quelle façon vous ont-elles traités ?

– Elles en voulaient.

Très bien, très bien. De mieux en mieux. Voilà qui sonnait le réveil de toutes les rages. Contrôler la pression dans les cylindres, ne pas tout libérer d'un coup. Maintiens ta voix basse, garde ton calme :

– Elles en voulaient, dites-vous ?

– Tu veux vraiment savoir, mec ? Non, tu veux pas.

– Si si, racontez, je veux tout savoir...

– Elles nous ont insultés.

– Il y avait de quoi, non ?

– Elles étaient pleines de soupçons et de sales pensées. Elles nous en ont voulu dès le départ. Elles nous ont pas laissé une chance. Elles nous ont pris pour des malfaisants, des assassins et des violeurs dès qu'elles nous ont vus. Tu as bien vu ta fille quand on vous a changé votre roue. Elles nous ont traités comme si on était la lie de l'humanité. Quand on est montés dans la voiture, elles ont cru que c'était la fin du monde, qu'on allait leur couper la gorge et baiser leurs cadavres. Je vous le dis, m'sieur, je suis sensible aux manières de parler des gens quand on s'adresse à moi et y a des choses que je peux pas accepter.

Doucement, doucement.

– Leurs soupçons étaient justifiés.

– C'est elles qui ont attiré le malheur sur elles.

– Vous êtes des assassins et des violeurs. Vous les avez violées et vous les avez tuées.

– Que je te dise un truc, mec : quand quelqu'un m'accuse de quelque chose, c'est une insulte, ça me donne le droit. Quand Leila m'accuse de baiser avec Janice, putain, je la baise, moi, la Janice. Ta merdeuse de fille me prend pour un violeur ? Je la viole.

– Elles avaient raison d'avoir peur de vous. Tout ce qu'elles craignaient s'est vérifié.

– Parce qu'elles l'ont cherché, je te dis.

– Elles vous ont traité comme la lie de l'humanité parce que vous êtes la lie de l'humanité.

– Et toi, t'es qu'une tache, mec.

– Taisez-vous. Vous avez perdu jusqu'au droit de parler quand vous avez assassiné Laura et Helen.

– J'ai autant de droits que toi.

– Non, vous n'en avez plus aucun. Et ça fait un an que j'attends ce moment.

– Ah ouais ?

Tony Hastings ressentait du plaisir, le plaisir d'avoir une arme pesant dans sa main, mais le droit d'insulter que cela lui conférait était trompeur et dangereux, toute nouvelle insulte se devant d'être soutenue par sa volonté de faire feu. Il était fier de prendre ce risque, fier du courage qu'il était en train d'acquérir, minute après minute.

– Que je vous dise une chose : en vous attaquant à ma famille, vous avez fait la plus grosse erreur de votre vie.

– Tu crois ça ?

– Vous m'avez cherché et c'est une erreur que vous allez regretter.

– Je suis mort de peur, mec.

– Vous faites bien d'avoir peur, vous avez brisé ma vie.

– Merde, si j'avais su ça…

– Je veux que vous en baviez. Je veux que vous sachiez que vous allez payer pour ce que vous avez fait.

Je parle comme Bobby Andes. Mais Ray n'avait pas l'air le moins du monde impressionné.

– Et comment tu vas t'y prendre ?

Il réfléchit et comprit qu'il ne connaissait pas la réponse. Le pouvoir résidait seulement dans cet instant fabuleux où ils étaient tous les deux face à face, et où lui, Tony, tenait le revolver. Il se demanda comment étendre la menace, protéger son plaisir.

– Je vais vous ramener au campement d'Andes.

– Ça marchera pas, dit Ray. Ils ont déjà décidé de laisser tomber.

– Andes a d'autres projets pour vous.

– Andes est grillé.

Possible. Mais maintenant le pouvoir était en lui, magnifié par la pensée qui venait de se faire jour : il allait tuer Ray Marcus lui-même, il était enfin libre de le faire. Il chercha à savoir d'où venait cette libération, qui changerait le meurtre de Ray Marcus en droit, en devoir.

Il se souvint de ce que lui avait dit Bobby Andes : « Abats-le en légitime défense. »

Tony Hastings, professeur de mathématiques, est-ce bien le genre d'idée qui convient à un moment pareil ? Tony Hastings, professeur de mathématiques, es-tu prêt à affronter la publicité compatissante mais scandaleuse et la détention éventuelle consécutive à un crime passionnel que tout le monde comprendrait ?

Ray l'observait.

– Hé, mec, pourquoi tu me tues pas, tout bêtement ?

– Je le ferai s'il le faut. Vous pensez que je n'en suis pas capable ?

– Allons, mec, tu connais rien à rien. C'est marrant de tuer des gens. Tu devrais essayer.

– Marrant ? Oui, peut-être pour vous.

– Si, j't'assure.

– Et vous avez trouvé marrant de tuer ma femme et ma fille ?

– Un peu, ouais, et plutôt deux fois qu'une.

Tony s'arc-bouta pour amortir le choc.

– Vous êtes en train de me dire que vous avez pris du plaisir à tuer ma femme et ma fille, c'est ça ?

– C'est ça, dit Ray. C'est un goût qu'on développe. Ça s'apprend, comme la chasse. Il faut passer le cap. Il faut tuer quelqu'un pour savoir ce que c'est…

Tony ressentait une sensation inédite, comme si tout en lui basculait, au ralenti, pour se reformer dans l'instant, différemment. Un nouveau Tony.

– Mes potes Lou et Turk, continuait Ray, ils ont jamais rien compris non plus. Ils se chiaient dessus quand vos femmes sont mortes. Ils croyaient qu'on allait les accuser de meurtre. Y a des gens à qui il faut du temps pour comprendre ces choses.

– Vous ne méritez pas de vivre, dit Tony.

– Vous devriez essayer, Tony. Tuez quelqu'un, et je vous fiche mon billet que vous aurez envie de remettre ça. Vous êtes pas différent des autres.

– Et c'est pour ça que vous l'avez fait, dit Tony. Pour le plaisir ?

– Sûr, pour le plaisir.

A cet instant, Tony fut traversé de part en part d'une onde brûlante. Pas du dégoût, mais de la joie. Il vit clairement la différence entre Ray et lui. Ray se trompait. Tony n'était pas ce que Ray pensait, il appartenait à une espèce différente, dont un forcené tel que Ray ignorait tout. Et ce n'était pas que Tony fût inhibé ou trop passif pour connaître la joie de tuer. Ce plaisir que, peut-être, il y avait à tuer avait été canalisé, policé, annihilé en lui par un processus de civilisation qu'un Ray ne pouvait comprendre. Cette soudaine compréhension lui donnait un sentiment de lucidité qui lui avait fait cruellement défaut jusqu'ici. Il se sentait confiant. Il se sentait bien, certain de pouvoir suivre ses instincts et ses intuitions. Une nouvelle vigueur lui venait et ce fut dans cet état d'excitation contenue qu'il prit sa décision :

– D'accord, Ray, assez parlé. Il est temps d'y aller.

– Je vous l'ai dit, j'irai nulle part.

Ils étaient toujours assis face à face. Tony leva le revolver.

– Alors, pourquoi ne pas vous en aller ? demanda-t-il.

– Vous voulez me laisser partir ?

– Je ne pensais que vous auriez besoin de ma permission.

– Ouais, mais ça dépend de vous. Je veux dire, si vous pouvez me tirer dessus ou pas.

– Je le peux, Ray. Je le peux.

Tony vit dans le regard de Ray que ce dernier avait perdu sa confiance. Oui, Ray avait remarqué le changement en Tony.

– Alors, peut-être que je ferais mieux de pas m'en aller.

– Dans ce cas, nous allons sortir ensemble et monter dans ma voiture.

– Non, comptez pas sur moi.

– Vous préférez peut-être attendre ici l'arrivée d'Andes et de ses hommes ?

– Tout compte fait, je préfère encore me tirer.

– Vous savez que je vous en empêcherai.

– Alors, je reste.

– Vous ne voulez plus partir ?

– Je suis pas complètement fou, vous savez.

– Vous connaissant, je pensais qu'au moins vous essayeriez.

– Je crois que c'est plus sûr de rester ici.

– Je ne pense pas que ce soit très sûr.

– Vraiment ? Vous avez peut-être raison. (Il se leva.) Bon, ben, j'vais vous laisser.

Il fit un pas en avant, sans quitter des yeux le revolver dans la main de Tony, puis s'arrêta et recula.

– Vous feriez mieux de rester assis.

– C'est ce que je me disais.

– Vous ne savez pas quoi faire, n'est-ce pas ?

– Je sais ce que je fais.

– Je n'ai pas tiré la première fois. C'est Bobby Andes qui s'en est chargé. Qu'est-ce qui vous fait croire que j'hésiterai, ce coup-ci ?

– Disons qu'il vaut mieux se montrer prudent, des fois.

– Vous pensez que j'ai changé, n'est-ce pas ? Vous pensez que, cette fois, je presserai la détente ?

– C'est une sacrée arme. Il faut faire gaffe avec ce genre d'engin.

– Le plus sage serait que vous m'accompagniez jusqu'à la voiture.

– Franchement, j'en vois pas l'intérêt.

– Vous avez peur de moi. Vous avez sacrément la trouille, même.

– Vous prenez pas pour ce que vous êtes pas.

– Alors, qu'est-ce que vous attendez pour filer ?

– C'est ce que je vais faire.

– Eh bien, qu'est-ce qui vous retient ?

Ray regarda Tony dans les yeux. Puis il sourit, de ce sourire insolent que Tony connaissait si bien.

– Mais ma foi, rien du tout.

Et il se leva de nouveau, refit un pas en avant.

Vers la porte, et rien pour lui barrer la route. Tony sentit ses poumons se geler. Il était subitement paralysé, tout son courage envolé, avec pour unique horizon l'échec et l'humiliation. Mais le coup était déjà parti. Un cri suivit la détonation :

– Ahhh ! Enfant de putain !

Le recul projeta le revolver contre son front tandis que sa chaise basculait et qu'il tombait à la renverse. Ray se retourna et fondit sur lui en hurlant. Il tenait quelque chose à la main et Tony eut juste le temps de tirer de nouveau avant que le monde s'éteigne.

8

Le monde s'éteint, le livre aussi. Susan Morrow s'arrête une dernière fois pour apprécier, sa lecture est presque terminée, il ne reste qu'un chapitre. Dorothy et Henry sont en haut, ils sont revenus de la patinoire juste au moment où Tony laissait ses empreintes sur le loquet de la porte. Elle les a entendus arriver à pas lourds dans la neige, crier au revoir à leurs amis, puis souffler et glousser dans le vestibule. A présent, ils bavardent là-haut, avec Rosie, se racontant leur soirée.

Susan revoit la porte grillagée de la maison dans le Maine, le sentier et les marches près du hangar à bateau, le port tranquille, miroitement vespéral à travers les arbres. Image qui se meurt comme sa mère et son père. Comme Bobby Andes. Comme sa jalousie. Comme l'écriture d'Edward. Comme ce livre.

Edward approche, Arnold aussi. Susan, sans raison aucune, est remplie d'appréhension.

Bêtes de nuit 26

La caravane était ouverte sur les bois, ses cloisons envolées, son toit posé sur des poteaux pour faire un abri. Il était sous une table de pique-nique, Ray s'était échappé par le lit du ruisseau, et d'autres s'étaient lancés à sa poursuite car ils savaient que Tony ne pouvait le faire. Les gens qui s'étaient occupés de lui étaient partis, le banc de pique-nique pesait sur sa poitrine, il n'avait pas la force de le repousser, il pensa que tout irait bien s'il se reposait.

Par-delà les arbres, le ciel était un dôme noir virant insensiblement au vert. Il y avait un autre dôme plus loin, un dôme qu'il ne pouvait voir, monde à l'intérieur d'un autre monde, et ce monde se trouvait à l'intérieur d'une paupière qu'il n'avait pas la force d'ouvrir. C'est un rêve, se dit-il.

Mais il n'y avait ni ciel ni paupière, et ce n'était pas un rêve. L'obscurité était totale et les tables de pique-nique et les arbres étaient des vues de l'esprit. Il savait que parfois dans le rêve on se demande si c'est vrai, mais quand on ne rêve pas, il n'y a pas de doute. Il savait, maintenant. Il était réveillé et avait la sensation d'avoir les yeux bandés. Il ne voyait plus rien, mais ce n'était pas un rêve.

Il se souvint de la caravane, de Ray qui fonçait sur lui, de l'impression que le monde explosait. Il gisait sur un plancher, la nuque appuyée contre une paroi, le bras droit coincé par un gros objet. Quelque chose était tombé sur ses jambes. Quelque chose d'autre exerçait une poussée sur sa tête.

Il ne savait pas ce qu'il avait sur les yeux. Il détacha une main du sol (il pouvait le faire) pour la porter à son visage mais la peur suspendit son geste. Ce n'était pas un pansement. Il ne voulait pas toucher ses yeux tant il avait peur de ce qu'il découvrirait. Est-ce que je suis dans l'obscurité, ou bien l'obscurité est-elle en moi ? En supposant que Ray ait éteint la lumière, se pouvait-il qu'il fasse si noir ? Il essaya de s'orienter, de situer la fenêtre, la porte, mais il ne savait comment s'y prendre, il lui manquait quelque chose sur le devant du visage, impression de vide et de fils sectionnés. Une voix intérieure lui chuchota la nouvelle : Tu es aveugle, la pire des catastrophes qu'on eût pu lui annoncer, quelques années plus tôt.

Il bougea sa jambe droite, ça allait, la gauche aussi. L'objet en travers de ses jambes était la chaise sur laquelle, il s'en souvenait maintenant, il se trouvait assis lorsqu'il était tombé à la renverse. Il la repoussa du genou. Qu'est-ce que Ray lui avait fait aux yeux ? Lui avait-il porté un coup à la tête qui avait entraîné la cécité, ou bien l'avait-il frappé directement aux yeux avec un couteau, une fourchette, ses doigts ? Il n'éprouvait pas encore de douleur précise, mais il la sentait venir. Il se demanda pourquoi Ray ne lui avait pas arraché le revolver des mains pour le tuer. Il se demanda combien de temps avait passé et si Ray était déjà loin. Il aura sûrement pris ma voiture. A moins qu'il ne soit pas parti. Qu'il soit encore ici, assis sur une chaise, à attendre que je me réveille pour pouvoir me torturer.

Il se sentait trop épuisé et engourdi pour s'épouvanter à cette pensée. Même sa cécité ne l'effrayait pas encore, bien qu'il sût que viendrait le moment où la douleur le crucifierait. Il avait froid, il frissonnait. Il fut pris d'une violente nausée et se tourna sur le côté pour rendre mais rien ne vint.

Tony Hastings savait que du temps avait passé mais n'en gardait aucun souvenir ; seul lui restait celui de cette blessure aux yeux. A présent, les orbites lui brûlaient et il avait l'impression que des hameçons rougis au feu lui tiraillaient la chair. La douleur était un vacarme qui l'empêchait de penser, de s'interroger, de réfléchir, il pouvait seulement prier pour que ça s'arrête, tout de suite. Il se tourna de côté pour prendre son mouchoir dans sa poche, trop petit, défit sa cravate, la roula en boule, la pressa sur ses yeux, ce n'était pas suffisant. Il sortit sa chemise de son pantalon, essaya de la déchirer, n'y parvint pas, se souvint obscurément d'avoir vu des torchons au-dessus de l'évier et, après en avoir longuement débattu, se força à se relever, malgré la menace d'un mal de tête cyclopéen. Il découvrit qu'il pouvait se lever. Il tituba, s'appuya à la cloison, heurta du pied un énorme objet à ses pieds, trouva l'évier, tâtonna, un coin de torchon ici, puis un deuxième, s'en saisit, les roula en boule, qu'il pressa doucement contre les trous de son visage.

La douleur persistait, mais ce n'était plus une flamme. Toujours à tâtons, il trouva une chaise, s'assit tout en gardant les torchons pressés sur la partie supérieure de son visage, ne sachant pas s'il avait encore des yeux ou bien seulement des orbites vides, n'osant pas vérifier si Ray l'avait énucléé ou bien seulement frappé à coups de poings, découvrir si c'était la poudre ou la flamme du coup de feu quand il avait tiré, le revolver tout près de son visage. Un jour, quelqu'un l'examinerait et le lui dirait. Lignes humides et ravines encaquées sur ses joues.

Est-ce que je suis sûr que les deux yeux sont touchés ? Il écarta d'abord le torchon de son œil droit, puis de son œil gauche. La seconde édition des informations arriva avec l'air, brûlant comme de la chaux vive : Je suis aveugle. Pas mort, aveugle. La peur panique de sa jeunesse. Aveugle pour le restant de mes jours. Tâtonne, l'aveugle, tâtonne. Le vert, le jaune, les arbres, les montagnes, l'océan, le bleu, le rouge, les nuances de magenda, de violet. Plus jamais.

Question suivante : Pourrai-je le supporter ? Pourrai-je apprendre le braille ? Me fera-t-on la lecture ? Qui me guidera ? Un chien d'aveugle. Une canne blanche. La grande vie.

Assis sur la chaise, l'homme tragique. L'homme de tous les malheurs. Sa cécité comme le point d'orgue d'une descente inéluctable. Son destin confirmé. Il eut une pensée triste pour la vie et la carrière de Tony Hastings, professeur de mathématiques, et pour Louise Germane. Louise Germane et l'aveugle. Pas de chance, bonhomme.

Une voiture passait dans le virage et le bruit réveilla en lui un souvenir de danger. Il avait besoin d'aide. Ils devraient venir le chercher, maintenant. Ils devaient même être en route, à l'heure qu'il était. Qu'est-ce qui pouvait bien les empêcher de partir à sa recherche ?

Il pensa soudain que si Ray Marcus avait pris sa voiture, personne ne penserait à regarder dans la caravane. Il ne pouvait compter que sur lui-même pour s'en sortir.

Il devrait sortir de la caravane et descendre jusqu'à la route, et tout ça dans le noir absolu. Il devrait se tenir au bord de la chaussée avec ses torchons sur les yeux, attendre que passe une voiture et espérer que le conducteur s'arrêterait en voyant sa détresse. « Pouvez-vous me conduire au poste de police de Grant Center ? » Non, il valait mieux ne pas aller là-bas, mais il ne parvenait pas à s'en rappeler la raison. Il ne parvenait décidément pas à s'en rappeler la raison. Il tâta le sol à ses pieds et retrouva sa cravate qu'il se noua autour de la tête afin de maintenir les torchons sur ses yeux. Jour ou nuit ? Il écouta et entendit le chant frais et lointain d'un oiseau, deux notes claires, et de nouveau la rumeur plus persistante de l'autoroute. Il devait faire jour.

Chaque mouvement l'épuisait comme si on l'avait frappé au ventre. Se forcer. Quelle direction, la porte ? Il se tourna et son pied buta sur quelque chose. Comme un de ces grands sacs remplis de ciment. Il se souvint d'avoir senti quelque chose de semblable contre lui, quand il gisait sur le dos. Il s'accroupit, toucha une étoffe grossière, palpa ce qu'elle contenait. Un bras, une épaule, un homme.

– Ah, murmura-t-il, c'est toi.

Ray ne s'était pas enfui. Tony hasarda sa main vers le visage, sentit la froideur de la peau sous ses doigts, eut un mouvement de répulsion. Il souleva le bras, le lâcha, entendit le bruit mat qu'il faisait en retombant par terre.

– Alors je t'ai tué, murmura Tony Hastings.

Pour s'assurer qu'il était mort, Tony lutta contre sa répulsion pour toucher de nouveau la tête, passer sa main sur le front dégarni. La sensation le choqua et il se permit de laisser sa main reposer un moment sur le front, les sourcils, liberté qu'il n'aurait jamais pu prendre avant. Le diable avait un crâne semblable à celui de Tony. Le diable avait des organes disposés en une géographie calquée sur la sienne, une géographie universelle, qui rendait la tâche facile aux médecins, leur permettant de parvenir aux mêmes diagnostics, quel que soit le sujet.

Il se demanda comment il avait tué Ray et si ce dernier avait eu le temps de penser et de comprendre pourquoi. Mais, après la conversation qu'ils avaient eue, il n'y avait aucune chance que Ray ait compris ni même mesuré la gravité de son crime ou l'ampleur du drame vécu par Tony. Certes, il avait pu se figurer ce que Tony avait ressenti ; il avait pu tout au moins imaginer le drame à travers ce que Tony lui en avait dit. Ce n'était déjà pas si mal, mais Tony était pour le moment dans l'incapacité d'éprouver une quelconque satisfaction d'avoir su, pour finir, éveiller l'attention, sinon la conscience, de Ray.

Il essaya de ressusciter sa haine et ainsi de se réjouir de la mort de son ennemi, en imaginant que celui-ci était mort lentement. Saignant à mort, dans l'impuissance plutôt que dans la douleur, sachant qu'il allait mourir. Mais la haine, la vengeance, tout cela lui semblait lointain, dépassé, des sentiments sans intérêt, à présent. Il se souvint des propos de Ray vantant le plaisir de tuer. Il avait trouvé cela primitif et bestial et il avait eu à ce moment-là la révélation de sa propre supériorité d'être civilisé. Peut-être Ray l'avait-il aveuglé pour se venger du sentiment d'infériorité qu'il avait ressenti face à lui. Ou pour que Tony prenne à son tour conscience de quelque chose. Ou pour lui faire payer sa mort en marche. Raffinements de la vengeance.

Il chercha à tâtons le revolver. Sa main découvrit une surface froide, gluante. Le sang de Ray Marcus. Il eut un mouvement de recul et se cogna la tête contre la table. Il essaya de se relever et ce fut en s'appuyant de la main à la table qu'il trouva le revolver. Pense à ça, Tony. Ça veut dire que Ray Marcus a pris le revolver avant de mourir. Avant de se regarder saigner à mort.

Il n'avait pas envie de rester dans la caravane avec le cadavre. Il enfonça le revolver dans sa poche, se fit violence pour se relever et, tâtant du pied le sol devant lui, essaya de contourner le corps de Ray. Il devait y avoir du sang partout, il le sentait sous ses semelles. Il trébucha contre le lit, là où il n'aurait pas dû être. Il trouva la paroi, le poêle, qui lui aussi ne semblait pas à sa place, enfin la porte. Il avança prudemment un pied mais ne rencontra que le vide et chuta lourdement en avant : il avait oublié que le seuil de la caravane n'avait pas de marches.

Sonné, la douleur se réveillant, il attendit de récupérer. Il avait mal au ventre, Ray avait dû le frapper à coups de pied. Il y avait une faible brise, il faisait chaud, il pouvait sentir le soleil sur lui. Il allait essayer de retrouver sa voiture. Il pensa que s'il descendait la pente il arriverait au fossé bordant la route. Il se tiendrait au bord de la chaussée et ferait signe à la première voiture qu'il entendrait. Il se releva mais le sol se déroba sous ses pieds et il tomba de nouveau. Se remettant debout, il s'aida des branches basses pour avancer parmi les racines et les roches moussues, descendant vers ce qu'il pensait être la route. Il parvint sur une roche plate et glissa, perdit l'équilibre et chuta dans de l'eau. Un ruisseau glacé dévalait autour de ses chevilles.

Il était tellement las qu'il resta assis dans l'eau. Ses vêtements trempés lui faisaient mal au ventre, il ne pouvait rester là. Il attendit un peu, le temps de reprendre son souffle, et décida de revenir sur ses pas. Il essaya de remonter la berge abrupte, mais la roche était trop glissante. Il remonta de quelques mètres le ruisseau, trouva des rameaux auxquels s'aggriper et parvint à se hisser sur une plaque herbeuse. Il sentait le soleil sur lui mais ne pouvait le voir. Il ne savait plus dans quelle direction se trouvait la caravane. Il était sans forces, il décida de se reposer jusqu'à ce que le bruit d'une voiture lui permette de s'orienter.

Il en passa une quelques minutes plus tard. Elle était plus proche qu'il ne l'aurait pensé. A sa gauche et en dessous de l'endroit d'où il était parti. Je vais rester assis au soleil et attendre. S'ils ne me voient pas en arrivant, je crierai. Il ne savait pas si c'était le choc consécutif à sa cécité ou les coups qu'il avait reçus dans le ventre, mais il était au bord de l'évanouissement, des étoiles dansaient à l'intérieur de ses yeux morts.

Maintenant on est quitte. Tu m'as pris ma femme et ma fille et tu m'as aveuglé, et moi je t'ai tué. Ça fait trois à un, mais il pouvait accepter cela comme le prix à payer pour ses prétentions. Son ego et sa vanité, le réconfort qu'il puisait dans son nom et son rang lui coûtaient, beaucoup même, c'était évident. Pour le moment, ils n'avaient plus guère de sens, mais, plus tard, ils reprendraient leur valeur.

Il se mit à penser à tout ce qu'il devrait entreprendre dans cet avenir mort-né, qui lui était donné en même temps que sa cécité, au bout de toute cette sombre année écoulée. Il y aurait un temps de préparation et d'apprentissage. L'université lui accorderait le temps d'acquérir de nouvelles habitudes, de nouvelles techniques, qui lui permettraient de préparer ses cours et d'enseigner. Vivre. Comment faire pour s'habiller, manger, se laver, tous ces détails dressés devant lui comme la masse sombre d'une forêt, de plus en plus réelle à mesure qu'on s'en approchait. Il s'imagina au campus, dans les rues de son quartier, lunettes noires, canne blanche, un chien peut-être, porteur d'une histoire que tout le monde connaîtrait : Tony Hastings, rendu aveugle par l'homme qui avait tué sa famille.

Il n'avait pas peur de la police. Sa cécité l'innocentait. Il ne plaiderait pas la légitime défense, comme Bobby Andes le lui avait recommandé, comment pourrait-il prétendre à la légitime défense alors qu'il était seul à être armé ? Il leur dirait la vérité. Cela lui ferait du bien. J'ai trouvé Ray Marcus endormi dans la caravane. Nous avons parlé. De quoi avez-vous parlé ? Et s'ils lui demandaient ce qu'il faisait avec ce revolver ? S'ils le soupçonnaient d'avoir poussé Ray à l'attaquer ?

Il repensa à Bobby Andes. Etait-il toujours obligé de dire que Ray avait tué Lou Bates ? L'idée l'écœurait mais il se dit que sa cécité le dispensait de penser à cette question, et il cessa d'y penser.

Le temps passait et il sentait le soleil au-dessus de sa tête, la température montait, il commençait à faire chaud. Les oiseaux se taisaient, à présent, et le silence de midi régnait sur les bois. Je peux attendre.

Assis sous le dôme aveugle, Tony Hastings percevait la lumière à travers sa peau. Il reconstruisit sans ses yeux l'endroit où il se tenait : une clairière d'herbe jaunie par le soleil, entourée d'un côté par de petits arbres derrière lesquels se trouvaient la caravane, et, un peu plus bas, la route et sa voiture garée sur le bas-côté. De l'autre côté, il mit de grands arbres, un chêne tout près, une pente boisée au-delà. Aussi clair que s'il y voyait, connaissance absolue, et il ne savait pas d'où elle lui venait.

Bravache donc. Vérifier. Il ramassa le revolver. Le chêne était à sa gauche, il le toucherait d'une balle. Entraînement au tir d'un aveugle, ça le fit rire. Il visa, fit feu. Le puissant recul faillit lui arracher l'arme des mains. Au fracas succéda un silence allant crescendo avec les dernières notes de l'écho mourant au loin. Midi s'éternisait.

Puis, la Terre continuant de tourner, la chaleur du soleil caressa son visage. Ce devait être l'après-midi. Il était obsédé par l'idée que son corps était identique, dans sa composition, à celui de Ray Marcus. Quand il essaya de se redresser, son corps résista comme s'il était amarré au sol. Ses blessures singulières étaient déjà vieilles et familières, douleurs permanentes et supportables, il était aveugle depuis toujours ou presque. Son pantalon était glacé, comme s'il avait uriné sans s'en rendre compte. Cet engourdissement, pensa-t-il, était certainement consécutif au choc. Il n'était pas descendu jusqu'à la route parce qu'il avait eu peur de rouler sur la pente, qu'il imaginait très raide. Il attendrait que la police arrive et l'aide à descendre. Ils viendraient lorsque Bobby aurait signalé sa disparition. George Remington ne manquerait pas de remarquer sa voiture garée dans le tournant quand il prendrait cette route pour rentrer chez lui. Il n'avait aucune raison de s'alarmer du temps qui passait. Il ne resterait pas là éternellement.

Peut-être s'était-il assoupi. Il entendit des voix, des pas crissant sur le gravier. Des paroles, pas très fortes et qu'il avait du mal à discerner. Puis :

– Qu'est-ce que ça fout ici, ça ?

– T'es sûr que c'est ça ?

– Où serait-il allé ?

Il entendit une voix masculine, plus grave et rauque que les autres, un crachotement de voix sur une CB. Enfin, ils arrivaient ! Il leva la tête, écouta.

La radio grésillait, les autres s'étaient tus.

Soudain, l'un d'eux :

– Oh, nom de Dieu !... Mike !

Des pas courant sur le gravier.

– Putain de merde !

Ils avaient trouvé Ray Marcus.

Il n'entendait plus ce qu'ils disaient. Puis :

– Tu as vu ces traces de sang ?

– Où est-ce qu'elles mènent ?

– Reste ici.

Il entendit un froissement de feuilles et des craquements de branches au-dessus de lui. Tony Hastings, gibier aveugle, étendu sur le sol sans savoir s'il était visible ou pas, referma sa main autour de la crosse du revolver. Que fais-tu ? Ces policiers sont tes amis.

Quelqu'un cria :

– Les traces se perdent près du ruisseau !

L'autre :

– Laisse tomber. Attendons les autres.

– Appelle-les, tu veux ? Dis-le à Andes.

Et Tony qui ne savait toujours pas comment Bobby Andes leur avait présenté la mort de Lou Bates.

Une voix :

– Il doit être en train de saigner à mort dans les bois.

Tony Hastings gisait sur le côté, la tête appuyée sur son coude, s'efforçant d'écouter. La radio des policiers continuait de déverser son brouhaha de voix que Tony ne parvenait pas à comprendre. Les policiers faisaient certainement leur rapport.

Ils amèneront les chiens pour suivre mes traces. Comme un fugitif. Ils me mettront en joue et, si je n'obéis pas, ils m'abattront. J'ai bien tué Ray, qui n'était pas armé.

Rappelle-toi les phares approchant dans les bois et toi qui te cachais derrière un rocher, et la voix qui t'appelait : « M'sieur ? Votre femme veut vous parler. » Je ne veux pas qu'ils me voient quand je ne peux pas les voir.

Il les entendit marcher au-dessus de lui, ils ne parlaient pas. Puis ce fut le silence, enfin presque, et longtemps. Il savait où ils se trouvaient grâce à la radio, même s'ils l'avaient baissée et qu'il avait du mal à entendre. Ils devaient attendre dans la voiture ou peut-être dans la caravane. S'il avait été à leur place, il aurait préféré attendre dehors. Peut-être y étaient-ils, assis sur le bas-côté, à fumer des cigarettes. Il entendit chanter un oiseau, deux notes claires, une mésange. Il sentit le soleil décliner, une brise fraîche se lever. Un pivert lança un appel en morse sur un poteau téléphonique. Et là-bas, au loin, la rumeur de la grande route et son flot de véhicules emportant des familles et des bandits à travers le pays.

Le lien liant son ventre à la terre et aux racines semblait se resserrer. C'était idiot de se terrer ainsi tel un fugitif. Tony Hastings le savait. Il n'avait pas l'intention de passer pour un fugitif. S'il avait éprouvé de la culpabilité, il s'était depuis réconcilié avec lui-même. Il n'avait pas oublié ses projets et sa conversation avec lui-même. Il est temps, se dit-il. Réveille-toi, tu ne peux pas rester ici éternellement.

Il n'empêche : il attendit encore. Préférant que les autres ne le trouvent qu'une fois Bobby Andes sur place. Ce serait parfait si Bobby Andes le retrouvait le premier et l'informait des dernières nouvelles concernant la mort de Lou Bates, avant que quelqu'un d'autre ne lui pose la question. Ce ne serait plus long. Des voitures gravissaient la pente menant à la caravane. Il entendit des pas, des radios, des voix, des exclamations. Il entendit Bobby Andes :

– Putain, où est-ce qu'il est allé ?

Et voici ce qui arriva. Il voulut se lever et appeler, « Hé, lieutenant, Bobby Andes, par ici ». Comme il se tournait sur le côté, il roula sur le revolver armé. Il le prit dans sa main gauche pour pouvoir s'appuyer sur sa main droite et se relever. Il venait de placer un pied sous lui et commençait de se redresser quand le coup partit. L'impact lui cingla le ventre, le bruit dont il avait horreur vint ensuite. Putain ! pourquoi j'ai fait ça ? Pendant un instant, il crut qu'il s'était tiré dessus.

Il avait oublié la puissance du recul. Il retomba sur le dos. S'il s'était logé une balle dans le ventre, il serait déjà mort. Il avait le visage face à un ciel qu'il ne voyait pas. Le coup resserra plus que jamais le filin autour de sa taille. Il essaya de bouger et ne fit qu'aggraver la constriction. Si c'était une balle, il avait manqué les parties vitales, ce n'était pas comme s'il agonisait, mais ça tirait et le plaquait au sol. Mon Dieu, pourquoi ai-je fait un truc pareil ? Le lien continuait de se resserrer, retenant les broncos dans le corral, mais ils ruaient dur, cherchant à s'échapper. Des rats des champs, filant sous la clôture.

Si c'était là la grande nouvelle, il se demanda pourquoi elle ne lui semblait pas plus importante. Etait-ce cela que l'on ressentait avec une balle dans le ventre ? Il se dit qu'une nouvelle vie commençait pour lui, une vie de mort, qui s'étendrait du passé au futur et serait dominée par un seul fait : la présence d'une balle dans son corps. Bien que l'on s'habitue à tout, paraît-il, il n'avait plus d'intérêt pour rien d'autre.

Bien plus tard, il se rappela avoir entendu : « Bon Dieu, c'est quoi, ça ? » On pouvait quand même s'attendre à ce que la police rassemble le bétail dispersé par les voleurs, n'est-ce pas ? Pourtant, elle ne venait pas.

Et si elle ne venait pas ? Un morceau de son cerveau lui suggéra qu'il était peut-être temps de penser à sa mort, de lui donner toute son attention. Tony Hastings est mourant, penses-y. Il aurait dû être plus étonné. Il y avait bien des choses auxquelles il s'était promis de penser quand il mourrait mais il ne s'en souvenait pas. Il pouvait au moins se demander comment il s'était arrangé pour mourir. Le genre de question que d'autres pourraient lui poser ; comment il aurait pu éviter cet accident, ce qu'il aurait dû faire pour que cela n'arrive pas. Il devait y avoir eu confusion entre sa main gauche et sa main droite. S'il avait eu l'intention de se lever en s'aidant de la droite, pourquoi avait-il pris appui sur la gauche, dans laquelle il tenait le revolver ? La pression du doigt sur la détente, dans la confusion de son désir de se relever. Erreur de transmission neurologique, due au choc de se savoir aveugle, alors qu'il aurait dû s'y habituer, il était aveugle depuis si longtemps.

Il se dit que si la police le découvrait à temps, il pourrait peut-être être sauvé. S'ils avaient entendu le coup de feu, ils pouvaient battre les buissons, le trouver rapidement, et appeler une ambulance par radio. Ça semblait peu probable. Il ne percevait plus aucun son en provenance de la clairière.

Il se dit encore qu'ils découvriraient son cadavre et supposeraient qu'il s'était suicidé. Après tout, c'était une conclusion logique, ils ne s'en étonneraient pas. Il se demanda quels motifs ils lui attribueraient. Peut-être (diraient-ils) l'avait-il fait parce qu'il ne supportait pas d'être aveugle, en plus de tout ce qu'il avait déjà subi (ils ignoraient qu'il avait fait le deuil de son deuil). Ou peut-être penseraient-ils qu'il était tellement obsédé par le crime dont sa famille avait été victime et par son désir de vengeance qu'une fois Ray abattu il n'avait plus eu de raison de vivre (ils ne connaissaient pas l'existence de Louise Germane, qui l'attendait… si toutefois elle voulait bien encore de lui aveugle). Ou alors peut-être (sous-estimant son cynisme et sa lâcheté, qualités très importantes) désigneraient-ils son idéalisme : son incapacité à supporter ce qu'il avait appris de lui-même sous les pressions conjuguées de Bobby Andes et de Ray Marcus, de s'être découvert aussi immoral que ses ennemis, hormis le fait que ce n'était pas lui qui avait déclenché ces drames mais les autres. Plus vraisemblablement (ne sachant combien il s'était résolu à attendre) attribueraient-ils son suicide à son refus d'endurer plus longtemps la douleur et l'agonie. Il y avait peu de chances que sa mort passe pour un accident aux yeux des flics.

Il n'avait vraiment pas envie de mourir et il souhaitait qu'ils se dépêchent. En attendant, le filin qui lui enserrait la taille délimitait son territoire de souffrances, annexant un à un ses organes, foie, reins, appendice, pancréas, vessie, vésicule, mètres d'intestins, gros et grêle. Il essaya de se remémorer ce que son ventre pouvait contenir d'autre et regretta de ne pas s'être familiarisé davantage avec sa mécanique interne du temps où il était vivant.

Tout ce qu'il savait de façon claire, c'était qu'il était libre de poursuivre sa route vers le Maine. Après tout ce temps, plus d'un an. C'est ce que lui affirma la police quand elle vint enfin, entourant la voiture et le félicitant tandis qu'il s'installait au volant, bouclait sa ceinture de sécurité. La ceinture comprimait son ventre. Ils lui serrèrent la main. Lui souhaitèrent de bien se porter. Lui indiquèrent la route, estimèrent le temps qu'il mettrait pour arriver là-bas.

C'est ainsi qu'il était parti, et maintenant il roulait vite, avec un peu du cow-boy et du joueur de base-ball en lui, et en peu de temps il arriva à destination. Il aperçut la résidence d'été au bout de la route, en bas de la pente. C'était une vénérable bâtisse d'un étage avec une façade à pignon et une véranda. Toutes les fenêtres et la véranda étaient couvertes de moustiquaires, tout disparaissait derrière des grillages. Il prit l'allée et s'arrêta sur la pelouse. Elles étaient dans l'eau. Il descendit vers la berge.

– Viens, lui dit Laura. Nous t'attendions.

– Pourquoi as-tu mis si longtemps à venir ? dit Helen.

Il demanda :

– Elle est froide ?

– Assez, répondit Laura, mais c'est supportable.

– On s'habitue, une fois qu'on est dedans, ajouta Helen.

Elles avaient de l'eau jusqu'au cou et il ne voyait donc que leurs têtes. L'eau avait des reflets bleus, auxquels se mêlait un blanc crémeux comme du lait dans la lumière de l'après-midi, et les îles boisées de pins dans la baie étincelaient d'une joie estivale.

Il entra dans l'eau, mains de glace saisissant ses chevilles. Laura et Helen rirent.

– Tu as été absent trop longtemps, dit Laura. Tu as perdu la forme.

Il se retourna pour regarder la maison, belle et spacieuse, entourée d'herbe, en haut de la pente. La porte grillagée de la véranda de derrière était ouverte ainsi que deux des fenêtres à l'étage, il ne savait pourquoi. Il pensa combien il serait bon de regagner la maison après la baignade, de marcher dans l'herbe et d'entrer, de s'asseoir dans le grand salon à l'odeur de pin et de jouir de la chaleur après la fraîcheur du bain. Après, ils pourraient parler, il avait envie de leur raconter tout ce dont il se souvenait. Il voulait parler à Laura de la manière qu'elle avait de balancer les bras en marchant. Il voulait leur demander si elles s'étaient querellées. Il espérait que non. Il se demandait s'il serait encore jaloux, il pensait que non, et si elle serait jalouse de lui, il espérait que non, car il ne pensait pas lui en avoir jamais donné motif. Il voulait lui dire qu'il se souvenait du champ de myrtilles et puis de quelque chose qui s'était passé ensuite mais qu'il avait oublié.

Mais tout cela serait pour plus tard. Il y avait d'abord ça Seules leurs têtes émergeaient, riant et l'encourageant, tandis qu'il rentrait prudemment dans l'eau froide pour les rejoindre. Il avait du mal à bouger, alors qu'elles l'attendaient avec tant de générosité et de chaleur qu'il pouvait à peine supporter son bonheur. Il se força à avancer, la glace montait le long de ses jambes, jusqu'aux hanches. Elle l'enserra à la taille, grimpa lentement vers sa poitrine, recouvrit son cœur, se referma autour de son cou. Puis elle continua de monter pour atteindre sa bouche, emplir son nez et refermer ses yeux en feu.

9

Le livre se termine. Susan l'a vu rétrécir, jusqu'aux derniers chapitre, page, paragraphe, mot. Il n'en reste rien, il est mort. Elle est libre de le relire ou de revenir sur certains passages, mais il ne sera plus jamais le même. A sa place, sifflant à travers la brèche qu'il laisse, un coup de vent qui ressemble à la liberté. La vraie vie, qui revient la chercher.

Elle a besoin d'un silence avant de se retrouver. Une immobilité absolue, sans pensée, sans interprétation ni critique, rien qu'un salut muet à la lecture qui vient de s'achever. Il sera toujours temps d'y penser plus tard. Elle remettra tout en ordre, en tirera un sens, décidera de ce qu'elle dira à Edward. Plus tard.

Elle traverse un moment de terreur, à revenir dans le réel, que la lecture lui avait caché et qui attendait de fondre sur elle tel un prédateur du haut d'un arbre. Elle esquive – pas encore prête pour ça. Les gosses là-haut, qui sont rentrés au milieu du dernier chapitre : leur temps est revenu. Elle les entend hurler de rire. Elle referme le manuscrit, le remet dans sa chemise cartonnée et va le ranger sur l'étagère, puis elle s'en va faire son tour d'inspection : portes fermées, devant et derrière, extinction des feux. Elle monte à l'étage.

Ils sont tous les trois par terre dans la chambre de Rosie. Rosie est en pyjama, Dorothy et Henry sont rouges commes des pivoines.

– M'man, tu connais la nouvelle ? dit Dorothy.

– Henry est amoureux, dit Rosie.

Il sourit, le triomphe plus fort que l'embarras.

– Formidable, dit Susan. Et de qui ?

– Elaine Fowler, répond Dorothy.

– Vous appelez ça une nouvelle ? Ça fait plus d'un an qu'il est amoureux d'elle.

Rosie a une mine déçue. Henry grommelle :

– Cette fois, c'est différent.

– Il est entré dans une nouvelle phase, précise Dorothy.

– Une nouvelle phase ? C'est formidable, ça...

– Qu'est-ce que tu as fait, ce soir, M'man ? demande Dorothy.

Susan Morrow sursaute.

– Moi ? Ma foi, pas grand-chose. J'ai fini de lire mon livre.

– Alors, c'est un bon bouquin ?

Elle n'est pas prête à répondre à cette question. Mais elle est de retour dans le monde réel, où il est temps de faire la part des choses, et de se montrer responsable.

– Oui, c'est pas mal.

Plus tard, son esprit se relâche et le livre se dilue. Il est impossible de dire à quel moment cela se produit. Peut-être quand elle est au lit, la maison plongée dans le noir. Peut-être plus tôt et à son insu, quand elle fermait la maison ou parlait avec les enfants. Il est impossible de situer le moment où cette pensée lui est venue ou s'est jouée en une séquence.

Elle sent toujours qu'une terrifiante réalité lui a été mise dans l'esprit, mais repousse à plus tard et préfère repenser au livre. Elle se souvient de la peine qu'elle a éprouvée pour Tony dans les dernières phrases, elle s'en souvient comme d'une douleur personnelle. Mais, comme toujours dans ces cas-là, elle ne ressent plus cette peine avec la même acuité. La scène finale dans l'eau lui rappelle quelque chose. Mais a-t-elle bien compris pourquoi Tony devait mourir ? Elle revient en arrière, voit le sentier menant à la mort, sinuant à travers les bois. Il était parti pour le Maine, il y arrive à la fin. Elle aime cette fin, plus qu'elle ne s'y était attendue, mais elle ne sait si elle convient et, surtout, si elle répond aux questions posées. Cela exige de sa part qu'elle se remémore la trame du récit et elle n'y est pas prête, ne le sera peut-être jamais, car elle la considère soudain comme sans importance. Si elle pose la question à Edward, il pensera qu'elle est idiote.

L'oubli suit sa lecture à la trace, comme les oiseaux picorant les miettes de pain laissées par le Petit Poucet. La végétation masque le sentier depuis le début, comme elle masque les corps de la femme et de la fille de Tony, comme elle masquera son propre cadavre. Susan convoque le souvenir de certaines scènes. Helen assise sur le bas-côté de l'autoroute, pauvre enfant. Helen, c'est Dorothy, et Henry aussi. Ray la fouine : d'où sort-il, celui-là ? Elle se rappelle Tony tapi dans l'obscurité de sa maison, épiant M. Husserl, son voisin. Pourquoi ce nom d'Husserl ? Tony, qui aime poser, elle a honte de se moquer de lui quand il passe d'une pose à une autre, quand il cherche des torchons pour recouvrir un corps en feu alors qu'il lui faudrait de l'eau glacée. Susan, c'est Tony.

Elle connaît maintenant cette route de campagne comme si elle l'avait elle-même parcourue cent fois. Elle voit avec la même netteté que Tony aveugle le chêne sur lequel il a tiré. Elle voit la clairière, les corps comme des mannequins, la cavarane au-dessus du virage. Et Tony trébuchant sur le cadavre de Ray. Mais dans ces passages l'acide brûle et les pages s'effritent.

Flotte un sentiment d'inachevé qu'elle a du mal à préciser. Elle se demande ce qui s'est passé en parallèle de l'histoire. Au campement, par exemple : quelle explication Bobby Andes a-t-il donnée à ses hommes ? Est-ce qu'ils ont avalé la couleuvre ? Est-ce que ça compte ? Et Louise Germane ? Andonnée, oubliée, c'est peut-être mieux pour elle.

La maison dans le Maine, avec sa véranda et ses fenêtres-moustiquaires, ressemble à la maison de ses parents, celle qu'a connue Edward quand il avait quinze ans et où ils sont retournés après leur mariage. Toutes ces moustiquaires. Elle voit Tony contemplant la maison de ses yeux aveugles et elle a le sentiment qu'il y a là une intention qu'elle ne saisit pas. Elle se demande combien de temps il lui faudra pour connaître ce qui n'était pas écrit, si tant est qu'elle le connaisse jamais.

Elle a envie de parler, et en même temps elle n'en a pas envie. Que pourrait-elle dire ? Elle a honte de dire à Edward qu'elle se sent bien aveugle. Dommage que les lecteurs ne puissent pas applaudir, et les auteurs saluer leur public, le buste incliné. Elle peut le faire. Applaudir. Dire sincèrement à Edward qu'elle a aimé son livre, et elle éprouve un soulagement. Ça lui a plu, elle a été triste que le livre se termine. Ça lui fera plaisir. « En conseillerais-tu la lecture à tes amis ? – Ça dépend qui. – Le recommanderais-tu à Arnold ? – Certainement, ça lui ferait les pieds. »

Cette sourde angoisse quelque part dans sa tête : c'est son problème à elle. Cela n'a rien à voir avec le livre.

APRÈS

1

Arnold doit arriver, puis Edward. Susan Morrow est tellement tendue qu'elle a du mal à respirer. Elle ressent le mépris que les deux hommes se portent comme si elle en était elle-même l'objet. Arnold pense qu'Edward est un raté, qu'il l'a toujours été. La dernière fois qu'ils se sont rencontrés – par hasard, à une pièce de théâtre à Chicago il y a des années –, Arnold a invité Edward à boire un verre. Il lui a tapé dans le dos, parlé de valeurs culturelles et a trouvé Edward mou. Edward a ignoré le reproche d'obscurité qu'Arnold faisait à l'art contemporain, a préféré changer de sujet et parler de base-ball, et a trouvé Arnold simpliste.

Elle accomplit les tâches de la journée – les enfants chez le dentiste, puis les courses – et se prépare à aller chercher Arnold à l'aéroport. Effrayée à l'idée qu'Arnold puisse ramener dans ses bagages quelque terrible nouvelle, elle préfère porter son attention sur Edward, qui doit arriver le lendemain. La critique qu'il attend d'elle, les questions qu'il attend qu'elle lui pose, tout ce qu'elle a repoussé à plus tard.

Elle préférerait laisser le livre là où il était la nuit passée, en gestation dans les couches profondes de son esprit, mais pour Edward elle devra formuler une opinion, dire ce qu'elle a et ce qu'elle n'a pas aimé. Trouver des qualificatifs. A la question d'Edward – « Que manque-t-il à mon livre ? » – elle trouve une réponse, qu'elle juge malicieuse.

Elle accueille Arnold à l'aéroport d'O'Hare dans la soirée et s'efforce de paraître contente de le voir. L'embrasse, le prend par le bras, Arnold le gros ours, qui a toujours l'air perdu dans les lieux publics, avec sa barbe grisonnante, ses sourcils broussailleux, qui s'inquiète pour ses bagages, toujours distrait par Dieu sait quelles pensées. Préoccupé. Par quoi, Susan l'ignore. Il ne le lui dit pas. Elle attend son cadeau non désiré et retient les questions urgentes qui menacent de la rendre folle.

Elle le ramène en voiture par une voie express encombrée. Comme si rien ne s'était passé, il parle de ses réunions, des gens qu'il a vus, des conférences auxquelles il a participé. Décrit son entretien avec les gens de Chickshaw, quel honneur pour lui, si seulement sa mère avait pu voir ça. Il s'attend à être invité à Washington dans la semaine. Elle se souvient de la promesse qu'il a faite d'en discuter avec elle avant de prendre la moindre décision, mais il a l'air de penser qu'ils en ont déjà discuté. Si elle lui rappelle sa promesse, il lui répondra qu'il croyait la question réglée. Elle redoute d'autres nouvelles que ce rappel pourrait susciter.

Elle juge préférable, à la place, de mentionner l'arrivée d'Edward. Elle décrit son livre tout en conduisant mais elle ne saurait dire si Arnold écoute. Elle parle dans le vent sifflant aux fenêtres et il ne fait aucun commentaire. Elle lui fait part de son projet d'inviter Edward à dîner. Demain soir. Comme Arnold n'a pas plus l'air d'entendre, elle répète.

– Oh, excuse-moi, dit-il. Vous devrez dîner sans moi, je serai à l'hôpital demain soir.

Cette nuit-là, Susan Morrow fait l'amour. Avec son Arnold, à leur façon, avec leur histoire de vingt-cinq ans. Elle ne s'y attendait pas, la fatigue du voyage, sa propre irritation, tout ce qui la dérange. Un sentiment proche du chagrin, de l'apitoiement sur soi, tous les sacrifices qu'elle a consentis. La totale indifférence qu'il manifeste à l'égard de ses aventures à elle, comme la dernière, celle d'avoir lu le livre d'Edward, quelque chose d'aussi important pour elle que son voyage à New York pour lui. Aussi ne s'attend-elle pas, alors qu'elle est à une encablure des eaux profondes du sommeil, qu'il pose sa patte d'ours sur sa hanche et la retourne sans façon vers lui.

Retour à la sarabande nocturne des chairs, mettant en scène ses seins, ses hanches et son ventre, et, dans le rôle masculin, son torse en sueur, ses jambes poilues, sa barbe de deux jours. Avec jeu de langues et introduction de sa grasse et vulnérable saucisse dans les profondeurs humides sous le mont de Vénus. Elle en oublie ses griefs avec un cri de soulagement, approuvant secrètement sa politique de fidélité et de sincérité que ce soit à Chicago ou à Washington, alors que tout le reste s'efface autour d'elle, y compris Edward et Marilyn Linwood. Ou ne s'efface pas. Elle pense à eux tandis qu'Arnold s'envole vers le plaisir. Après, il (qui ? Arnold, bien sûr) pose sa tête sur son épaule et gémit :

– Pardonne-moi, oh, pardonne-moi…

– Allons, allons, dit-elle, comme une mère, lui tapotant la tête sans oser lui demander ce qu'il a à se faire pardonner.

Le lendemain, elle attend Edward. Sa carte disait qu'il séjournerait à l'hôtel Marriott, mais ils n'ont pas pris de rendez-vous précis. Elle pense qu'il appellera et elle l'invitera alors à dîner. Impatiente et nerveuse, elle attend toute la matinée et une partie de l'après-midi. La gloire des corps, la nuit précédente, semble suivre la courbe déclinante du soleil, comme toujours. La désinvolture d'Edward l'agace. Le dogme officiel pendant vingt-cinq ans : Edward n'a pas d'importance. Elle souhaite qu'Arnold lise son livre. Elle aurait aimé l'écrire elle-même. L'idée se précise : capturer Arnold avec le livre, l'envoyer à travers les bois avec Tony, lui faire vivre le deuil atroce et la terrible découverte, l'asservir à l'imagination d'Edward pendant les trois jours ou plus qu'exige la lecture.

Mais Arnold dirait : « Ton Tony Hastings, dans ce bouquin d'Edward, ton Tony Hastings est un poltron. » C'est ainsi qu'il s'exprime, Arnold. Il lui dirait : « Je comprends ce que Tony endure, mais qu'est-ce qu'il a, ce type, à être pareillement incapable de protéger sa famille, à se dégonfler ainsi face à Ray, alors qu'il a une arme ? C'est bien là le genre de héros que ton Edward peut imaginer… »

Elle a beau être l'auteur de ces paroles et les prêter à Arnold, la voilà en colère. Et de poursuivre ce dialogue fictif : « Ce n'est pas toi, Arnold, qui laisserait ces bandits m'enlever, hein ? Il ne pourrait jamais rien m'arriver de semblable, parce que tu serais là pour l'empêcher, c'est ça que tu veux me faire croire, mon héros ? » Elle se dit qu'il ne raille la virilité de Tony que pour mieux affirmer la sienne, bien que le souvenir qu'elle garde de la chair consommée la nuit dernière s'échoue dans la dernière scène où elle lui caresse la tête en le rassurant d'un « Allons, allons ».

Ses pensées sont pleines de rancœur. Par honnêteté, elle s'efforce d'y apporter correction. A vrai dire, elle aussi a été choquée par le manque de combativité de Tony, ce qui explique les critiques qu'elle prête à Arnold. Ne fais pas ça, Tony, espèce de crétin, lui dirait-elle. Mais elle ne songerait pas à s'en plaindre à Edward, car il lui dirait que c'est ainsi qu'il a voulu le personnage. Puisqu'elle est capable de comprendre cela, Arnold pourrait en faire autant. Arnold devrait comprendre le dilemme que le revolver pose à Tony. Disposer d'une arme et ne pas pouvoir en faire usage : pour Susan, cela a un tout autre air de vérité que ces personnages de films à qui la possession d'une arme à feu confère un pouvoir apocalyptique. Susan, placée dans la situation de Tony, dans la caravane, n'aurait pas été davantage capable de faire feu sur Ray. Elle devrait féliciter Edward, mais elle hésite et se demande ce que cela cache : Tony le pleutre ne serait-il pas un reflet d'elle-même ?

Non, Arnold le nierait. Paternel peut-être, mais il la rassurerait : « Tony et toi, Susan ? Il n'y a pas la moindre ressemblance entre vous. Je connais ma Susan. Si Ray et ses acolytes attaquaient tes enfants, tu te battrais d'une façon que Tony n'imagine même pas. Tu lui sauterais à la gorge, tu mordrais, tu lui arracherais les yeux. Jamais tu ne laisserais un seul de ces bandits leur faire du mal. »

Oui, Susan le sait. Elle aussi connaît sa Susan.

2

Et elle attend. Il lui tarde d'avoir Edward à sa table, de lui servir le dîner, en compagnie de ses enfants, sans Arnold. De lui parler de son livre. De prononcer aussi, sans pour autant s'excuser, quelques mots de réconciliation, histoire de lui montrer qu'il y a belle lurette que leurs anciennes querelles sont oubliées. De lui dire encore qu'elle a désormais l'esprit libre, ouvert, et qu'elle serait ô combien heureuse de renouer avec son plus vieil ami, à qui elle peut parler de choses que son mari ne peut pas connaître. Mais qu'il ne se méprenne pas. Elle ne songe nullement à quelque infidélité. Elle ne recherche que la liberté de parler avec quelqu'un qui la comprenne, de dire ce qui lui passe par la tête, sans rien cacher.

Et tout ça pour avoir lu le roman d'Edward, bien que cela lui vienne moins de la lecture de l'ouvrage que du retour de son auteur. Confesser à Edward ce qu'elle ne peut confesser à Arnold. Le nouvel Edward, celui qui a grandi et acquis assez de maturité pour écrire ce livre. Cet Edward-là comprendrait pourquoi elle réfute l'héroïsme que veut bien lui prêter Arnold. Edward saurait, lui, ce que c'est que de ne pas se servir de son arme.

A un moment donné, dans l'après-midi, elle pense : Peut-être qu'il ne téléphonera pas. Elle réagit aussitôt et appelle l'hôtel. Il est un peu plus de quinze heures, si elle veut qu'il vienne dîner, elle aurait intérêt à le joindre rapidement. Elle laisse un message à la réception : *Prière d'appeler Susan.* Elle demande à l'employé quand il est arrivé.

– Hier après-midi, madame.

Hier ? Il est ici depuis hier ?

Elle envisage de se rendre en ville et, pendant que les enfants iraient manger une pizza, d'aller au Marriott voir s'il est là. Trop frénétique. Il vaut mieux qu'elle prépare à dîner comme prévu. Attendre qu'Edward appelle. Elle se reproche sa stupidité. Plus tard, pendant ses préparatifs culinaires, alors qu'elle n'a rien d'autre à faire que stationner devant ses fourneaux, elle réfléchit. Il est temps de changer le cours des choses, de passer de la culpabilité à la colère. De chauffer, de concert avec le four. Pourquoi s'en voudrait-elle ? Il est libre d'appeler. Ne pas appeler tient de la muflerie. De l'affront : trois soirées passées – à la demande du monsieur – à lire son manuscrit, et il ne daigne même pas lui passer un coup de fil, alors qu'il est en ville depuis la veille…

De telles pensées sont comme des hauts fourneaux, elles font tout fondre, y compris le roman lui-même. Question posée avec rage : Pourquoi m'avoir envoyé ce machin si tu ne veux pas en discuter avec moi ? Qu'il ait pu lui envoyer son œuvre par pure malveillance ne lui est pas encore venu à l'esprit.

Elle dîne avec les enfants, bavarde avec eux comme si elle n'avait pas le moindre sujet de préoccupation. Le temps qu'ils finissent leur repas, l'évidence est là : ce n'est pas sa négligence qui lui a fait rater Edward. Par cette rebuffade, il lui présente une facette qu'elle n'aurait jamais soupçonnée.

Elle se rappelle combien il lui en a voulu de ne pas tenir compte de sa dignité d'écrivain. « Tu pourrais aussi bien me demander de m'aveugler ! » se récriait-il. Son ressentiment n'est donc pas mort. Vingt-cinq ans plus tard, il n'a toujours pas pardonné l'offense. Son roman est sa vengeance. Sa revanche.

Le roman d'Edward, une revanche ? Ridicule, pense-t-elle, mais l'idée n'en fait pas moins son chemin. Dans quel sens serait-ce une revanche, comment la punition est-elle censée fonctionner ? Trouver la réponse. Une allégorie ? Elle réfute l'accusation. Elle ne l'a ni aveuglé ni blessé, n'a pas piétiné sa dignité ni détruit sa vie, ne lui a causé aucun mal irréparable, et ce roman est là pour le prouver. De retour à la cuisine, devant l'évier où elle fait la vaisselle : elle aussi, elle peut éprouver du ressentiment, et son ressentiment la fouaille, exige qu'elle se démène et casse des objets, fasse tout ce qu'elle peut pour se dominer.

Sa colère dépend de la manière dont elle la formule, sa colère se nourrit des mots qui vont définir l'affront que lui fait Edward : le roman devient ainsi la haine d'Edward. La faveur qu'il lui demandait : un piège. L'objet de sa colère à elle n'est plus ce qu'elle croyait. Il se ramène à ceci : l'effort, rien d'autre. Effort d'équité et de justice, malgré l'humiliation de s'être trompée. L'effort d'ignorer l'amour et la haine afin de lire sans l'ombre d'un préjugé pendant trois longues soirées. L'effort de pénétrer dans l'imaginaire de Tony, d'être Tony, pour se faire flanquer dehors comme une sale curieuse. L'effort de nier l'effort, et puis l'affront.

Contrariée. Bien sûr, il se peut que son message n'ait pas été communiqué. A vingt et une heures trente, elle rappelle l'hôtel. Edward n'est toujours pas rentré. Elle laisse un second message. Il est vingt-trois heures passées quand elle entend la voiture pénétrer dans le garage. Arnold est de retour. Elle se précipite à l'étage, se prépare pour la nuit, pendant qu'il avale son bol de céréales dans la cuisine, afin d'être au lit et de dormir quand il entrera. Ne pas être obligée de lui parler. Cette nécessité dans laquelle elle se trouve plongée l'enrage. Quand elle se couche (abandonnant toute idée de revoir Edward), une tempête de honte déferle en elle. Une image de monde en mouvement, de glissement de plaques tectoniques, l'envahit telle la solitude.

Susan est une idiote, une gourde. Couchée dans son lit, totalement éveillée, pas de visite au subconscient cette nuit, le plancher n'offre pas la moindre fissure où glisser ses idées noires. Elle s'en veut amèrement de ce qu'elle imaginait quelques heures plus tôt. Elle se revoit, niaise Susan, la skieuse scandinave d'Arnold, midinette et fleur bleue, laissant des messages à Edward comme une maîtresse délaissée, comme une groupie, quémandant le droit de parler, et de quoi ? De son livre ou pour se plaindre d'Arnold ? Comment peut-elle être aussi bête ? Comment pourrait-elle se plaindre d'Arnold à un étranger comme Edward après toutes ces années, alors qu'elle n'a même pas osé se plaindre à elle-même ? Et par où commencer ? Que lui dire ? En quoi cela pourrait-il intéresser Edward ? Comprendrait-il seulement ? Qu'y a-t-il à comprendre, d'ailleurs ?

Elle entend Arnold entrer dans la chambre plongée dans le noir. Il traîne les pieds, se cogne, grogne, le lit s'affaisse sous son poids. Elle sent son odeur. Il renifle, se tourne pesamment, la bouscule en se retournant à nouveau. Elle tient bon, refuse qu'on la réveille, retient son souffle, le message est clair : je ne dors peut-être pas mais je ne suis pas là, je ne suis nulle part.

Il a été avec Marilyn Linwood. Elle décide que c'est vrai, elle le pense délibérément, laisse son esprit travailler cette matière, fait donner son imaginaire, visualise la chose, à New York, à Chicago, chez elle, sur le canapé dans le cabinet d'Arnold, à Washington, à Chickwash. Elle le fait en violation flagrante de la discipline intérieure qu'elle s'est imposée trois ans plus tôt pour accepter le statu quo. Assez de tout ça. Si elle ne peut supporter ce que son imaginaire lui lance à la figure, pourquoi aurait-elle droit au statu quo ?

De nouveau vient la hanter cette question terrifiante, de nouveau elle n'arrive pas à y faire face. Elle se demande pourquoi il remue comme ça dans le lit, pourquoi il sue autant. Serait-ce par culpabilité ? A quoi pense-t-il ? Elle ne veut pas y songer. Elle les imagine tous les deux ensemble. Parlant d'elle. Protecteurs, la pauvre Susan. Laissez donc Susan se protéger toute seule.

Elle se retourne dans le noir pour regarder Arnold, ouvre les yeux, devine l'imposante silhouette plus qu'elle ne la voit. Penser comme on tue, comme une arme, une flèche. Arnold le bigame. Il va les emmener à Washington ou bien il se partagera entre Chickwash et Chicago, ou pire. Est-ce que je dois supporter ça ? Révolu, le temps de la révolte et du refus ?

Et si elle refusait ? Voilà, c'est non, je ne bouge pas d'ici. Je n'irai pas à Washington et il n'est pas question que tu abandonnes ta famille. Je fais valoir mes droits d'épouse. Je me défends, égoïstement. Susan la salope.

Elle s'imagine Marilyn Linwood en train de conseiller Arnold, comme elle l'a elle-même conseillé quand Selena a perdu l'esprit, il y a vingt-cinq ans. Usant de l'autorité morale qu'elle avait sur lui et de sa dépendance vis-à-vis d'elle. Elle constate le peu d'influence qu'elle a sur lui aujourd'hui. Que s'est-il passé ? Quelle humiliation si elle a perdu cette autorité au bénéfice de Linwood ! Pendant toutes ces années, elle a tout délaissé dans le but de lui plaire, comme si elle avait eu pour seul devoir le plaisir de son mari. Ses amies féministes seraient étonnées de savoir combien elle a trahi ses idéaux : défendre les droits de la femme dans le même temps où elle renonçait aux siens. C'est elle qui paie les factures du foyer, est-ce que Linwood est prête à prendre la relève ? Elle attend, abjecte, un message de Linwood, le cadeau d'Arnold, mis en réserve tant qu'elle se tient tranquille et ne fait pas de vagues. Censurée, victime d'un chantage, retenue par la crainte de lâcher la parole de trop, la petite doléance qui donnerait à Linwood le droit de prendre les commandes.

Aussi hasarde-t-elle un mot étrange sur ses lèvres silencieuses, le mot « haine ». Elle a peur de l'employer, peur qu'il ne la contraigne à une attitude résolument révolutionnaire. Est-elle assez forte pour s'engager ainsi ? Parmi ses vœux, après sa séparation d'avec Edward, il y avait celui de ne plus jamais vivre une séparation. Sottise. Mais ce n'est pas un vœu qui la retient, aujourd'hui. C'est l'institution, une institution tout aussi réelle que Chickwash : papa, maman, les enfants. Si Susan abandonnait le navire Famille, où irait-elle ? Comment échapperait-elle à l'accusation d'incendie volontaire si elle flanquait le feu à la boîte ? Où irait-elle ?

Arnold dort enfin. D'un sommeil profond, idiot. Bien qu'elle redoute d'envisager la haine, elle s'autorise à le trouver idiot. Cette pensée lui permet de se détendre, d'évacuer une partie de sa colère, d'éprouver une légère envie de dormir. Que je suis corrompue, songe-t-elle. Cette pensée l'étonne, elle ne s'y attendait pas. Comme il est étonnant de se dire que ce qu'Arnold a toujours voulu d'elle pourrait passer pour de la corruption. Elle doit pourtant le savoir depuis longtemps – rien qu'à voir la liste des histoires que cela lui rappelle. Sa discussion avec Mme Givens, par exemple, symbolique entre toutes : Mme Givens, devant une tasse de café, osant rapporter à Susan la sale rumeur Macomber, que ce n'était pas la faute de l'infirmière mais du chirurgien, qui se serait montré trop sûr de lui et bien négligent. Et Susan de rembarrer illico Mme Givens, d'incriminer l'hôpital, de condamner l'avocat des Macomber et de s'appuyer sur la version d'Arnold. Comme l'honnêteté de Susan a pu être compromise par la noble vertu du loyalisme !

Tandis que la trappe dans le plancher s'entrouve enfin à la nuit de ses rêves, elle a vaguement conscience de la proximité de Tony. Elle est moins en colère. Une fois de plus, elle a oublié la terrible question qui lui fait si peur. Elle dort d'un œil au début, puis profondément et, au matin, sa rage de la veille n'est plus qu'un vide, un moule qui ressemble aux trous laissés dans la cendre par les morts de Pompei. Elle ne pense plus qu'Edward lui ait délibérément fait un affront et elle est surprise d'avoir éprouvé autant d'hostilité envers Arnold. A la lumière du jour, il lui est facile de se persuader qu'il restera auprès d'elle à condition qu'elle ne déclenche pas la guerre, facile aussi de rendre son propre égoïsme responsable de sa douleur. Facile, trop facile. Elle sait que c'est trop facile, elle sait qu'il y a au moins une chose qu'elle ne peut écarter du tableau, mais elle remet la réflexion à plus tard, quand elle pourra l'aborder dans le calme et la sérénité. Quant à Edward, elle aurait dû lui laisser un message plus tôt. Elle n'a jamais su pour quel motif exact il venait à Chicago ni quel serait son emploi du temps. A neuf heures, elle appelle de nouveau l'hôtel. A la réception, on lui apprend qu'Edward Sheffield a réglé sa note deux heures plus tôt. Elle ne sait si elle est déçue ou soulagée. Elle préfère ne pas lui en vouloir et se dire qu'il ne l'a pas appelée parce qu'il a dû rentrer tard à son hôtel et qu'il n'a pas voulu déranger sa famille à une heure indue.

Pourtant, elle a la sensation qu'il s'est passé quelque chose qui pourrait tout changer si elle n'y prend garde. Une vision fugitive lui en est venue à travers Tony, à travers Edward. Oublie ça, pas maintenant. Au nom de l'étiquette et du savoir-vivre, elle écrira une lettre à Edward. Elle rassemblera ses critiques, les disciplinera en phrases concises et claires et les lui enverra. Elle écrit toute la journée. Son bureau est situé devant une fenêtre qui donne sur la mangeoire aux oiseaux, pillée par une bande de moineaux. La neige qui, hier, recouvrait la pelouse d'une couche blanche et brillante est en train de fondre et des taches de terre brune commencent d'apparaître çà et là. L'allée menant au garage est boueuse. Les trottoirs scintillent d'humidité. Mais elle remarque à peine ces détails, tout occupée qu'elle est à se frayer un chemin vers Edward.

Elle dit tout ce qu'elle voulait dire. Elle vante les qualités du roman et en critique les défauts. Elle lui dit combien ce récit lui a fait ressentir la précarité de son existence protégée. Elle confesse le sentiment de parenté que lui inspire Tony. Sa plume l'emporte : tandis qu'au loin sur l'autoroute vrombit la civilisation indifférente à son calvaire, Tony gît mourant, se cachant de la police qui devrait l'aider, comme il l'a fait plus tôt de ses ennemis. Etendu là, il croit joyeusement à une histoire qu'il sait mensongère. Elle la réconforte, mais elle est mensongère, et autour de lui la mort et le mal se déchaînent.

Edward lui demande : Alors, dis-moi, que manque-t-il à mon bouquin ? Elle répond : Ne le sais-tu pas, Edward, ne le vois-tu pas ? Cette question la détourne de son sujet pour la ramener à elle-même. Que manque-t-il à sa propre vie ? Elle se demande si elle reverra jamais Arnold comme elle le voyait autrefois, même si ce n'est pas de la haine. Elle ressent la force des habitudes la tirer en arrière, comme cela a été le cas pendant tant d'années. Elle contemple le patchwork blanc et brun de la pelouse, croit qu'elle pense encore à cette lettre de pardon critique et louangeuse qu'elle compte mener à terme, se demande comment se montrer plus ferme avec Arnold et préserver le respect qu'elle se doit à elle-même, et puis elle glisse dans une rêverie. La barque dans le petit port. Elle tient les avirons, Edward se prélasse à l'arrière, une main traînant dans l'eau. La maison aux fenêtres-moustiquaires est derrière lui. Les îles aux grands pins et aux bungalows sont derrière elle. Il dit :

– La marée nous entraîne.

Elle le voit bien. Ils dérivent sur la gauche.

Il dit encore :

– Si on dérive encore, on aura du mal à rentrer.

Elle le sait. Elle sait qu'il leur faudra ramer fort pour rentrer.

– Si on tombait à l'eau, penses-tu qu'on se noierait ? demande-t-il.

La question la surprend, le rivage ne lui semble pas si éloigné que ça. Mais l'eau est froide dans le Maine, et ils ne sont pas très bons nageurs.

– Je ne sais pas si je pourrais regagner le rivage, dit-elle.

– Moi, je sais que je ne pourrais pas, et toi tu nages mieux que moi.

– Il faut se détendre quand on nage, ne pas avoir peur d'avoir la tête immergée. On se fatigue trop vite à vouloir la tenir sans cesse hors de l'eau.

– Si je tombais, tu viendrais à mon secours ? demande-t-il.

– Je ne suis pas assez bonne nageuse pour ça.

– Il faudrait appeler, donc.

– Que pourraient-ils faire ? C'est nous qui avons la barque.

– Ils resteraient sur la grève et nous regarderaient nous noyer.

– Ce serait terrible. Tu les imagines sur la grève, à nous regarder nous noyer ?

Rêveusement elle glissa sa lettre dans une enveloppe. Puis, se souvenant qu'il n'avait même pas été capable de l'appeler pendant son séjour, et de toutes les questions qu'elle n'avait pu lui poser (pourquoi lui avait-il envoyé son manuscrit, qu'est-ce qui l'avait poussé à écrire une telle histoire, et quelle était la vraie raison de leur divorce), elle sortit de son rêve et déchira sa lettre. Reprenant la plume, elle griffonna, sans réfléchir, le mot suivant qu'elle alla ensuite poster, toujours sans réfléchir :

Cher Edward,
J'ai terminé ton roman. Désolée d'avoir mis si longtemps. Fais-moi signe si tu veux mon avis.
Bien à toi,

Susan

Elle voulait punir Arnold, lui aussi, mais ne voyait pas comment, hormis en le forçant à lire le manuscrit d'Edward. Il y consentirait si elle insistait, mais elle douta qu'il y voie autre chose que de l'encre.

Table

COMPOSITION : I.G.S.-CHARENTE PHOTOGRAVURE À 16340 L'ISLE-D'ESPAGNAC
IMPRESSION : B.C.I. À SAINT-AMAND (CHER)
DÉPÔT LÉGAL : SEPTEMBRE 1995. N° 21011 (1/2027)

Dans la même collection

Brigitte Aubert
Les Quatre Fils du docteur March
La Rose de Fer

Lawrence Block
La Balade entre les tombes
Le diable t'attend

Michael Connelly
Les Égouts de Los Angeles
La Glace noire

Eno Daven
L'Énigme du pavillon aux grues

David Laing Dawson
La Villa des ombres
Minuit passé

Bradley Denton
Blackburn

Dan Greenburg
Le prochain sur la liste

Jack Hitt
Meurtre à cinq mains

Anthony Hyde
China Lake

David Ignatius
Nom de code : SIRO

Philipp Kerr
Enquête philosophique

Paul Levine
L'Héritage empoisonné
Cadavres incompatibles
Trésors sanglants

Elsa Lewin
Le Parapluie jaune

Herbert Lieberman
Nécropolis
Le Tueur et son ombre

Michael Malone
Enquête sous la neige
Juges et Assasins

Dominique Manotti
Sombre Sentier

Andreu Martin
Un homme peut en cacher un autre

Dallas Murphy
Loverman

Kyotaro Nishimura
Les Dunes de Tottori

Michael Pearce
Enlèvements au Caire

Sam Reaves
Le taxi mène l'enquête

Edward Sklepowich
Mort dans une cité sereine
L'Adieu à la chair

L. R. Wright
Le Suspects
Mort en hiver
Pas de sang dans la clairière

Dans la même collection

Brigitte Aubert
Les Quatre Fils du docteur March
La Rose de Fer

Lawrence Block
La Balade entre les tombes
Le diable t'attend

Michael Connelly
Les Égouts de Los Angeles
La Glace noire

Eno Daven
L'Énigme du pavillon aux grues

David Laing Dawson
La Villa des ombres
Minuit passé

Bradley Denton
Blackburn

Dan Greenburg
Le prochain sur la liste

Jack Hitt
Meurtre à cinq mains

Anthony Hyde
China Lake

David Ignatius
Nom de code : SIRO

Philipp Kerr
Enquête philosophique

Paul Levine
L'Héritage empoisonné
Cadavres incompatibles
Trésors sanglants

Elsa Lewin
Le Parapluie jaune

Herbert Lieberman
Nécropolis
Le Tueur et son ombre

Michael Malone
Enquête sous la neige
Juges et Assasins

Dominique Manotti
Sombre Sentier

Andreu Martin
Un homme peut en cacher un autre

Dallas Murphy
Loverman

Kyotaro Nishimura
Les Dunes de Tottori

Michael Pearce
Enlèvements au Caire

Sam Reaves
Le taxi mène l'enquête

Edward Sklepowich
Mort dans une cité sereine
L'Adieu à la chair

L. R. Wright
Le Suspects
Mort en hiver
Pas de sang dans la clairière